双城

万安 著

文匯出版社

序

都市刑警的“硬核”小说

周禹鹏

刑警是和平年代奉献牺牲最大的一支队伍，有着许多闪耀人性光辉的好故事，特别是有着光荣传统被誉为“尖刀上的刀尖”的刑警“803”，更是有着许多惊心动魄、发人深思的刑警故事。公安作家万安便是刑警“803”其中的一员，作为战斗在刑侦一线的硬派刑警，他从自己以及战友们的刑侦生涯入手，深耕刑警创作的这片热土，让创作灵感与刑侦破案全面深度碰撞，从刀光剑影中挖掘到“温润莹泽”的故事，再经过精心雕琢润色，最终将新作《双城》呈现于读者面前，可谓是刑警题材中较为难得的能够体现人性深度的“硬核”刑侦小说。

人性的书写是文学创作永恒的主题。关于人性的探讨，是文学的“生命硬核”，优秀的作品无不围绕这个“硬核”来铺陈、展开。万安的新作《双城》完美展现了刑警的忠诚担当与人性光辉，在审美层面既找到共性又传达出个性，最终呈现出具有“硬派刑警味道”的作品风格。作品紧紧围绕“双城”的概念，利用双线叙事，从东海市公安局的年轻探长苏申春风得意，职业爱情双丰收之际写起，突然深陷未来岳父沉秦意外死亡案中，让他一步跌入人生谷底，同时，在A国备受歧视的华裔女警探陈子琦来到中国东海市追查“林芮谋杀案”，偶遇的两人不打不相识，在国际刑警组织和东海市刑侦总队刑警们的全力支持和帮助下，顶住压力、抽丝剥茧，联手成功拆穿了双胞胎邱明和赵志宇布下的层层骗局，最终拨云见日将幕后的黑手关茜缉拿归案。作品通过这些跌宕起伏的故事和真实饱满的细节，在展现一线刑警真实人生状态的同时，衬托出主人公苏申不畏强暴、敢爱敢恨、坚守正义的人性光辉，讴歌了东海市一线刑警们“勇者无畏、智者无敌”刑警精神。

作品《双城》中每一位人物的命运转折，他们在精神、心理上的一次次碰撞和阵痛，以及他们在一次次碰撞和阵痛后按照自己对人生的理解，寻找出路时的迷惘、执著与努力，其中所反映出的人性抉择和所谓精英的上层意识让人印象深刻，特别是剧情不断反转之后，当谜底揭开之时，作品中赵志宇、邱明和关茜为了自己的利益，各怀鬼胎，不顾一切的疯狂，最终赤裸裸、血淋淋地站在读者面前时，更是令人唏嘘不已。这种唏嘘和感慨是读者心底里对正义的渴求、对法律秩序的向往、对新时代英雄的呼唤，而作品中对于阶级之间、男女之间、中外之间等“双城”的深入探讨，更是唤醒了人们关于人性的思考。正是唤醒了这些觉知，作品《双城》的“硬核”形象才可谓圆满。于是，这部“硬核”的小说，最终迎来了一种诗意而浪漫的表达：巍巍青山，正气浩然，看你鬼魅横行到几时，人间正道是沧桑。我们似能看到，新时代刑警英雄的精神化入浩瀚蓝天，走向了无限和不朽。

真实的力量可以使文学创作永远震撼人心。一部好的文学作品都需要很多现实生活中的知识铺垫和修饰，他的结构、逻辑以及所要表达的人文精神，都要取材于现实生活，包括里面所提到的所有知识。小说《双城》正是用一线刑警的视角，通过真实生动的案例，扎实的刑侦知识，严密的犯罪逻辑与破案逻辑，来解读人性和启迪人生的“真心、真意、真情”的作品，展示了现代都市人的世情百态，以及活灵活现的警察生态，批判了世俗的拜金主义，探讨了人性在面对巨额金钱诱惑时的迷茫。作者万安在刑侦一线的特殊经历，是小说《双城》真实性、可看性的最大保障，更是一笔难得的精神财富。当他拿起笔来，坚强的创作，是对现实生活的咀嚼和反哺，更是对刑侦战友们的崇高礼赞。

一部优秀的小说，可以滋润几代人的心灵，丰富几代人的头脑，影响几代人的选择，因为当文字被赋予了人性，其思想、灵魂就在其中，所以读来能感动人、鼓舞人，毕竟新时代刑警英雄的感召力和人性的光辉具有温暖世界的力量。

周禹鹏

上海市原副市长

目　录

所有的结局都已写好，

所有的故事都已启程，

却忽然忘了是怎样的一个开始

…………

第一章　同恶相济

9月末，深秋。

作为A国最有活力的城市，S市有多姿多彩的街景，数不尽的典雅建筑，享受不尽的阳光、沙滩和海浪。

在这片旖旎风光下，同样也隐藏着许多不为人知的龌龊。

窗外明亮的月光被紧闭的窗帘阻挡，当风吹起窗帘时，偶尔掀开一角，窥见外面的天色，已经是深夜。

地面上，散落着脏乱杂物，毒品、针头和色情杂志。墙上的色情海报，窗边的高倍望远镜，尤为刺眼。

房间中央，有块破旧的床垫，躺着个白人男子。男子面容消瘦，脸颊、眼窝凹陷进去，嘴角流着涎水，左臂垂在床边，缠着医用橡皮筋，下方有针孔痕迹，右手紧握着针筒，陷入昏睡。

忽然，男子眉眼颤抖，隐约听见《卡门》的旋律。

下个瞬间，男子猛地惊醒，双眼瞪大，瞳孔扩张，气息急促，发出“呼哧”响声，似乎做了噩梦。

男子跳下床垫，从地上的杂物中翻了张色情海报，伸出猩红的舌头，一边舔舐女优私处，一边捂着下体揉搓，发泄欲望。

这样发泄无法完全缓解，男子变得癫狂，丢开海报跳起来，匆匆穿上卫衣,戴上帽子,哀号着冲出门去。

隐约间,音乐响起。

远处海浪拍岸,头顶月朗星疏,微风轻拂过来,一座豪华别墅区掩映在青山碧海间,棕榈树随风摇曳,仿佛勾人的舞姿。

一辆白色丰田轿车,驶入僻静的别墅区。

丰田车停靠路边,车门推开,下来一个长发男子,男子口罩遮面,身穿黑衣黑裤,戴着黑帽,遮挡了面容。

男子拿着把钳子,望向前面两栋别墅,左边是林芮家,右边是林芮的邻居。

男子蹑手蹑脚,摸到邻居家门口,剪断门头的线路,掐断了监控摄像头。

解决了后顾之忧,男子转身来到林芮家车库,拿出电子钥匙并按下,伴随轻微的电子音,车库门缓缓开启。

男子目光如电,扫视整座车库,定格在角落。

男子走近角落,从高尔夫球桶里取出一杆新球杆,拆掉外面的塑封膜,隔空用力挥舞,手感正好合适。

拖着这根球杆,男子退出车库,看向别墅内,静静地驻足观察,暴露在外的眼睛,闪烁着冷漠光芒。

直到屋内传来音乐,男子才坚定不移地,拖着球杆,推门而入。

音乐的优美旋律,是别墅女主人林芮最喜欢的歌剧——《卡门》选段。

走进别墅客厅,《卡门》选段的旋律愈加清晰响亮。

男子轻车熟路,走向卫生间,手里握紧球杆,调试着手感。

别墅女主人——林芮,是华裔富豪赵启德的儿媳,今年刚满30岁,曾获得亚洲小姐选美大赛季军，身姿脸蛋没得说，尤其是嫁为人妇后，愈加妩媚动人，堪称梦中情人。

她没有察觉入侵者，裹着白毛巾，端着红酒杯，慵懒地走出浴室。

在卫生间外的转角，她与男子迎面相遇。

“你是谁！你怎么进来的？你想干什么，啊……”

四目相对，林芮愣了片刻，露出疑惑的神情，直到看见球杆，被惊恐覆盖，连连后退，红酒杯滑落在地，摔成无数碎片，酒液如同鲜血，晕染开来。

男子侧身而上，挥起球杆，砸向林芮头部。鲜血喷薄而出，在雪白的墙壁上，留下恐怖的阴影。

“救命啊，救命……”

林芮挣扎反抗，呼喊求救，却被音乐声淹没，最终失去动静，倒在血泊中。

鲜血汩汩流淌，与红酒交融，如同红地毯，鲜艳而刺眼。

与此同时，大洋彼岸。

西边天际，一片晚霞灿烂，映照东海市，射出耀眼光辉，绽放勃勃生机，仿佛缤纷的钻石，看得人眼花缭乱。

在这片天空下，晚霞将刑侦总队大楼衬托得威严肃穆，庄严的警徽高悬在一楼的回廊上，熠熠生辉。

楼内白色墙壁上，是铿锵有力的刑警誓言：对党忠诚、服务人民、执法公正、纪律严明。

苏申今年29岁，东海市本地人，在弄堂里长大，毕业于中国刑警学院，是刑侦总队重案队最有“花头儿”的探长。其人身姿修长，目光深邃，配以精致发型、淡淡的香水，让人如沐春风。

彼时他换下警服，穿上一身潮牌，巴宝莉的衬衣带着袖扣，古奇的皮鞋光可鉴人，腰间皮带扣上的“LV”夺目亮眼。

苏申提着手提袋，来到办公室门口，朝最里面的高剑吹了两声口哨。

高剑是苏申的师弟，是他的“小迷弟”“跟屁虫”，生着一张娃娃脸，已经26岁，看着却像16岁。他身着警服，佩戴二级警司警衔，一双澄澈的目光，给人以踏实的感觉。

高剑接到“信号”，抬头望向苏申，眼前大亮，起身走了出去。

旁边的探长徐小伟，察觉到苏申，眼中闪过厌恶：“哼，像什么样子！”

徐小伟跟苏申同龄，从外地来到东海工作，有着这个年龄段少见的稳重老练，坐在那里不动如山，肩佩一级警司警衔，抬头时，额上的三道抬头纹，平添了不少“老气”。

高剑似有察觉，回头瞥了眼徐小伟，什么都没说，径直走出办公室，在走廊相见苏申。

见高剑出来，苏申递出手提袋。

“我也有？”高剑惊讶地看向手提袋。

“皮鞋、皮带，兄弟，同款！”苏申笑着回应。

“帮我谢谢沈大小姐。”高剑意识到不对，连忙改口，“不对，应该叫嫂子，嘿嘿……”

高剑拿过手提袋，想看却没机会，苏申拽起他胳膊，直往外走：“赶紧，赶紧，先帮我拍张照！”

一楼大厅，最后一抹晚霞余晖，从公示栏上滑落。

栏内张贴着晋升公示——拟晋升苏申同志为重案支队副支队长，公示期十天。

苏申站在公示旁，仔细整理着装，修饰头发。

高剑拿着手机，看向公告栏，笑着打趣："再过不了多久，我就该叫你苏副支队长大人了。"

"死样，赶紧拍照啦！"苏申笑骂一句，身体站得笔直。

"要拍了，注意微笑……"

高剑笑容不减，打开美颜，按下快门，再比了个手势。

苏申顿时放松，迎着高剑走去："怎么样，帅不帅？"

高剑递过手机："何止是帅，简直年轻有为，仪表堂堂。"

"确实很帅！跟公示相得益彰。"苏申拿过手机翻阅，挑出最好的一张发给女友沈心怡。

"叮铃铃！"

过了片刻，手机铃声响起，是沈心怡打来的。

"宝宝……"苏申接通电话，刚要说话，就被沈心怡打断："你怎么还没去啊？"

苏申声音温柔道："你先说，照片看到了吗？"

"看到了。"沈心怡略显急切："你赶紧的，接我爸别迟到了。记住，说你什么你都忍着，顺应他就好了。"

"我知道，放心。"看见高剑比手势，苏申会意："小高让我说，谢谢你！"

"小事儿，客气啥！你赶紧的。"沈心怡不以为意，挂断了电话。

放下手机，苏申跟高剑告别："小高，我要出发了！"

高剑帮忙打气："祝你马到功成，拿下老丈人！"

苏申挥了挥手，朝外面走去。

没人注意到，苏申离去后不久，徐小伟突然出现，从怀里拿出信封，塞进公示栏旁边的意见箱。

东海市樱花日料店，是本地最正宗的名号。

邦乐弥漫的空间里，充斥着经典的日风，优雅而不失别致，温馨而不失浪漫，食客来来往往，彬彬有礼。

身着华丽和服的服务员，端着顶级白龙泉清酒、名贵的蓝鳍金枪鱼刺身，来到最里面的包间，听见包间内，伴随着酒壶破碎，传来剧烈的争吵。

"你们都在骗我，都想毁了我的公司……"

忽然，房门猛地拉开，一位穿着银色西装、气度非凡的男子，酒气熏天地闯出来，跟服务员撞上，差点跌倒在地。

男子名叫沈秦，今年54岁，是东海著名的企业家——上市公司鼎峰资本的创始人，也是金融投资界极具话语权和影响力的人物之一。

跟沈秦撞上后，服务员略一愣神，随即闪到旁边，低头道歉："对不起。"

这时，包间内探出一条手臂，扯住沈秦的衣角，急声哀求："阿秦，有话好好说嘛……"

此人名叫沈娜，是沈秦的姐姐，比沈秦大两岁，是鼎峰资本早期的创始人。只见她身材臃肿，穿金戴银，珠光宝气，看起来艳俗不已，尤其她那副嘴脸，从里向外，透着尖酸和刻薄。

服务员透过余光，发现靠里的榻榻米上，还有一个瘦长驼背的男子，他记得这个男子，经常过来消费，好像叫作张炯。

张炯也是鼎峰资本早期的创始人，跟沈娜的艳俗不同，他气质相对朴素，手里盘着一副金刚菩提手串，身着淡蓝色唐装，满脸青胡茬，颇有些仙风道骨。

沈娜拉扯沈秦时，张炯也赶紧起身，满脸慌张。

沈秦站稳身形，拍掉沈娜手臂，回头怒视张炯，警告意味明显："最迟明天，要么你们吐出来，要么我去举报！"

说罢，沈秦踉跄着离去，任沈娜如何哀求，都不见丝毫恻隐。

服务员好奇，偷偷打量沈秦，不料被沈娜发现，凶狠地瞪过来："你看什么看，臭打工的！"

服务员惶恐，低头告罪："对不起！"

"都什么时候了，还说这些？赶紧追上去，继续求他。"张炯督促沈娜，抢先追了出去，步履仓皇。

沈娜紧跟上去，背影惶恐不安。

一轮明月，醉红在天边，月色下的江畔，倒映着辉煌的建筑，悠悠流向远方，给这座繁华都市蒙上神秘的光纱。

苏申靠着保时捷帕拉梅拉，望着眼前风景如画，怎么看都看不够，直到沈秦踉跄出来。

沈秦身后，沈娜愁苦地哀求："弟弟啊，我们都听你的，你千万别报警，我们错了，我们真的错了。"

张炯紧随其后，低头哈腰，附和沈娜的话。

"叔叔，您没事吧？"苏申上去扶住沈秦，看向沈娜和张炯。

沈秦甩开沈娜，重心靠向苏申："别管他们，上车！"

苏申略有迟疑，却还是遵命行事，扶沈秦走到车前，单手拉开车门，送他坐入车内。

"走！"沈秦坐稳，厉声发令。

苏申点头答应，回驾驶座启动，驾车缓缓离开。

沈娜想要追赶，可惜只有两条腿，不觉停下脚步，挺直腰板，满眼怨毒。

"换司机了？"张炯望着保时捷，眯着眼求证。

"就是那个小瘪三，想高攀我们家高枝。"沈娜尖声冷笑，"看来，他是铁了心要搞我们，怎么办……"

“再想想办法，会有办法的。”张炯似有所悟，眼睛眯得更细了。

林芮家中，《卡门》选段的音乐还在客厅回荡。

林芮血肉模糊，汩汩渗着鲜血，不知何时，她身上的浴袍被解开，露出雪白的酮体。

尸体面前，男子表情扭曲，双手捂住裆部，身躯颤抖，显得极为挣扎。

“吼啊！”

忽然，男子面露狰狞，脱下裤子，兽性大发，扑到尸体身上，接触的瞬间，双手沾满鲜血。

猩红的颜色刺激男子的意识，露出极度惊恐的表情，不断后退，爬起来提上裤子。

他望着手上的鲜血，情绪癫狂，到处擦拭，喉咙里呜呜痛哭。

他本想逃离，却舍不得林芮，内心犹豫，下意识来回走动。

随着时间流逝，乌云遮住朗月，夜空渐渐阴暗，清风也带着寒意。

林芮家的车库，被人用螺丝刀撬开，作案工具还插在锁芯位置。

一个仓皇身影，提着黑色塑料袋从车库闯了出来。许是他慌不择路，竟没有意识到，塑料袋已经破漏，掉出一块手表、一只翡翠耳环。

逃出不远，男子似有所感，忽然驻足原地，转身向后望去，发现沿途的鞋印。

短暂迟疑，男子跑上路边草地，沿草地，消失在夜黑中。

东海市的环城大道上，保时捷飞速奔驰。

窗外夜景划过，绚烂的霓虹灯光有着万种风情，望不见尽头。

沈秦忍着额头胀痛，翻开公文包取出一个文件夹，打开看过后，焦虑的情绪好转了不少。

苏申通过后视镜，看着沈秦的动作。沈秦似有所感，与苏申眼神交会，苏申猝不及防，赶紧正视前方。

沈秦放回文件夹，扣好公文包，沉吟道："我有点法律问题，改天想问问你。"

"行，随时。"苏申很识趣。

沈秦看向车外："你回去跟丫头说，明天早上，让她来公寓找我。"

"好的。"苏申抬头，发现沈秦有心事。

沈秦再度对视："心怡的保时捷，开着趁手吗？"

"因为要接您，就开了她的车，肯定比我那辆坐着舒服。"苏申听出潜台词，尴尬地解释。

"叔叔，我升职的事儿基本定了，这是单位的公示。"苏申化解尴尬，拿出手机，翻开高剑拍的照片，对准后座。

沈秦看了眼照片，不冷不淡道："这么说，你马上就是东海市公安局重案支队有史以来最年轻的副支队长了，是吧？挺好，恭喜！"

苏申矜持道："谢谢叔叔。"

沈秦不置可否，尖锐地审视道："这身行头不错，你自己买的？"

苏申收起手机，手扶好方向盘，心虚道："不、不是，是心怡送的。"

沈秦看向窗外，嘴角浮现蔑笑，车厢内的氛围降到了冰点。

"你还是不肯跟我从商？"沈秦揉着太阳穴，缓解酒精的困乏，主动打破沉默。

苏申保持沉默，不知如何回答，轻轻抿着嘴唇。

沈秦有些不耐，加重语气："我今天喝多了，跟你多唠叨几句，听不听都随你。"

苏申神情一凛，竖起耳朵倾听。

沈秦俯身前倾，扶着座椅后背，凑到苏申耳边："心怡是我女儿，是我的掌上明珠心头肉，你懂吗？她的后半辈子、她的幸福，我得管！”

苏申表示自己理解。

“可是苏警官，也请你认清一个社会现实：现在是2%的人，掌握98%的财富，你升官又能怎么样，能挤进这2%吗？能跨越这条鸿沟吗？”沈秦宽厚的手掌，拍在苏申肩膀上。

苏申身躯震颤，鼓起勇气道：“我是一个刑警，这样的标准不公平。”

“公平？”沈秦冷笑道，“公平是强者对弱者的施舍。”

苏申想要反驳，却发不出声音。

沈秦无奈叹息，向后靠去：“这，白龙泉，后劲儿挺大……”

苏申压力骤减，声音轻微道：“叔叔您先休息，到了我喊您。”

沈秦挪了挪身子，找了个舒服姿势歪头昏睡过去。

河畔公寓附近，全是曲折的巷子、老派的瓦片房，散发着浓浓的“海派风情”。

公寓门口，保安把帽子扣在脸上，靠着椅子酣睡，趁着夜深偷懒。

忽然，他听见有动静，迷糊中抬起帽子，挺起背，循声望去，见苏秦扶着沈秦进来，再寻常不过。

“叔叔，小心脚下。”

沈秦醉得不轻，脚步虚浮无力，苏申搀着他，走进电梯来到八楼，找到公寓门，抬起他的右手用指纹解开电子锁。

沈秦酩酊大醉，手指被汗水浸湿，指纹无法使用。苏申无奈，只好找钥匙开门，再扶他进去。

走进公寓，里面布局很简单，两室一厅、厨房、卫生间，家具略显老旧，胜在干净整洁。

苏申送沈秦到卧室，扶他到床上躺下。刚躺下，沈秦口腔鼓动，嘴角溢出秽物。

苏申脸色微变，拿来垃圾筒，赶紧扶沈秦起身，轻拍他的后背。

“呕……”

沈秦终于忍不住，抱着垃圾筒剧烈呕吐，酒气冲天，熏得苏申别过头。

呕吐完，沈秦舒服不少，重新躺回床上。苏申放好他的公文包，去洗手间，搓了条热毛巾，为他擦去秽物，盖上被子。

或是觉得不够，苏申再去厨房，打开燃气灶，放上水壶加热，抓了把枸杞，拿了五块冰糖，一起放入保温杯，等水壶煮沸鸣叫，倒好满满一杯，放到床头。

做完这些，确定没有遗漏后，苏申提着垃圾袋，轻声离开了公寓。

苏申不知道，在他走进电梯后，八楼的消防通道，被人推开一条缝隙，有人藏在黑暗中，露出鬼祟的目光。

目光幽幽如鬼，目送苏申离去。

金秋十月，初始动人。

林芮家的别墅区，吹拂着清晨的海风，伴随着温暖的阳光，远处海鸥鸣叫仿佛天然乐曲，引人流连忘返。

每天这个时候，林芮的邻居都会出门晨跑。

邻居路过林芮家，忽然停下脚步，发现前方地上，有一只翡翠耳环。她激动不已，以为是上帝恩赐，俯身捡起耳环，又看见不远处，有一块名贵手表。

邻居欣喜若狂，今天真是幸运日，再去捡起手表。

这时，邻居发现除了手表，还有模糊的脚印，一直延伸到林芮家，便循着脚印望去，看见半开的车库门，及门锁上的螺丝刀。

“Rachel？ Rachel，你还好么？”

邻居意识到什么，不再喜悦，变得紧张，站在林芮家外，大声呼叫林芮。

林芮家一片死寂，无人应答。

邻居壮着胆子，前去敲打林芮家，还是无人应答，随即走近窗户，趴着窗户张望。

"啊……"

隔着玻璃窗，邻居突然大声尖叫，发泄内心的恐惧，并连连向后退去，用尽全身力气连滚带爬地逃离。

客厅里，林芮赤裸全身，头部血肉模糊，倒在血泊当中。

鲜血凝固发黑，如同地狱的颜色。

林芮瞪大双眼，死不瞑目。

S市警察署内，明亮的办公室中，警员们正在忙碌，喧闹着，像菜市场似的。

陈子琦身着黑色制服，搬着两摞比她高的纸盒，吃力地挪向办公室外。

纸盒里，全是案件资料，分量着实不轻，把她清秀的脸庞压得变了形，细长的眉眼里写满了执拗。

她是办公室里唯一的华裔女警员，今年30岁，身姿匀称健美，背后扎着干练的马尾，巾帼不让须眉。

"啪嗒！"

大腹便便的探长Matthew，慌忙冲进办公室，正好跟陈子琦撞上，纸盒受力落地，资料撒得满地都是。

"呼哧、呼哧……"

陈子琦怨恨烦躁，喘着重重的粗气，仰视探长Matthew。

探长Matthew身高近两米，体重近260斤，体型巨大健硕，一身肌肉，仿佛一头美洲野牛。在他面前，陈子琦一米六几的瘦小身板，如小孩般无力。

“当心点，OK？”探长Matthew回以蔑视。

其他警员全都停下工作，互相交换眼色，一副戏谑的样子。

陈子琦按捺情绪，艰难地别过头，蹲身收拾文件。

“嘿，子琦，我来帮你。”

高大英俊的警员Daniel，见状放下咖啡杯，撩起额前的卷发，准备去帮陈子琦，却被探长Matthew拦住。

探长Matthew指着Daniel，及其他几个警员：“有谋杀案，你们几个，跟上。”

陈子琦停下动作，站起身来，希冀地望向探长Matthew。

“你把这些文件整理好，搬到库房去。”探长Matthew俯视陈子琦，不容置疑。

陈子琦不服气，眼神执拗，呼吸再度急促。

探长Matthew不悦，拔高声音吼道：“你没有听到吗？”

“是，探长。”陈子琦紧着牙，憋屈地低下了头，等探长Matthew离开后，一脚踢开那些纸盒。

Daniel走过来，想安慰她，又不敢靠近，只好蹲下身，帮忙收拢文件。

其他警员还在互使眼色，毫不掩饰嘲笑。

Daniel动作很快，把收好的纸盒，挪到墙边垒起来，招呼陈子琦道：“跟我走，去现场。”

陈子琦依旧执拗，没有说感谢，抢在Daniel前面，跑出了办公室。

Daniel耸了耸肩，略显无奈。

林芮家外面，警方拉起警戒线，邻居们顶着烈日，也在线外观望，小声议论着。

门前草地、水泥路上和车库门外，凡有模糊血足印、珠宝首饰散落的地方，都被铺上了隔板保护，并竖起了标记。

司法鉴定公司的工作人员，穿着统一的防护服、口罩和手套，进行现场痕迹勘查、拍照、取证。

Daniel来到现场，出示警官证。治安警拉高警戒线，示意可以通过。陈子琦紧随其后，一起来到探长Matthew身后。

探长Matthew高大的身形在人群中格外显眼，看到了陈子琦，却没有表态，而是继续听取警员汇报："死者Rachel Lin，中国籍女子，拥有A国永久居住权。Rachel Lin的邻居早起跑步，发现路上、车库有异常情况，以及死者的尸体，随后报案。初步判断，罪犯可能是入室盗窃，被发现后，谋杀了房屋主人。"

听到林芮的名字，陈子琦颇感意外，下意识地握紧拳头，憋着一股劲儿。

这时，工作人员抬着裹尸袋，从陈子琦面前经过，顿时让她身躯震颤，眉眼动容。

鉴定公司的负责人Raymond，来到探长Matthew面前，告诉道："死者被钝器击伤头部，导致颅内大出血而死，室内墙壁和家具上，留有喷溅血的痕迹。柜子、抽屉有翻找痕迹，珠宝首饰等财物也都不见了踪影，而且没有发现凶器，不过在客厅地板上，留有血手印和血脚印。"

探长Matthew揉了揉鼻子，似乎早有所料。

Raymond继续补充："另外，死者的浴袍散开了，但是否遭受性侵，需要进行尸检。"

探长Matthew示意Raymond停下，指向警员分派任务："你带几个人，比对血印的指纹和掌纹，看看有没有性侵案件，或入室抢劫案的罪犯匹配。"

“Daniel，你去查下Rachel Lin的人际关系，看看有没有可疑人员。”探长Matthew再看向Daniel。

“是，探长！”警员和Daniel回应。

陈子琦忽然插话：“探长，我认为Justin Zhao有嫌疑，建议比对他的指纹。”

探长Matthew蔑笑，俯视陈子琦。

Raymond毫不留情，刻意提醒道：“在此之前，我们已经比对过男、女主人的生活指纹，显示都不匹配，所以凶手另有其人。尸检后，我们会提供详细报告。”

不等陈子琦反应，Raymond转身上车，带林芮的遗体离开，留下嘲讽的背影。

“我还以为，你会拿出其他有力证据！”探长Matthew明显不悦。

陈子琦低下头，盯着脚尖：“抱歉，探长，我听说他们夫妻感情不好，Rachel曾抱怨她丈夫品行恶劣，所以我觉得应该先调查他。”

探长Matthew抓住重点，陡然凌厉道：“你跟他们很熟？”

陈子琦重新抬头：“不算很熟，我是在华人社区的聚会上认识的Rachel，私下偶尔会有联系。”

探长Matthew以手扶额，头疼道：“Sylvia，请你别把私人感情带进案件，也别告诉我‘我听说’，专业点，OK？”

说罢，探长Matthew朝警车走去，Daniel跟在他身后，回头比了个手势，示意陈子琦冷静。

“可是探长，按照流程，先排查死者丈夫，也是合理的。”陈子琦心有不甘，快步追上探长Matthew。

“我会按照现有线索，以及证据安排调查！”探长Matthew忍无可忍，回头怒视陈子琦：“既然你这么关心这个案子，那就留这儿维持秩序吧！”

陈子琦深感无力，却必须服从命令。

“那是什么？”

送探长Matthew离开后，陈子琦转身，发现邻居家院墙上，装有隐蔽的摄像头，顿时大喜，快步跑了过去。

陈子琦仔细查看，发现被剪断的线路，仿佛冷水淋头，再度感到挫败。

忽然，她觉得哪里不对，重新抬头，盯着被剪断的线路，泛起了怀疑。

大洋彼岸，东海市。

一辆保时捷轿车，迎着晃眼的朝阳，驶入刑侦大楼的车库。

苏申从车上下来，按下车钥匙锁车。

“叮铃铃……”

手机忽然响起，苏申接通电话：“宝，我刚到单位，怎么了？”

“我爸他没事儿吧，怎么不接我电话？”沈心怡在电话中问道。

沈心怡是沈秦的女儿，妥妥的富二代，也是鼎峰资本的高管。她跟苏申同岁、同月，虽不是青梅竹马，却很早相互欣赏，恋情水到渠成，到了谈婚论嫁的时候。

苏申走向办公楼：“他昨晚喝多了，可能没睡醒吧。”

“除了喝酒，他说没说其他的？”沈心怡格外关心。

“没有，我走之前，他已经睡着了。”苏申犹豫道，“或许，还是想劝分手吧。”

沈心怡沉默后，加重语气：“他要是再逼我分手，我就搬你新房去住。”

苏申连忙劝道：“你别冲动，有话好好说，他是你爸爸。”

沈心怡打断苏申：“你就说，让不让我住？”

跟迎面来的同事点头致意后，苏申靠边继续通话，低声道：“新房是我跟你结婚的……”

话没说完，突然“叮”的一声，沈心怡笑道：“算你聪明！我电梯到了，先挂了……”

苏申放下电话，沉吟片刻后，走进了刑侦大楼。

“叮！”

贴满广告的电梯门缓缓打开，沈心怡踩着奥尔多高跟鞋，拎着卡其色的限量版爱马仕小包，走进河畔公寓8楼。

她的穿着很时髦，栗色漂染的波浪长发，配米色的礼服西装，看起来青春靓丽，不失职业女性的优雅，举手投足间，富有感性魅力。

通过狭长昏暗的走廊，沈心怡来到沈秦的公寓，扣手敲门，无人应答。

“这老头子，真是的。”

沈心怡摇了摇头，伸出右手拇指，用指纹打开门锁。

房门开启的瞬间，刺鼻的奇怪味道从门缝里钻出来。沈心怡觉得厌恶，下意识皱眉。

这个气味不陌生，是燃气的味道。

沈心怡推开房门，见房内视线昏暗，空气中弥漫氤氲雾气，阻碍她的视线，燃气味愈加明显。

她伸手按向开关，打开房内吊灯。

“轰隆隆！”

吊灯亮起的瞬间，白光充斥，滚滚热浪袭来，冲击沈心怡的身体，将她掀飞出去。

巨大轰隆的爆炸，传遍了邻近街区，大地震颤，仿佛地龙翻身。

重案支队长石军办公室的风格，如他为人那般，充满浩然正气。

最里面的墙壁上，挂满了功勋奖状，紧挨着奖状的，是一幅中国刑警学院毕业20周年大合影照。办公桌后的墙上，挂着一副苍劲有力的书法，上书“任重而道远”。

“咚咚咚！”

苏申敲门而入，疑惑道：“石支，你找我？”

石军坐在办公椅上，佩戴二级警督警衔，留着利落的短寸，虽过不惑之年，但他强健的身躯，却给人坚实的安全感。

石军抬头望去，盯着苏申腰间醒目的“LV”，脸上不苟言笑：“谁准你穿奢侈品进来的？上班要有上班的样子！你以后要当领导，给同志们做表率的。”

苏申连忙站好，还是不明所以。

“去换身常服再过来，有事要给你说。”石军没多解释。

“好的，我这就去。”

苏申不敢违背，转身离开，跟闯进来的高剑迎面撞上。

苏申扶住高剑，看他神色慌张，正要询问，却听他急声道：“师兄，半个小时前，河畔公寓发生煤气闪爆，现场有人员伤亡。”

“什么？河畔公寓！”苏申脸色剧变，想到了沈心怡。

石军更是果断，冲出办公室，传来声音：“所有人，出警！”

苏申反应过来，追了出去，高剑赶紧跟上。

不多时，干警们跑出刑侦大楼，冲向车库出发。

苏申落在最后，眉眼间满是惶恐，反复打沈心怡电话，却提示无法接通。

高剑陪在身边，关切道：“还是打不通吗？”

苏申摇了摇头，愈显焦急，再次拨打号码，还是无人接通。

“先去现场，赶紧！”苏申收起手机，拦住路过的警车。

警车没有停下，呼啸过去，传来抱歉的声音："抱歉，苏队，我们这儿满了。"

苏申当机立断，朝后面那辆车挥手，示意停车。

徐小伟在驾驶位上，目不斜视，仿佛没看见苏申，径直驶过。

"他这是啥意思啊！"高剑顿时不爽了。

苏申顾不得许多，转身跑进车库，钻入保时捷，以最快速度系好安全带，挂挡启动。高剑跟上来，还没坐稳，苏申便踩下油门。

马达轰鸣，轮胎与地面剧烈摩擦，保时捷如离弦之箭，驶出公安局，溅起漫天灰尘，如苏申的心情，心急如焚。

苏申和高剑到时，河畔公寓大门前、旁边的巷子，已经停满车辆，拥堵不堪，寸步难行。他们在大门外下车，步行到公寓楼下。

案发现场楼下，属地派出所的同事已经拉起隔离带，消防中队的消防员已经检查完现场，正列队走出公寓。

隔离带外聚满了围观群众。闻讯而来的记者排开阵势，长枪短炮，采访新闻。

另一头，沈娜在张炯的搀扶下，冲隔离带内哭喊："弟弟啊，我可怜的弟弟啊……"

苏申抬头望去，闪爆的中心区域，窗户玻璃都破碎了，目测正是8楼，不觉情绪惶恐。

"是瓦斯！"高剑捂住口鼻，提示空气中的怪味。

苏申不置可否，亮出警官证，进入隔离带，抓住最近的民警，询问情况："伤亡情况如何？"

民警惋惜地摇头："一死一伤，死者刚被运走，伤者送医院了。"

苏申脸色顿变，手掌加大力量："送医的是男是女？"

"我不太清楚，不过石支他们已经上去现场了。"民警看向苏申的手掌。

“对不起！”苏申意识到失态，连忙松开手。

高剑走过来，提醒苏申：“先去医院，还是……”

只犹豫了半秒钟，苏申便决定道：“先上楼！”

这时，号啕大哭的沈娜，突然发了疯似的，冲破隔离带，向苏申身上扑来，张牙舞爪道：“都是你，臭瘪三、害人精，都是你害得我们家破人亡。”

“快把她拉开，快！”民警眼疾手快，将沈娜拉开。

“放开我。”沈娜挣扎不休，“你们应该抓他，他才是凶手，你们抓他啊。”

高剑疑惑地看向苏申。

苏申轻声道：“她姑妈。”

高剑似有所悟，眉头皱起。

这边的动静惊动了路人和记者，纷纷张望，举起手机和镜头，拍摄眼前的画面。

“你先进去，这里交给我！”高剑眼疾手快，挡在苏申面前。

苏申会意，走向公寓楼。

沈娜不依不饶，撒泼打滚，大喊大叫：“臭瘪三，你别走，你这个凶手，警察包庇凶手啊……”

高剑快步上前，及时呵斥道：“你乱喊乱叫什么！”

沈娜被镇住了，停下了动作，眼神慌张。

“请大家不信谣、不传谣！”高剑面向路人、记者，示意他们安静，“关于这起闪爆案件，我们也刚开始调查，后续请以警方通报为准。”

沈娜愤愤不平，并未因此甘休，她抓住最近的镜头，不顾仪态道：“你们拍我、拍我啊，我告诉你们，刚才那个就是凶手，警察包庇凶手，我有证据，我就是人证！”

媒体和群众哗然，闪光灯频频亮起。

人群后方，张炯嘴角勾起，远远地观望着。

一楼电梯间，过道本就狭小，再有工作人员进出，愈加逼仄。

徐小伟手拿笔记本，和探组组员——老气横秋的朱艳君，站在过道尽头，尽量往墙角靠拢，好给其他同事腾出更多空间。

徐小伟身前，胖胖的物业经理孙总正在汇报情况。

孙总毕恭毕敬地递过一个记录本："我们是高档公寓，煤气公司刚来检查过，消防安全也没落下，都是有严格记录的，领导您请看。"

朱艳君接过记录本查看记录，朝徐小伟示意，证明所说无误。

徐小伟记下情况，若有所思。

这时，他看到苏申进来，不知想起了什么，于是收回目光，重新回到孙总身上。

苏申从旁经过，徐小伟目不斜视，继续问孙总："你们监控在哪里，我们要看看。"

"都在监控室呢，领导您这边请。"孙总态度谄媚，哈着腰引路。

徐小伟的注意力始终在苏申身上，见苏申走进电梯，才收回眼角余光。

高剑迎面走来，跟徐小伟擦肩，传出"嘁"的不屑声。

公寓8楼，从电梯门口开始，随处可见标识、铺好的痕迹盖板，工作人员来回穿行，无不小心翼翼。现场勘查小组的同事，穿戴好防护三件套，在刑技中心法医室主任、现场勘查组组长周慧敏的带领下，清理物证、取证。

"叮！"

苏申走出电梯，避开铺好的盖板，来到沈秦公寓，跟忙碌的周慧敏遇上，连忙询问道："周师姐，伤者情况怎么样了？"

周慧敏穿着简洁的勘查服，背后印着"现场勘查"，眸光澄澈道："是你女朋友？"

"嗯！"苏申承认。

周慧敏惋惜道："姑娘被震晕了，没伤着筋骨，至于会不会脑震荡、留下什么后遗症，还需要看医院那边，至于她爸就……"

沈秦的结果毋庸置疑。苏申低下头，神色恍惚。

"赶紧，师兄要跟你了解情况。"周慧敏催促苏申换上助手拿来的三件套。

苏申穿戴好，跟周慧敏走进公寓。

公寓在闪爆后，剩下一片狼藉，苏申打眼望去，神情惶恐，带着焦虑。

看苏申状态不好，周慧敏跟石军致意，作出初步法医报告："师兄，死者沈秦的两颊、胸口呈樱红色，是典型的一氧化碳中毒反应。我们在死者身上，没有发现其他机械损伤痕迹，初步判断，可能是在睡梦中吸入过量的一氧化碳，也就是——煤气中毒致死。尸体已经移交法医鉴定中心，详细的尸检报告，尸检之后会呈报上来。"

石军点了点头，看向苏申，刚想说些什么，却被现场勘查副组长、痕迹专家李炜从门外进来打断。

"师兄，目前初步勘查下来，虽然现场被严重破坏，不过门窗处，并没有人为破坏痕迹。"李炜身姿精悍，指向门口的开关："闪爆的中心炸点，应该是门口开关位置，里面铜线的外壳都炸烂了。"

果然，开关已经被炸开，露出里面的铜线，有明显烧毁痕迹。

李炜再走到厨房："还有厨房的燃气灶，皮管接口已经脱落，上面没发现指纹以及人为破坏的痕迹，看来是自然老化松脱。"

"我跟周师姐的判断差不多，大概率是煤气泄漏，加上开关线路老化，沈心怡按下开关，因此引起闪爆。”李炜得出结论。

石军记在心里，斟酌道：“会不会是意外事故？”

李炜沉吟：“有这种可能，不过还得再调查。”

“发什么愣呢！”石军若有所思，回头招呼苏申：“我问你，沈秦是你女朋友父亲？”

苏申精神恍惚，没听见石军叫他，幸好高剑进来，捅了下他，才反应过来，下意识地点头。

石军没想太多，自顾环顾公寓，询问道：“按规定，你得避嫌，不过有些情况，得找你来了解，这房子什么时候装修的？”

“两年前，她爸……”意识到口误，苏申改口道，“沈秦要搬回来住，就重新装修过。”

石军收回视线，回到苏申身上：“他为什么搬回来住？”

苏申情绪低迷，道：“这套公寓，主要是他应酬后休息用的，有时候加班晚了，也会住在这里。市中心，上班方便。”

石军偏头思索，整理有用信息。

这时，有警员来汇报：“石支，负责给公寓打扫的保洁到了。”

石军给高剑使了个眼色，高剑会意，出去询问情况。

苏申不知做什么，跟着高剑往外走，路过卫生间时，感觉有凉风袭来，将他吹醒。

苏申生疑，看向卫生间，确定是凉风。他走到卫生间，四处搜寻，发现正对通风井的小窗，隙开了一条小缝。

苏申记得很清楚，昨晚搓热毛巾时，那扇小窗是关着的。

他以为记错了，晃了晃头，走出公寓求证。

楼道里，高剑正跟保洁阿姨、邻居阿姨了解情况。

“我不晓得哎。”保洁阿姨告诉高剑：“平常我都是早上过来，等沈老板上班去了，再进去打扫房间，不晓得他女儿今天咋那么早来了。”

苏申走过去问道:“阿姨,卫生间里的小窗,平时是打开的么?”

“没有嘞!”保洁阿姨摆手。

“卫生间里的小窗,我们平时都不开的,不然卫生间对卫生间,那多尴尬啊。”邻居阿姨附和,继而露出惊慌:“不会有人爬进通风井了吧?”

“阿姨,没有的事,您不要乱猜。”高剑哭笑不得。

苏申疑惑更甚,走回卫生间,盯着那条缝隙,回想昨晚的细节,一路来到厨房。

马涛是李炜的助手,长得白白净净,有点婴儿肥,正在用指纹刷,刷显燃气灶旁的指纹。

看见马涛的动作,苏申想起昨晚自己用过燃气灶,顿时有些不安。

踌躇片刻,苏申回到客厅,找到石军刚想说话,却被徐小伟打断:“石支……”

徐小伟从门外进来,神情急切,但看苏申也在,顿时慢了半拍,放缓语气:“石支,请您借一步说话,楼下有死者家属举报,还有监控视频,有些特殊情况。”

苏申心里“咯噔”一下,脸色变得苍白。

“说吧。”石军走向门口,示意徐小伟。

看了眼苏申,徐小伟迟疑道:“昨晚除了沈秦,还有人来过公寓。”

石军眉峰上挑,声音陡然拔高:“谁?”

徐小伟犹豫要不要说出来。

这时,苏申的声音从背后响起:“我……”

石军惊疑不定,猛然转身,警觉地望着苏申,再回头看徐小伟,向他求证。

徐小伟点头:“沈秦的姐姐沈娜举报,昨晚是苏申送沈秦回来的。”

徐小伟声音不大，却足以传遍公寓，忙碌的干警们，面面相觑，停下手中动作，向苏申看去。

一时间，现场沉默，氛围凝固。

苏申顶着目光，成为焦点。

忽然，厨房里，传来马涛兴奋的声音：“组长，我发现了两枚清晰的指纹，有人动过燃气灶！”

众人愈加古怪，氛围愈加凝重。

苏申垂下脑袋，如同霜打的茄子，他缓缓举起右手，伸出手掌，咬牙承认：“指纹，应该是我的。”

石军满目失望，酝酿恼火：“苏申同志，涉案就要回避，这条警务纪律你不知道吗？！你现在就回局里，去政治处张主任那儿写份书面说明。”

石军目光如电，环顾众人：“还有你们，看什么看，继续工作！”

众人不敢多言，继续忙碌。

苏申懊悔不已。

昏暗的警察署会议室内，从顶端射出一道光束，落在前方的投影仪上，投影出林芮被杀后，血迹斑斑的残酷现场。

探长Matthew坐在上方，Daniel在他身旁，其余警员列坐两边，把陈子琦丢在角落。

探长Matthew抬了抬手里的圆珠笔，示意Daniel开始讲解。

Daniel对照第三方鉴定机构交付的凶案现场勘查报告，操作电脑投影，讲解道：“死者Rachel Lin，中国籍，29岁，与A国华裔男子Justin Zhao结婚，已获得A国绿卡。现场勘查报告显示，死者因头部遭到钝器的横向击打，致其颅内大出血而死，身上未发现其他伤痕，凶器也尚未找到。但鉴定公司发现，死者家车库的那套高尔夫球杆，少了一支中号杆，根据伤口比对，怀疑那杆球杆就是凶器。”

Daniel翻阅林芮的验伤照片、死亡现场全景照片，补充道：“从现场来看，虽然死者衣着裸露，但并未遭到性侵，根据足印尺码推断，嫌疑人的身高，大概在170 cm左右。不过奇怪的是，从喷溅血痕迹的角度推断，凶手身高应该在180 cm左右才对。”

探长Matthew提出质疑：“不止一个凶手？”

“现场外来的可疑足迹，只有一个人的。”Daniel摇头。

探长Matthew沉默，神情严肃，再问道：“血手印和指纹呢？”

“刚拿到血手印样本，还在与资料库进行比对。”Daniel操作电脑，放大血手印，“另外，死者邻居家的监控被人破坏，怀疑与案件有关。不过好消息是，我们调取了别墅区入口的监控视频，发现了嫌疑人的影像。”

警员们提起精神，注视大屏幕。

Daniel翻出视频，播放。监控视频中：9月30日晚10点17分，一个穿着破卫衣、运动裤的白人男子，戴着帽子遮住面容，慌张地走过视野。

Daniel暂停画面，解说道：“因为是晚上，监控摄像头像素不高，加上嫌疑人戴着帽子，无法提取更清晰的面部特征，只能从体型初步判断，犯罪嫌疑人是男性，身高目测在170 cm左右，与报告吻合。”

“各位，注意他的右手。”Daniel放大画面，嫌疑人右手处，有一点金属的反光：“嫌疑人手上握着的，应该是打开车库门的螺丝刀。”

探长Matthew和其他警员，纷纷点头，唯独陈子琦露出质疑之色。

Daniel继续播放视频：“这时候是10点42分，距犯罪嫌疑人进场25分钟。他发现塑料袋破了，但是急于逃离现场，所以放弃了寻找。他的动作、形态都很慌张。”

第二段视频中，犯罪嫌疑人提着塑料袋，再次闯入监控视野，左顾右盼，似担心被人发现，慌乱地跑上草地，快速逃离。

Daniel的解说很完美，探长Matthew示以赞许，接着打了个响指，示意开灯。

灯光亮起，投影仪变得暗淡。

探长Matthew自信道："从罪犯的体态衣着、犯罪痕迹和行为特征来看，凶手明显缺乏犯罪经验，行为慌张，凶器是在现场抓取的，所以我判断，这应该是临时起意的流窜犯，想入室盗窃或者性侵，导致案件升级，变成了杀人；也有可能是哪个混蛋，没钱吸毒嗑药，出来干了一票。你们分头去郊区，到贫民窟转转，找找线索。"

陈子琦明显质疑，起身插话道："抱歉，探长，我有些不同意见。"

探长Matthew抬起下巴，打量着陈子琦，示意她说下去。

"我已经向林芮的邻居核实，她家的监控摄像头是在案发当晚被人为破坏的。"陈子琦娓娓道来，"我怀疑凶手不仅熟悉死者住处周边的情况，还有反侦查的意识，可能不是临时作案的流窜犯。"

探长Matthew蔑笑道："你能证明，你说的这些，与案件、与凶手，有直接关联吗？"

陈子琦不服输道："探长，您怀疑有两个凶手，我觉得也是一种可能。"

探长Matthew揉了揉鼻子，众警员也是一脸戏谑。

陈子琦据理力争："嫌疑人只破坏邻居家的监控，却放任自己被别墅入口的监控拍到；带走了凶器，却放任自己的足迹、血手印留在室内，从行为逻辑来看，这都不合理。而且，现场勘查报告推断的身高，有170 cm和180 cm两种可能，我建议同步调查Rachel的丈夫，他的身高就在180 cm左右。"

探长Matthew揉够了鼻子，不再看陈子琦，示意Daniel解释。

Daniel满脸尴尬，提醒陈子琦："探长已经安排我查过Justin Zhao

的信息：案发期间他不在国内，并于9月28日飞去中国东海市了，至今还没回来。抱歉，我还没来得及说明死者的社会关系。”

探长Matthew斜乜着陈子琦，玩味道：“身高推断的分歧，可能是凶手的挥杆方式，导致出现了偏差，但Justin Zhao有不在场证据，而且他是华裔富豪，与监控里嫌疑人的身材，以及着装都不符合。”

“那可能是Justin雇用了这个流氓，”陈子琦指着屏幕争取，“指使他去杀害自己的妻子，结果流氓贪财，顺便洗劫了家里的财物。”

探长Matthew叹息，不耐烦了：“Sylvia，查案要根据线索和证据，可你看看你，你在干嘛，构思推理小说吗？”

众警员忍不住大笑，让陈子琦倍感尴尬。她紧扣着会议桌，忍耐众人的嘲笑，唯有Daniel关切地望着她。

陈子琦努力回想，执拗地不肯服输，争取发言：“可是，刚才Rachel Lin的照片里，除了头部的致命伤，身体并没有其他挣扎打斗的抵抗伤，如果发现有人入室抢劫，怎么可能没有抵抗？”

Daniel迅速反应，操作电脑，配合陈子琦调出尸体照片。

探长Matthew忽然起身，双手叉腰，居高临下，不善道：“Rachel Lin比你还弱小，怎么反抗？”

陈子琦还要争辩，探长Matthew却指向她，示意不要插话：“你们华人普遍瘦小无力，就是个潜在受害种族。像这种案子，在我20多年的职业生涯里见多了，Sylvia，你要提醒你的同胞们，遇到抢劫不要反抗，否则……”

探长Matthew霍然转身，指着屏幕上的照片：“否则就是任人宰割的羔羊！”

“Rachel Lin不反抗，不还是被杀了吗？”陈子琦攥紧拳头，怒声发泄。

探长Matthew双手撑桌，野兽般咆哮：“大声喊叫也不行！”

陈子琦听懂了双关语，气得咬牙切齿，怒视探长Matthew，隔空对峙。

一时间，会议室鸦雀无声，众警员挤眉弄眼，颇为戏谑。

探长Matthew似有所感，拿起桌上的文件，重重摔下去，看向左边："你们，尽快去贫民窟排查。"

说罢，探长Matthew再看向右边，继续道："你们，尽快搜寻凶器，明白了吗？"

"是，探长！"众警员起身，相继逃离。

Daniel看出陈子琦状态不对，暗暗给她比手势，示意她先冷静。

陈子琦吐出浊气，调整情绪，来到探长Matthew身前，最后争取："探长，按流程，如果赵志宇回到S市后，能否在第一时间请他来警局配合调查？"

"不然呢！"探长Matthew瞥向门口，不言而喻。

陈子琦满脸愤懑，继续对峙，不过她知道，无论她说什么，眼前这头美洲野牛，都不会相信她，与其浪费时间，不如自己去寻找线索。

陈子琦甩头，快步走出会议室，探长Matthew望着她的背影，毫不掩饰他的轻蔑。

刑侦大楼，石军办公室。

徐小伟手拿文件，跟石军一起看电脑播放的监控视频。

视频中，沈秦抱着公文包，在苏申的搀扶下走进电梯，来到8楼，画面到此结束。

看完视频，石军撑着桌子，不知想些什么。

徐小伟收起电脑，轻声提醒："石支，根据我最新的'三战战法'，通过信息战、合成战和证据战的综合运用……"

"你别扯这些概念，分析案情要拿证据说话。"石军打断徐小伟。

“对对对，”徐小伟赶紧改口，“我跟我的组员，把爆炸前两天的视频都看了，也走访过保安、查看过进楼登记簿，最近除了苏申去过，没发现其他可疑人员。”

石军严肃道：“继续说。”

徐小伟翻开文件，递给石军：“这是我连夜写的报告，是走访沈秦和苏申关系的调查总结，小朱跟沈秦的姐姐沈娜，也了解了不少情况，沈娜情绪比较激动，非说是苏申害得他们家破人亡。当然，这种话没有证据，我是不会采信的，但苏申跟死者关系不和，看不上苏申是个当刑警的。这事儿，咱们支队的人都知道。”

石军没看报告，眼神却很尖锐，看得徐小伟心慌。

“不是，石支你别这么看我。我承认，我平时是看不惯苏申的公子哥作风，一个警察全身上下穿的全都是奢侈品，确实不像话。”徐小伟叫冤道，“但是我这回，真的是实地走访、调查取证了，我说的都是事实啊。我就是怕大家都以为我拿着证据攻讦同事，才提前来跟您沟通的啊。”

石军不冷不淡道：“有什么好沟通的？我们是人民警察，办案就得实事求是、公事公办！拿证据说话，你还瞎担心什么。”

“是是是，石支您提醒得对，是我顾虑太多了。”徐小伟面露尴尬，“请您放心，往后的工作，我肯定会实事求是、公事公办，那报告我就放这儿了。”

石军挥了挥手，示意他离开。

徐小伟抱起电脑，哈着腰步步后退，带上了房门。

看着他的背影，石军摇了摇头，传出轻微的叹息。

幽暗的纪检约谈室里，空气静默得可怕，苏申垂头丧气，呼吸杂乱无序。

突然，房门被人推开，刑侦总队支队长石军、政治处张主任、政治处监察室小宋，依次走进来坐下，翻开笔记本电脑，开始约谈。

苏申闻声抬头，恰好跟张主任对上。

张主任身着笔挺的警用秋装常服，佩戴二级警督警衔，左胸口别着党徽，在灯光下熠熠生辉。他身形瘦长，仪容严整，严肃的眉宇间透露着凛然正气，让人不敢逼视，尤其是他的举止，好像用尺子量过，中规中矩，端着架子。

迎着苏申的目光，张主任眯起眼睛，犀利道："苏申同志，不管你的履历有多出色，我们政治处向来是秉公执法，绝不会为你网开一面。"

苏申精神恍惚，沉默不言。

"那你是自己全说，还是我一点点问？"张主任继续施压，手掌重重落在带来的文件夹上。

苏申缓过神来，紧张道："主任、石支，我先表个态，我会实事求是、如实向组织汇报。"

石军颔首，示意苏申主动说。

苏申回想当晚，将前后发生的事，娓娓道来："沈秦是我女朋友的父亲，那天晚上他有应酬，我去接他，送回了公寓，但是他喝多了，还吐了，我帮他收拾房间、烧水、擦脸，然后我就离开了。"

张主任抓住问题："你为什么会去接送沈秦？"

苏申略有犹豫，但还是坦言道："沈秦一直反对我和沈心怡恋爱，我女朋友想给我创造机会，改善我跟他的关系。"

石军追问细节："你离开时，房间里有没有异常情况？"

"当时沈秦已经喝醉睡着了，其他的……"苏申再度犹豫，"应该都正常。"

张主任点了点文件夹："你走之前，确认关好煤气了吗？"

苏申绞尽脑汁："我、我关了，应该是关了。"

张主任拔高声音，提醒道："苏申，你应该明白，你是最后接触沈秦的人，死者家属控告你有杀人动机，如今你已是闪爆案的嫌疑人，你必须解释清楚，不能只说应该。"

苏申慌了，情绪变得激动："我、我不可能害他啊，他是我女朋友的爸爸。"

"你冷静点。"石军安慰苏申，"就算你没有谋杀动机，但沈秦因煤气泄漏中毒身亡，而你当晚又用过煤气灶，因此存在意外过失致人死亡的可能，张主任问你的细节，对案情非常重要。"

苏申捂着脑袋，视线眩晕，对当晚的记忆出现了怀疑："我记得我关好了，可是我没有办法证明。"

张主任板着脸，没有丝毫人情味："你明知道自己涉案，还隐瞒事实、进入现场，你想做什么？"

"我、我只是想知道，现场到底什么情况。"苏申惊恐不安。

"明知故犯！"张主任腾地站起来，"你把警务纪律当什么？"

苏申哑口无言。

"叮铃铃……"

突然，张主任的电话响起，他拿出来看了眼，脸色微变，急忙走出室外，毕恭毕敬道："请领导放心，我一定从严办理，绝不姑息！"

不多时，张主任回来坐下，翻开文件夹，拿出一封检举信，拍到苏申面前："说说吧，有人实名检举你，生活作风奢靡腐化，上班开豪车、穿品牌、用奢侈品，并公然将奢侈品拿到办公室、给同事送礼，这些情况实属吗？"

苏申满脸委屈，争辩道："那是我女朋友送的，我……"

不等苏申说完，张主任便教训道："刑警要有刑警的样子，我们是为人民服务的，不是纨绔子弟、花花公子。"

苏申解释不清，索性低下头，认打认罚认骂。

石军望着这个苦心栽培的“师弟”，怒其不争，哀其不幸。

在政治处同事的陪同下，苏申精神涣散，拖着沉重步伐，如丧家之犬般，来到禁闭室。

有同事从旁经过，却不敢跟他对视，只能在背后观望。

按规定上交警官证、手铐、手机等物品，在清单上签字后，苏申走进禁闭室。

“砰！”

禁闭室的门被重重地关上，如判决的枪声。

苏申麻木地抬头，看向当下的处境——狭小的房间、一张木板床、一盏灯、一个卫生间，其他什么都没有。

他仿佛行尸走肉，来到木床上瘫倒，身体蜷缩成一团，感到无边冷意。

他的处罚下来了，因生活作风奢靡、品行存疑，涉嫌河畔公寓的闪爆案，违反警务纪律等，被处以暂时停职，留在单位反省思过，接受隔离审查，由政治处同事全天候陪同监督。

来禁闭室时，路过公告栏前，他亲眼看到，他的晋升公示，因为这次过错，被人摘下来，还拿走了意见箱。

先是准岳父身亡，女友重伤未醒，如今身陷囹圄，前途黯淡无光，似乎所有灾难，全都降临到他身上，压垮了他的脊梁，将他踩在地上，碾进臭泥土里。

苏申在床上颤抖，内心无限苦涩，眼角氤氲水雾流淌进嘴角，愈加苦涩，视线渐渐模糊。

恍惚中，他看见自己身着礼服，站在奢华古典的大堂，堂下宾朋满座，绽放喜悦笑容，一起鼓掌欢庆。

但很诡异的是，没有任何声响。

忽然，两束追光灯同时亮起，一束从远处打在苏申身上，另一束落在走廊那头，沈心怡站在光圈中，由沈秦搀扶着，微笑着走过来。

沈秦把她交给苏申，苏申下意识去接，不料牵手的瞬间，沈心怡变成了沈秦，狠狠掐住他的脖子。

慌乱间，苏申定睛看去：沈秦面目狰狞，眼中布满血丝，面目全非。

这个瞬间，追光灯熄灭，光线昏暗，映照沈秦的脸孔，狰狞可怖。

苏申想要逃脱，却被扼住了喉咙，发出诡异的嘶吼。

强烈的窒息袭来，无论苏申如何挣扎，都无法挣脱沈秦。

眼神渐渐涣散，视线模糊不清……

“呼哧、呼哧……”

苏申猛然惊醒，冷汗淋漓，惊魂甫定，大口喘着粗气。

幸好，只是一场噩梦！

第二章　暗室欺心

幽静的禁闭室，突然被人推开。

高剑拎着塑料袋进来，随后房门被警员关上。

苏申蜷缩在床上，面朝墙壁，眼神空洞无神，他听到了声响却动也不动。

“唉……”高剑到床边坐下，从塑料袋里拿出三本书放到床头，再推了推苏申，“石支特地跟政治处张主任打了招呼，让我过来看看你。”

苏申没有反应。

“我把魔方给你带来了。”高剑拿出魔方塞过去，“赶紧转起来，脑袋也转起来！”

苏申手指无力，从魔方上滑落。

“这你就蔫了？姓徐的写举报信，你知不知道？”高剑恨铁不成钢道，“你关在这儿，人家可是开始惦记明年的晋升机会了。”

苏申听得烦躁，从床头拿过枕头，紧紧蒙住脑袋。

高剑急眼了：“行，我真是瞎了眼，才把你当榜样。反正过不了多久，你就是东海最著名的凤凰男，那些八卦媒体都在传，公安局出了个凤凰男，小刑警想攀高枝不成，还涉嫌谋害未来老丈人。整个公安局的脸，都被你丢尽了！”

苏申身躯震颤，丢开枕头，弹坐起来，愤懑道："我一没犯法，二没吃软饭，我给谁丢人了。"

"你俩一个小警察、一个白富美，别人都这么觉得。"高剑说道。

苏申涨红了脸，失声大骂："放屁！我又不图她家背景，我们高中认识那会儿，她家还住石库门。"

"哦，"高剑露出坏笑，故意拉长声音，"早恋哦？"

"到大学才谈的！"苏申翻了个白眼。

高剑明显不信："你可拉倒吧，那会儿你俩上学放学，我虽然是初中生，但也看得明明白白，没想到短短几年，他爸翻身成了金融大鳄……"

苏申打断高剑："心怡怎么样了？"

"轻微脑震荡，体征稳定，但还在昏睡，我会去帮你留意的。"高剑声音低沉。

苏申松了口气，如泄了气的皮球，重新躺回去。

高剑忽然严肃道："你老实给我说，闪爆案真跟你没关系？"

"我跟心怡是正儿八经奔着结婚去的，我怎么会害她老爸！"苏申再次坐起来，双眼澄澈无瑕。

"光我知道没用啊，你得证明自己的清白！"高剑示以信任，却透着无奈。

"我被24小时关禁闭，怎么证明？"苏申拿起魔方，快速转动，"那些八卦记者，也不过过脑子，我要贪图沈家的产业，早跟她爸做生意了，造谣都不讲逻辑。"

"讲逻辑还叫造谣吗？"高剑失笑，拿起带来的书，"石队给你的！"

苏申看向书面，是曾仕强的《情绪管理》《论语的生活智慧》和《易经的奥秘》，显得不解。

"石队说你少年得志、有点飘了，还有你奢侈拜金的生活作风，也得改改。趁着关禁闭，让你多看看书，修身养性。”高剑不解地嘀咕，“也给我了，一样的三本。”

“知道了。”苏申放下魔方，接过书翻阅，发现读不进去，便扔到旁边。

在他眉宇间，满是焦虑和烦躁，无法静心。

这时，禁闭室被人推开，传来提醒声：“探视时间到了。”

“你仔细看看，书里有些话，说得蛮有道理，要是看不进去，想想案子也行！”高剑叮嘱后，离开了禁闭室。

枯寂的禁闭室内，苏申疲惫的双眼不再空洞无神，他拿起魔方，手指飞快转动，眉宇间的焦虑渐渐变淡。

河畔公寓楼前，摆上了香案供桌，供奉着沈秦的照片。两旁点上香烛，摆满了贡品。

桌前有术士，挥舞桃木剑，踩天罡步伐，背后是他的两个徒弟，一个唱着咒语超度亡魂，一个生起火堆烧化黄表纸。

再后方，张炯、沈娜身着素服，被网络自媒体、八卦记者簇拥着。

“这都两天了，警察到现在都没给我们说法。我可怜的兄弟啊，遗体都不能回家啊，可让他怎么安息啊。”沈娜悲痛哭泣，却不见半点眼泪。

张炯搀扶着沈娜，同样悲伤，共同面对镜头。

有记者问：“沈女士，您之前指控东海市公安局的警察苏申，涉嫌谋害您弟弟沈秦，请问您有没有实质证据？”

“要什么证据？就是苏申送我弟弟回家的！”沈娜脸皮震颤，“那个小瘪三，早看上了我们沈家的家产，上大学就开始勾引我侄女，我弟弟反对他们谈恋爱，所以他怀恨在心。”

有记者质疑：“这只是您的猜测，请问有从警方内部获得消息吗？”

沈娜忍不住发飙,却被张炯按住。

“你们这些记者,too young,too simple,还是太年轻了,把人想得太简单。”张炯比划双手,形成高低落差,“苏申是在石库门长大的小子,而沈秦沈总是什么背景?东海市著名的企业家!地位悬殊啊,一个人在超乎他想象的财富面前,他的野心、他的欲望,会变成什么样子?你们是想象不到的!”

记者们不停点头,频频按下闪光灯,露出挖到爆料的兴奋。

这时,保安小李和阿忠走来,看到香案供桌,小李高声提醒道:“上头有规定,这儿不让点明火,刚出了事故。”

“规你妈的头!”沈娜转身怒骂,“老娘弟弟死在你们楼里,我给他烧点纸怎么了?”

“你怎么不讲道理!”小李被骂蒙了,“你们装神弄鬼两天了,扰民知不知道!”

“我呸,轮得到你跟我讲道理!说我扰民……”沈娜骄横地抬头,“哪个说我扰民的,有本事当面来跟我说!”

保安阿忠气不过,拿起灭火器,拔掉保险栓,喷灭地上的明火,一时间,干粉翻滚,灰烬漫天飞,场面混乱不堪。

沈娜气急败坏,上去推搡阿忠,要动手打他,小李急忙拦阻。

沈娜不是对手,眼看要吃亏,张炯及时赶来,隔开沈娜和保安,并暗中使坏,踹中阿忠脚踝。

记者举起摄像机、手机对准这边,记录这场混乱。

沈娜将计就计,坐到地上,撒泼打滚:“保安打人啦,保安打人啦……”

慌乱中,一个肥胖的身影,突然冲进人群,撑开双臂,隔开保安,一脸赔笑道:“误会误会,都是误会。”

“误会什么?你们保安动手打人,还推我,他们都是人证。”看清来人是孙总，沈娜愈加嚣张。

孙总脸色微变，转身呵斥两个保安："还不赶紧给业主道歉！"

小李倍感委屈："经理，是她先打人的，我们没动手。"

"少废话，道歉！想不想干了？"孙总瞪眼警告。

保安阿忠攥紧拳头，咬牙切齿。

张炯注意到细节，站出来圆场道："算了算了，道歉就免了吧，我们也不稀罕。"

沈娜顺势站起来，盯着孙总和保安。

"谢谢、谢谢，感谢两位对我们工作的理解，他们这些保安文化程度不高，做事不周到，两位大人不记小人过，我回去肯定好好教育他们。"孙总哈着腰，感谢张炯大度，并在背后挥手，让保安赶紧离开。

"沈秦先生意外身亡，我们也很悲痛，原本我们物业也想登门拜访慰问，却一直不知道什么时候才举行沈先生的遗体告别式。"孙总掏出名片，毕恭毕敬地送给沈娜，"您是沈先生的姐姐吧？鄙人姓孙，如果有什么需要，您随时联系我。"

"我弟弟出事儿，你们公寓脱不了干系，我明天就去法院告你们！"沈娜瞥了眼名片，不予理会。

孙总难以自处，看向张炯。

"行了，你也别为难小孙，他说的又不算。"张炯勉为其难，接过名片。

孙总挤出笑容："谢谢理解，谢谢！"

张炯享受这种感觉，整个人轻飘飘的，渐渐眯起眼睛："小孙啊，今天就算了，改天有事，我会再联系你的。"

"好嘞好嘞，您随时有需要，随时呼我，我一定竭力效劳。"孙总应承着。

张炯挥了挥手，孙总会意，倒退几步后，转身离开。

沈娜余怒未消，夺过孙总的名片，撕得粉碎，撒得到处都是。

“呜呜呜……”

突然响起的风声，打破了老宅的宁静，似有修罗恶鬼，藏身暗中窥探，本就幽暗的空间，变得愈加阴沉。

一个黑影，无视外面的风声，端坐在茶几前，拿着限量款的24K纯金iPhone手机，播放着视频内容。

视频画面中，沈娜跟记者哭诉：“这都两天了，警察到现在都没给我们说法……”

这时，一个身影拖着行李，从外面走进客厅。

黑影察觉，按下手机锁屏，放到茶几上。旁边，那个H牌的限量款定制钱包，跟手机一样亮眼。

来人是个男子。男子没有露脸，他走到茶几前，放下同款的手机和钱包，顺手拿起放好的那套。

“玩得开心吗？”黑影看向男子。

“就那样吧。”男子有些意外，“你老板出事了？”

黑影站起身来：“听说是意外，煤气爆炸。”

男子略作沉默，继而莫名道：“她被你气跑了？”

黑影没有回答，而是拿起男子钱包，取出往返机票行程单、登机牌确认：“我先走了，公司里一大堆事儿，还等着我处理……”

黑影拿起手机，拖走男子的行李箱，背影渐行渐远，消失在黑夜里。

男子目送他离开，嘴角缓缓扬起，点燃一根香烟。

火光中，映射出一张陌生面孔。

肃穆的会议室里凝重且压抑，重案支队，除了苏申，全员列坐在此。坐在主位的，是东海市公安局刑警总队总队长赵克维，他亲自来重案支队，督促闪爆案的进展。

面容刚毅的赵克维，已年过知天命，笔直地坐在那里，有不怒自威的气势。他环顾众人，铿锵有力道："同志们，河畔公寓闪爆案发生距今已经三天了！在国庆期间，发生这种重大安全事故，市委市政府、市公安局领导都非常重视，而且……"

顿了顿，赵客维继续道："死者家属已多次向上级反映，我们调查进展缓慢，有些媒体未经核实，报道了一些不实信息，群众因此道听途说，给我们造成了巨大的社会舆论压力。我希望在座的各位，尽快查明案件事实，给公众一个准确的答复。"

众人起身，齐声应答："是！"

眼前这间清修室，氛围颇为诡异，弥漫着昏暗的红光。

中央靠墙处，布置着一个祭坛，供奉披着红色锦缎、阴森恐怖的花脸人偶，人偶面前点着香烛，摆满水果、糖果和零食；房间顶上，挂着一个彩色霓虹灯球，延展出八条霓彩灯串，灯串电线和四周墙壁，垂下各种符箓条幅，室内死角和门口，摆着奇怪金刚或罗刹雕像。

"老沈已死，你要保佑我扶摇直上、平步青云……"张炯跪在祭坛前，双手持香，轻声祷告，三跪九叩后把香火插进香炉里。

忽然，清修室被人推开，沈娜站在门口，四处打量，似乎颇为忌惮："又搞什么邪乎玩意儿！"

张炯霍然回头，狠狠瞪了眼沈娜，做出嘘声手势："别乱讲话，此乃古之张良生基催财之术，心诚则灵！"

沈娜不屑地撇嘴："小邱来了，你先出来说话。"

张炯眼角跳动，起身向外走去，又觉得不够恭敬，回身拜了拜人偶，这才离去。

清修室外，是张炯的别墅客厅，回荡着清雅的古筝音乐，装修以古典棕红色为主，全套红木家具古香古色，奢华非常。

张炯走出清修室，见沈娜陪着一位西装革履、清瘦冷峻的青年——邱明，这位年轻的鼎峰资本的副总，透着不露声色的优雅，给人以睿智的感觉。

邱明注意到张炯，见他身后的房间泛着诡异的红光，顿时眉眼动容。

“小邱，辛苦你结束假期提前赶回来，咱们边喝边聊。”张炯有所察觉，连忙关上门，招呼邱明坐下。

邱明点头示意，坐到客座上，张炯看了眼沈娜，先后落座主位，摆弄茶具，沏功夫茶，再为邱明奉上茶具、斟满。

邱明注意到，茶几上摆着一把折扇、一个秦汉风格的黑红漆盒，他看着那个黑红漆盒，有些出神。

“眼熟么？我看沈总有个类似的，就从国外寻了一个回来，不过我这个可是真古董。”发现邱明的异样，张炯揭开漆盒盖子，露出上好的檀香。

邱明不动声色，端起茶杯，打量道：“两位找我，不会是为了参观豪宅吧？”

张炯狡猾一笑：“小邱你现在，一开口就底气十足，跟以前的穷书生的确不一样了。”

邱明没有回应，平静地看着他，略显尴尬。

沈娜推了把张炯，换位置坐到邱明面前：“小邱，我跟你直说了吧。你看看这两天，公司股票跌成什么样子了？有些合作方还想撕毁合同、侵吞投资款，搞成这样，就是因为缺个镇得住的顶梁柱！”

邱明呷了口茶，默然不语。

张炯眼角跳动，给沈娜使眼色。

“小邱，你能有今天，都是我弟，沈总，一手提拔，一手栽培的，鼎峰资本是我弟的毕生心血。”沈娜打感情牌，指着自己与张炯，“我们俩也是创业元老，公司弄成现在这样，我们心痛啊！”

张炯拿起折扇撑开，轻轻摇晃，点头附和，一副深以为然样子。

邱明油盐不进，不冷不淡。

“心怡还在医院昏迷不醒，总得有个沈家的人出来主持大局吧？”沈娜坐不住了，暴露企图。

邱明提醒道：“沈总是不在了，不过大小决策，董事会会一起商议的。”

“外人靠得住吗？小邱，你是我弟的徒弟，我可是把你当自己人。”沈娜急了，搭上邱明手臂。

邱明反应机敏，礼貌地避开：“娜总、张总，两位到底有何高见？”

“那我就直说了吧。”沈娜故作姿态，“眼下公司内忧外患，我是最合适的话事人，我会在董事会上，提出代理董事长职务，你作为公司常务副总，应该撑我一把！”

邱明失笑道：“可我怎么听说，两位背着沈总勾结乙方侵吞款项？要知道，这属于职务侵占和非公受贿，你们都交代清楚了吗？”

“姓邱的！你……”沈娜被戳到痛处，气得拍案而起，幸亏被张炯按住。

沈娜强压怒火，不善道：“沈总出事之前，该说的我们都跟沈总说了。”

“人非圣贤孰能无过！”张炯收起折扇，懊悔道，“我们已经向沈总认错，也获得了他的原谅，而且对我们来说，当初跟沈总一起筚路蓝缕、艰苦创业的历程，是我们最珍贵的记忆和财富……”

顿了下，张炯继续道：“娜总的想法，不是为了一己私利，而是本着一颗‘挽狂澜于既倒，扶大厦之将倾’的赤子之心，你可明白？”

邱明再呷了口茶，平静得超乎想象，根本不接话茬。

张炯眼睛一转，收敛做派，做出保证："你放心，娜总出任代理董事长，是为了安抚内外人心和舆论，你是沈总最信任的副总，公司大小事务你最清楚，今后公司还是你来掌舵。"

"对，小邱，往后你就是我干儿子，还是公司的二把手！"沈娜连忙附和。

"这事儿我说了不算，还是回头再议吧！"邱明思量了半秒钟，"我下午还得回去开会。自从沈总出事以后，审计公司按程序，要进驻公司查账，但现在公司的境况，很多信息不方便透露出去，我得回去协商处理。"

沈娜看向张炯，张炯示意后，沈娜威胁道："小邱，识时务者为俊杰，公司毕竟是我们沈家的，你自己可要掂量。"

邱明正气凛然，不惧道："我也奉劝两位，一切为公司着想，从长计议。"

说着邱明起身离去。

看着邱明离去，沈娜满脸愤恨，压不住怒火，大骂道："什么东西！也敢跟老娘摆架子，敢这么说话！当年跟条狗一样，求爷爷告奶奶，要不是我弟可怜他，早滚回温县小渔村去了！"

"算了，他来这一趟，也算有点价值。"张炯眯起眼睛，"听到没，审计公司要进来了，有多少家底很快就清楚了。"

"把於律师喊上！"沈娜余怒未消，愤恨地拍案道，"姓邱的不帮忙，老娘自有办法……"

探长Matthew抱着大纸盒，丢到陈子琦面前，扬起一片灰尘。

"整理好，放档案室。"探长Matthew转身就走。

陈子琦捂住口鼻，挥手驱散灰尘，望着探长Matthew，愤愤不平。

这时，Daniel快步冲进来，手里挥着几页纸："探长，嫌犯锁定了！"

探长Matthew回头，看向那几页纸，Daniel递过去。陈子琦等警员全都聚拢过来，看见那几页纸上是前科男子Paul的基础信息。

Daniel介绍道："现场留下的血指纹和手印，经比对，与本市男子Paul完全匹配，这混蛋不仅吸毒，而且经心理鉴定，还有强烈的性瘾，专门针对亚裔女性下手。一年前曾因性骚扰和性侵入狱，当时的报案人，就是Rachel Lin。"

陈子琦觉得惊讶，随即皱起眉头，似乎在怀疑。

"查到行踪了么？"探长Matthew翻看资料。

"排查时，发现离Rachel Lin家不远处的空置别墅，里面有大量生活痕迹，还有一副望远镜。"Daniel点头，"怀疑是嫌疑人占据了空屋，窥探被害人隐私和生活。鉴定公司已经先过去了！"

探长Matthew卷起资料，敲打着手心，向前踱了几步，突然回头道："去把这混蛋带回来！"

"是，探长！"众警员齐声道。

陈子琦看向Daniel，Daniel点头回应，跟上众警员，冲出办公室。

探长Matthew捂着鼻子，走进恶臭弥漫的别墅，冲带着鉴定公司工作人员寻找有效痕迹和物证的Raymond招了招手。

Raymond走过来汇报："我们已经比对了这里的足迹和指纹，跟凶案现场发现的一致。"

探长Matthew环视屋内，走到床边蹲下身，从散落杂物中发现了白色粉末，他用食指拈起粉末，放到鼻尖闻了闻，确定是毒品。

探长Matthew拿起对讲器，分派任务："嫌犯不在屋内，很可能外出购买毒品了，外圈警员注意监控。"

谁能想象到，S市最大的贫民窟，跟最豪华的别墅区，只有一墙之隔。

狭隘逼仄的道路,脏乱差的卫生,破败倒塌的房屋,截然相反的环境,形成天壤之别,就连远处的海浪声听着都有些刺耳。

陈子琦和Daniel开车,在外圈巡逻搜索。

探长Matthew的命令,从对讲机传出来。陈子琦置若罔闻,盯着贫民窟巡视,情绪低迷道:“这种破旧社区,要藏一个人太容易了。”

“耐心点,嫌犯资料翔实,逃不掉的。”Daniel安慰道。

“不是我不耐心。”陈子琦不甘道,“我总觉得,调查方向可能错了。”

Daniel耸了耸肩:“有时破案也需要运气,再等等吧。”

陈子琦还想说什么,突然看到马路对面,走来一个棕色皮肤、身姿高大、绑着脏辫的男子。

她下意识觉得,这个男子可疑,不觉多看了两眼。

脏辫男似有所感,脚下加快步伐,钻进旁边的巷子,跟警车擦肩而过。

一闪而过之际,陈子琦看见巷子内,还有个瘦削的白人男子,正好跟脏辫男遇上。

电光火石间,陈子琦想到关键,果断道:“停车,调头!”

Daniel好奇:“子琦,怎么了?”

“好像,我的运气来了。”陈子琦声音颤抖。

Daniel调转车头,警车轮毂紧急打转,伴随着急刹车,回到巷口处。

巷子里面,已经空无一人。

陈子琦毫不犹豫,下车追了进去,Daniel想阻止,却已经来不及,只好跟上并检查配枪。

巷子的环境很差,布满生活垃圾,陈子琦持续深入,寻找脏辫男。

“咕叽……”

巷子深处的拐角，突然传来响动，陈子琦顿时警觉，蹑手蹑脚地潜过去，从墙后探出头，看见脏辫男正跟白人男子交易。

陈子琦很快认出，那个白人男子，就是搜寻的目标——Paul。她没有打草惊蛇，回头跟Daniel对视，比划手势，分头包抄。

Daniel想劝阻，陈子琦却已经行动，向另一头绕去。Daniel无奈，只好等待配合。

来到另一头，陈子琦紧握配枪，贴着墙壁，探出身子，小心地观察状况，却因为不小心，踢到了啤酒罐，发出“叮当”响声。

“谁在那里？”脏辫男瞬间警觉。

陈子琦没有回应，脏辫男疑心不减，拔出腰间的匕首，Paul也拔出匕首，跟脏辫男背靠背，谨慎地靠了过去。

“双手抱头蹲下，警察！”

拐角后的陈子琦，听脚步越来越近，果断转身抬枪，暴露在巷子中，枪口直指脏辫男。

脏辫男顿时僵住，赶紧扔掉匕首，双手举过头顶放弃抵抗。Paul躲在身后，眼神惊恐，被吓傻了。

“你，靠墙站好。”陈子琦指了下墙角，脏辫男反抗不得，只好过去蹲下。

“Paul，出来！”陈子琦逼过去，盯着脏辫男身后。

Paul惊恐地走出来。

看到Paul猥琐的容貌，陈子琦似想到什么，出现了片刻愣神。

与此同时，发现陈子琦贸然行动，Daniel脸色微变，举枪跟了出来：“Sylvia，等下……”

话音未落，脏辫男趁陈子琦愣神，突然发难，纵身而上，用身体撞向她手腕。

陈子琦猝然遇袭，配枪被撞落在地。脏辫男见此机会，想捡起配枪，却被陈子琦踢开，正好落到Daniel脚下。

脏辫男果断转身，捡起他那把匕首，Paul也不再惊恐，跟脏辫男一起，朝陈子琦冲过来。

脏辫男心狠手辣，刀刀刺向要害，气势咄咄逼人。陈子琦身手不错，腾挪闪躲，伺机反击。脏辫男无法取胜，双方陷入僵局。

Paul见无法突围，突然歇斯底里暴跳起来，胡乱挥舞匕首，朝陈子琦扑去，陈子琦脸色微变，后退暂避锋芒。

趁陈子琦被缠住，脏辫男转身，向Daniel冲去。

“砰！”

Daniel鸣枪，击中脏辫男大腿，脏辫男扑倒在地，捂着大腿哀号。Daniel冲上来，用手铐铐住他，再去协助陈子琦。

就在这个空当，陈子琦闪避不及，左臂被匕首划伤，但她毫无感觉，看中破绽，一记回旋踢，正中Paul左脸。

Paul“噗通”倒地，右脸跟地面磨蹭，刮出道道血痕，陈子琦看准时机，跨步上去，单膝跪地压制Paul，使其无法动弹。

“啊啊啊……”

Paul剧烈挣扎，力量超乎常人，险些掀开陈子琦，幸好Daniel赶来，帮忙铐上Paul。

Paul情绪失控，号啕大哭起来。

“你的手臂！”注意到陈子琦的手臂，Daniel失声惊呼。

陈子琦后知后觉，捂住伤口：“Shit！”

不久后，脏辫男、Paul被押上警车，众多来支援的警员正在来回忙碌。

有警员走到探长Matthew身旁：“确认是嫌犯Paul。另外，那个绑脏辫的叫桑托斯，拉美裔，是这片区的小毒贩。”

“都带回去！”探长Matthew挥挥手，转身走向陈子琦。

陈子琦在路边休息，左臂缠着绷带。Daniel在旁陪伴，看到探长Matthew走来，立刻起身站好。

探长Matthew看了眼伤口：“你还OK吧？”

“没问题，探长。”陈子琦挺起胸。

“太弱了，你的格斗技能。”探长Matthew揉了揉鼻子，“回去休息吧，放你三天假。”

陈子琦争辩道：“不需要，探长。”

探长Matthew不作回应，径直离开。

陈子琦涨红了脸，很不服气，下意识攥紧拳头，却因为用力，手臂剧痛，疼得她龇牙咧嘴。

Daniel安抚道：“淡定、淡定。”

鼎峰资本的会议室，富丽堂皇，落落大方，宽敞明亮，配备堪称豪华，然而此时，氛围却异常压抑，火药味弥漫，剑拔弩张。

属于沈秦的主位，如今人去座空。主位两边的席位，坐满了董事会成员，大多是西装革履、一本正经的中老年人。

他们围在圆桌两旁，目光冷淡，敌意地看着主位左侧——沈娜坐在那里，旁边紧挨着张炯，以及律师於兆梁。

於兆梁身形精瘦，梳着大背头，戴着金丝眼镜，穿着笔挺西装，挂着职业笑容，腿上摆着公文包，嘴脸虚假。

邱明坐在主位右侧，置身事外，如隔岸观火般沉默不语。

“大家如果没意见，我们举手表决？”张炯眯眼看着众人。

董事孟昶把钢笔扔到桌上，脸色难看道：“我反对！代理董事长一职非同小可，无论谁想上位，都得掂量掂量自己的斤两。”

沈娜横眉冷对，要破口大骂，却被张炯按住。

张炯愁苦道:“各位老伙计,沈董事长意外离世,公司内部中低层员工已经人心浮动,股票每天都在跌,市值跟着蒸发,还有圈子里面,各种流言蜚语和信任危机。你们在座的各位,都是跟着沈董事长创业的老臣子,你们就忍心看着公司一点点地……”

众人动了恻隐,踌躇不决,邱明低声叹息,瞥向窗外不想再听。

唯有董事薛峰,不为所动道:“审计公司已经进驻,明天就开始财务审计清算,届时出个通告,告知业内公司运转良好,恶意中伤的谣言自会不攻自破。”

“这是外方,不能治内疾。”张炯摇头叹息,“现在外面如此看低我们,最关键的问题就是公司缺了主心骨,别人都以为我们鼎峰资本群龙无首。”

“公司的日常运营事务,小邱最熟悉,只要他维持好公司运作即可。”孟昶戳破张炯的伎俩。

“邱总当然是管理日常事务的最佳人选,但公司还需要一位定海神针。”张炯看了眼邱明,不为所动道,“显然,沈家的人做代表是最适合的。”

众人拿不定主意,看向孟昶和薛峰。

“那也轮不到她沈娜!”薛峰嗤笑不止,“再说,沈总还有女儿呢。”

“心怡不是还在昏迷嘛。”张炯露出惋惜。

“那就等心怡醒了再议!”孟昶拔高声音,态度强硬道,“就凭你俩也想上位?哼!”

“凭什么?呵呵,我让律师给你普普法!”沈娜忍无可忍,朝身后挥手。

於兆梁授意起身,面向众人,彬彬有礼道:“各位老总好,鄙人姓於,是娜总的私人法律顾问,我解释一下……”

不等於兆梁说完,孟昶怒声打断:“哪儿来狗腿子,要你来多嘴!”

“保安呢？怎么什么人都放进来。”薛峰更是直接，走出会议室大叫保安。

保安闻讯赶来，对於兆梁虎视眈眈。

薛峰指着沈娜和张炯：“把这三个，都给我轰走！”

沈娜拍案而起，怒骂道：“你算哪根葱，敢动我试试看！”

保安被震住了，不知所措。孟昶迟疑片刻，点了点於兆梁，扔他就够了。

保安架起於兆梁，拖出会议室。

“你们这样撵人，是违法行为，是要负法律责任的。”於兆梁奋力挣扎，“你们搞清楚，这公司的继承人，终究是姓沈的！”

沈娜和张炯帮忙拉扯，推开保安，奈何保安雄壮，他们不是对手，场面混乱不堪。

董事会成员冷眼旁观，或是冷笑或是嗤笑，如看跳梁小丑。

“慢着！”邱明突然起身，喊停保安。

保安撒手，丢开於兆梁，退到旁边站立。

於兆梁重获自由，悲愤不已，以拉挺衣服、整理发型来掩饰尴尬。

孟昶感到不解，问邱明道：“小邱，你这是干嘛？”

“拉拉扯扯太不像话，而且他说得不无道理，不妨先让他说完。”邱明关上会议室，看向於兆梁。

“总算还有个懂法的明白人。”於兆梁回以致意，“我先来解释一下，娜总的继承合法性：娜总作为鼎峰资本创始人沈秦先生的姐姐，在法律上，对沈秦先生的遗产，同样具有继承权。”

於兆梁找回气场，瞥向众人，继续道：“原因是，沈秦先生和沈娜女士的母亲，也就是沈老太太还健在，而沈秦先生在生前，并未立好遗嘱，理清财富分配问题。虽说沈心怡小姐是他的独女，但是按照继承法，沈老太太同样享有继承权。依此类推，沈娜女士如今是沈老太太唯一的孩子，自然也享有这部分财产的继承权。何况，现在沈秦先生的女儿沈心怡小姐昏迷不醒，无法处理公司事务，那么沈娜女士顺理成章，是继承权的第一候选人。”

众董事皱眉，听得费解，窃窃私语。

没人发现，邱明的眉宇间隐藏忧色，眼神闪烁不定。

“年纪轻轻，满嘴放屁！”孟昶突然怒斥。

“你！”於兆梁敢怒不敢言，怒视孟昶。

沈娜也跳出来，指着孟昶警告道：“你说话客气点！”

双方剑拔弩张，眼看着要爆发，张炯及时出来，按住沈娜，调停道：“各位各位，说事儿就说事儿，别动肝火。”

薛峰站到孟昶身旁，不善地冷笑道：“好，那就说说清楚，你俩勾结乙方，侵吞公司款项，这事儿还没交代清楚吧？”

张炯急声驳斥：“不对！这事儿我们跟沈总坦白、认错了，得到了他的口头谅解，我们也承诺了，会把款项全部退还，但还没来得及告诉大家，沈总就……”

“是啊，反正沈总不在了，任由你们说，死无对证！”孟昶打断张炯，戳穿谎言。

众董事明白了缘由，交换眼色后报以嗤笑。

沈娜指着孟昶和薛峰，环顾其他众董事，气急败坏：“你们翻旧账有意思吗？老娘就是看你们一帮软蛋，又老又怂，我才站出来的，沈总出事到现在，你们个个只管中饱私囊，你们的那些破事别以为我不知道！”

众人面露惭愧，喧闹的会议室陷入短暂静默，静得让人心慌。

张炯见时机成熟，顶了顶沈娜，使了个眼色。

沈娜会意，调整呼吸道：“各位老伙计，我沈娜也是爽快人，只要我出任代理董事长一职，我会尽快调整公司股权分配和员工激励制度，你们自己考虑着办吧！”

邱明忍不住了，嘲讽道：“娜总，你这吃相也未免太急、太难看了吧！”

“小邱，你！”沈娜怒视邱明，“我这还不是为了顾全公司大局？”

“光说没用，大家心里都明白！”邱明不为所动，“我建议，大家就少安毋躁，给财务审计一点时间，等心怡康复回来，咱们再召集股东会议。”

沈娜惊疑不定，张炯也出乎意料，眼睛眯成了缝隙，好像能杀人。众董事会成员显然更信任邱明，纷纷点头表示赞成。

“既然都没有意见，那就先散会吧！”邱明果决利落。

众董事起身，陆续离开会议室，路过沈娜和张炯时毫不掩饰嘲讽之色。

众董事走后，邱明跟着起身，却被沈娜挡住，双眼喷火道：“小邱，你什么意思？我们沈家可从没亏待你。”

邱明平静地对视：“正因为这样，我奉劝两位一句：心急吃不了热豆腐。有空还是先关心一下心怡吧。”

说着，邱明越过沈娜，走出了会议室，并把门带上。

“什么玩意儿，居然向着外人。”沈娜失去理智，抓起手机，狠狠摔了出去。

“我看他是跟我们抬价呢！待价而沽。”张炯沉着脸，眼神森然。

沈娜冲会议室外，跳着脚大骂：“抬价？他也配，没我们沈家，能有他今天？”

张炯叹息道：“今非昔比啦！你也别总是‘小邱、小邱’地喊他，我就怕，他心里盘算的，跟我们想要的一样。”

“给他脸了！”沈娜一脸横肉乱颤，“这公司自始至终就是姓沈的，他个小瘪三算老几！”

张炯无奈地摇头："哎，女人，意气用事啊！"

沈娜不悦，踹向张炯，张炯闪躲不及，疼得倒吸凉气。

正捡手机的於兆梁，假装没有看见，把头埋到了胸口。

高剑提着保温桶，通过长长的走廊，来到东海市人民医院的单人VIP病房区，轻手轻脚地，推开303号病房，小心地走了进去。

房内靠窗位置，病床被高高垫起，沈心怡躺在床上，无神地望着窗外。她虽已经清醒，状况也算不错，但身体虚弱，脸色显得苍白。

听见有人进来，沈心怡转头望去，看到是高剑后，露出了欣喜，继而眼神落寞。

"苏申呢？"沈心怡沙哑道。

高剑关上门，来到病床前："他还在加班，走不开，让我先来看看你。"

说话间，高剑打开保温桶，拿出上层的塑料碗："炸猪排配辣酱油，老苏特意吩咐的。"

接着，他捧着保温桶拿给沈心怡看，扭捏姿态："小馄饨，嗲，来点？"

沈心怡被逗笑了，但还是心事重重："先放着吧，没胃口。"

高剑收起保温桶，重新拧上盖子，默然无语。

"我爸，还在你们公安局的法医鉴定中心？"沈心怡情绪低落。

高剑点了点头："法医还需要作进一步的检查，节哀。"

沈心怡喉咙哽咽，眼泪滑落，悲伤哀痛，高剑赶紧递上纸巾。

"你还记得现场怎么就爆炸了吗？"等沈心怡平复后，高剑轻声问道。

沈心怡试着回忆："我一开门就闻到一股煤气味道，但房间里太暗了，我急着开灯，然后就都不记得了。"

高剑低下头，轻声叹息："麻烦了……"

"你说什么麻烦了？"沈心怡睁大眼睛，"难道苏申跟我爸的死……"

高剑摆手解释："不是不是，完全两码事儿。"

沈心怡目光灼灼，盯着高剑："那他电话为什么一直关机？"

高剑装不下去，无奈道："哎，我也不瞒你，闪爆案到底是人为还是意外，还在调查，但老苏是最后一个接触你爸的。这事儿说不清楚，反正他现在是嫌疑对象，暂时被停职，正在隔离审查。"

"这肯定是误会啊，那天是我让他去接送的。"沈心怡急了，掀开被子，跳下病床。

高剑吓坏了，拉住她："我的大小姐，你可别……"

就在这时，病房门被推开，沈娜与张炯冲了进来。

"我的乖囡啊，你没事吧，让姑妈看看！"沈娜抱住沈心怡，搂得她喘不过气。

张炯则隔开高剑，用扇子顶住他胸口，警惕道："你让开点，嫌疑犯的朋友，自觉保持距离好吗？"

高剑瞥了眼扇子，驳斥道："你别造谣啊，我是警察。"

"我们都听到了！"沈娜松开沈心怡，瞪向高剑刻薄道，"苏申要是没问题，怎么会被调查？我早就说这小子没安好心。"

沈心怡帮忙解释："姑妈你胡说什么，这都是误会！"

"你个傻丫头，你就是被他骗得五迷三道、七荤八素！"沈娜点了下沈心怡的额头，再度瞪向高剑："你们警察最好给我们一个明确的说法，尽快归还我弟弟的遗体，苏申那个小瘪三，你让他等着，我们会追究他的法律责任的。"

高剑愠怒道："警方没有调查清楚之前，我也告诫你，不要造谣生事、诽谤人民警察！"

“你算哪根葱？乳臭未干，恐吓我啊！”沈娜睥睨高剑。

高剑涨红了脸，推开张炯的扇子，警告道：“你指什么指，注意你的行为。”

沈心怡本就虚弱，见沈娜咄咄逼人，顿时胸闷气短，捂着胸口缓缓倒了下去。

高剑脸色剧变，推开张炯，冲到床头，扶起沈心怡，一边按下呼叫铃，一边拍她脸颊：“沈心怡，沈心怡，你醒醒！”

沈娜和张炯见状，连忙退到旁边，面面相觑。

不多时，医生和护士赶到，见沈心怡全身痉挛，赶紧进行抢救。

医生打开手电，检查沈心怡瞳孔，吩咐护士道：“镇静剂！”

护士拿来注射器，注射镇静剂。

很快，沈心怡逐渐平复，睁开了眼睛，但眼前还是模糊，看不清楚。

“囡囡，我可怜的囡囡。”见沈心怡苏醒，沈娜突然扑过去。

“你们不要再打扰病人休息了！”医生见机，将沈娜拉开，“病人受了心理创伤，情绪很容易波动，你们刚才干嘛了，她怎么会全身痉挛？”

张炯看向窗外，装作事不关己。沈娜也别过头去，发现床头上高剑带来的保温桶，眼睛一转，走了过去。

“她没事儿吧？”高剑看向沈心怡，询问医生。

医生示意道：“怕留下应激反应，还得再住院观察几天。”

“你个小毛孩子，我们家的事不用你管！”沈娜走过来，把保温桶塞给高剑，意思显而易见。

高剑气不过，怒视这个泼妇，但想到沈心怡，还是忍了这口气，随后拿纸笔写了一张便签，递给医生：“如果有情况，您随时告诉我，我是警察，也是她的朋友。”

医生接过便签，看了眼上面的名字和电话，表示答应。

“哼！”高剑瞪了眼沈娜，冷哼一声，径直转身离开。

苏申坐在木床上，脸上胡子邋遢，精神却好转不少，平心静气地翻看《论语的生活智慧》。

突然，禁闭室被人推开，高剑拿着本书，跟政治处的小宋致谢后，走了进来。

“你还没下班？”苏申循声望去，有些惊讶。

“石支让我再给你送本书来，让你强化自身精神力量。”高剑扬了扬书，“嫂子已经没事儿，转到普通病房了，但还要住院观察几天。”

苏申拔高声音：“什么情况？”

“老爸过世、受了刺激，医生说可能留下了应激反应。”高剑叹气道。

苏申无心看书，浮现焦虑。

“爆炸之前公寓里发生了什么，她也不清楚。”高剑比划着手势，“只知道一进门、一碰开关，就炸了。”

苏申愣了两秒钟，再度垂头丧气。

高剑继续愤愤道：“还有她那个姑妈，疯了一样，没凭没据的，非要追究你的法律责任。”

“她这回正好棒打鸳鸯。”苏申苦涩地摇头。

高剑鼓气道：“所以啊，你不能怂啊！马上法医和痕迹的勘查报告一出来，这案子就得定性了，你赶紧想想，有没有什么证据、线索能帮帮你自己的？”

苏申沉吟道：“我确实有点怀疑，在我之后，可能有人进过沈秦的公寓。”

“你想到什么？”高剑紧张道。

苏申招了招手，示意高剑过来。

高剑坐到床边，跟苏申交头接耳，窃窃私语。

肃静的会议室里，石军坐在主位上，与重案支队各部门负责人，召开案情分析会。

周慧敏率先起身，讲述法医鉴定结果："石支，经过进一步的尸检和血检，我们发现死者沈秦的血液中，酒精和一氧化碳的浓度都超标了，但没发现其他毒物反应。死者身上没有发现其他伤痕，可以排除外力导致机械性窒息死亡的可能。结论跟之前的判断一样：死者应该是在醉酒后，吸入了过量的一氧化碳，煤气中毒身亡。"

石军点头示意周慧敏坐下，再看向李炜，让他继续。

李炜起身，拿着痕迹鉴定报告，讲述道："我的判断跟周组长一致，闪爆原因是燃气灶的软管老化松脱，引起煤气泄漏，开关处电线短路，电火花引发了闪爆。而且，我们在松脱的皮管、开关残片等与爆炸相关的关键位置上，都没发现指纹痕迹，基本可以排除人为破坏的可能。但是，关于苏申，我还想补充一些信息。"

众人屏气凝神，等待李炜补充，唯有角落的高剑，觉得疑惑不解。

李炜继续道："之前在闪爆现场燃气灶上发现的指纹，经比对，确实是苏申的，我们在房间的其他地方也发现了苏申的指纹，这些指纹分布的位置，与他之前供述自己进入沈秦公寓后的活动，基本一致。通常来看，如果苏申没有谋害沈秦的作案动机，也可以排除嫌疑了；但是，毕竟苏申是懂刑侦的，如果他有动机，就不能排除他进入公寓后，故意在其他地方留下指纹，却在关键环节戴上手套作案的可能。"

"你有什么好建议？"石军皱眉道。

李炜看向其他同事："严谨来说，我建议对他启动测谎程序。"

"这个建议可以接受！"石军思忖后，认可了这个建议。

突然，高剑站了起来："石支、李组长，我想补充一个细节。"

众人疑惑，看向高剑。

高剑有条不紊道："沈秦公寓的保洁和邻居，都提到了一个不寻常的情况，就是公寓里卫生间的窗户打开了一条缝儿。我勘查过，这条缝儿还像是被固定了一个开口大小，然后……"

说到这里，高剑卡壳了，忘记该怎么说，众人都看着他，让他压力倍增。

高剑强作镇定："然后，结合刚才周师姐和李师兄的报告，我怀疑这条缝的存在，是为了让空气能进入室内，当空气和煤气经过一晚上的充分混合达到一定比例，再破坏门口的开关铜线、制造短路，那么，煤气泄漏中毒和闪爆的条件，就都具备了。"

"你怀疑是人为的？"石军提出质疑。

高剑笃定道："对，而且能设计出这一套作案手法的人，非常聪明！"

众人也在思考，会议里的氛围变得压抑。

"高剑你今天是开挂了啊？"徐小伟提出反对，"我也反复勘查过监控视频，案发前后这几天跟沈秦回过公寓的人，只有苏申！难道你要指认苏申？"

高剑翻了个白眼，懒得搭理徐小伟，继续报告："石支，我现在确实没有证据，但我绝对相信苏申。我怀疑有人在苏申离开后，潜入沈秦的公寓作案。"

徐小伟再度驳斥："不可能，我运用三战战法，通过监控视频、通过实地走访确认过了，肯定没有其他的嫌疑人！"

言及此处，徐小伟意识到，自己有点偏颇，连忙向石军解释："别误会，我并不是说，这事儿一定是苏申干的！情感上，我相信苏申是个好同志，但他跟沈秦关系不和，大家都是知道的。我也相信周组长和李组长的专业能力。综合他们的分析，我觉得，如果通过测谎，排除苏申的作案动机,那么这次闪爆案,多半就是一起意外事故。”

“那卫生间的缝隙怎么解释？难道是沈秦自己酒醒了、开了窗,还就开了那么一条小缝儿？”高剑顿时急了,“又刚好碰到煤气泄漏,各种巧合偏偏凑在一起,凑成你说的意外事故,害死了他自己？”

高剑放缓语气,面向众人:“我对各位前辈、同事的能力都绝对信任,只是,我们做刑警的,不就是应该去核实每一个疑点吗？”

“继续说下去。”石军欣慰地点头。

“太阳打西边出来了！”徐小伟轻声嘀咕,“也行,反正苏申还得关禁闭。”

石军似有察觉,冷眼看向徐小伟,徐小伟吓得正襟危坐。

高剑继续道:“另外,如果考虑人际关系,我还想补充一个信息,苏申去樱花日料店门口接沈秦时,沈秦面色难看,疑似与沈娜、张炯发生了争执。这两人同样值得怀疑！”

石军眼神严厉,朝徐小伟看去,似乎在质问他。

徐小伟心里一突,赶紧解释:“我们正在排查死者的人际关系……”

石军确定他没撒谎,才没有过多追究。徐小伟如蒙大赦,松了口气,暗呼侥幸。

“高剑提供的信息和分析都有一定道理,进步了！高剑,你去把沈娜和张炯带回来询问。”石军给予肯定。

高剑欣喜道:“是！”

石军布置任务:“谨慎起见,现场也要再做一次全面勘查。”

刚坐下的徐小伟,赶紧站起来,身躯笔挺:“石支,我申领这次复勘现场的任务！您放心,我一定通过信息战、合成战和证据战的综合运用,调查清楚……”

石军不耐地打断:“行了,行了,用什么战法是你的事,切记,不要漏过任何蛛丝马迹！”

“是！”

警察署审讯室，氛围格外压抑。

Paul在审讯椅上，精神状态很差，神志萧条颓废，隐约有哽咽声，一副崩溃状。他望着自己的双手，语无伦次：“她躺在那儿，她放着音乐、袒着胸口，她勾引我，是她勾引我……”

Daniel审问道：“你是怎么杀害被害人的？”

“不是我，不是我！我进去的时候，她已经死了，地上都是血。”Paul疯狂摆手，继而揪扯头发，宣泄恐惧。

“冷静点！”Daniel严厉呵斥，“你的指纹、手印、足印都在现场，你家里也搜出了死者的首饰，还不认罪？”

“不是我！我那么喜欢她。”Paul涕泪横流，“她是我的宠物，我还要跟她玩游戏，你们为什么要杀她？”

Daniel似乎明白了，短暂的思考后，循循善诱道：“你是怎么跟她玩游戏的？”

Paul浮现淫荡的笑容，兴奋道：“我喜欢她，她就跟海报上的亚洲女人一样美，我经常去她家陪她……”

在Paul的回忆中，故事在一年前。

那是个夜黑风高的夜晚，海风呼啸得厉害，压断了棕榈树的腰，一场大风暴即将降临。

Paul趁着天色，穿着宽松的体恤、大花短裤，从车库与客厅连接的消防门，偷偷潜入客厅，像壁虎似的趴到卫生间外，偷听林芮的沐浴声，并疯狂地深呼吸，掠夺洗浴的味道。

随后，Paul溜进卧室，拉开衣橱，挑了件性感内裤，陶醉地蒙在脸上。

这时客厅传来响动，林芮已洗浴完毕，Paul担心被发现，躲进了大床底下，用内裤捂着鼻子，控制自己的呼吸。

林芮走进卧室吹头发，发香挥发，钻进Paul的鼻腔，使他愈加陶醉，下意识地把左手伸进了裤裆里。

吹完头发，林芮熄灯，到床边褪下浴袍上床休息。

看着林芮光洁的小腿，缓缓展露在眼前，Paul激动地哭出来，却不敢吱声，他把内裤塞进裤裆，疯狂地上下揉搓，强烈快感袭来，让他失去理智，发出沉重的喘息。

“谁在那里？”

林芮有所察觉，从床上坐起来，神情惊恐四处寻找，最后发现声音来自床底，且越来越强烈。

林芮探出身子探查床底，与Paul四目相对，吓得大声尖叫。

尖叫破空而出，传遍整个别墅区。

曾经的回忆，让Paul难以承受，神色变得疯狂，他双手捂头，狂躁道：“我那么喜欢她，她不懂我，还报了警！”

Daniel做出推理：“所以你蓄意报复，出狱后就想谋杀她？”

“不！我想念她，我不想伤害她，我只要她在那里陪我玩！”Paul一边咆哮，一边伤心地痛哭。

Daniel和同事面面相觑，很不理解。

探长Matthew坐在主位，扫视会议室的警员，见陈子琦缠着绷带坐在角落，习惯性揉着鼻子。

Daniel站在他身后，陈述审讯结果：“嫌疑人Paul承认自己出狱后还想对被害人林芮实施猥亵，但他认为这只是跟被害人玩游戏。同时，他坚称自己入室的时候，被害人已经死亡；抢劫财物只是因为没钱买毒品，临时起意。”

探长Matthew冷笑道：“满口谎言和狡辩！”

Daniel表示不解：“但，他确实说不清犯罪的具体过程；而且，他只想猥亵和玩弄被害人，犯罪动机也不合理。”

“那血手印和足迹呢？”探长Matthew提出疑问。

Daniel解释道：“嫌疑人承认出发前吸了毒，看到被害人躺在地上，想要奸尸，但血渍和血腥味让他感觉恶心反胃，停手了。”

探长Matthew再问：“那凶器呢？球桶和球杆上的手印呢？”

Daniel翻阅审问资料：“和之前推断的一样，逃跑时撞翻了，想扶起来却发现留下了血手印，吓得胡乱丢弃，仓皇逃跑了。”

探长Matthew看向众人：“一个多星期了，凶器查到什么了？”

警员们低头不言，会议室冷场了。

“加把劲儿，伙计们！”探长Matthew觉得尴尬，鼓掌鼓动气氛。

“探长，大家都很努力！”陈子琦突然起身，“但我觉得，现在是调查方向有问题！”

探长Matthew瞪着陈子琦，居高临下道：“你在质疑我？”

“抱歉探长，经过这次审讯，我更确信这名叫Paul的白人男子不是凶手。结合他的供述，我怀疑凶手早在他入室之前，就已经杀害了林芮。”陈子琦毫不怯场。

探长Matthew轻蔑道：“一个有性瘾和毒瘾的罪犯的话，你也相信？他吸了毒，神志不清地进入现场杀人，事后狡辩不肯承认，太常见了！”

“那他跟Rachel Lin的丈夫Justin Zhao是否有关系？Justin Zhao迟迟不肯回国接受我们询问，也很可疑！”陈子琦据理力争。

Daniel帮忙解答：“Paul出狱后生活拮据，账户也没有可疑的收入；跟Justin Zhao应该也不认识。一年前，Rachel Lin被性骚扰后报案，也是朋友陪同，她的丈夫始终没露面。”

陈子琦抓住重点：“对！夫妻关系不和，这就是疑点。”

探长Matthew双手撑桌，咆哮道：“Sylvia，这都是你主观猜想！我给你批假两星期，回去休息养伤吧。”

陈子琦还想争辩，却见Daniel摇头，只好接受这个安排，但她还是不甘心，觉得憋屈。

“等什么？去搜凶器！”探长Matthew冲众人大吼。

众警员起身，陆续离开，Daniel也拉起陈子琦，逃离了会议室。

探长Matthew怒视陈子琦，直到她的背影消失。

樱花日料店内，高剑踏着古典邦乐，在服务员的带领下，来到那天晚上沈秦所在的包厢。

站在包厢门口，服务员告诉道：“当时我给他们送菜上来，听到吵得很凶，还摔了杯子，其中一个老板拉开门，气哄哄地走了。”

“听到他们说什么了吗？”高剑走进包厢，仔细查看。

“我真不是要偷听。”服务员面露难色，“只是他们吵架太响了。”

高剑安慰道：“没事儿，你这是提供线索。”

服务员试着回忆：“那个冲出来的老板，骂其他两个客人都在骗他，要毁了他的公司！”

高剑目光如炬，仿佛在眼前重现那天晚上的情景。

张炯的别墅。

高剑和几名刑警一边出示警官证，一边走了进去，保姆闻声赶来阻止。

高剑等人置若罔闻，挺身往里走，保姆阻挡不得，边退边劝，退到了客厅里。

高剑环顾客厅，没有张炯的身影，倒是沈娜在沙发上抱着手机，传来游戏的声音。

发现高剑进来，沈娜掐掉手机，怒斥保姆："怎么什么人都放进来！"

保姆满脸委屈，弱声解释道："他说他是警察，要找张总。"

沈娜甩了甩手，让保姆下去，接着打量高剑，鄙夷道："苏申的瘪三小朋友是吧？你来干嘛？"

"没有证据我是不会来的。我还想问问你呢！"高剑对沈娜在这里，感到非常怀疑。

沈娜语噎，略显慌乱，强迫自己镇定，掩饰心虚。

好在这时，张炯穿着道袍，从清修室里走出来。高剑敏锐注意到，清修室泛着红光，似有阵阵阴风。

见高剑等人正跟沈娜对峙，张炯脸色微变，连忙上前来。

"怎么跟警察同志说话呢。"张炯看向高剑，"您找我有事？"

高剑收回目光，看向张炯："经走访调查，两位在沈秦死前一天曾与他发生激烈争吵，想请你们去公安局，了解一下具体情况。"

沈娜屁股一歪，坐到沙发上："关我们什么事，不去！"

高剑高声提醒："这是例行询问，请你们配合。"

另外几名刑警也是剑拔弩张。

张炯眼珠一转，立刻答应道："要去！这是给我们机会说明情况！同志您稍等，我换身衣服……"

沈娜翻了个白眼，重新抱起手机。

沈娜和张炯被带回来后，被分派到不同的询问室，由高剑和徐小伟，分别进行询问。

沈娜坐在高剑对面，身后站着一名全副武装的女警，她环顾询问室，不敢再跋扈，神情紧张。

“你和张炯涉嫌职务侵占和非公受贿，沈秦死前曾说，要依法处理你们，你记恨他吗？”高剑盯着沈娜。

沈娜闪过慌乱：“干嘛？你怀疑我啊！那是我亲弟弟！”

张炯在隔壁询问室，面对徐小伟和朱艳君，故作镇定。

张炯满脸赔笑道：“徐警官你别乱猜！都怪我自己一时财迷心窍！那天晚上在樱花日料店，我们就是去跟沈总认错的，我已经答应全数上缴乙方送我们的礼金，沈总也答应不追究了。”

徐小伟目光如炬：“我怎么听说，你们不欢而散、没谈妥呢？”

张炯愣了两秒，矢口否认：“不是、不是！当时沈总还在气头上，但我们已经把礼金都上交公司财务了，你们可以去查。”

张炯的慌乱，逃不过徐小伟的眼睛，示以怀疑。

隔壁询问室。

沈娜用她的泼辣，掩饰不自在：“钱都交了，事也过去了，我干嘛谋杀我弟弟？他是我家顶梁柱，你当我傻吗？”

“那9月30号晚上，你后来去了哪里？”高剑步步紧逼。

沈娜眼神犹疑，闪躲高剑的注视：“我，我去逛街了。”

转瞬间的迟疑，被高剑捕捉到，他凝视着沈娜，直击内心深处。

隔壁，徐小伟问出同样的问题。

“我，就回家了啊。”张炯狭小的眼缝，到处胡乱飘移。

徐小伟凝视张炯，眼神压迫，咄咄逼人。

近乎同时，徐小伟、高剑加重语气：“你有证据吗？！”

张炯满脸为难，遮掩道：“这事儿涉及隐私。”

沈娜涨红了脸，搭在胸前的双手，不觉地乱动着：“我、我的律师呢，我要叫律师！”

看出沈娜虚张声势，高剑的眉峰，渐渐舒展。

明亮的月光，投进警察署办公室，让这片漆黑的空间，多了几分轮廓。

陈子琦的位置，亮着微弱的光芒，她坐在电脑前，盯着屏幕，以四倍速度，播放林芮家别墅区门口的监控。

监控画面中，Paul走过监控。

画面结束后，陈子琦拿起笔记本，写下时间：9月30日晚10点17分，再继续操作键盘，倍速倒放视频，神态专注。

画面飞速倒退，于9月30日晚10点06分，一辆白色丰田车离开小区，陈子琦暂停画面，准备记录。

就在这时，办公室的大灯亮起，陈子琦下意识躲避，却又想到了什么，慌张地看向门口。

“你完全可以亮着灯，他们不会回来加班的。”Daniel拿着汉堡饮料，微笑着打招呼。

陈子琦松了口气，没有回应Daniel，而是在笔记本上，写下：10点06分，白色车一辆，并继续倒放视频。

“有线索吗？”Daniel把汉堡递给陈子琦。

陈子琦摇了摇头，接过汉堡吃起来。

画面中，9月30日晚9点37分，一辆白色丰田轿车，缓缓驶入别墅区。

陈子琦按停，警觉地盯着屏幕。

Daniel俯下身，看向屏幕疑惑道：“怎么了？”

陈子琦没有理会，对照笔记本，把画面定位在10点06分，也就是白色丰田车，离开小区的时候，来回切换，比较两个画面。

“白色，车型目测相同，半小时内进出，你觉得呢？”陈子琦指着两

个画面，声音带着兴奋

“等下，我有Rachel Lin邻居家的监控画面。”Daniel也激动起来，转身拿来他的电脑，坐到陈子琦身旁，“进入时间？”

陈子琦提醒道：“9月30日晚9点37分。”

Daniel打开电脑，拖动视频进度：“在这儿！”

监控画面中，9月30日晚9点38分，画面边缘露出一个白色车头，车灯熄灭后，一个全身黑衣、模糊的身影，在画面下方一闪而过。

Daniel惊呼：“时间能对上！”

“破坏了监控的，才是凶手！”

陈子琦盯着监控，目光慑人，兴奋地要跳起来。

第三章　天荆地棘

清晨的余晖落进石军的办公室，照耀着那些奖状，光辉夺目，熠熠生辉。

沙发上，赵克维坐在石军对面，叹息道："鼎峰资本的沈秦，毕竟是咱们东海市金融圈的知名企业家，上级领导一直很关心闪爆案。沈娜和张炯也有些社会关系，刚刚被传唤询问，就有老领导来打招呼，让我们一定要核实清楚。"

石军看了眼时间："只是例行询问，笔录应该快完成了。"

话音刚落，高剑和徐小伟敲门而入，向赵克维和石军敬礼。

"赵总、石支，交代了。"徐小伟难掩喜色，"9月30号晚上，他们俩跟沈秦不欢而散，随后去了张炯的别墅。他们不仅有利益勾结，还长期保持不正当的婚外情。"

顿了下，徐小伟继续道："小朱已经跟张炯的保姆核实了当天情况，还有行车记录仪作证，应该可以排除两人直接作案的可能。"

石军眉峰上扬："雇凶的可能呢？"

高剑沮丧道："他们交代了职务侵占，及非公受贿被发现的情况，但否认对沈秦心怀怨恨，都说没有谋杀沈秦的动机。我们在反复询问中，观察了他们的微表情、肢体动作和情绪反应，前后基本一致，应该没撒谎。”

“我们也排查了他们最近的手机通信记录，以及银行卡的交易信息，并未发现可疑的行为。”徐小伟接着补充，“目前证据不足，这两人是否有雇凶行为，暂时说不清。”

赵克维与石军对视，看出了彼此的难色。

徐小伟见氛围不对，小心地请示道：“那这两人……”

赵克维想了想，起身往外走去：“咱们不能冤枉好人，但也绝不能放过坏人。走！我来处理。”

石军没有迟疑，与高剑、徐小伟跟上。

询问室外，石军和赵克维在走廊上，耐心等待着。

不一会儿，沈娜从询问室出来，看到石军后，骄横地别过头，不予理睬。

近乎同时，张炯也被释放出来，毕恭毕敬地迎上赵克维，主动握手。

“感谢你们的配合。”赵克维跟张炯客套，“不过案件还有疑点，还需要后续配合调查。因此，两位在结案之前，不能随意离开东海市，务必随叫随到。”

沈娜顿时不干了，跟赵克维理论：“凭……”

张炯瞪眼，打断沈娜，应承道：“没问题、没问题，我们清者自清，一定全力配合。”

说着，张炯给沈娜使眼色：“是吧？”

“我肯定不走，我们沈家的公司，我那可怜的侄女，都得我来照顾！”沈娜不甘地回头，皮笑肉不笑道。

高剑与徐小伟别过头，懒得看沈娜的嘴脸。

石军则平淡道：“另外，我要提醒二位，案件调查清楚之前，不管出于什么目的，都不要再利用媒体散播不实信息或谣言，无端给我们警察制造麻烦。同时，我们警方也保留追究相应责任的权利。”

沈娜心虚地看向张炯，张炯眼睛一转，满口答应：“我们都晓得，石支队长，您放心……”

石军不置可否，假意客套两句后，示意高剑可以带他们走了，并跟赵克维率先离开。

没等高剑引路，张炯殷勤的嘴脸瞬间消弭无形，和沈娜前后走向电梯间。

高剑撇了撇嘴，不情愿地跟上去，送到电梯门口。

“叮！”

电梯来了，沈娜走进电梯，嘀咕道：“算什么事儿，敢来查老娘！一定是苏申那个臭瘪三在背后搞事情，公报私仇！”

张炯跟进电梯，关闭电梯门，继而呵斥沈娜：“少说两句，也不看看地方……”

高剑目送电梯关闭，不知想到了什么，仿佛泄气的皮球，发出无奈的叹息。

S市的日头，躲在阴云中，给人心头蒙上了阴霾。

陈子琦在探长Matthew面前，和Daniel一起，用笔记本电脑播放剪辑后的监控。

画面中，9月30日晚9点38分，画面边缘，露出一个白色车头，随后车灯熄灭，下来一个身影模糊的男子。

陈子琦按停画面，看向探长Matthew，满怀期待。

“就这样？”探长Matthew揉着鼻子，“这个破坏监控的，和本案的嫌疑犯，你能证明是同一人吗？”

陈子琦说道：“行为可疑，时间对得上，而且能看清车辆轮廓，推测车型,这也是线索!”

“这样的白色小汽车,在全S市不计其数。照你的想法,一辆辆比对,要投入多少警力和时间,才能查清楚?”探长Matthew转过电脑,对准Daniel,“这么模糊的影像,全身遮挡,你能分辨凶手的面部和身材特征吗?”

Daniel哑口无言,瞥向陈子琦。

陈子琦愤然,还想争取,却被探长Matthew无情打断:“影像毫无价值、办案逻辑不严谨,你们还觉得是重大发现?”

陈子琦无力辩驳,憋屈地低下头,眼神不甘,酝酿着无形的火苗。

“你不在家休息,为什么要私自介入调查,耽误我的时间?”探长Matthew突然质问道。

陈子琦自知理亏:“我一定……”

“回家去!”探长Matthew指着门口喝令。

陈子琦盯着探长Matthew,一脸倔强,但还是败下阵来:“是,探长。”

说罢,陈子琦转身就走,摔门而出。

“哼!”

探长Matthew全然不屑,冷眼看向Daniel:“出去!照我说的,去搜查凶器、搜查那些贫民窟的混蛋。”

“是,探长。”

Daniel如蒙大赦,抱起笔记本电脑灰溜溜地逃离。

连关数日禁闭后,苏申面容憔悴,胡子拉碴,不过他的眼中,已经恢复神采,翻看着书本津津有味。

忽然,强烈的光线袭来,禁闭室被人推开,石军走了进来。

“师兄!”苏申赶紧站了起来。

石军走到近前，拍了拍苏申肩膀，示意他坐下："这才几天，你看看你，颓成什么样了！"

苏申坐回床上："闪爆案还有些细节没想明白，这两天一直睡不好。"

"没想清楚？你教高剑那些，不是挺有条理嘛。"石军面带揶揄。

苏申愣住了，似乎想不到被石军看穿了。

"高剑这小子，说着说着忘词儿、结巴了，我就知道，是有人教他说的。"石军在床边坐下，"虽然你们的想法缺乏证据，但不放弃任何疑点，这点值得表扬。"

苏申挠了挠头，矜持地笑了。

"我今天来，不谈案子，先说说你的思想作风问题。"石军从床头上拿起书本翻阅。

苏申表明态度："师兄，我这两天也在认真反省，以前确实太不拘小节，忽略了女朋友送的礼物原本就是奢侈品，但我真没有拜金和炫耀的想法。"

"不拘小节？你倒蛮会给自己找台阶的。"石军失笑道。

苏申语塞，羞愧地低下了头。

石军合上书，严肃道："私人感情，我不想过问，但有人举报你生活作风奢靡，我作为你师兄，得多说几句……"

苏申抿着嘴，望着自己脚尖。

"你女朋友送你情侣装、奢侈品，希望你穿得体面精致，跟她的家境般配，是为了你们俩人好。"石军苦口婆心，"但你要分清场合、注意身份，你把那些名牌服装、奢侈品带到单位、放在宿舍，像什么样子？张主任说得没错，当警察，就要有当警察的样子！"

苏申诚恳道："是，师兄，我之前是被、被爱情冲昏了头脑，我保证不再犯了。"

“被爱情冲昏了头脑？我看你是没意识到问题的严重性！作风奢靡只是表象，思想认知才是重点。”石军指了指脑袋。

苏申竖起耳朵倾听。

石军谆谆教诲：“你刚毕业那会儿，分配到我们支队。我一看，哟，中国刑警学院的学弟，成绩出类拔萃，还是奥克兰刑警学院的双硕士学位，又是东海本地人！你的专业能力是好，但工作了这几年后呢？你人也慢慢飘了……”

苏申惭愧地低下了头。

“这偌大的东海市，有多少人赶上好时代、勤劳致富，有多少人经不起财富、名利和美色的诱惑，毁掉了毕生的幸福。”石军感慨道，“咱们都是石库门弄堂里长大的孩子，你见得、听得还少吗？你自己想想，物质财富带来的快乐，能维持多久？”

苏申保持着沉默。

石军叹息道：“我知道，现在经济条件好了、物质生活更丰盛，年轻人都想快速致富、活得潇洒，最好有个富一代的爹，每天挥金如土！哼……”

苏申嘴角浮动想要说话，却被石军阻止，让他继续听：“你不用解释，没这种想法就好。”

“古人说，食色，性也。人之大欲，生而为人，总会遇到财富、名利、美色的诱惑。”石军轻抚着书本，“不过书里有句话，说得很妙，严格说，人的下半身是动物，只有上半身才是人。”

“你还不到三十岁，人生和职业生涯都才开始，你得自己想明白，活这一辈子，除了赚钱发财、过潇洒日子，能不能有点更高、更纯粹的精神追求？”石军意味深长。

苏申身躯震颤，殷切道：“石支、师兄，当刑警、当个好刑警，就是我毕生的梦想！”

“嘴上说谁不会？”石军不苟言笑，“一入刑队深似海，咱们刑警，苦字当头！工资也不高，跟那些开豪车、住豪宅、十里洋场、灯红酒绿的富贵生活，肯定没法儿比，你能不能守着清贫、守着警察的原则和本分，干一辈子？你自己得想清楚！”

“师兄，您放心，我之前是犯浑，但我没忘本。”苏申郑重表态。

石军不置可否，反而问道：“咱们刑警学院的院歌怎么唱的？”

苏申毫不犹豫唱了起来：“童年的偶像，是除暴安良的好汉；少年的迷恋，是英雄虎胆的神探……”

“行了，记得就行，而且要一直记住！”石军拍了拍胸口。

苏申用力地点头。

“还有个事儿，请你认真严肃地回答我。”石军陡然严肃道，“苏申同志，沈秦的煤气中毒和爆炸案，到底跟你有没有关系？”

苏申赶紧起身，站得笔挺：“报告领导，绝对没有！”

石军也站了起来，提振道：“既然没问题，你这么丧气干嘛！记住，你的人生和职业生涯，都才刚刚开始，只要你没犯法、没犯原则性错误，哪里跌倒，就从哪里爬起来！也希望你通过这次挫折，找到人生的真相。”

苏申备受鼓舞，眼角酸楚。

石军拍着他肩膀，殷切道：“案子得公事公办，徐小伟已经去复勘现场了，你打起精神来，配合做一个测谎问卷，帮自己排除嫌疑。”

苏申哽咽道：“是，谢谢师兄！”

石军点了点头，往外走去，却又想起了什么，转身叮嘱道：“你被举报这事儿，就不要追究举报人了。”

苏申点头道：“是，怪我自己犯浑，我一定深刻反省！”

石军继续道：“还有件事，苏哲是你堂弟吧？”

“他是我本家堂叔的儿子，公安大学在读，今年大四了，正在深圳刑侦支队实习呢。”苏申颇感意外。

“是就好!”石军摇头笑道,“他打电话到我这儿,还自报家门,打听你的事情,我以为找错人了,等你出去了,给他回个电话,免得担心。”

苏申这才释然,似乎意想不到。

“哦,对了。”石军似乎想到了什么,“我们的刑侦前辈,苏奎生烈士……”

“是的。”苏申肯定到,“就是苏哲的亲爷爷。”

石军频频点头,也不再多说,走出了禁闭室。

徐小伟带着朱艳君,来到河畔公寓。

早就等候的孙总小跑着迎了上来:“徐警官您好,不知道您今天过来,怠慢之处还请担待。”

“客气了,我们就是过来复勘下现场。”徐小伟点了点头。

“啊?”孙总紧张起来,“我不知当不当问,是爆炸案有什么问题吗?”

徐小伟凛然道:“没有!我们办案历来严谨,复勘现场,是为了确保万无一失。”

“是是是,徐警官一开口,就知道您专业、敬业。”孙总奉承着。

徐小伟露出笑意,自信地摆了摆手。

孙总殷勤道:“有什么我帮得上忙的,您尽管说!”

徐小伟向朱艳君招手,朱艳君拿出笔记本,核实情况:“我们核实了公寓的施工图,发现每栋公寓都有一条消防通道,是吧?”

孙总毕恭毕敬:“对对对,但平时都没人走动的。”

“带我们去看看。”徐小伟不容置疑。

“行,您这边走。”孙总前头带路。

跟着孙总，徐小伟来到公寓楼后方，这里有一扇小门，门没有上锁。

门口处，有被通知来的保安和保洁阿姨，站在那里不知所措。

徐小伟推开小门探身凝视，里面幽暗无光，随即回身，犀利地环顾周围，扫视监控的位置和角度，神情渐渐严肃，想起了高剑的发言。

孙总以为他不满，霍然训斥保洁阿姨："这通道都多久没打扫了，全是灰，像什么样子！"

"还有这门锁，坏了都不知道，你是怎么巡视的？"孙总继续训斥保安。

保安一脸委屈："这是消防通道，平时不让锁！再说，谁会过来啊……"

孙总怒声呵斥："还狡辩？你就是工作不到位，还不赶紧打扫！"

保洁阿姨、保安低下了头，战战兢兢不敢吭声。

听到保安的话，徐小伟忽然警醒："这个通道不能打扫！"

"啊？领导，又、又出了什么问题吗？"孙总诚惶诚恐。

徐小伟瞪眼道："先说你的问题，你说事儿就说事儿，对员工客气点！"

孙总点头哈腰："是是是，领导说得对。"

"你们监控的布局不对啊。"徐小伟指着监控的位置，"这附近的摄像头，都照不到这个通道，这里是监控盲区……"

"领导，我们的物业经费有限，当初安装的时候，只重点照顾了前面和公寓大堂。"孙总委屈道。

徐小伟不置可否，吩咐朱艳君道："回头去监控室，确认一下这些监控的视野。"

"好！"朱艳君记下来。

孙总搓着手，焦虑不安，眉眼闪烁得厉害。

徐小伟没发现异样，继续招手道："把东西给我吧。"

朱艳君拿出三件套，徐小伟接过，穿戴好："不信我的三战战法？不就是现场勘查吗，有什么难的，我现在就走一趟！"

孙总不明就里，跟着一起进入通道。

"我们查案，你就别进去了，切记，这条通道不能打扫！"徐小伟告诫孙总。

"是是是，请领导放心，我一定保护好通道！"孙总及时止步。

徐小伟打开手电筒，率先走进楼道，朱艳君紧随其后。

楼道里，朱艳君走快了，扬起大片灰尘，呛得他下意识扬手，试图驱散。

"走慢点，有什么蛛丝马迹，看仔细了！"徐小伟提醒道。

朱艳君扫视台阶，疑惑道："探长，这条道真没人来过，除了灰尘，什么都没有！"

徐小伟严肃道："别大意！"

说话间，他们放慢脚步，拾级而上，很快来到8楼。

徐小伟推开消防门，走出来，拍掉尘埃，来到沈秦的公寓。

"咱们这回，也算实践了'实地勘查'这门传统刑侦手艺，不还是跟我三战战法的勘查结论一致嘛。"徐小伟眉眼得意。

朱艳君频频点头附和。

"你回去后，要在《侦查日志》上强调，我们的侦破手段是以信息战、合成战和证据战的三战战法为主，辅以实地勘查的传统刑侦技术，反复、仔细地勘查了闪爆的中心现场和外围现场。"徐小伟叮嘱朱艳君。

朱艳君赶紧记下："好的！"

随即，徐小伟和朱艳君进入中心现场。

林芮家别墅区后面，是一片宜人的海滩。

白色沙滩上，海鸥迎风飞舞，展示曼妙舞姿，海浪有节奏地拍打着岸边黑色的礁石，浪声悦耳动听。

海滩已被警方封锁，探长Matthew和Daniel在中间，望着Raymond手中的球杆。

Raymond笃定道："型号比对过了，应该是死者家遗失的那支。至于指纹，我们得带回去检验、提取。"

说罢，Raymond转身，带着球杆离去。

探长Matthew不无得意，跟Daniel炫耀："看！我之前对杀人手法，判断没错吧？"

Daniel没有回答，并皱起了眉峰，闪过疑云。

刑侦总队的测谎室简单明亮，测谎仪器上时而响起电子音，仿佛灵魂的呼吸，透着神秘。

苏申在安全椅上，身上贴满感应片，线路尽头连接测谎仪。测谎仪前，两名测谎工程师正在进行工作，一名负责问询，一名负责记录。

工程师李飞问道："在与死者女儿沈心怡的恋爱中，你是否受到对方家庭的反对和压力？"

苏申点头："有过。"

李飞继续道："沈秦反对你们的恋情，主要原因是什么？"

苏申平静道："他觉得我的工作太危险，再者收入不高，没办法给我女朋友优越的生活，也就是门不当户不对。"

李飞再问："你和沈秦的女儿，社会地位和家庭背景落差巨大，在恋爱过程中，是否有自卑或焦虑感？"

"早期有过，渐渐就没有了。"苏申保持平静。

李飞看了眼仪器，接着问道："是因为女朋友带给你优越的物质生活，缓解了你的自卑心理吗？"

“不是，我并不看重物质财富，更不是因为财富才和她恋爱的。”苏申语气笃定。

李飞问道：“你是否曾为，女朋友家境优越，物质生活条件改善，而沾沾自喜过？”

苏申坦然道：“有过一阵子。”

李飞问下一个问题：“你会不会为自己经济条件不足，感到恐慌和焦虑？”

苏申挺起胸膛：“不会，我对物质财富的态度，一向是顺其自然。”

李飞又问：“在你和死者沈秦的交往中，他是否有轻蔑或侮辱你的言行？”

“轻蔑有，但没有侮辱，算是给我压力，言辞都很客气。”苏申认真道。

李飞追问道：“压力有哪些，能举例说明吗？”

苏申不疾不徐：“主要是希望我放弃刑警职业，跟他从商赚大钱，更好地照顾我女朋友和家人。”

李飞放下文件夹：“东海市金融圈著名的企业家，亲自给你抛橄榄枝，你不心动吗？”

“当警察是我儿时的理想，我能做自己喜欢的工作，有稳定的收入，就已经很知足了。”苏申平静地摇头，“我父母和女朋友很理解我，不会逼迫我为了财富放弃生活和理想。”

“那……”李飞故作停顿，“对沈秦的轻蔑言语，你会记恨他吗？”

“不会！”苏申很干脆。

测谎室隔壁是测谎监控室，石军站在一块单向玻璃前，密切注视测谎全程。

石军身后，另有两名测谎工程师，对照仪器的数值、心率、呼吸和皮肤电流等记录苏申的反应。

仪表盘上，数值和波段处于绿色，始终很平稳。

不久后，苏申走出测谎室，在走廊上看到石军，目光交汇后，跟随政治处同事离开。

又过片刻，测谎工程师走出来，跟石军打招呼："石支，测谎过程很平稳，相当顺利。"

石军点头致意："辛苦！等报告出来，苏申就能排除谋杀嫌疑了吧？"

李飞得意道："那是当然！一般的测谎，只能为办案提供侦查方向和依据，但我们的测谎报告不同，咱们的测谎实验室，是经过ISO9001和9002国际质量体系认证的，得出的报告可以直接当法庭证据使用，整个华东地区独此一家！"

"那几天能出报告？"石军沉吟道。

李飞想了想："三天！我给您一份清晰、详细的测谎报告。"

"能不能加个急？"石军殷切道。

李飞会意一笑："石支果然是爱才啊！两天吧，我一定抓紧。"

石军松了口气，握手表示感谢。

回去的路上，石军步履轻快，悬着的石头总算落下去了。

警察署会议室内氛围凝重，列坐的警员大气都不敢喘。

探长Matthew坐在主位，一手撑着鼻子，一手拿着鉴定公司的报告，眉毛缩到了一起。

Daniel在他身后报告道："经过伤痕和球杆的磨损比对，这支高尔夫球杆，确实是杀害Rachel Lin的凶器，但没有Paul的指纹。"

探长Matthew情绪烦躁，甩手扔开报告。

"可能……Sylvia的判断没错，Paul不是真正的凶手。"Daniel轻声提醒。

探长Matthew转身，狠狠瞪向Daniel。

两旁其他警员互相交换眼色，私语不断。

探长Matthew吐出浊气，恢复自信道："干得好！我们又排除了一个嫌疑人，说明我们的调查方向没错。"

众人心领神会，响起零散的掌声，角落的陈子琦一脸愕然。

"不是Paul，也可能是其他亚裔、非洲裔或拉丁裔的穷鬼、混蛋！今天先散会，明天开始，你们把全市的贫民窟全都翻一遍，一定要把那个混蛋找出来！"探长Matthew看了眼时间，下班时间到了。

"是，探长！"众警员欢呼。

Daniel还想讨论，但探长Matthew已经离开，其他人也陆续起身，只好低头叹息。

深沉的夜色下，警察署的停车场近乎空空如也，只剩几辆警车和Daniel的别克车，稀疏地停在那里。

Daniel坐上驾驶位，准备离开时，副驾驶座旁的车门被人拉开，陈子琦穿着连帽卫衣，遮住脸庞，钻了进来。

"Sylvia，你不怕探长看到？"Daniel惊讶道。

陈子琦毫不在乎："我看到他走了，他怎么可能会加班！"

"你想干嘛？"Daniel神色稍缓。

陈子琦系上安全带："先走，边走边说。"

Daniel只好发车，缓缓驶出警察署。

回去的路上，陈子琦望着窗外，愤懑道："明明是调查方向错了，他还要坚持，简直可笑！"

"我的推测应该没错，这起案件一定跟赵志宇有关！我一定要证明给Matthew看，我才是正确的！"陈子琦越说越急。

"放松点，他不让你介入就算了。"Daniel安慰道，"你都两年没休假了，就当补个假期吧！”

“我不需要！”陈子琦保持倔强，“这不是正常放假，而是职场放逐！”

Daniel劝阻道：“冷静点，探长说的也是现实，警队就这么点人手，如果从白色汽车调查，确实有难度。”

“那他的调查方向呢？还不是大海捞针！”陈子琦看向Daniel。

Daniel沉吟道：“Sylvia，这不是对和错的问题……”

“他对我有偏见和歧视，职场歧视、性别歧视、种族歧视，全部歧视！”陈子琦打断Daniel。

Daniel无言以对，气氛尴尬得可怕。

“Sylvia，作为你的朋友，我觉得你这样太辛苦了。”Daniel试着打破僵局。

陈子琦挑眉：“你什么意思？”

Daniel放缓语气：“我知道你很努力，但客观上，在A国当警察，尤其是刑警，对你这样的华裔女性来说，实在太艰难了！你想想你的伤，你面对的罪犯，可能比你高大、比你强壮，身材比例远高于你！这份工作对你来说，太危险了。”

“你这也是歧视，男人能做的，我也可以！”陈子琦冷笑。

Daniel无奈道：“Sylvia，男女在生理上有力量、体型差异，这是客观事实啊！你不做警察，也可以做其他工作，很多A国华人女性都选择了安稳生活，早点结婚，我不懂你为什么这么偏执。”

“Daniel，我不像你，从小在安全舒适的白人社区长大。小时候，我家住在唐人街附近，治安混乱，我们华裔孩子不敢单独上街，怕被人霸凌、被人敲诈，我也遇到过。”陈子琦侧过身，严肃地看着Daniel，“没人管我们，报警也没用，所以我从小立志，长大后要当S市的警察，让那些流氓混蛋不敢再欺负我们华人，懂吗？”

Daniel抿着嘴："对不起，我只是想说，上帝赋予每个女人享受温柔的权利和命运，如果有人，愿意给你一份安全、舒适的生活，让你安心做全职太太，Sylvia，我希望你能认真考虑一下。"

陈子琦置若罔闻，氛围再度尴尬，直到公寓楼下，陈子琦推门下车："谢了！"

Daniel抓住陈子琦，一脸认真道："Sylvia，我认真的！"

"Daniel，我的命运我自己做主，和任何其他男人、和你所谓的上帝，都没有关系！"陈子琦回过头，"其实，你跟其他人一样，潜意识里瞧不起女性、也瞧不起华人，尤其是华人女性。"

"不不不，我没有……"Daniel摆手解释。

"不过，你比其他男人好一点，你没那么傲慢！虽然，你也不是很明白你自己的潜意识。"陈子琦反手一甩，"再见，回去吧！"

陈子琦径直下车，走进了公寓楼。

细雨飘洒过后的天空，一片澄碧，纤云不染，阳光带着清新空气，挥洒在市刑侦大楼高悬的警徽上，将刑侦大楼衬托得威严肃穆。

禁闭室中，苏申胡子拉碴，翻看曾仕强的书，精神饱满了许多。

忽然，政治处张主任、石军推门而入。

苏申连忙起身，立正身姿，端正态度。

张主任看向石军，石军示意他发言。

张主任也不客气，看向苏申严肃道："苏申同志，经过东海市公安局的测谎鉴定，现已排除你谋杀沈秦的嫌疑。经组织决定，允许你回归工作岗位，但鉴于你之前的奢靡生活作风，将你从探长职位降为普通侦查员，剥夺你未来一年内，参选公安内部奖项以及各类职位晋升的机会。希望你严格要求自己，检点自己的言行，恪尽职守，踏实工作，不辜负组织对你的信任和培养。"

苏申敬礼道:“谢谢领导和组织的信任,我一定不会辜负期望。”

“你尤其要感谢石支队长,他为你前后奔忙,帮你证明清白,你才有重新证明自己的机会。”张主任提醒道。

苏申哽咽道:“谢谢师兄!”

石军拍了拍他肩膀:“行了,赶紧把自己收拾精神,回支队报道。”

“是!”

苏申抖擞精神,在石军等人的陪同下,缓步走出禁闭室,手里捧着那几本书。

禁闭室外,政治处小宋捧着小托盘,来到苏申面前。

苏申取回警官证、手铐、手机等物,签字画押后帅气地转身走开,脚步轻盈。

回到宿舍,苏申洗了个热水澡,刮去颓废的胡茬,恢复了清秀的面容。

随后,他把沈心怡送的名牌西装、腰带等奢侈品,全都装好袋子,放进衣柜底层,再取出警用常服,一件件穿戴好。

穿戴整齐,苏申回到镜子前,凝视镜中的自己,还挺帅气。

整理好衣领,苏申准备出门,却在这时,高剑推门而入正好撞上。

高剑不由分说,紧紧抱住苏申,拍打他的后背,凝噎道:“回来就好,回来就好!”

苏申推开高剑,轻捶他胸口:“你至于嘛?我是接受教育重获新生,又不是刑场回来!”

高剑会心而笑,欣慰不已,问道:“心怡还在医院,你要不要去看看她?”

苏申想了想:“先回支队吧!”

午后时光,走进咖啡馆,香味迎面而来。

人们靠在窗边，望着玻璃窗外，品尝着下午茶，消遣恬静的生活。

最里面的卡座上，陈子琦拿出监控截图，交给对面的华人夫妻——Wilson和Jessica。

Wilson看完截图，摇头道："这照片太模糊了，林芮的社交圈基本都是华人精英阶层，出行也是高档商场或酒店，不太可能惹上贫民窟的流氓。"

"听说她和丈夫感情不好，对吧？"陈子琦试着追问。

Jessica激动起来："对！你是不是也怀疑，是赵志宇在雇凶……"

Wilson脸色微变，握住妻子手掌，提醒她别乱说。

Jessica甩开丈夫，愤愤道："干嘛不让说？就是因为大家瞒着林芮，她才傻呵呵嫁给赵志宇，但凡我们有一个人，提醒她赵志宇是渣男，她也不至于……"

Jessica情绪失控，忍不住哭了出来。

"赵志宇是什么背景，你又不是不知道，大家都不想惹事嘛！"Wilson一脸愁苦，"而且，陈警官也没有说，一定是他干的呀！"

"他们婚前出了什么事吗？"陈子琦抓住重点。

Wilson叹息道："赵志宇就是个人渣，在外面寻花问柳，花天酒地。有一次我在酒店跟人谈生意，撞见他带女人开房，一黑一白，你懂吧？"

"渣成这样，你们都不告诉林芮？"陈子琦惊愕道。

"赵志宇是华人圈里有名的超级富二代。"Wilson有苦难言，"他爸是从东海移民来的华侨富商，听说祖上很有钱，住在是市中心老租界的别墅。"

顿了下，Wilson继续补充："他就是个纨绔子弟，霸道总裁习气，平时嚣张跋扈，想要什么一定要弄到手。所以，我们敢怒不敢言，再说，我们也希望林芮能过上好日子。"

陈子琦的直觉告诉她，这里面肯定有问题，却想不明白，问题出在哪里。

Jessica哽咽道:“赵志宇追求林芮时,对她是真的好,大小节日从不落下,礼物小玩具,大到奢侈品,能想到都送遍了;欧美旅行、星级酒店,说走就走,想去就去,我们都很羡慕,如果林芮跟他结婚,跨越阶层鸿沟,实现阶层跃升,以后就不用辛苦奋斗了,这么想,她总归是幸福,谁知道……”

陈子琦忍不住冷笑:“你们好歹是国内留学出来的精英,居然相信有钱等于幸福,居然女人的幸福托付给阶层跃升。阶层鸿沟,是那么好跃升的么?”

夫妻俩无地自容,愧疚地低下了头。

“你们最近有没有听说,他们夫妻闹过矛盾,或者有什么争执?”陈子琦冷静情绪。

Wilson想了想,摇头道:“我们也很久没见林芮了,最近半年她都在闹离婚,为了财产分割吵得焦头烂额,一直没谈妥。”

“闹离婚?”陈子琦陡然拔高声音,好像发现了新大陆。

Jessica点头道:“对!赵志宇在外面有了新欢,小三好像是东海来的华人,叫关茜。”

陈子琦若有所思,用笔记本记下:东海、关茜,随即起身:“行,谢谢两位,如果后续还有需要,希望你们能继续配合。”

夫妻俩跟着起身,与陈子琦握手致意。

“陈警官,一定要查赵志宇,他肯定有问题。”Jessica悲愤地提醒。

Wilson搂住妻子,让她小声,并环顾四周确认没有华人。

陈子琦瞪了眼Wilson,不乏蔑视。

走出咖啡馆,陈子琦坐回车内,翻开笔记本电脑,拨通Daniel的电话。

电话那头,Daniel正在喝咖啡,听到手机铃声迅速接通,小声道:

“稍等片刻。”

随即，他走出办公室，来到走廊隐蔽处，重新接通道：“Sylvia，你还好吗？”

陈子琦不耐烦：“别废话，帮忙查点信息。”

“什么？”Daniel感到意外。

陈子琦告诉道：“帮我查Rachel Lin的丈夫Justin Zhao的信息，家庭背景信息也要，还有他的情人，中文名叫：GUAN QIAN。”

Daniel紧张起来：“等等、等等，你又私自查Rachel Lin的案子？如果被Matthew知道……”

“那就不要让他知道。”陈子琦冷声打断。

Daniel急声阻止：“不不不，Sylvia，你这样等于违规办事，你……”

“要么帮我查案，要么我们断交，懂？”陈子琦合上电脑，扔到副驾驶位。

电话那头，Daniel沉默了。

陈子琦威胁Daniel：“OK，那我现在回警队，当着Matthew的面，问你要资料，那是你私下帮我整理的。”

“等等、等等，停、停！”Daniel背靠墙壁、一手握着电话、一手扶额，一脸无奈道，“我帮你，OK？你别冲动，也别来警队，给我两天时间，OK？”

陈子琦平静道：“OK，两天后我去警队，你拿资料给我。”

“不不不，后天下班后，我整理好资料，给你送过去。”Daniel急忙阻止。

“OK，谢谢！你是好样的。”陈子琦有些小得意。

电话那头，Daniel放下手机，气得抓狂。

沈秦的办公室，位于东海市核心CBD高层，站在东海市顶端，眺望浦西十里洋场,坐揽所有风光,可谓意气风发。

然而办公室的主人,如今斯人逝去,徒留无尽哀叹。

“啪嗒!”

忽然,办公室被人推开,沈娜和张炯溜了进来,摆上黑白遗照、水果贡品,点燃两根白蜡烛,放好古色香炉。

沈娜焚香祷告,对着遗照鞠躬叩拜,念念有词:“我苦命的弟弟啊,过了头七,除了我,谁记得祭拜你……”

自从进来后,张炯一直在转悠,时而翻看书柜,时而翻找抽屉,听到沈娜的祷告,不禁摇头偷笑。

沈娜听到动静,怒斥张炯:“你乱翻什么呢?过来!”

张炯无奈地过来,双手合十,正准备跪拜时,有人推门进来。

来人是财务总监刘成,30多岁,一副精英打扮,还有两名审计公司的工作人员。

“你们干嘛?办公室不许有明火!”刘成看到蜡烛,顿时变了脸色。

“我祭拜我弟弟怎么了?没有他,你们能在这么高档的地段上班?都是没良心的!”沈娜颐指气使。

“不是,娜总,物业有规定。”刘成表明清白,“审计公司已经进驻审计,这里的文件资料都是核心商业机密,我是怕万一……”

沈娜冷哼一声,扭过头去,看来无话可说。

“这两位是审计公司的,我们来拿文件。”刘成指着身后,试着化解尴尬。

审计人员上前来,严正告诫道:“不好意思,按规定,受审计人的办公室和材料,都要封存起来,请你们配合,先离开这里。”

沈娜不依不饶,却被张炯拉走:“走吧走吧,别打扰人家干活。”

沈娜无可奈何,拜了拜沈秦的遗照,这才骄横地离开。

“小刘,沈总有个红黑色的古董漆盒,怎么不见了?”走到门口,张炯忽然回头问道。

刘成愣了一下,眼珠打转道:“在保险箱锁着呢。”

张炯若有所思:“那里面是什么东西,这么宝贝?”

“瞎惦记什么?那里面是公司财务UKey!”沈娜不耐烦了,拍了张炯后脑勺一下。

张炯赶紧解释:“不是,我就是喜欢那个古董盒子。”

刘成狐疑更甚。

“就知道惦记我家古董,叫你惦记……”沈娜忍无可忍,把张炯打出门去。

沈娜和张炯离开后,刘成吹灭明火,关闭房门,配合审计人员搬走文件资料。

临走前,刘成拿出钥匙将办公室锁死,并把唯一的钥匙交给审计人员。

石军办公室。

徐小伟毕恭毕敬地给石军递上复勘报告,斜阳落在他肩头,本来沉稳的面容略显意气风发。

石军仔细翻看后,夸赞道:“报告写得不错!体例规范,格式工整,用词严谨,还结合了你的新战法,以及实地勘查分析,可以给其他同志当模板。”

“不敢不敢,石支过奖了,我是在一点点学习,模仿您以前的案情分析报告。”徐小伟笑着谦虚。

石军合上报告:“文笔好,就不要谦虚了!”

徐小伟难掩得意:“不敢不敢,我还需要继续努力。”

汇报完,徐小伟没有离去,反而有些踌躇。

石军疑惑道:“还有事吗?”

“就是……”徐小伟犹豫道，“既然已经排除苏申的嫌疑，现场也没有人为破坏痕迹，我想以意外事故结案，好尽快给上面、给社会一个交代，您看可以吗？”

石军闪过隐晦的犹豫。

见石军迟疑，徐小伟顿时惶恐：“这，石支，报告里有什么疏忽、纰漏吗？”

“不是你的问题，你先出去吧。”石军放下报告。

徐小伟不敢多问，识趣地转身离开，他刚走到门口，外面便有人敲门。

石军看向门口：“请进。”

苏申和高剑推门而入，迎面看到徐小伟，徐小伟示以标准的微笑，主动与苏申握手：“欢迎归队！”

“谢谢！”苏申回以标准的礼貌。

“嘁！”高剑翻了个白眼。

徐小伟不屑地看了一眼高剑，径直走出办公室。

“警员苏申，正式归队。”来到石军面前，苏申并腿敬礼。

石军点头默许，眼神却瞥向高剑，警告道：“翻什么白眼呢？要注意团结！”

高剑不敢辩驳，郁闷地挠了挠头。

石军把徐小伟的报告递给苏申：“刚好你来了，徐小伟复勘现场，结果跟李炜的分析一致，没有发现人为破坏痕迹；加上你的测谎报告，证实你不存在谋杀动机，他力主以意外事故结案，你怎么看？”

苏申翻看报告，渐渐拧起眉头，欲言又止。

高剑不明原委：“那就赶紧结案呗，免得天天被上面和舆论催！”

石军看了眼苏申，再看喜形于色的高剑，不禁摇头苦笑。

高剑自讨无趣：“我说错什么了？”

“你啊，就是个活宝，脑子真的简单！你看苏申一脸丧气，就该明白问题的严重了。”石军点了点高剑，“虽然排除了他的动机嫌疑，但他毕竟是最后一个进出公寓的，还使用过燃气灶，如果有人诚心为难他，说是他的过失导致煤气泄漏，导致沈秦死亡和闪爆呢？如果没有其他证人，严谨地说，法律上他是要负民事责任的。”

“民事责任？那是要赔钱？赔多少？赔给谁？沈心怡吗？”高剑蒙圈了。

石军摇头道：“具体情况，得看死者家属的意向。”

苏申合上报告，若有所思。

“你在想什么？”石军看向苏申。

苏申疑虑道：“师兄，谢谢您替我考虑得那么周全，且不说民事责任的问题，我看了报告，还是觉得可疑。”

石军一抬下巴，示意他继续说。

苏申斟酌道：“公寓楼有一条处在监控盲区的消防通道，说明我之前猜想，有人在我离开后，避开监控、进入沈秦公寓的可能性。可报告又说，消防通道和闪爆现场，没有发现人为破坏痕迹，我、我还是持谨慎态度。”

“现在没有证据，你还坚持怀疑，沈秦可能是被谋杀的？”石军眉峰上扬。

“复勘现场的时候，李师兄和小马去了吗？”苏申躲避石军的眼神。

石军读懂了他的心思：“你啊你，你对同事的专业能力不放心？”

苏申解释道：“不是的，师兄，徐探长这份报告，已经写得很详细了，我只是担心，他可能疏忽了细节。”

“比如？”石军饶有兴趣。

苏申认真道：“除了之前说的，卫生间窗户留下的缝隙，门口开关也很可疑,因为闪爆中心,是门口的开关,但开关被炸毁后,到底是自然老化,还是人为破坏,根本无从查验。”

石军被吊起了胃口,追问道:“如果是你,准备怎么查?”

苏申请求道:“我想亲自去趟现场,撬开其他开关,看看内部铜线,和接触点的老化程度,还有那个消防通道,我也想再去勘查。”

石军略作思考:“去可以,但你只能看,不能碰!这个案子你得避嫌……”

苏申点头如捣蒜,连连答应。

苏申择日上午,与高剑、李炜和马涛,来到河畔公寓,直达消防通道。

苏申在入口处,观察周围环境,环境并不复杂,除了常见的植被,只有一个小型健身区。

目光扫视间,苏申找到监控分布,做出判断:“确实是监控盲区!”

高剑望向通道内:“徐小伟的报告还说,不仅入口在监控盲区,整条通道里,也没有灯光和监控。”

“李师兄,要不……您带队再查几遍?”苏申向李炜挤眉弄眼。

李炜会心一笑:“我要不走这一遭,某些人是不会死心的,小高、小马和我一起勘查,你跟着。”

苏申做出手势,请李炜先走。

由李炜带队,马涛、高剑和苏申跟随,穿戴好三件套,靠墙壁贴边走,逐渐爬向8楼。

李炜每走一步,都会用手电筒先勘查下一步台阶,工作非常严谨。苏申同样如此,扫过台阶时,动作很慢,非常细致。

“你别撞我!”高剑走在最后,控制不住步速,差点撞倒苏申。

高剑满脸委屈:“你们走得太慢了!”

“你急什么？脚步慢一点，看仔细一点，手电扫慢一点。”苏申俯视高剑，比划双手做示范。

继续往上走，随着光束晃动，苏申恍惚间，看见有个足印，忍不住惊呼：“那是什么？李师兄！”

“你看到什么了？”李炜兴奋地转身。

苏申有些不自信：“好像是鞋印，我不太确定……”

黑暗中，苏申蹲下身，平握着手电筒，保持光束与台阶齐平，一级级台阶往上扫。

李炜理会用意，也蹲下身后，紧盯光束照射的区域。

果不其然，再往上几级台阶的中间位置，浮现出一串新鲜的鞋印。

李炜招呼马涛，给鞋印拍照记录，并掏出标志物，放在足迹边上，很快显示出两组足迹痕迹。

李炜勘查这些痕迹，不觉失望道：“不对！虽然这两串鞋印，痕迹新鲜，边缘清晰，但足底没有纹路，明显是在灰尘上留下的减层平底鞋套足印，多半是徐小伟他们勘查时留下的。”

“再走走看吧，或许能找出其他痕迹。”苏申并未气馁。

李炜点了点头，继续往楼上爬。

他们在通道里，来回走了三遍，累得气喘吁吁，最后停在5楼拐角处，稍事休息。

高剑落在最后，右手叉在腰上，左手拿着电筒，照着前方的苏申，抱怨道：“已经第三遍了，还是一无所获，这样走下去，完全没意义啊！”

李炜平复呼吸，看向苏申道：“走了三遍，只看到两组灰尘减层的平底鞋足印，看来真没其他人来过，如果第一步勘查没问题，那么徐小伟的报告，应该也没问题。”

“还是……再看一遍吧。”苏申不好反对，自顾自地行动。

李炜只好跟上苏申，很快来到2楼拐角处。

经过拐弯处时，苏申用手电筒缓慢扫过地面，下个瞬间，他突然站定身形，脑海中迅速闪现刚才一扫而过的地面，霍然喝令道："你别动！"

高剑被吓得一哆嗦，差点摔下来。

"又干嘛？"高剑没好气道。

苏申忍不住兴奋："好像有点不一样的痕迹。"

顺着苏申的目光，高剑用手电直射地面，却什么都没看见："没东西啊，你瞎喊什么？"

李炜也照射高剑脚下，还是没有发现，不禁疑惑地看向苏申。

苏申没有解释，而是蹲下身来，用电筒打出侧光，把光束从台阶上，缓缓斜射过去。

忽然，他看到了一个足印痕迹。

"李师兄，在这儿！"苏申惊呼道。

李炜循声望去，看到了那个足印，像是摩擦产生的，边缘有点模糊，而且很浅显，近乎难以分辨。

高剑小心地避开，难以置信道："我的天，这么模糊的痕迹，你怎么看到的？"

苏申顾不上回应，神情变得凝重，想到某个关键。

李炜和马涛折返回来，放好标识牌，拍照取证。

高剑看着标识，费解道："看来真有人走过，只是这么浅的足迹，那人有轻功吗？"

"不是轻功！"苏申眼神明亮，"但那个人很聪明、很狡猾！"

李炜表示赞同："没错，凶手很聪明，也很熟悉环境，想到从这条处在监控盲区的消防通道上楼；更可怕的是，这家伙居然想到了，消防通道平时没人走，踩过堆积的灰尘会留下减层足迹，心思太缜密了！"

"我们来回走了三遍，之前怎么没有发现其他相关痕迹呢？"高剑还是不明白。

李炜试着分析："你看，这段痕迹很浅，边缘比平底鞋踩的痕迹明显要圆润、迷糊，类似纺织物着力摩擦后留下的。我怀疑，这个人脚上穿了起码三层厚袜子，或者绑了很厚的布，脚上绑得质地柔软，不易留下足迹，可以帮他隐藏行动轨迹。至于这一小段痕迹，很可能是因为刚开始走的时候，脚不习惯、脚步不稳，导致他绊了一下，才留下了。"

苏申扫视那段足迹，神情愈发凝重。

"早听说你擅长逻辑推理和痕迹学，真是百闻不如一见，厉害！"李炜对苏申竖起大拇指。

"可是对手那么厉害，越来越麻烦了啊。"苏申眉头紧锁，"这些模糊的痕迹，如果想拿来当证据，恐怕说服力不足啊！"

李炜振奋精神："走吧，抓紧时间！消防通道出了状况，恐怕门锁、室内都有问题，得好好再查一查！"

苏申跟上李炜，折返往上勘查，不多时，他们来到沈秦的公寓，苏申和李炜对视后，俯身蹲下，仔细勘查门锁。

"如果嫌疑人从消防通道走上了8楼，下一关就是打开这门锁。但门锁的外表完好无损，可以先排除暴力撬锁的可能性。"李炜分析道。

苏申提出疑问："那有没有什么办法，不破坏这种指纹密码锁的外观，又能打开房门呢？"

马涛提醒道："之前我用显影粉查过了，上面最后覆盖的指纹，是你女朋友沈心怡的，之前还有层层叠叠堆在一起，已经模糊了。"

苏申低头思索："指纹应该只录入了沈秦和沈心怡的，其他人的指纹是打不开的。"

"那备用钥匙呢？"高剑突然想到。

"备用钥匙也不太可能。保洁阿姨手里有备用钥匙，但已经排除了嫌疑，剩下的……”苏申想了想，“只有沈秦和心怡各自拿着一把，通常都是随身携带，最近也没听说有遗失的情况，而且这种高档指纹锁的钥匙，除非找到厂家，否则不太可能复制。”

李炜想到关键：“难道……”

苏申和高剑向李炜看去。

李炜平静道：“你们听说过特斯拉线圈和万能锁枪吗？特斯拉线圈能通过瞬间的高压电流，可以让指纹锁的电路板出现故障，从而让锁失效；而锁枪，则是通过很多探棒不断测试锁芯内部结构，找到最佳开锁形态，从而将锁打开。”

略作停顿，李炜继续道：“这些锁枪，大多都是由国外非法渠道制造的，也就是黑市上所说的万能锁枪，是我国一直严厉打击的走私物品。”

“这两种方法可以验证吗？”苏申殷切地追问。

“能，但我们得把这锁拆回去。”李炜指示马涛，“拆回去！”

马涛当即拆卸门锁，苏申他们则进入公寓。

苏申建议道：“李师兄，我建议，咱们把室内的开关都拆开查看吧？”

“你等着，我跟小高来处理。”李炜点头答应。

李炜和高剑分头行动，查看屋内所有开关，苏申站在客厅静心等待结果。

“我这边几个都是好的。”高剑在卧室说道。

苏申看向厨房，传来李炜的声音：“我这边几个也完好无损！”

苏申回头看向卫生间，凝视着那道缝隙，思维陷入推想。

苏申假设自己出现爆炸前，注视即将发生的一切。

他看到嫌疑人，化身为黑影出现在公寓内，此时沈秦已经熟睡，打着呼噜。

黑影戴上乳胶手套，走进卫生间，将窗户打开一条细缝，固定好，接着撬开门口开关，破坏铜线表皮，重新搭好线，再安装回去。

接着，黑衣人来到厨房，松动煤气软管的连接处，煤气开始泄漏。

做完这些，黑衣人悄无声息地离开。

沈秦在睡梦中，因为煤气中毒，身体松懈，失去了意识。

墙上的时钟，时间快速流转，来到早上7点45分。

沈心怡打开房门，按下开关。

瞬间，整个房间闪爆……

苏申惊醒过来，在原地动也不动，他回想自己的推理，眉眼满是惊恐。

第四章　命运多舛

李炜来到苏申旁边，拍了拍他的肩膀。

苏申惊醒过来，疑惑地看向李炜。

“被你猜中了，除了爆炸中心点的开关，其他开关都是好的。”李炜凝重道。

“凶手能想到利用闪爆，来销毁破坏铜线的痕迹。”苏申眉峰紧锁，“这下麻烦了。”

“先前我们清理痕迹物证，耗费了大量人力和时间。”李炜笑着安慰道，“还是你细心，发现了凶手的蛛丝马迹！”

苏申挤出一丝苦笑，算是回应，但他的眉眼间担忧丝毫不减。

凶手，比想象的狡猾。

从沈秦公寓下来，已是傍晚时分。晚霞隐没天际，夜色从东方袭来，遮盖了半个天空。

苏申与高剑来到停车位。

他们没有发现，停车场的角落，躲着两个狗仔记者，看到他们出来，接连拍下照片。

不一会儿，苏申拉开车门，正准备钻进去，记者见时机成熟，急忙窜出来，一人举着小型高清DV，一人拿着录音笔，拦下苏申问道：“这位警官，请问你们今天又来勘查现场吗？”

“请问调查有什么新进展？”另一个记者追问。

苏申愣住了，看向高剑，高剑会意，钻进车里发动。

“这只是正常的复勘，具体案情信息，请以官方通报为准。”苏申说完，迅速钻入车内，系好安全带。

记者不依不饶，拍着车窗追问：“请问案情调查到哪一步？是谋杀，还是意外？”

苏申挥了挥手，示意无可奉告，再指了指高剑，提醒汽车发动了，注意保持距离。

近乎同时，高剑踩下油门，车影飞驰而去。

张炯别墅客厅。

张炯从红黑漆盒中，取出一枚檀香，点燃后放进香炉，不一会儿香风盈鼻。

沈娜坐在对面，抱着手机播放新闻，视频中苏申扶着车门，面向镜头解释：“这只是正常的复勘，具体案情信息，请以官方通报为准。”

旁边解说道：“据悉，这已经是东海市警方第三次勘查闪爆现场，到底是意外还是凶杀，暂且不得而知。”

“这小子怎么出来了？”沈娜不耐烦地按停视频。

“我怎么知道？当时老领导听说，年轻警察生活腐化奢靡，确实很生气，说要严肃处理。”张炯盖上香炉顶，“他能出来，估计是内部教育过了。”

“这个小瘪三，成天癞蛤蟆想吃天鹅肉，就该把牢底坐穿！”沈娜愤愤不平。

“警察一再勘查现场，却不通报案情。”张炯忧心忡忡，“这案子，看来不简单啊！”

“你管警察怎么查呢！”沈娜忽然怀疑道，“我弟的死，不会真跟你有关吧？”

张炯迟疑了一下，翻了个白眼：“你想什么呢？我俩要是成了，他就是我小舅子，我巴不得他好呢。”

“现在董事会搞不定，苏申又放出来了，烦死了！你赶紧想想办法。”沈娜烦躁道。

张炯似有所料，露出坏笑道：“办法有，关键就是这个苏申。”

“哼，这种穷小子，少来勾引我家心怡，我就谢天谢地了。”沈娜不屑一顾。

张炯气定神闲：“目光短浅！棋盘上一个小兵卒，可以影响战局，关键看你怎么用。”

“少废话，说！”沈娜瞪眼道。

“董事会那帮老东西，听说你有继承权，却没有人搭理你，为什么？因为你在他们心里不算正统。”张炯拿起折扇指点江山，“你听过挟天子以令诸侯吗？”

沈娜茫然点头，还是不明所以。

“公司里，现在天子是谁？”张炯意味深长道。

沈娜恍然道：“心怡！”

“对！只要你拿住心怡，表明她是继承人，但背后由你掌控，岂不更妙？”张炯坏笑道。

沈娜眼前大亮，看起来志在必得。

张炯再问：“我再问你，现在心怡没了父亲，跟谁最亲？”

“我啊，我是她亲姑姑。”沈娜指了指自己。

“如果没有公司，你这侄女一年跟你聚几次？”张炯嘲弄道。

沈娜反应过来：“你是说苏申？”

张炯深以为然："这种没钱没势的小瘪三，搞他还不是三根指头捏田螺，十拿九稳？你捏住了他，不就捏住了心怡嘛。"

"行！主意你出，反正替我搞死苏申，控制住心怡。"沈娜肥腻的面孔，露出悍然凶光，愈显狰狞。

张炯笑意更甚，透着一丝邪气。

午夜，东海趋于平静，只有路头的霓虹灯，写字楼的加班灯，还在绽放辉煌。

苏申提着两包夜宵走进刑技中心办公室，看见李炜和马涛还在鉴定新取回来的物证。

"李师兄、小马，吃夜宵啦。"苏申找空位放下夜宵。

李炜、马涛停下工作，远远走了过来。

苏申为难道："除了夜宵，还有个坏消息……"

李炜拆开夜宵，一边拿出豆浆，一边问道："什么？"

苏申无奈道："明天一早，赵总会过来听取闪爆案的案情分析，估计是想尽快结案，给外界一个交代。"

"小马，听到没？"李炜闻弦而知意，叮嘱马涛道。

马涛吃着生煎，含糊不清："不就通宵嘛，没问题！"

"师兄，今晚我陪你们，需要帮忙，你尽管说。"苏申大喜过望，绽放矜持笑容。

李炜爽快答应："行，稍后我来写勘查报告，你帮小马排查物证碎片吧。"

说罢，李炜拿着生煎回到工作岗位。

苏申则跟着马涛，来到实验台前，在放大镜下，逐一核查零碎物证。

翌日晌午，重案支队会议室，赵克维亲临会场，氛围严肃压抑。

在赵克维讲话前，坐在后排的高剑偷偷拿出手机，给苏申发了条信息。

“同志们，闪爆案发生至今，已经有一个多星期，我们迟迟给不出官方通报，有些网络媒体为了博人眼球，吸引流量，开始无端猜测，编造事实。我们拖得越久，舆论压力就会越大。”赵克维发表讲话。

众人正襟危坐，气氛愈加凝重。

唯有徐小伟，眼睛不停打转，不知想些什么。

近乎同时，苏申抱上笔记本电脑，和李炜拿着连夜撰写的勘查报告，匆忙走出刑技中心办公室。

“叮铃铃！”

突然，手机铃声响起，苏申看了看，告诉李炜：“那边已经开始了。”

李炜没有回应，只是加快脚步，跑到电梯间。

另一边，赵克维继续发言：“市委市政府、市公安局的领导，一直在关注本案的进展，要求快侦快破，尽快给社会一个交代。”

“是！”众人齐声道。

不过明显能听出，大家并不坚定。赵克维居高临下，审视众人，氛围陷入静默。

这时，徐小伟站起身来，向赵克维汇报：“报告赵总，作为本案的主办探长，我运用先进的三战战法，经过现场实地复勘，并结合苏申同志的测谎报告，基本排除了沈秦被谋杀的可能。综上，我认为，河畔公寓闪爆案，可以以意外事故结案，这是我最新撰写的结案报告，请赵总审阅。”

说着徐小伟小跑过去，毕恭毕敬地递上结案报告。

高剑愈发焦急，再给苏申发了条信息。

接到信息的苏申，正跟李炜走出电梯，不禁着急道：“糟了！徐小伟跟赵总汇报，要以意外事故结案。”

李炜愣了半拍，随即加快脚步，跑着冲向会议室。

赵克维看完报告，欣慰地点了点头，但他身旁的石军却露出了担忧，若有深意地看了眼高剑。

高剑顿时会意，起身说道："报告赵总，虽然徐探长是主办探长，但我和李炜组长也去现场复勘过，发现了一些可疑痕迹，结论有所不同。"

徐小伟急声反驳："我运用三战战法，结合现场实地勘查，反复看了好几遍，才得出这份报告，你说发现可疑痕迹，证据呢？"

话音刚落，会议室被人推开，李炜出现在门口，举着勘查报告："在这儿！赵总，石支，不好意思来晚了，连夜赶出来的。"

跟着李炜身后的苏申，赶紧把笔记本电脑给他，李炜接过电脑致意感谢。

苏申回应后，退到门外等候，会议室重新关闭。

"赵总，不好意思，意外事故的结论还有疑义。"李炜走到坐位上，"但这不怪徐探长，我们昨天复勘现场，发现了新情况，还没来得及通报。"

李炜向徐小伟报以歉意，徐小伟抿着嘴，额上的抬头纹隐隐凸显出来。

赵克维向李炜颔首，示意他继续说。

李炜连上投影仪，展示河畔公寓消防通道二楼拐弯处平台的痕迹照片，陈述复勘情况："我们进入这条处于盲区的消防通道勘查，在二楼拐弯处的平台，发现了这段痕迹……"

照面上的痕迹很浅，不过有标识物提醒，标明了痕迹走向。

"这段痕迹很浅，一般很难被发现，我们也找了好几遍。"李炜放大照片，"痕迹边缘圆润、模糊，应该是类似纺织物着力摩擦后留下的。我怀疑，嫌疑人脚上起码穿了三层厚袜子，或者绑了很厚的绒布，为的就是，踏过布满灰尘的楼梯时，可以不留足迹。至于这段痕迹，可能是刚开始走时，因为脚不习惯，脚步不稳，绊了一下留下的。”

徐小伟不服气道：“这点摩擦痕迹，看都看不清，能说明什么？”

“至少可以佐证，确实有人通过消防通道，避开监控走上了8楼。”李炜脸色不变，“可以为我们提供下一步侦查方向。但很遗憾，如照片所示，这段痕迹不够完整，无法作为有效法律证据。”

石军投去责问的眼神，徐小伟感受到后，心虚地低下了头。

“还有什么线索？”赵克维追问道。

李炜操作电脑投影：“我们还勘查了中心现场，对公寓内所有开关进行了排查，结果发现，除了闪爆发起点的开关，室内其他开关的铜线，全都完好无损，这些完好的开关，并不会引起闪爆，偏偏门口那个炸了。”

“这一发现可以反证，门口开关的铜线，被人动了手脚。”随着李炜的陈述，佐证苏申的推理，确实具有可行性。

最后，李炜作出总结：“综合这些线索判断，沈秦被谋杀的可能性，增加了……”

“而且，嫌疑人应该具备很强的反侦察能力。”石军意识到严重。

赵克维也严肃起来。

“那也不对啊！”徐小伟还是不服气，“就算有人避开监控，从消防通道走上8楼，但门锁是完好的，他怎么进入室内呢？”

李炜叹息道：“门锁上面，也有新发现。”

徐小伟难以置信，瞪大眼睛，慌乱地看向石军，石军却警告他收声。

看到徐小伟吃瘪，高剑暗呼解气，嘀咕道：“就你那基本功，还好意思说……”

还没嘀咕完，石军就瞪了过来，吓得高剑赶紧收声。

李炜翻动照片，展示指纹密码锁内部，照片清晰拍出，锁芯有20多条细密、不同方向的擦碰痕迹。

“我们连夜检查了公寓指纹密码锁的内部情况，发现电路板完好无损，排除了特斯拉线圈作案的可能。”李炜指着照片补充，“这是锁芯内部的照片，大家可以清晰看到一些细密的刮痕，与密码锁钥匙的痕迹明显不同，应该是锁枪探棒反复测试、刮擦留下的。”

“如果是锁枪，查起来就麻烦了。”石军露出担忧。

赵克维也意识到严重，想了想，提振士气道：“一分部署，九分落实，抓落实很重要。这里重点提出表扬的是，李炜带领其他同志复勘得非常细致，很好！综合上述疑点，闪爆案先暂缓结案吧，局里领导的催促，我会去汇报，这个雷我来扛。不过，时间非常紧迫，希望在座各位同志，充分利用已有线索和疑点，尽快展开调查。具体任务，石支你来分派吧。”

“是！”石军起身回应。

赵克维凑近石军，耳语道：“思想品德建设要抓，刑侦基本功也要抓。两手抓，两手都要硬啊。”

“是！赵总放心，我一定加强培训。”石军凛然道。

赵克维满意地拿起笔记本，示意大家别送了，先行离去。

会议室再度关闭，石军看向众人：“赵总的话都听到了？”

“高剑，你尽快联系特勤人员，调查一下近期黑市上有没有锁枪流入，以及购买记录。”石军分派高剑。

“是！”高剑回应后坐下。

“其他人先散会吧。”石军再看向徐小伟，“徐小伟，到我办公室来一趟。”

“是……”徐小伟心虚道。

李炜看着落寞的徐小伟，不禁为他担忧。

会议结束后，苏申得以放松，和高剑来到咖啡吧，各自点了杯咖啡。

“一个星期没闻这味了，太香了。”苏申嗅着咖啡香气。

高剑坐在对面，解气道：“老苏，你是没看到姓徐的怂样，真的是活该！”

“虽说他的勘查工作粗糙，疏漏了疑点和细节，免不了要挨批评，”苏申不以为然，“但我们犯不着落井下石，都是同事嘛。”

“哟，你还以德报怨了？”高剑打抱不平，“你被关禁闭，他可是投了举报信的。”

“一码归一码！被举报生活作风奢靡，是我自己的问题，不赖他。”苏申释怀地笑道，“他这人，刑侦技术水平是差了点，还有点私心、有点损，但不是随意攻讦同事的恶人。”

高剑撇了撇嘴：“本事不到位，就会向上拍马屁，还时不时搞小动作，我烦他。”

“那你得想想，他为什么会这样？”苏申同情道，“他从三线小城，一路考上公安大学，再考进我们重案支队，这才顺利落户，成了新东海人。跟我们比，他除了在体制内拼命往上爬，已经没有后路。”

“大家都在努力往上爬，都想出人头地，他不能逮着个本地人，就使劲踩啊。”高剑愤然道。

“可能是我太招摇，刺激到他了。”苏申抿了抿咖啡，“他靠自己打拼，刚结了婚，急需买房，肩上担子重，急于建功立业。可今年晋升副支队长的机会，组织上先给了我，我女朋友又是富二代，送我奢侈品，借我豪车开，他要奋斗数十年，才能跃升的社会地位，可能我结个婚就搞定了，确实有点不合理。说到底，还是怪我自己。”

高剑抠了抠鼻孔，古怪道：“你是在炫耀？”

“怎么可能？我可是有理想、有抱负的人民警察！咱们中国刑警学院的毕业生，绝不能给母校丢人、抹黑。”苏申感慨颇深，“这回是个教训，从哪里跌倒，就从哪里爬起来。至于徐小伟，大家都不容易，多多理解吧。”

高剑不以为意，向苏申翻了个白眼。

沉默片刻，苏申忽然道：“下班后，陪我去看看心怡吧，我出来也两天了。”

高剑赶紧打趣：“哟，你还知道有女朋友啊？放心吧，我已经给你打好掩护，说你忙着查案呢。”

苏申欣慰地笑了，但他的眉眼间还是有不少愁色。

另一边，徐小伟跟随石军来到了办公室。

石军直视徐小伟，眼神充满压迫，吓得他额头渗出一片虚汗。

“急功近利，争强好胜，逮着机会，就炫耀自己的新概念，什么三战战法，高科技战法。”石军严厉批判道，“你想表现、想立功？没问题！你倒是拿出真本事啊！你知不知道，你这份不谨慎的意外事故报告，差点害了自己的同事。”石军越说越气，把徐小伟撰写的报告，拍得啪啪直响。

“石支，这回是我太大意了，没发现关键细节。”徐小伟紧攥着裤管。

石军拔高声音：“你的失误，只是因为大意吗？”

徐小伟不敢吱声，汗水湿透衣背。

“你去复勘现场前，我是不是再三叮嘱，要注意细节？你为什么不喊李炜！自己基本功不扎实，还不虚心向前辈请教，向同事学习？人家是咱们公安局痕迹鉴定的头牌，每次跟他一起出警，都是你学习、提升技术水平的机会！”石军继续批评。

徐小伟硬着头皮：“是，您批评得对，这次怪我太心急，考虑不周，今后一定好好向李组长、周组长他们学习，提升自己的刑侦技术专业技能。”

“你有什么好急的！”石军善意提醒，“既然当了刑警，就要好好磨练真本事，凭本事破案，凭本事建功立业。不要动歪脑筋，搞那些小动作、小帮派。”

“是，我一定深刻检讨、反省。”徐小伟口不择言，“我承认，我们学校这方面是薄弱了一点。”

“这跟学校没关系，是你自己基本功薄弱。”石军严厉批判。

徐小伟头埋得更低了，咽下苦涩的口水。

“我不反对你结合科技手段，搞三战战法，但你的刑侦技术水平、基本功，也得练扎实了，就算不去麻烦刑技中心的同事，也可以多问问苏申他们。三人行必有我师，切记！”石军把报告扔给徐小伟。

听到苏申的名字，徐小伟露出一丝不快，但他不敢犟嘴：“是！”

石军看在眼里，懒得多说，一挥手让徐小伟离开。

傍晚时分，晚霞烧红天空，格外瑰丽，宛若一幅油彩画。

苏申迎着晚霞，来到门卫处，见於兆梁西装革履，已经等候多时。

“您好，您是？”苏申走到於兆梁面前。

於兆梁微笑道：“您就是苏申警官吧？鄙人免贵姓於，名兆梁，是沈娜女士的私人法律顾问。”

苏申皱起眉头。

“今天找您，是来给您送上一封律师函。”於兆梁也不耽搁，从公文包里，取出一封律师函，双手递给苏申。

苏申看了眼律师函，接了过来。

於兆梁保持着经典的职业微笑：“我的委托人沈娜女士说了，鉴于苏申先生对沈秦先生的死，负有不可推卸的责任和说不清的关系，因此，沈女士对您提起民事责任诉讼，向法院提请两千万人民币的赔偿金。”

“你等等，什么叫说不清的关系？她想讹诈吗！”苏申失声道。

於兆梁皮笑肉不笑:“苏先生,请您谨慎用词! 您的单位——东海市公安局,至今没有发布案情公告,也就无法说明,沈秦先生煤气中毒死亡,是意外还是您的谋杀,既然不知道,不就是说不清嘛? 我们律所用词一向很严谨的。”

“欲加之罪何患无辞,沈娜到底想干嘛?”苏申愤慨道。

於兆梁耸了耸肩:“沈女士想干嘛,我不清楚,也无权替她解释。具体事宜咱们庭上再议,法院的传票想必已经寄到了。”

苏申怒视於兆梁,咬牙切齿,捏皱了律师函。

“话和律师函都带到了,恕我告辞!”於兆梁鞠躬,提出告辞,想跟苏申握手,却被苏申无视,只好径直离去。

目送於兆梁走后,苏申心情沉重,走回刑侦大楼。

路过门卫室时,苏申被门卫叫住:“苏警官,有你的邮件。”

苏申觉得不妙,但还是接过邮件,拆开一看果然是法院传票。

咖啡吧里,已经没什么人了。

苏申抱着咖啡杯,坐在角落发呆,神情落寞。

高剑看完律师函和法院传票,气愤地丢开:“这是敲诈! 凭什么啊? 不给!”

苏申丧气道:“就凭,沈娜占住道理了。”

“她有毛道理!”高剑拍案而起。

苏申叹息:“就是师兄担心的民事责任。”

高剑眼珠打转,愣愣地不明所以。

“现在案情还没通报,根据现有法律和线索,我可能是最后一个进出沈秦公寓的人,即便是意外,也存在过失致人死亡的可能,而且我说不清楚,这就是民事赔偿的关键。”苏申告诉道。

“肯定是那个瘦猴帮沈娜使坏!”高剑担忧道,“你现在怎么办?”

苏申苦涩道："能怎么办？应诉呗！"

"你疯了吧？你应诉基本是输啊！你哪儿来的两千万？就算你把新房、把你爸妈石库门的老房子，全搭进去都不够啊。"高剑吃惊道。

苏申倍感焦虑，抓狂地挠了挠头，除了叹气，无言以对。

忽然，高剑眼睛一转，果断拿起手机发了条短信。

"只有查案这条活路了。"苏申想来想去，"这案子肯定不是意外，只有找到真凶，我才能摆脱这些破事儿！"

苏申端起杯子，一饮而尽，好像喝的不是咖啡，而是最烈的烧酒。

"另一条路，我帮你铺好了。"高剑放下手机，气定神闲道。

苏申惊疑不定。

高剑严肃道："我已经跟嫂子说了，下班我们就去医院，见面从长计议。"

"她还在疗养，你给她添什么乱。"苏申不满道。

高剑看了下手机，故意慢了两拍："已经撤不回了！怎么，你心疼啊？"

苏申懒得理他，拿起律师函和传票自顾往回走。

高剑嘿嘿一笑，撒腿跟了上去。

黄昏的余晖洒进沈心怡的床头，落在那束康乃馨上，平添了几分悲凉。

沈娜端着营养汤，送给沈心怡。沈心怡毫不领情，别头望向窗外。

"我好心给你煲汤，你简直莫名其妙！"沈娜愠怒道。

沈心怡满含怨气："谁莫名其妙？你莫名其妙为难苏申做什么！"

沈娜看向对面的张炯，得到示意后，跋扈道："他害了你爸，也不来看你，就是心里有鬼。"

"心怡啊，我找公安局的朋友打听过了，苏申这人生活腐化，你爸爸的死，跟他脱不了干系，不是故意谋杀，也是间接参与了，反正他肯定有责任的。”张炯阴阳怪气道。

“你们胡说什么！”沈心怡倔强地躺下，背对沈娜和张炯，发出抽泣声。

沈娜不依不饶：“我告他，是为了维护公司，维护我们沈家的利益。”

沈心怡擦掉泪花，哽咽道：“查案交给警察，你们先把诉讼撤了。”

沈娜无言以对，再度看向张炯，张炯挤眉弄眼。

沈娜眼睛一转，绕到沈心怡前面：“不是不能商量，但我得看值不值。”

“你们果然是来谈条件的。”沈心怡抿着嘴，重新坐了起来。

张炯笑眯眯道：“一码归一码，探望是真心的，但公司大事，也不能荒废。”

沈心怡苍白的脸庞，渐渐恢复平静：“说说吧。”

沈娜缓和语气：“现在公司内忧外患，没人主持大局不行，可董事会那帮老顽固，总是跟我叫板，想麻烦你签个授权书，暂时由我出任执行董事长！”

说着，沈娜去抓沈心怡的手，却被沈心怡避开，躲进了被子里。

“姑妈，你们俩利用职务侵占公司财物，还有非公受贿的事情，还没解决吧？”沈心怡若有深意道。

沈娜脸色骤变：“你这孩子，怎么是非不分呢？我、我是为了我们沈家考虑……”

“行了！搞不定董事会，就来盯着心怡，你们过分了！”沈娜话没说完，就被人突然打断。

沈娜惊疑不定，循声望去，见邱明提着果篮、捧着鲜花，出现在病房门口。

“我们沈家人谈事，你插什么嘴？”沈娜骄横地呵斥邱明。

邱明不徐不疾，进来放下果篮，保持着笑容：“我只是出于人道，不希望你们折磨一个病人，尤其，心怡是我师父的女儿！”

来到病床前，邱明看见那束康乃馨，遂把自己带的鲜花，靠在旁边水壶上。

邱明怜惜沈心怡道：“还好吗？”

“谢谢，我没事儿。”沈心怡礼貌致意。

沈娜看不下去，死死瞪着邱明。张炯走到她身边，眼神闪烁：“邱总，这是他们沈家的事儿，要不我们回避下？”

“涉及公司职务任免，怎么能算家事？”邱明不为所动。

张炯无言以对，低头沉思，不知在如何盘算。

邱明看在眼里，忍不住嘲弄：“两位探望病人，应该纯粹点，这些烦琐公务，不妨等心怡康复后，找时间再议。”

“不用再议了，我自己的继承权我会依法履行，不需要别人代替。”沈心怡打断邱明，“至于苏申，你们爱告就告吧，我相信他是清白的。”

沈娜忍不住火气，冲邱明发泄道：“你个狼心狗肺的垃圾瘪三，又坏老娘好事，你滚出去。”

沈娜一边怒骂，踢翻邱明带来的果篮，一边拉扯邱明，把他往外推去。

邱明作投降状：“有话好好说，好好说，可以吗？”

沈心怡也坐起来，探手拉住沈娜，却被反手一推，吃力向后倒去，脑袋撞上床头，脑海嗡嗡作响，疼得她赶紧捂住。

沈娜顾不上沈心怡，抓起邱明带来的鲜花，扔到邱明身上，不小心碰翻了水壶，水壶砸在地上，“砰”的一声炸开。

捂着头的沈心怡，听到炸裂声，顿时全身痉挛，手脚抽搐，呼吸困难，双眼翻白，症状极其骇人。

幸好邱明反应快，过去扶住她，按下床头服务铃。

沈娜看傻眼了，惊愕道："这、怎么又……"

邱明怒视沈娜，眼神可杀人，吓得沈娜后背发凉，冷汗涔涔。

不时，医生和护士冲进来，注射镇静剂，这才控制住症状。

医生看到地上的水壶，还有散落的鲜花，立刻有所猜测，不禁愠怒道："你们吵架可以，但别当着病人的面，都说了病人情绪不稳定，不能受刺激。"

沈娜自知理亏，别过头不予理睬，张炯假意看向窗外，装作没有听见。

"医生，她什么情况？怎么会……"邱明放心不下，轻声打听情况。

医生看向地上："她是因为热水壶碎了，才这样的？"

邱明点点头。

"应该是患上惊恐症了。"医生告诉道。

邱明惊愕不已，看向沈心怡的眼神，充满了怜惜。

"病人需要充足的休息，两位还是请走吧，不要再打扰、刺激病人了。"医生看向沈娜和张炯。

沈娜大怒道："你怎么说话呢？"

"医生说得没错，为了心怡好，你们早点回去吧。"邱明站到医生旁边。

沈娜怒不可遏，要继续怒骂，却被张炯拦住，让她先行退去。

"什么破医院，一股消毒水味儿，老娘还不稀罕来呢。"沈娜剜了眼邱明，不甘愿地离去。

张炯跟在身后，关上病房的瞬间，余光看向沈心怡，透出一丝邪恶。

沈娜和张炯走后，医生护士相继离去，剩下邱明坐回床边，静静守着沈心怡。

余晖照在沈心怡脸上，愈显苍白了许多。

墙上的挂钟，已经晚上七点钟，重案支队办公室，依旧灯火通明。

苏申看了眼时间，开始收拾桌面，准备下班。

“老苏，出事儿，赶紧走！”高剑突然冲过来，催促他赶紧走。

苏申疑惑地看过去。

高剑晃了晃手机：“你女朋友！医院来的电话……”

苏申脸色顿变，拿起外套就跑，很快从楼上下来，跑向车库位置。

“好端端的，怎么会得惊恐症？”苏申边跑边问。

高剑快速解释：“医生推断，她是因为遭遇丧父打击，加上闪爆现场的刺激，留下了应激反应。护士说，我之前遇到那回就是征兆，偏巧今天，她姑妈惹到她了。”

“又是沈娜！”苏申咬牙道。

一个小时后，苏申赶到医院，推门进入病房。

下个瞬间，他停下了脚步。

病房里，沈心怡靠在床上，虚弱而憔悴，好在神志清醒，挂着病态微笑，跟剥橘子的邱明，轻声交谈。

发现苏申到来，沈心怡愣了半拍，不觉眼眶湿润，紧紧抿着嘴唇，带着点幽怨。

邱明也回头望去，跟苏申四目相对，赶紧站了起来。

高剑随后进来，刚想打招呼，却发现氛围不对，赶紧捂住了嘴。

“心怡……”片刻后，苏申重新迈步走向沈心怡。

沈心怡鼻子一酸，没有回应，而是拉高被子往头上一遮。

邱明放下橘子，在身上擦了擦手，伸向苏申道：“你好，你就是心怡的男朋友吧？我是鼎峰资本的邱明，私人层面，心怡的父亲是我的贵人,我是沈总的徒弟。”

“您好,苏申,东海市公安局刑侦总队的刑警。”苏申伸出了手。

邱明躬着身子,谦恭握手道:“幸会,幸会。”

苏申微笑致意,直直地看着邱明,看得他颇为不自在。

“您别误会,我来探望心怡,刚好遇到她出状况,医生说已经通知你了。”邱明澄清误会,“不过我想,还是守在这里,等你来了再走,免得再出什么意外。”

苏申扫过病房,看到地上的果篮、床边散落的花瓣,以及床头柜上,整理好的鲜花,不禁点头道:“谢谢,是怎么吵起来的?”

邱明有些为难,拉苏申走到门口。

“心怡听说,沈娜把你告上了民事法庭,就喊她过来商谈,没想到沈娜背后,算盘的是公司董事长的位置,也怪我多嘴,跟沈娜吵了起来,刺激到了心怡,抱歉。”邱明愧疚而诚恳道。

苏申若有所思,高剑则面露惭愧,低下了脑袋。

“没什么事,我就先走了,你们多说说话。”讲明缘由后,邱明提出告辞。

望着邱明的背影,再看看苏申,高剑捏着鼻子,做了个鬼脸。

苏申没理会高剑,回到床边,看着探出头来、憔悴的沈心怡,五味杂陈,既愧疚,又心疼。

沈心怡眼神幽怨,默默看着苏申,氛围愈加怪异,让高剑特别尴尬。

“你们聊,我出门抽根烟。”高剑果断闪人,迅速带上房门。

沈心怡终于不再矜持,举手打向苏申胸口,苏申任她拍打,将她搂进怀里,紧紧抱住,倾诉道:“对不起……”

沈心怡还在拍打,手臂却渐渐无力,眼泪不争气地滑落。

“之前高剑说,你成了嫌疑人,我姑妈也说,你有民事责任。”沈心怡哽咽道,“那天晚上,到底怎么回事?”

苏申认真道："你相信我，我绝不可能谋害你爸爸，而且我已经通过测谎调查，排除嫌疑了。"

"那，你没事了？"沈心怡抹掉眼泪。

苏申默然不语，凝视着沈心怡，忍不住低下头，吻上她的额头，让她娇羞不已，脸颊腾起红霞。

温存够了，沈心怡问道："我爸爸的遗体，能不能尽快取回来？亲戚朋友都在问，我想早点给他办个追悼会，好让他入土为安。"

"可能还不行。"苏申为难道。

沈心怡很不解："为什么？"

"虽然我排除了嫌疑，但你爸爸公寓煤气泄漏，以及闪爆的原因，还在继续调查。"苏申告诉道。

沈心怡明显感觉到，苏申有所隐瞒，不免怀疑："还有什么情况？"

"发现了点新线索，但我不能透露细节。"苏申认真道，"不过我们怀疑，你爸爸可能是被人谋杀的。"

沈心怡睁大眼睛，错愕不已，呼吸也变得急促，苏申赶紧抱住她，轻拍后背，平缓她的情绪。

"会不会是我姑妈和张炯？出事以后，他们在公司很活跃。"沈心怡惊疑不定。

苏申摇头道："我们排查过了，暂时排除亲自涉案的可能。而且，我觉得他们不像……"

沈心怡惊疑不减，一片混沌，脑袋隐隐作痛，只好靠进苏申怀里，寻求避风的港湾。

苏申搂紧沈心怡，轻轻安抚着她。

张炯别墅客厅。

沈娜将名牌手包扔到红木沙发上，气急败坏道："兔崽子邱明，居然敢明着跟我杠。你想想办法，让他滚蛋。”

“唉，咱们现在真动不了他，我劝你别跟他硬碰硬。”张炯无奈叹息道，“他现在一副公私分明、铁面无私的架势，情理都让他占去了，还给心怡示好，难办哦。”

“别跟我提那个死丫头，老娘以前白疼她了。”沈娜越想越气。

张炯幸灾乐祸道：“早跟你说了，她跟她死鬼老爸一条心，根本不会向着你！”

“你少说风凉话！”沈娜剜眼瞪着张炯，“董事会、心怡、苏申，一个都搞不定，现在又跳出个邱明，你说怎么办？”

“各个击破呗。”张炯转了转眼睛，“律师函和传票都寄到了，按计划来，先办苏申。”

沈娜似乎明白了，渐露尖酸凶狠。

迎着清晨的阳光，Daniel开着别克车，来到陈子琦家楼下，找了个隐蔽处停下。

他时不时环顾四周，神秘兮兮，做贼心虚似的。

不一会儿，陈子琦穿着卫衣，走到车前，敲了敲窗，招手让Daniel下车。

Daniel拿起副驾驶座上的文件夹，跟陈子琦招手，让她上车来。

陈子琦有些不耐烦，拉开车门上来，不满道：“车停得这么偏，还不敢下车，你做贼啊？”

“我给你资料是秘密行动，小心一点，OK？”Daniel紧张道。

陈子琦懒得理他，拿过文件夹打开，取出资料。

Daniel善意提醒：“主要是Justin Zhao的信息，他情人信息还很少，只知道以前是他们公司的风投顾问，我还在继续调查。”

陈子琦翻阅资料，里面有些复印照片，都是林芮和赵志宇。

“我们这边没有Justin Zhao在老家东海的信息，这些照片是从Rachel Lin家里找到的，我复印了一份。”Daniel告诉道。

陈子琦继续看下去，发现都是林芮和赵志宇在东海老洋房的生活照。

“这是哪里，Justin Zhao的老家？”陈子琦指着合影问道。

Daniel耸了耸肩：“不知道。”

陈子琦想了想，把图片塞给Daniel：“你回去扫描一个高清彩色原图发给我。”

Daniel接住图片，抓狂道：“Sylvia，你到底想干嘛？你最好不要违规做事，别再惹Matthew了。”

陈子琦坏笑道：“OK，那我现在告诉探长，你帮我提供了案件信息，帮我私下查案子。”

说着，陈子琦拿出手机，拨通探长Matthew的电话。

Daniel拦不住，紧张不已，不停比划手势，哀求不要暴露他。

电话很快被接通，Daniel只好先安静。

陈子琦看向Daniel，威胁地笑了笑，装作虚弱道：“探长，抱歉打扰您，我想跟您申请延长假期，咳咳咳……”

Daniel目瞪口呆，表情僵硬在脸上。

探长Matthew问道：“你怎么了？”

“真的很抱歉，伤口有点感染，这两天感冒发烧了。”陈子琦愈发无力，“我想好好休息一下，调整状态，可以多申请两周假期吗？可以扣我的年假。”

“OK，你休息吧！”探长Matthew想都没想，答应了请求。

打完电话，陈子琦瞬间兴奋：“搞定，我要继续休假啦，Give me Five！”

“你到底想干嘛？”Daniel茫然道。

陈子琦收敛情绪，拿着文件下车，却又想到了什么，回头瞪着Daniel，警告道："Daniel，你什么都不知道，或者你就是同谋，如果你说出去，我们就断交。"

"谢谢，好兄弟！"

陈子琦抖了抖文件，得意地离去。

虬江电子市场，是东海市最大的数码市场，每天流通的电子货物可谓是数不胜数，更少不了唯利是图的宵小之徒。

高剑追查锁枪线索，跟苏申一起身着便服，经过一个个格子铺面，走进市场最里端，来到一家二手手机店。

高剑走进店门，招呼道："老板，有没有新款的苹果手机啊？要带钻奢华版的。"

店老板二宝子长得尖嘴猴腮，骨瘦如柴，叼着根香烟，正在玩手机游戏。

他抬头望去，看见是高剑，贼眉鼠眼的五官顿时正经了不少。

"有有有，国外进口，绝对奢华。"

二宝子扯高嗓子，请高剑和苏申进来，警觉地看了眼外面后，迅速关上店门。

二宝子转过身，换了副面孔，掏出香烟，给苏申递去："领导，您抽烟。"苏申表示不抽，二宝子又递给高剑，高剑瞪了他一眼，吓得他讪笑不断。

"那，领导不抽，我也不抽了！"二宝子自讨无趣，索性收起香烟，问高剑道，"高警官，有什么事儿能帮忙的，您尽管说。"

高剑打量店铺："你生意不错啊，从哪儿弄的这么多来路不明的手机？"

"不敢、不敢，我这都是干净来路，二手回收来的！"二宝子赔笑道。

高剑打量着二宝子，吓得他直发虚。

“宝老板，我们也是老朋友了，就不绕圈子了。”高剑笑眯眯道，“最近，你们市场上有人买卖过锁枪吗？”

二宝子紧张道：“没有，我没听说过。”

苏申眉峰扬起：“那你紧张什么？”

“不是，一听准没好事儿啊。”二宝子澄清道，“这玩意儿去年就被查禁了，现在谁还敢卖啊。”

“你确定？”高剑不信道。

二宝子哭丧着脸：“两位警官，我只能保证，咱们这儿肯定没有，但这玩意儿，本就是国外黑工厂、黑作坊搞出来的，会不会有人从国外买了，偷偷运回来就难说了，反正就那么点大小，海关很难发现的。”

苏申看了眼高剑，不觉有些失望。

“行吧，你多留个心，发现什么相关情况，及时联系我们。”高剑警醒二宝子。

二宝子满嘴答应：“肯定，请两位放心。”

苏申和高剑动身离去，二宝子拉开店门，故意大声道：“两位老板放心，要什么奢侈款、定制款，我都能给你们搞来，包您满意。”

“行，等你到货。”高剑爽快答应。

配合唱完双簧，苏申、高剑去找下一个线人。

审计公司入驻鼎峰资本后，经董事会决定，专门开辟办公室给审计办公使用。

审计办公室内，审计公司的负责人拿着做好的表格，交到刘成手里。

刘成看过表格，觉得难以置信，露出惊恐之色，他交代了负责人两句，便带着那张表格跑去找邱明。

到了邱明办公室，发现邱明不在。

刘成愈加惊慌，找到前台小妹："邱总呢？"

"邱总母亲好像不行了，今天请假了。"前台小妹回应。

刘成转身往回走，撞上了迎面走来的张炯，连忙低下脑袋，掩饰惊慌。

张炯看出异样，狐疑道："小刘你见鬼了啊？"

"没、没注意你在后面。"刘成挤出苦笑，逃也似的跑开。

张炯注视他的背影，狐疑更甚。

康宁疗养院，是东海市最高端、最豪华的疗养院，无论院内环境还是设备器材，或是医护人员，都是国内最顶尖的。

此时院内走廊中，氛围格外消沉，邱明正在跟康院长交谈具体情况。

康院长年约五旬，身材稍稍发福，戴着眼镜，面容慈祥。他告诉邱明："你去国外出差的时候，你母亲就出现了器官衰竭和全身高热的炎症反应，我们每天都在尽力给她退烧，但总是反复发作。"

"谢谢院长，不管怎么样，请你们一定要全力救治。"邱明还算镇定，但他的眉眼间有着明显的焦虑。

康院长同情道："邱总，咱们认识三年了，恕我直言，我理解您对母亲的不舍，但总是这么反复，对老人家是折磨啊。"

邱明抬了抬眼镜，无言以对。

"邱总，您有个心理准备吧。"康院长摇头道。

邱明默然点头，目送康院长离开，随后长叹一声，走进了身后的病房。

病房内，床头上摆着一束茶花，那是邱母老家的市花。

20岁的护士小田正在查房，记录检测仪表的数据。

病床上，邱明的母亲——邱素梅，戴着氧气罩，连通呼吸机，一副重症监护状。邱素梅本人，虽然睁着眼睛，却已是植物人，因为长期卧床，导致她面容瘦削，脸色苍白无血，满头斑白银发，形容枯槁。

邱明望着母亲，眼神充满哀伤。

小田见邱明进来，一脸心疼："邱总，都三年了，你能这样不放弃邱妈妈，她一定会感到欣慰的。"

邱明没有回应，走到床边坐下，握住母亲干枯的右手。

小田感动道："都说久病床前无孝子，邱总您却是我见过的最大孝子，有几个人能像您这样，哪怕花光积蓄，也要给邱妈妈最好的疗养，还记得妈妈喜欢的花，帮她过生日……"

"小田，对不起，我想跟我妈妈说会儿话。"邱明回过头，勉强挤出微笑。

小田赶紧说："对不起，对不起，是我话多了，但是，您真的别太难过。"

"没有，没有，谢谢你！"邱明温和道。

迎着邱明真挚的眼神，听着他温柔的嗓音，小田羞红了脸颊，倒退出了病房，并在关门的瞬间望向邱明的背影，满眼怜惜。

小田走后，邱明将母亲的右手贴到自己脸颊上，静静注视着她，任时间无声流淌。

"叮铃铃！"

忽然，手机响起，邱明接起电话："刘总，怎么了？"

刘成告诉道："审计公司审计时，发现了一笔奇怪的海外期货投资亏损。"

邱明目光一凝，闪烁不定，继而严肃、警觉，似乎意想不到。

他挂断电话，若有所思，随即告别母亲走出了病房。

徐小伟闯进石军办公室，神色间满是焦急。

石军循声望去，听徐小伟说道："石支，鼎峰资本的财务总监报案，说审计公司在核查账目时发现，鼎峰资本在海外期货市场，进行了一笔高达两千万美金的期货贸易，并在9月27号爆仓，赔得血本无归！这笔投资，公司财务和董事会高层均表示不知情，牵扯出董事长沈秦，在海外秘密设立分公司、购置资产的情况。"

"涉案金额巨大，很可能跟沈秦的死有关，你立刻去了解情况。"石军补充道，"你再安排人手，对鼎峰资本所有股东、高层，进行全面摸查，近期限制他们离开东海。"

"是！"徐小伟跑出办公室。

徐小伟带着朱艳君，来到鼎峰资本。

在前台小妹的引领下，他们走进会议室，早已等候的刘成起身迎接，客套寒暄后进入正题。

"你们董事长在海外设立分公司，转移资产，投资置业，你作为财务总监，难道一点都不知情？"徐小伟向刘成了解。

刘总诚恳道："只有少数几个亲信，才知道这家海外分公司的存在，具体财务状况、资金流向和项目投资情况，都是沈总自己管理，东海总部并不清楚，也从不过问。"

徐小伟抓住问题："所以这家公司存在的目的，是方便沈秦转移财富，在海外配置资产？"

刘成不敢多言，默认了。

徐小伟让朱艳君记下，再问道："审计具体查出的问题是什么？"

"审计发现，这家公司在三个月前，签订了一份收购A国豪华庄园的合同，合同总价高达一亿美金，并约定预支两千万美金作为定金。"刘总娓娓道来，"但不知为何，这笔定金流入了海外期货贸易市场，结果爆仓赔本，现在子公司资金已被冻结。"

“所以，有可能是沈秦私自挪用资金投资期货失败？”徐小伟猜测道。

刘成也觉得疑惑：“这就是最奇怪的地方，期货贸易类高风险项目，是沈总早就明令禁止的。”

“公司其他高层，有可能绕开沈秦进行项目投资吗？”徐小伟若有所思。

刘成摇头道：“这种巨额投资项目的最终决定权，都在沈总那里，启用公司投资账户的密钥，一直都是他亲自保管的，权限非常高，所以才这么奇怪。”

“密钥是什么形式？”徐小伟追问道。

刘成如实相告：“密钥是一块电子UKey，只有一把，别人不可能操作，因为密码只有沈总才知道。”

徐小伟沉吟道：“他女儿沈心怡会知道吗？”

“这，我就不知道了。”刘成茫然摇头。

徐小伟看向朱艳君，都是一脸疑惑。

这时，会议室被人推开，邱明满头大汗出现在门口，看到徐小伟和朱艳君，明显有些惊讶。

“抱歉，我不知道有人在。”邱明报以歉意。

徐小伟看向邱明：“这位是？”

“这位是我们公司的常务副总，邱明，也是沈总的得力助手。”刘成介绍道。

徐小伟打量邱明：“哦，副总，有时间聊聊吗？”

“您好，您是？”邱明疑惑地走进来。

刘总再度介绍：“邱总，这两位是市公安局的徐警官和朱警官。”

邱明恍然，跟徐小伟握手，举止大方得体。

“之前出差的发票，你拿去充账。”邱明坐下后，拿出一沓发票给刘成，再看向徐小伟，“抱歉抱歉，刚才不知道两位身份，失敬失敬，两位需要了解什么，尽管问，我一定全力配合。”

徐小伟目光灼灼道：“邱总知道贵司在海外分公司投资的一笔期货爆仓了吧？”

“刘总下午刚告诉我，这事情很奇怪。”邱明点了点头。

徐小伟注视着邱明：“作为常务副总，你事先毫不知情？”

“我知道这家公司，但是，这家公司等同于沈总的个人资产，我一个外人，不便多问。”邱明坦然道。

徐小伟将信将疑：“那你认为，这笔期货投资失败，会不会是沈秦的个人行为？”

“不可能，沈总一直倡导稳健、合理、可持续投资，这是沈总从创业之初立下的营商原则，炒期货完全不符合我们公司的商业原则，这也是最奇怪的地方。”邱明断然回绝。

徐小伟思索片刻：“两位回忆一下，最近几个月，沈总在生活中、生意上，跟谁发生过争吵或冲突吗？”

邱明认真想了想：“应该没有，沈总在生意场、在金融圈的人缘一直很好，向来是广结善缘，从不结怨。”

刘成频频点头，赞同邱明的说法。

“您这么维护沈总啊？冒昧问一下，您跟他怎么认识的？”徐小伟意外道。

邱明笑道：“公司层面，我是常务副总；私人关系，沈总是我师父，是带我入行的贵人。”

“那他出事儿后，怎么没见过你？”徐小伟提出怀疑。

邱明落寞道：“9月底，我刚好去国外度假，没想到他出了意外，同事告诉我后，我就赶回来了，还是没能见他最后一面。”

“那些票据是？”徐小伟忽然问起那沓发票。

邱明解释道："那是我攒的发票和机票行程单，您知道，公司需要票据充账，我就拿来给刘总了。"

徐小伟征求道："方便我看看吗？"

"当然可以。"邱明主动把发票递过去。

徐小伟翻开发票，找到机票行程单，单据确实显示，邱明在9月25号，前往A国S市，返程航班是10月2号。

看完后，徐小伟还给刘成。

徐小伟再问邱明："你负责哪块业务？"

邱明从容不迫："我是常务副总，协助沈总统管公司运营和投资战略布局，不参与具体投资项目。"

"沈总和他女儿关系怎么样？"徐小伟再问道。

邱明笑道："沈总的爱人三年前病逝了，他们父女平时挺好的，但也有争吵，是为了心怡的恋爱问题，这个大家都知道。"

徐小伟突然冷笑："不同意她跟苏申是吧？"

"对，您也知道？"邱明有些意外。

徐小伟面无表情："同事！"

"哦，抱歉、抱歉，我不是故意说苏警官不好，我昨天还在医院见到他，确实是青年才俊，和心怡很般配。"邱明恍然道。

"这种话不用跟我说。"徐小伟挥了挥手，"关于这笔投资，或者其他可疑人员和细节，你们如果想起来，请尽快提供给我们。"

说着，徐小伟站起身来，朱艳君跟在他身后，合上了记录本。

听到徐小伟的嘱咐，刘成忽然神色紧张，凑到邱明耳边低语。邱明听后，流露出紧张，引起徐小伟怀疑："怎么了，想起什么了吗？"

刘成犹豫要不要说，邱明示意他但说无妨。

"公司另外两位董事，沈娜和张炯，最近挺奇怪的。"刘成斟酌道，"沈总去世后，莫名其妙在他办公室祭拜、偷偷翻阅文件，张炯还专门问了沈总的古董盒子,盒子里装的就是密钥。”

徐小伟警觉道:“那盒子平时都怎么保存的?”

“平时锁在沈总的保险箱里。”刘成如实相告。

徐小伟想了想:“他们两个人,是否知道海外分公司的存在?”

刘成看向邱明,邱明暗暗点头,让他实话实说。

刘成迟疑道:“沈娜毕竟是沈总的亲姐姐……”

“他们在公司吗?”徐小伟凛然道。

“已经走了。”邱明摇了摇头,“之前在经济问题上,他们有点不清不楚,听您这么一说,我也有点怀疑,他们会不会跟沈总的死、和期货爆仓有关了?”

“行,有关他们的情况,你们分别跟我说说。”徐小伟严正告诫,“今天聊的内容,还请你们务必保密。”

邱明和刘成表示会全力配合。

深夜,警察署只有Daniel在加班。

Daniel面前,铺着S市的地图,旁边放着笔记本电脑。

电脑屏幕上,一辆白色丰田车即将驶出监控。

Daniel按停视频,随即对照地图,标出一个红点,并与已有的红点连成线,渐渐呈现出一条完整的路线。

“OK,下一个路口!”

给自己打气后,Daniel点开另一段视频。

画面中,白色丰田车正在驶入。

翌日清晨,鼎峰资本会议室,董事会又吵开了锅。

张炯当着众董事拍案而起,指着刘成气愤道:“小刘你无凭无据,怎么能随口诬陷我!”

刘成坐在邱明下首，默然无言。

这时孟昶站出来，瞪着张炯道：“那你解释下，你为什么去沈总办公室找漆盒？”

“我带他进去的！”沈娜跟着站起来，“我们给我弟弟上炷香不行吗？”

张炯也辩解道：“我就是喜欢那个古董盒子，谁知道里面是密钥啊？”

薛峰冷笑道：“娜总知道，你会不知道？”

“我懂了！你们一个个，是想趁这次机会诬陷我们。”沈娜横眉冷对。

众董事窃窃私语，场面愈加混乱。

孟昶却不为所动：“什么诬陷！审计公司查得清清楚楚，老沈背着我们设立海外分公司，转移资产，炒期货亏损了两千万，而且还是美金，你们姓沈的，还不知道有多少这种勾当。”

“老东西，你哪只眼睛看到是我们做的？”沈娜怒不可遏。

张炯暗叫糟糕，沈娜言不达意，肯定要误会了。

果不其然，薛峰瞪着沈娜，冷哼道：“公司账目的密钥，平时是沈总亲自保管，能拿到密钥，操作这么大额资金的，要么是沈总本人，要么是他亲近的人！”

沈娜一时语塞，不知如何辩驳，其他董事反应过来，无不冷笑。

“这事谁都别争，等警方调查清楚，抵赖也没用。”孟昶盖棺定论。

沈娜气得跳脚：“你说谁抵赖呢？谁抵赖了？查呗！老娘怕你们啊！”

这时，邱明忽然起身，压下双手，示意各方平复：“各位，权且听我说，我们公司已经风雨飘摇，再把这笔烂账捅出去，只怕会雪上加霜啊。”

众人顿时沉默,有人叹气,有人私语,都知道利害。

邱明看向沈娜、张炯,诚恳道:“娜总、张总,如果警方介入,你们之前非公受贿和职务侵占的事情,恐怕要重新抖出来,重新走法律程序,海外公司这笔期货投资,你们要是参与了,就认了吧,咱们想办法撤销立案,只在公司内部处理,绝不对外泄露。”

“老娘没做的事情,凭什么认? 你个白眼狼!”沈娜急眼了。

薛峰冷笑出声:“那就等着处理吧!”

“对,都等着,一个个查!”沈娜一屁股坐下去,张炯站在她身后,看了眼刘成,又打量邱明,疑惑更甚。

邱明跟着坐下去,发出无奈的叹息,并借眼角余光,看了眼墙上的挂钟。

“滴答、滴答……”

刚过11点,所有人的手机,近乎同时响起短信提示。

“啊……”

刘成最先反应,拿出手机一看,吓得扔出手机,失声惊叫。

沈娜定睛一看,也给吓得不轻,手机掉到了地上。

其他董事会成员先后拿出手机查看,随即惊叫连连,难以相信。

孟昶更是吓得跳起来,喃喃自语:“这、这不可能……”

邱明满腹疑惑,也拿出手机查看,只见手机屏幕上,显示内容为:吾女沈心怡,因婚恋问题,遭到本人及家族成员反对,怀恨在心,伙同男友苏申,妄图吞没公司资产,挪用巨额资金,投资海外期货贸易,不料投资失败,罪行败露,遂决意杀害生父,掩盖真相!奸情男女,谋财弑父,不肖子孙,天理难容。此二人若不伏法,吾死不瞑目。

短信的发件人,赫然写着:沈秦!

第五章　风谲云诡

肃穆的鼎峰资本大楼下，早早聚集了一群媒体，长枪短炮严阵以待。

一辆黑色奔驰S600缓缓开到楼前，记者们赶紧蜂拥而上。

张炯先从副驾驶座下来，拉开靠大楼的车门。同时，沈娜从后座下车，迅速向张炯靠拢。

车门拉开后，沈心怡穿着职业装，戴着墨镜、口罩，被张炯、沈娜簇拥着向大楼内走去，但她刚走出两步，便腿脚乏力，脚步踉跄。

记者们围堵过来，把她围得水泄不通，各种拍摄设备差点戳到她脸上。

有记者问道："沈女士，有人举报你谋杀了自己的父亲，是真的吗？"

"公寓闪爆案是您策划的吗，案发现场发生了什么？"另有记者追问。

还有记者问道："您男朋友是否跟您，一起合谋策划了闪爆案？"

记者们狂轰滥炸，逼得沈心怡神情恍惚，眼前一片晕眩，险些栽倒。

"保安！保安呢？"沈娜赶紧扶住她，朝大楼里怒吼。

保安闻讯赶来，艰辛地挤开道路，用身躯护住他们，缓缓挤进大楼。

记者们被隔在门外，但还在往里挤，频频按下快门记录混乱的一幕。

在沈娜、张炯的陪同下，沈心怡来到沈秦办公室。

办公室外面围拢了一群人，正在吵闹不休，跟菜市场似的。

门前，穿着古怪的术士，点燃火盆，烧化黄纸，念诵咒语，摇晃铃铛，振振有词，其身后两个跟班，手拿柳条拦在门口。

对面，两名公司保安提着灭火器，严阵以待，对峙道："楼里不能有明火，让开！"

看到这一幕，沈心怡觉得疑惑。

"你们谁敢动火盆试试？老娘跟他拼了！"沈娜松开沈心怡，突然冲了上去，跪在火盆前号啕大哭。

两名保安慌了神，手足无措，不知如何是好。

公司高层及董事会成员，面色不善地闻讯而来。

邱明从人群中走出，来到沈心怡身边，彼此点头致意。

"你们少装神弄鬼。"孟昶指着沈娜怒斥。

沈娜被吓住了，哭声戛然而止，幸好张炯过来，拿出手机，翻开沈秦的短信，替她解围道："这是沈总还魂，来向我们喊冤，告诉我们真相！"

孟昶脸色铁青，其他人也窃窃私语。

沈心怡听得气愤："这是诬陷……"

邱明守在旁边，眼神怜惜，却无话可说，场间沉寂下来。

"把办公室的门窗统统打开。"张炯见计谋得逞，转而看向刘成，"小刘你把门打开，沈总在天有灵，回来得休息落脚啊。"

沈心怡勉力支撑，驳斥道："不能开！审计工作还没完成，这门不能开。"

“哼，两个老狐狸装神弄鬼，还不如心怡懂事，安的什么心?”孟昶不善地瞪着张炯。

薛峰附和道:“我看是串通好了唱戏，谁知道这条短信是不是你们搞出来的?”

沈娜忍无可忍，怒吼道:“你们放屁!”

众董事似被点醒，纷纷表示赞成，并报以嗤笑，场面愈加混乱。

“各位，既然心怡来了，还是赶紧议正事吧。”邱明见时机成熟，及时站到中央劝说各方罢手。

许是觉得有道理，各方暂停对峙，先后走向会议室，从他们的窃语中还是能听出不忿。

“心怡，我们也去吧。”邱明回身招呼沈心怡。

沈心怡点了点头，由刘成陪着，跟上众董事会成员。

只剩下张炯、沈娜，面面相觑，似有些不甘心，但还是跟了上去。

石军办公室，徐小伟正在汇报幽灵短信。

石军眉眼转动间，看出了高剑的着急。

“石支，最近鼎峰资本情况诡异，先是审计发现一笔动向不明的海外期货投资巨额亏损，然后是这诡异的幽灵短信。”徐小伟提出建议道，“我当然是相信苏申的，何况他还通过了测谎，但他女朋友沈心怡，是不是该来配合下调查?”

“幽灵短信明显是栽赃，她怎么可能谋杀自己老爸?”高剑急着辩解。

徐小伟身后朱艳君有理有据道:“谋杀是你和苏申坚持的，我们一直判断是意外事故。照我看，你们佐证沈秦被谋杀的证据、痕迹，都是捕风捉影，牵强得很，倒是这笔巨额期货投资很可疑，不排除投资失败后，畏罪自杀。”

“我们讲的是证据，你这才是瞎猜。”高剑瞪着朱艳君。

“停停停，都别有情绪。”徐小伟急忙圆场道，“沈心怡作为死者的直系亲属，本来就该配合调查，之前因为住院暂停了这个环节，现在她已经康复，应该配合了吧？”

高剑自知理亏：“人都死了，这短信明显是假的嘛。”

石军抬手让高剑收声，判断道：“没错！沈秦的手机早就被当作物证取回，存放在物证中心，这种短信明显是有人栽赃嫁祸。”

听到石军发言，徐小伟立刻转变态度：“石支，那您看怎么处置？”

石军思量道：“苏申通过测谎，基本可以排除嫌疑，不过，有人栽赃我们的同志，你是主办探长，一定要追查清楚。”

徐小伟愣了一下，刚要说话，却被石军打断。

“你把技术侦查探长于跃叫上，尽快调查，给外界一个交代，不能让社会舆论觉得我们东海市公安局没有维护好人民群众的生命财产安全。”石军继续叮嘱。

“是！”

徐小伟打消了心思，答应下来。

鼎峰资本会议室。

前方大屏上，投出连续跌停一周的股票K线。

沈心怡坐在会议桌左侧，左边由邱明陪同，右边坐着沈娜，张炯紧挨沈娜，他们对面坐满了董事会成员。双方形同对峙，剑拔弩张，火药味浓郁。

“这条短信是整幢楼群发的，整片CBD都知道了。”薛峰把手机扔到桌上。

孟昶指了指大屏，叹息道：“我们不想为难你，但公司人心浮动，股价连续跌停，再不说清楚，公司就要垮了。”

沈心怡撑着桌子,满是委屈,却始终无从回应。

关键时候,张炯嘀咕道:“都说了是沈总还魂喊冤,都不信我。”

“我不相信怪力乱神,明显是有人针对心怡,要搞垮我们公司。”邱明看向沈娜,眼神犀利如针。

“看我干嘛?我们沈家是最大受害者,前天晚上,阿秦还托梦给我。”沈娜色厉内荏,“依我看,就是他死得冤枉,心有不甘!我们心怡,绝不可能害她爸爸,但那个苏申就不同了。”

“没凭没据,成天咬着心怡的男朋友,真是好笑!”薛峰忍不住嘲弄。

沈娜还想争辩,却被孟昶打断:“短信真假,案件真相,都跟警察去说。”

孟昶看向沈心怡:“既然你来了,咱们就把你爸那点事儿,说说清楚。”

沈心怡觉得疑惑,看向沈娜询问。沈娜心虚,躲避开来,张炯则眼珠打转,渐渐眯成缝隙。

“你爸滥用职权,挪用海外分公司资金,投了两千万美金的期货,结果爆仓了。”薛峰提醒沈心怡。

沈心怡脸色顿变,看向邱明,邱明表示默许,再看向刘成,刘成低着头,轻声道:“审计公司刚查出来的,在座高管事先都不知情。”

孟昶看在眼里,愈加严厉道:“公司最高权限的资金密钥,就在你爸手里,如果不是他,就是你们几个干的。”

沈心怡越听越气,越气越急,呼吸渐渐急促,身躯颤抖,惊恐症犯了。

薛峰见她不说话,冰冷道:“这事儿蹊跷!我们完全可以怀疑,你爸是不是畏罪自杀?再说,谁知道你们家,通过海外分公司捞了多少好处。”

沈心怡撑住桌子，含泪嘶声道："你们怎么能这么想我爸……"

"我们还能怎么想？你爸留下一个烂摊子，把我们都拖下水了。"薛峰反问道。

沈娜拍案而起，怒骂道："你放屁！没我们沈家，能有你们今天？"

"你们别血口喷人！全公司都知道，沈总平时都把密钥锁在保险箱里。"张炯跟着站起来，"指不定是你们谁，偷走了密钥，要说脱不了干系，你们都跑不掉。"

"哼，怕不是贼喊捉贼吧。"薛峰蔑笑道。

沈娜破口大骂："放你妈的狗臭屁！大不了让警察来查，看谁进出过办公室，动过保险箱，你们谁都别躲。"

"就是！"张炯有了底气。

邱明实在看不下去，抬手制止争吵："够了！警方还没调查清楚，大家就不要无端猜测、互相指责了。"

众董事愤愤不平，不肯罢休，还要继续争执，沈心怡却坚持不住了，颤抖着从手包里拿出镇定药物。

沈娜见机赶紧递上水杯，拍打她后背，帮助服下药物。

薛峰冷眼旁观："既然你不能自证清白，身体健康也堪忧，依我看，沈家人还是暂且退出董事会和管理层比较合适。"

众董事纷纷点头附和。

沈娜急眼了，求沈心怡道："心怡啊，你斗不过他们的，咱们以退为进，你授权给我，姑妈给你顶着。"

已经好转的沈心怡，难以置信道："都这种时候了，你还只顾自己？"

"我是为了我们沈家。"沈娜恼羞成怒道。

沈心怡毫不退让，跟沈娜对峙着，谁也不肯服软。

张炯见状不妙，赶紧过来调停，沈娜泪眼婆娑，顺势哭嚎道："我真是好心当成驴肝肺，活着还有什么意思……"

沈娜越哭越气，索性撒泼打滚，沈心怡转过头，不予理睬，众董事无不厌恶，嗤笑不已。

“叮铃铃！”

忽然，邱明的电话响起，他顾不得乱局，起身到旁边角落。

“康院长，怎么了？”邱明接起电话。

康院长告诉道：“邱总啊，您母亲全身高烧，我们正在全力抢救。”

“行，我马上到。”邱明急着挂断电话，回座拿起外套就走。

刘成不解地叫住邱明：“邱总，您这是？”

“我得去疗养院。”邱明顿住回身，向沈心怡示以歉意，并规劝众人，“请大家千万冷静，以和为贵。”

话音落下，邱明快步离去。

喧闹的会议室重新陷入死寂，谁都不理谁。

邱明刚走出会议室，便看到前台小妹，领着徐小伟走来。

徐小伟身后除了朱艳君，还有探长于跃和助理陈涛。

于跃30岁出头，面容清瘦俊朗，颇有少年感；陈涛比他稍矮，戴着黑框眼镜，透着机灵，抱着笔记本电脑亦步亦趋地跟着。

邱明上去握手：“徐警官，您来得太及时了，里面乱套了。”

“邱总这是要出去？”徐小伟打量邱明。

邱明解释道：“我妈妈病危了……”

徐小伟恍然，赶紧让开去路。

“如果需要了解情况，您可以随时联系我。”说罢，邱明匆忙离去。

随后，前台小妹引徐小伟等人走进了会议室。

随着时间流逝，天色已过黄昏，但是会议室里始终亮如白昼。

在众人的期盼中，于跃拿着他们的手机逐一查看信息，陈涛站在身后，操作着电脑，噼里啪啦不绝于耳。

徐小伟向刘成了解情况："CBD这附近，很多人都收到了？"

"有些同行也收到了沈总的短信，都吓到了，过来打听是什么情况，还有些不认识的，莫名其妙来公司看戏，唉……"刘成捂住脸庞，缓解疲惫的精神。

徐小伟记在心里，随后看向于跃。

于跃得出结论，平静道："基本可以判定，这是覆盖一定区域的短信群发，手段跟诈骗短信类似，但肯定不是沈秦发的，他的手机还在物证中心，一直没开过机。"

"能查到源头，能追踪吗？"徐小伟觉得棘手。

于跃判断道："具体是什么设备，多少功率，需要时间进行技术分析。"

徐小伟略微沉吟，转告会议室众人："这是非法渠道发出的短信，污蔑栽赃的可能性很大，不足采信，希望大家不要无端猜测，捏造事实，更不要听信、散布谣言。"

众人面面相觑，沉默不语，沈心怡低着头，苍白的脸庞上写满了倔强。

"没什么事，就先散了吧。"徐小伟看向沈心怡，"不过沈心怡小姐，有些情况要跟你询问一下。"

沈心怡愤然道："你们也怀疑我和爸爸吗？"

"抱歉，我们刑警的天职，就是怀疑、取证和查明真相。"徐小伟义正词严。

沈心怡勉力支撑："那好，我也有事想找警方帮忙。"

董事会成员惊讶，停下了退场的脚步，向沈心怡看来。

徐小伟也觉得疑惑，示意她继续说。

"苏申是不是经过你们的测谎，洗脱了嫌疑？"沈心怡平复情绪。

徐小伟肯定道："对，我们局的测谎系统很科学、可靠度高，可以当作法庭证据。"

"一般多久可以出结果？"沈心怡再问。

徐小伟道："3天吧……"

"那好，徐警官，我也申请测谎，越快越好。"沈心怡愤恨地扫过众董事。

众董事心虚，躲避这尖锐的眼神，先后逃出会议室。

徐小伟看出用意，同意了请求："给我们两天时间，准备测谎问卷。"

"谢谢。"沈心怡轻声感谢。

沈娜、张炯面面相觑，躲在众董事身后悄悄逃离。

大洋彼岸，此时已是深夜。

陈子琦家楼下，Daniel在别克车内，一边嚼着口香糖，一边拨通电话。

片刻，电话被接通，Daniel急躁道："Sylvia，你在哪儿？"

"我在外地度假啊。"陈子琦回应。

Daniel换了个姿势，愈加烦躁："为什么不接电话？"

陈子琦顿了半拍："什么事儿？"

"Matthew问你，什么时候归队？"Daniel放缓语气。

陈子琦戏谑道："看不到我，他不应该更开心吗？还是，缺人干苦力了？"

忽然，电话那头传来陌生的声音："我们现在是在东海市最最繁华、最最好看的江滩夜景……"

Daniel匪夷所思，惊问道："你到底在哪儿？"

东海市外滩老街上，一辆出租车中。

司机一边开着车，一边通过后视镜，跟陈子琦吹牛皮："小姐你看到伐，这江边的建筑，都有一百多年历史了……"

"师傅，我在接电话。"陈子琦赶紧捂住手机，提醒司机噤声。

司机比了个手势，专心开车。

电话里，Daniel近乎崩溃："Sylvia，你在中国？你到底想干嘛？"

陈子琦看向窗外夜景，只见霓虹如画，高楼大厦如塔，繁华夜景，神光目眩。

"我回老家探亲。"陈子琦敷衍道。

Daniel难忍情绪："胡扯！你是不是去找Justin Zhao？你别冲动，OK？"

"Daniel，我再说一遍，你什么都不知道，或者我们断交。"陈子琦突然愠怒。

Daniel沉默片刻，叹息道："保持联系，别惹麻烦，我说真的。"

"有空担心我，不如好好查查那辆白色丰田车，再见。"陈子琦懒得多说，果断挂了电话。

司机耐不住寂寞，重新攀谈："小姐，男朋友哦？蛮关心你的嘛。"

"不是。"陈子琦冷漠道。

司机又问道："你是华侨啰？第一次来东海啊？"

陈子琦换了个姿势，趴着车窗："嗯……"

"那你要好好看看了，我们东海现在是国际大都市，晚上观光灯可漂亮了，要不我带你兜一圈？"司机很是热情。

陈子琦不冷不淡："没心情。"

"好好好。"司机识趣地收声，略显失落。

陈子琦望着景色，由出租车带着她步入夜景深处。

康宁疗养院，深夜。

邱玥守在病床边，眼角湿润，手里拿着纸巾为母亲擦去鬓角的冷汗。

康院长看着这对母子，同情道："我们都以为你妈妈扛不过去了，好在打了抗生素后，体温很快回落，体征也稳定下来。可能，她也舍不得你吧……"

邱玥眼角滑落泪水，被他迅速抹去。小田注视着他，心疼且哀愁，不知如何安慰。

康院长不愿打扰，暗示小田离开。

走出病房，小田在门外回望，留恋邱玥的背影。

病房重新恢复安静，只剩仪器的电子音，以及平稳的呼吸声。

邱玥握着母亲的手，放到额头，作忏悔状，眼神却在思索。

确认小田走后，他过去把门锁死，随即拿出手机，拨通了号码。

邱玥在电话中恳求："她快不行了，你有时间来陪陪她吧，哪怕一次也好……"

翌日清晨，石军办公室。

于跃和徐小伟向石军汇报最新调查结果。

于跃首先汇报道："石支，我们数据分析后，初步判断应该是车载流动伪基站。"

"流动的？有办法追踪路径吗？"徐小伟提出疑惑。

于跃为难道："难度很大，只有设备再次使用，我们才能进行追踪。而且这种设备运作时辐射很大，通常会隔很久才会再次出现。"

"那苏申和沈心怡的嫌疑，可以排除了？"徐小伟再问道。

于跃摇了摇头："严谨地说，信息真伪暂时无法验证，所以还不能完全排除。"

"沈心怡的测谎问卷，准备好了吗？"石军问徐小伟。

“准备好了。”徐小伟不敢怠慢，“约了下午，她说上午有事。”

石军点了点头，但还是有些担忧。

看出石军的担忧，徐小伟感觉奇怪：“石支，您怎么了？”

“沈心怡应该是陪苏申去民事庭了。”石军叮嘱徐小伟，“你关心一下情况，尽快安排她测谎，但苏申还是要避嫌。”

“好。”

区法院民事法庭。

威严庄重的法庭上，沈娜和张炯坐在控告席，苏申站在被告席上，望着前方的审判长，等待宣布判决结果。

审判长拿着判决书，庄严宣布道：“根据现有事实，本庭宣布，判决被告人苏申，对河畔公寓闪爆案负有民事赔偿责任，根据此案对死者沈秦及其公司鼎峰资本造成的损失进行评估，判处被告人苏申赔偿死者家属，折合人民币两千零五十四万八千九百元整。如有不服，被告人可向市中级人民法院提请上诉。”

沈娜、张炯洋洋得意，轻蔑地看向苏申，一脸幸灾乐祸。

沈心怡怒视沈娜，旁边的高剑也满是担忧。

宣判结束，沈娜走到苏申面前，骄横道：“臭小子，听清楚没有，两千零五十四万八千九百元整，一分也不能少。”

高剑迅速过来，将苏申护在身后。沈心怡也失控道：“你闹够了没有！”

“我们沈家，怎么出了你这个白眼儿狼？小瘪三有什么好的！”沈娜痛心疾首。

沈心怡惊怒不已，气得身躯颤抖，苏申赶紧扶住她。沈心怡紧紧地靠着苏申，深呼吸，尽量平复情绪。

“行了行了，别吵了，法律是公正的，你还是等着执行吧。”张炯甩下狠话，拉走了沈娜。

“真是贪得无厌！这下好了，不单是你的新房，连你爸妈的老房子，都要被执行了。”高剑鸣不平道。

沈心怡恢复好情绪，安慰苏申道：“你别急，等我继承了家产，这钱我替你还！”

“小傻瓜，这赔款本就不合理，我会向中院提请上诉的。再说，你想继承家产，不还得等破了案子吗？”苏申安抚沈心怡。

沈心怡顿时沮丧，听苏申继续道：“你放心，你爸爸的死，肯定不是因为我的过失导致的，就算我现在证明不了，我也会想尽办法，全力调查清楚。”

沈心怡眼眶红润，咽喉哽咽，靠近苏申怀里。

“算我一个，我们一定查个水落石出。”高剑自告奋勇，向苏申探出手掌。

苏申腾出左手，跟高剑击掌，再紧握在一起，露出会心笑容。

从法院出来，张炯钻进宝马车，紧握方向盘，眼睛眯成缝隙。

沈娜在副驾驶位，一边对镜补妆，一边洋洋得意：“总算先扳倒一个，哪怕只是个小瘪三！走走走，找个米其林餐厅庆祝一下。”

“出息！”张炯瞥了眼沈娜，“你别忘了，还有董事会那帮老家伙，和那个吃里扒外的邱明。”

“急什么？一个个慢慢收拾！”沈娜推了推张炯撒娇道，“全靠你啦！”

张炯冷笑一声，低头发车，再抬头时眼神骤然聚焦，沈娜也察觉不对，顺着他的目光看去。

法院门口，苏申和高剑陪着沈心怡缓步走下台阶，等候已久的徐小伟带一名女警迎了上去。

双方握手致意，攀谈后，沈心怡跟女警、徐小伟离开，苏申和高剑则上了自己的别克车。

沈娜纳闷道："姓徐的怎么来了，警察有新线索了？"

"可能是去测谎，她自己要求的嘛。"张炯猜测道。

沈娜没放在心上，自顾自系好安全带，示意张炯开车。

张炯不为所动，右手摸着下巴，盘算片刻后，忽然坏笑道："沈秦的独生女被警方带走调查，对我们是好事儿啊。"

"什么意思？"沈娜费解道。

"咱们也去凑凑热闹！"

张炯不解释，径直发车缓缓驶出车位。

明亮的测谎室里。

沈心怡贴上感应片，戴上测谎数据线，准备开始测谎。

在她前方的两名测谎工程师，一人负责记录，一人负责提问。

女测谎师方莉问道："你父亲沈秦明确反对你的恋情，并与你发生多次争吵？"

"是的。"沈心怡平静道。

方莉再问道："你是否为此记恨你父亲？"

沈心怡回答道："有过怨恨，但我从没想过谋害他。"

"闪爆当天，你为什么早上出现在公寓？"方莉看了眼仪器。

沈心怡顿了下："我爸让苏申通知我，一早过去商量事情。"

方莉继续问道："前一晚你在哪里？"

"我很早就回家休息了，我家小区和客厅都有监控可以证明。"沈心怡保持平静。

方莉接着问："你是否知道你父亲保险柜的密码？"

"知道，就是我的生日。"沈心怡坦然道。

方莉又问："保险柜里存放的财物，是你们共同保管吗？"

沈心怡摇头："不是，平时都是我父亲亲自保管。未经允许，我不会碰保险柜的。"

"那你知道他的保险柜里，存放着公司最高权限的密钥吗？"方莉再看了眼仪器。

沈心怡笃定道："知道，但我不会动。"

"为什么？"方莉提出怀疑。

沈心怡解释道："我去年才加入公司，职级不高，无权接触或过问。虽然我是他女儿，但还是要遵守公司的管理规定。"

方莉想了想："你对分公司在海外的投资业务，和期货交易的流程熟悉吗？"

"不熟悉。"沈心怡再度摇头，"公司主营业务在国内，分公司和我父亲海外置业的事情，我都没有参与。我的职级只是项目总监，负责考察国内需要融资的创业团队或新兴企业，为公司寻找有良好收益和投资回报潜力的项目。"

方莉对比问题后，问道："你是否知道你父亲有投资期货的行为？"

"不知道。"沈心怡也觉得怀疑，"这笔投资很奇怪，不像他的做事风格。"

方莉追问道："能具体说说吗？"

"我父亲做投资，一向谨慎持重，一辈子都没炒过期货。"沈心怡如实回答。

"那你父亲的社交圈中，是否与人有过恩怨、过结？"方莉接着问。

沈心怡认真回忆："没听说过，他人缘一直很好，生意人最讲究和气生财。"

方莉问道："你父亲为什么一个人住在市区的公寓？"

沈心怡不假思索："为了社交应酬方便。"

一个小时后，方莉提出最后一个问题："你对他的私生活完全了解吗？有没有外遇或感情纠纷？"

沈心怡情绪起伏，似乎生气了："没有，我确定！请不要质疑我父亲的人品和德行，可以吗？"

方莉赶紧解释："请冷静，我们只是在排除其他可能和嫌疑。"

测谎室隔壁。

透过那块单向玻璃，石军、徐小伟和高剑，密切注视测谎过程，李飞对照仪表数值，记录沈心怡的反应。

仪表上，显示的数值和波段，一直处于平稳的绿色，只在最后一个问题时，稍有波动。

石军注意到波动，投去询问的目光。

李飞解释道："没事儿，这是正常情绪波动，在合理的数值区间内。"

室外走廊上，苏申紧张地来回走动，等待着测谎结果。

终于，测谎结束，沈心怡走了出来，满是委屈，苏申赶紧去扶她，却被她甩手推开，让苏申错愕不已。

这时，石军、高剑和徐小伟先后走出监控室，看出他们的隔阂。

"这是我们石支。"苏申引荐道。

沈心怡脚步踉跄，走到石军面前，虚弱而倔强道："石支您好，我很感谢你们让我测谎，给我机会自证清白。但是，对你们有些问题，我真的不能接受。我愿意配合调查，也请你们对我爸爸的人品和清誉保持应有尊重。"

苏申想要解释，却被石军制止，亲自解释道："姑娘，你的心情我们理解。请放心，测谎问卷的问题，只是为了充分了解情况，排除嫌疑，并不代表我们不尊重您父亲，更不会对外泄露。你的测谎过程，我全程都在监控，数值很平稳，3天后，就能拿到分析报告了。”

“谢谢，石支。”沈心怡抿着嘴。

苏申再去扶住沈心怡，带着她往外走去，总算没有了隔阂。

忽然，沈心怡回过身，看向石军道：“石支，我无意引导警方办案，但自从我父亲出事至今，有两个人的行为真的很反常。”

“你是说，你姑妈沈娜和张炯？”石军敏锐道。

沈心怡略有惊讶，但还是点了点头。

“他们接二连三搞事情，在公司装神弄鬼，妄想夺权，还把苏申告上法庭，索要巨额赔偿。”沈心怡看向苏申，“出事前一天，他们还跟我父亲争吵过，是吗？”

苏申轻声道：“你在医院昏迷时，我们同事已在第一时间排查他们，但没有明确证据。”

沈心怡愣住了，似乎意想不到。

“你放心，他们已经被限制，不能随意离开东海。我们警方必会查清真相，绝不会冤枉好人。”石军眼神致意道，“你好好休息，案件还有很多疑点，需要你的配合。”

沈心怡颇有感触，回以感谢，随即被苏申扶着渐行渐远。

石军望着他们，想到了“相依为命”，不觉感慨万千。

出了刑侦大楼，沈心怡已经恢复，不需要苏申搀扶，独自走在前面。

“我开车送你吧？”苏申跟上沈心怡。

沈心怡虚弱道：“不用，你回去上班吧，司机马上就来了。”

“等你上车，我再回去。”苏申坚持送她出去。

不一会儿，他们走出刑侦总队。

旁边隐蔽处，忽然冲出许多媒体人员，聚拢过来，拿着长枪短炮，堵着他们采访。

有女记者问道:“沈小姐,您这次配合警方调查,有什么新进展吗?”

“沈小姐,警方调查您,是否和举报短信的内容有关?”有记者按下快门。

闪光灯频繁亮起,本就虚弱的沈心怡霎时眼前眩晕,幸好被苏申扶住。

“这位是您的男朋友吗?两位是一起接受调查吗?”

记者们不依不饶,一时间场面混乱,沈心怡愈加惊恐。

马路对面,一辆顶配宝马760轿车中,两双阴险的眼睛,注视着这场好戏。

幸好,石军接到消息,和高剑带着保安赶到。

“退后!公安局门口严禁非法聚众!”石军严厉呵斥。

记者们被震慑了,纷纷放下设备,面面相觑,自觉地向后退。

石军扫视记者,挺身而出道:“我是东海市公安局刑侦总队重案支队支队长石军,借此机会正好澄清,警方一直在调查河畔公寓闪爆案,这两位均已接受调查,并排除了嫌疑。案件调查期间,希望媒体不要散布不实信息和谣言,不要干扰警方正常工作,谢谢配合。”

说罢,石军给高剑使了个眼色。

高剑顿时会意,一边招呼记者散场,一边护着苏申和沈心怡,穿过人群走向后方,钻进刚到的黑色奔驰。

关车门前,沈心怡隔空挥手,致意感谢石军,石军回以笑意后,奔驰车离去。

苏申正要折返,忽然注意到对面停着一辆宝马车,顿时觉得可疑,走出几步确认。

宝马轿车似有察觉,匆忙启动飞快地逃离。

苏申停下脚步,看着宝马车屁股,神色严肃。

“怎么了？”高剑来到身后，顺着视线看去。

苏申轻声道：“是张炯和沈娜。”

高剑眼神一凛，高度警觉起来。

夜晚的江滩，光影炫目，灯火辉煌，一片繁华景象。

露天餐吧，邱明约沈心怡共进晚餐。从这里望去，视野景观极佳，美景尽收眼底，窥见东海繁华。

“我也没想明白，这笔期货投资是怎么回事，以师父的身家，根本不需要挪用公司资金炒期货。”邱明若有所思。

沈心怡无心用餐，忧虑道：“邱明哥，公司里除了我父亲，还有谁接触过密钥吗？”

“应该没有。”邱明想了一下。

沈心怡秀眉紧蹙，烦心不已，邱明注视着她，看出她的焦虑，轻声道：“牛排要趁热，边吃边聊……”

顿了一下，邱明又不经意道：“警方开始追查密钥了？”

沈心怡轻点臻首。

“这是好事，我觉得调查方向是对的，这么巨额的投资，这么关键的密钥，如果不是沈总亲自操作，很可能就是他身边的人。”邱明安慰道，“你也别怪警方怀疑你和苏警官，先把你们排除嫌疑，这是好事。”

沈心怡疑虑道：“会不会是我姑妈和张炯？”

“他俩的情况，警察也排查过了，没发现什么问题，但……”邱明欲言又止。

“怎么了？”沈心怡急声追问。

邱明放下酒杯：“刘总说过，张炯曾多次询问，师父装密钥的古董漆盒。”

“又是张炯，他一定有问题！”沈心怡顿时愤然。

邱明安抚道："你别瞎想，毕竟无凭无据的，还是等警方的调查结果吧。"

沈心怡没听进去，眼神发愣，心事重重。

近乎同时。

苏申来到一家海派苏式面馆，和高剑吃饭。他要了碗大排面，高剑点了份焖肉面，再要了一笼生煎。

高剑吃得津津有味，苏申却食不知味。

"想什么呢？"高剑含糊道。

苏申心事重重："最近鼎峰资本这一连串的事情太奇怪了！"

"你也怀疑沈娜和张炯？我早就觉得，这俩不是好东西。"高剑喝了口汤，啧啧有声。

"不像！"苏申放下筷子，"我们复勘现场时发现的那些轻微痕迹，佐证作案人具有很强的反侦查能力，他们不具备这样的能力。"

"他们可以雇凶啊，那个尖嘴猴腮的，一看就阴险。"高剑笃定道。

苏申还是摇头："雇凶杀人总会留下线索和人证，风险高；而且布局这么缜密，到现在都没捞到好，可见动机不合理。"

高剑听出名堂，包揽道："行，改天开案情分析会，我来跟师兄汇报，你还有哪些推断，都说说。"

"嘿！你这邀功表现，还挺心安理得啊。"苏申打趣高剑。

高剑撇了撇嘴："这哪儿是邀功啊，师兄让我旁听本案，不就是这意思吗？"

苏申笑了笑，拿起筷子吃面，边翻看手机，刷到沈心怡的朋友圈。

朋友圈中，沈心怡晒照露天餐吧，配上文字：上次来这里，还是跟爸爸一起……

苏申觉得心疼，无奈叹息，再无心情吃面。

高剑看了看苏申手机，劝说道："我说，你有空真该陪陪她，天天跟我一起，算什么事儿啊！"

"我是想找她，可她不接电话。"苏申满腹委屈。

"女孩子嘛，你得多花心思哄啊，毕竟她只剩一个人。"高剑突然惊叫，"不对，照片对面还有人，牛排是两份的！"

苏申眼角一跳，赶紧查看，只见照片里，餐桌全景上方，露出半盘牛排，还有摆盘的刀叉。

苏申狐疑道："应该是跟朋友吃饭散心吧。"

"自欺欺人！"高剑满眼凝重，"你跟我，现在想到的是不是同一个人？"

苏申眼神游移不定。

"邱明！你信不信？"高剑断言道，"兄弟，你危险了。"

"神经病，瞎猜什么！"苏申烦躁地继续吃面。

"无事献殷勤，摆明着乘虚而入，这不是挖墙脚嘛。这小子逢人就说，他是沈秦的徒弟，我跟你讲，这种师兄师妹的戏码最危险了。"高剑越说越起劲。

苏申瞪向高剑，高剑却不以为意，反而督促道："吃完赶紧去找心怡，找不到，就去她家守着。"

苏申懒得理他，继续埋头吃面。

吃完，招呼也不打，转身就走。

苏申在沈心怡家外，已经等了半个小时。

一辆国产宝马车缓缓开了过来，邱明从车上下来，帮沈心怡打开门，搀扶她下车。

苏申见状，拿起准备的鲜花，下车朝沈心怡走去。

沈心怡正与邱明道别，见苏申走过来，霎时愣住了。

“苏警官，别误会，心怡找我吃饭，谈公司的情况，我正好送她回来。”邱明主动打招呼，化解尴尬。

沈心怡反应过来，问苏申道：“有事儿吗？”

“就是担心你，想见你。”苏申看了看邱明，踌躇道。

“谢谢！我今天累了，改天再说吧。”沈心怡接过鲜花，往自己家走去。

走到门口，她似乎想起什么，转身笑道：“谢谢你们，我会振作起来的，你们也早点回去吧。”

说着，沈心怡挥手告别，开门走了进去。

“我还得回疗养院，先走一步。”苏申还没反应，邱明便主动伸手。

苏申警醒，跟邱明告别，各自回到车内，发动汽车，朝反方向开去。

他们心有灵犀，各自通过后视镜注视对方的身影，直至彻底消失。

警察署，探长办公室。

探长Matthew面前，Daniel的笔记本电脑上，正在播放监控视频，视屏经过剪辑，标出了白色丰田车的行驶轨迹。

“这辆白色丰田车，最早出现在监控中，是9月28号下午，在S市东面郊区，与Rachel Lin居住的别墅区，处在完全两个方向。再花点时间，应该可以拼出具体行动轨迹。”Daniel告诉道。

探长Matthew揉着鼻子：“下一步准备怎么查？”

Daniel准备很充分：“我会继续检索监控视频，尽快确定车辆行踪轨迹。同时，最好能布置大家分头调查这辆车的来历，租车行、维修站、废弃车回收厂，都需要排查。”

探长Matthew提醒道：“我们警力有限……”

Daniel打断探长Matthew：“抱歉，探长，这可能是目前仅有的可继续追寻的线索了。”

探长Matthew表示默许，没等Daniel高兴，他又问道："Sylvia在哪儿？人手不够，让她结束休假、回来工作。"

Daniel脸色顿变："她去远方探亲了。"

"把她喊回来，就说是我的命令。"探长Matthew不容置疑。

Daniel苦着脸："是，探长。"

从探长办公室出来，Daniel躲到无人的角落，接通陈子琦。

Daniel汇报喜讯："Sylvia，探长认可了你的调查方向，让你结束休假，回来工作。"

陈子琦吃惊道："什么？你逗我呢……"

另一边，陈子琦漫步在老租界的小路上。

道路两旁，是20世纪留下的里弄建筑，还有些独栋别墅，路边布满早餐店，烟火气息弥漫。

陈子琦拿着照片，对比周围环境，一边跟Daniel通话，吃惊道："你逗我呢……"

"千真万确，探长命令你回来，我快瞒不住了。"Daniel带着哭腔。

陈子琦蔑笑道："那你们就按正确方向慢慢查吧，我已经领先一步，不可能回头。"

Daniel顿时急了："别乱来好吗？"

"我在度假，你联系不到我，就这样。"陈子琦不想多说。

Daniel抓狂道："嘿，Sylvia，你冷静点……"

还没说完，陈子琦便挂断电话，对比照片继续找寻。

"咕咕咕……"

忽然，腹部传来叫声，她转身走进了早餐店。

鼎峰资本会议室。

除了沈心怡，董事会成员座无虚席，召开股东会议，很快做出决断。

孟昶宣布道："既然大家都赞成，那么我来我宣布，会议推举鼎峰资本常务副总邱明作为新任执行董事长，希望邱总带领公司，带领大家走出困境，重新起航。下面，请邱总讲话。"

众董事各怀鬼胎，响起稀疏的掌声，显得漫不经心。

掌声中，邱明坐上主座，态度恭谦道："感谢大家的信任和支持，公司现在是困难时期，希望大家团结一心，共克时艰，砥砺前行，谢谢！"

角落里，张炯、沈娜同时起身，满怀羡慕嫉妒，愤恨离席。

临走前，张炯看了眼邱明，眼中邪光炽盛。

邱明似有察觉，平静地看过去，跟张炯对峙，没有丝毫波澜。

"咚咚咚！"

徐小伟敲开石军办公室，和高剑联袂而来，递上沈心怡的测谎报告。

"石支，测谎报告已经排除沈心怡的嫌疑。"徐小伟告诉道，"虽然还没找到伪基站设备和作案人员，但是短信内容基本可以认为是诬陷。"

石军接过报告仔细翻阅。

高剑插话道："石支，我也有点想法，想贡献出来。"

石军示意他继续说。

"如沈心怡所说，沈娜和张炯最近过于活跃，行为反常，尤其频繁针对苏申，我认为，海外爆仓的经济案件、幽灵短信和针对苏申之间，有种奇怪的联系。"高剑侃侃而谈。

石军放下报告，看向高剑道："证据呢？"

高剑抓了抓脑袋，尴尬道："暂时还没有明确证据，但他们的害人之心，已经路人皆知了。”

石军表示认可并若有所思。

高剑眼睛打转，回忆苏申的想法：“石支，您之前也说过，可能存在雇凶杀人，加上新出的经济案线索，我建议对张炯和沈娜，采取侦查措施。”

徐小伟忍不住失笑，阴阳怪气道：“你的逻辑能力，真是越来越缜密了。”

高剑感到懊恼，却无法反驳，石军向他看来，摇了摇头。

徐小伟趁此机会，告诉石军道：“石支，按照您的吩咐，我们已经开始对鼎峰资本的董事会成员展开全面排查了。”

“你们一起协作，分小组尽快排查。”石军给出指示，“另外，海外期货的巨额投资案，是我们下一阶段核查的重点，要盯紧。”

“是！”

石军再吩咐徐小伟：“还有，苏申已经排除嫌疑，而他业务能力和水准，大家有目共睹。你作为探长，可以带带他，有些线索核查工作，可以让他配合协助，希望你们互相团结，共同促进。”

徐小伟领会用意，高声道：“是，我一定向苏申同志好好学习！”

“尽快安排，联系张炯和沈娜，重新询问。”

石军挥了挥手，示意可以走了。

邱明在办公室里，托着下巴，凝重地沉思着。

他想起前些天，张炯在会议上提起保险箱的密钥，随后打开抽屉，拿出一个红黑漆盒，外形与张炯的那个类似。

邱明打开漆盒，端详里面的檀香，眼神变得狠厉、坚定，继而放进口袋，离开了办公室。

不时，他来到张炯办公室，敲门而入。

“哟，新任执行董事长啊，什么风，把您大驾给吹来了？”张炯斜坐在沙发上，优哉游哉地摇着扇子，看到来人是邱明后，顿时眯起了眼睛。

邱明含笑道：“娜总不在？”

“邱总您黄雀在后，顺利上位，她心里不痛快，买包去了。”张炯尖酸道。

邱明表明来意：“我想了想，作为晚辈，还是该来赔个不是，以后恳请张总和娜总，多多支持。两位放心，我是师父一手提拔上来的，不会忘了沈家的恩情。”

说着，邱明弯下腰，九十度鞠躬。

张炯不屑一顾，眼睛眯得更细了。

邱明也不气恼，拿出准备好的漆盒，毕恭毕敬地送过去：“上次看您家有个类似的，我特意托朋友访到了这个古玩，送给张总，好事成双。”

张炯看向漆盒，露出些许得意，转瞬，却皱起了眉头，眼神有些恍惚。

邱明注视着张炯，发现了他的恍惚，眼神瞬间尖锐，笑问道：“张总，怎么了？您要是不满意，我再找找更好的。”

张炯回过神，捧起漆盒端详：“没有、没有，挺好、挺好！”

邱明报以微笑，但他的眼神，始终关注着张炯。

张炯眼神打转，略微犹豫后，若无其事道：“沈总那个盒子，你见过吗？”

“没见过，怎么想起那个盒子了？”邱明保持微笑。

张炯敷衍道：“我有幸见过一回，那做工，文玩中的珍品啊。”

邱明收敛眼神，顺承道：“那我就先走了，晚点还得去疗养院。”

张炯放下漆盒，站起身来，做出相送的姿势。

邱明示意他留步："没想好送娜总什么，改天还请张总参谋参谋。"

"好说，好说。"张炯笑眯眯道。

邱明转身离开，带上了房门。

张炯重新端详漆盒，手指摸着下巴，再度陷入沉思。

从张炯那里出来，邱明来到车库，钻进了自己的宝马车里。

他没有急着发动，眼神变幻，时而焦虑，时而坚定，时而挣扎，难以抉择。

"叮咚！"

忽然，手机来了短信，打断他的思绪。

他拿出手机查看，显示短信联系人：My Love，信息内容：今晚去吗？

邱明毫不犹豫，回复：今晚。

随后，宝马车启动。

夜色下，一辆白色宝马车踏着朦胧星光，驶进了疗养院。

停车场上，邱明从车上下来，看了眼时间，现在是：21点45分。

他有些不耐烦，抬头望了眼病房，靠着车抽起了烟。

一根香烟后，他扔掉烟头朝病房走去。

不一会儿，邱明推开病房，看到陪护的小田，顿觉意外，于是后退半步，看了眼房号，确定是这里没错。

邱明走进病房，看着床上的邱素梅，有点愣神。

小田见邱明来了，顿时欢喜道："邱总，今天这么晚才来，是工作忙吗？"

邱明茫然地点了点头。

发现邱明精神恍惚，小田愈加关切："您是累了吗，那我帮你把折叠床拉开?”

邱明愣了半拍:“不用麻烦了。”

“今晚您不陪夜吗?”小田觉得惊讶。

邱明再度失神:“公务太忙,时间冲突,再说吧。”

小田觉得邱明有点奇怪,却又说不上来,只好点头道:“那您陪邱妈妈吧,我先去查房了。”

邱明回以微笑,目送小田离开,随即来到病床前,端详着邱素梅,动也不动。

张炯别墅清修室。

清修室里忽明忽暗的红光伴随着神秘的咒语音乐,显得格外阴森诡异。

张炯身着道袍,脚蹬布鞋,在供桌前,点燃檀香,放进香炉,烟雾袅袅升起。

接着,他虔诚地跪在蒲团上,对供桌上的红黑漆盒和那个花脸人偶,庄重地三拜九叩。

叩拜完成,张炯盘腿坐下,静坐冥想,但他的眼珠始终左右转动,思绪陷入回忆。

记得那天下午,他跟在刘成身后,去办公室找沈秦。

当时刘成先推门进去,他跟在后面低着头,怯生生偷看沈秦,无意中瞥见皙长的双手,将一个红黑漆盒放到办公桌上,被沈秦接过后,迅速放进了抽屉。

“沈总,张总是来跟您道歉,主动交代情况的。”刘成告诉沈秦。

沈秦瞪了眼张炯,吓得张炯低下头。

沈秦吩咐那双手的主人:“你先出去吧。”

那人转身走向办公室外,张炯缓缓抬头,看到了那人正脸。

竟然是邱明！

邱玥与他擦肩而过，招呼都没打……

想到这里，张炯猛地睁眼，满脸惊愕，随后掏出手机，接通沈娜。

张炯问沈娜："你在哪儿？"

"烫头呢，干嘛？"沈娜懒洋洋地。

张炯急声道："赶紧回来，有大事儿！"

沈娜不以为意："什么事儿？我这儿还得两个小时。"

张炯紧张道："电话不方便说，你赶紧的。"

说罢，张炯挂断电话，眼神乱转，起身来回走动，意图平缓焦躁的情绪。

忽然，他感觉一阵眩晕，刚要挣扎，便摔倒在地，眼前渐渐模糊。

两个小时后，沈娜顶着全新发型，得意地走进别墅，直到客厅都没人来接她。

沈娜不满地大喊道："吴妈？老张？人都哪去了！"

客厅里空荡荡的，异常安静，除了她的回音，没有任何回应。

屋里的一丝怪味让沈娜渐渐发慌，觉得不对劲。

"老东西，你人呢……"沈娜循着诡异的咒语音乐走向清修室，见房门掩着，里面透着红光。

沈娜推开房门，叫嚷道："又搞什么鬼……"

"鬼"字还没说完，沈娜瞪大眼睛，豹眼突出，惊恐不已，继而全身颤抖，连连后退，直接翻过白眼晕倒在地上。

清修室中，阴森恐怖的红光下，张炯舌头吐得老长，悬挂在房梁上，身下全是排泄物，正在静静流淌。

蒲团边，有一张白纸，纸上是他的认罪书。

第六章　陌路邂逅

翌日，乌云遮日，笼罩天际，阴霾更甚许多。

张炯别墅内外，已被警方封锁，周慧敏带领法医勘查张炯的尸体情况，李炜、马涛在客厅勘查痕迹，竖立起标记牌。

客厅沙发区域，徐小伟和朱艳君，向保姆吴妈了解情况。

“我昨晚很早睡了，睡得特别死，真的什么都不知道。”吴妈惊魂未定。

这时石军走进来，跟同事们打招呼，苏申、高剑跟在身后。

“石支，保姆吴妈起早时，发现沈娜昏倒在清修室外、张炯上吊，然后报了警，她说自己昨晚睡得很死，什么动静都没听到。”徐小伟迎上去汇报情况。

“沈娜呢？”石军走向清修室。

徐小伟跟上石军：“休克昏迷，已经送医了，从倒下的位置和体态来看，应该是看到尸体，受到了惊吓。”

石军点了点头，走进了清修室。

苏申忽然驻足，抽了抽鼻子，闻到特殊的香味，转身寻找，看到茶几上的红黑漆盒，以及盒子里的檀香。

苏申神情疑惑，走了过去，俯身撩拨空气，仔细辨认气味。

“看什么，赶紧跟上啊。”高剑见苏申停下，不禁催促道。

香味是正常的，苏申疑心稍缓，跟上高剑，一起进入清修室。

清修室内，痕迹已经被标好，并铺设好盖板，石军仔细打量室内环境。

“这房间干嘛用的？”石军问徐小伟。

徐小伟回应：“吴妈说，张炯相信旁门左道，专门留这间房供养小鬼用的。”

石军嗤之以鼻。

苏申跟进来后，又闻到那个香味，霎时疑心大起，四处寻找，最后定格在房梁上的吊绳上。

“石支，从尸体的尸僵和尸斑情况，综合他生前最后一通电话判断，死亡时间，大概在昨晚十点左右。上吊用的绳子，是房间里挂符咒的粗麻绳，与死者脖子上的勒痕纹理一致，形成不闭合的索沟，伴有擦伤和皮下出血，躯体和四肢上没有挣扎或打斗的伤痕。”周慧敏安排好搬运尸体后，来跟石军汇报情况。

李炜拿着证物袋，里面放着认罪书，站到周慧敏身边，正逢周慧敏讲完，石军让他继续。

“清修室内只发现了张炯一人的拖鞋鞋印，垫脚的凳子上，留着踢翻时的刮擦脚印，都能对上，现场没有打斗痕迹；别墅门窗完好，没有破门而入的痕迹。”李炜递上物证袋，“这是张炯留下的遗书，就落在蒲团上。”

石军接过证物袋，见认罪书上写着：本人张炯，半年前怂恿公司董事长沈秦，以海外分公司的名义，在A国购置庄园，实则巧立名目，试图故技重施，挪用公司资金。我于两月前，盗用沈秦掌管的资金密钥，挪用两千万美金，投资海外期货，不料期货爆仓，血本无归。沈秦意外身亡，牵连此事被审计公司核查曝光，本人已无力偿还债务；加之，本人曾用合法但不合理的金融操作，秘密帮助沈秦转移财富至海外，数罪加身，余生无望。我自知不能逍遥法外，不想在牢狱中虚度残生，唯有一死，了却此生遗憾。

“字是打印的？”石军觉得古怪。

“是的，具体是哪个打印机，我们还要回去做进一步的分析。”李炜汇报道，“不过，遗书上的汗液指纹，全是张炯一个人的。”

徐小伟抢着汇报道：“结合这封认罪书，和现场状况来看，初步判断，张炯很可能是自杀。”

石军看了眼徐小伟：“先别急着下定论……”

徐小伟感到心虚，头上的抬头纹，瞬间凸显出来。

初步勘查完地面痕迹，苏申突然问道：“周师姐，尸斑情况正常吗？”

众人看向苏申，见苏申缓缓起身。

周慧敏说道：“受重力影响，尸体的手足、前臂和小腿上，呈现暗紫红色的尸斑，符合悬挂体位缢死的特征。”

“发现什么了？”李炜疑惑地望着苏申。

苏申默然不语，继而环顾室内，愈加凝重。

徐小伟跟朱艳君对视，很是不屑。

高剑沉不住气，大声询问道：“你又怀疑谋杀？”

石军瞪了眼高剑，警告他收声，吓得高剑直缩脖子。

忽然，苏申看见供桌上摆着的那个香炉，走上前去，打开香炉盖，里面是檀香灰，他俯身嗅了嗅，觉得古怪，招呼李炜道：“李师兄，你来闻闻看，味道有点怪……”

李炜上前轻嗅，脸色顿变，回头问徐小伟：“檀香呢？”

“在客厅茶几上。”徐小伟眼角一跳，看向朱艳君。

朱艳君跑回客厅，拿来红黑漆盒，放到李炜面前打开，李炜、苏申先后低头，仔细分辨。

众人不明所以，望着他们，殷切等待结果。

“是有点差异，但不明显。”李炜作出判断，“小马，把檀香和香炉灰带回去，做个微量物证检验。”

马涛答应一声，接过漆盒，捧走香炉，并做好相关记录。

“怀疑有其他成分？ 3天能出结果吗？”石军猜出李炜的用意。

李炜点头道：“能！”

苏申则走到门口，招呼吴妈道：“你昨晚睡得很死，什么声音都没听到？”

吴妈走过来，看向清修室内，眼神惊恐，怯生生点头。

“供奉用的香烛，是谁买的？”石军也走了过来。

吴妈惊慌道：“香烛贡品都是张总买的，我从来不碰的；这间屋子，他也不让人进来。”

石军点了点头，让警员先带吴妈离开。

众人聚向石军，等待他布置任务。

“小周和小李进行深入检验的同时，其他人分头调查。”石军看向徐小伟，“小徐，你顺着鼎峰资本的经济案，继续排查张炯的经济问题。”

“是。”徐小伟答应。

石军再看向高剑：“高剑，你排查下张炯的背景资料，人际关系。”

高剑愣了下，故意叫苦道：“我怕一个人忙不过来……”

“自己找帮手！”石军虎眼一瞪。

高剑顿时窃喜，跟苏申挤眉弄眼。

苏申、高剑来到鼎峰资本大楼，向财务总监刘成了解张炯的人际关系。

会议室中，刘成坐在高剑对面，郁闷道：“要说关系不好，张总和娜总跟整个董事会关系都不好，他们平时在公司总是嚣张跋扈。”

高剑追问道：“那最近呢？”

“沈总死后，因公司管理权经济案件的问题，一直在吵。”刘成捏了捏眉心。

高剑记录下来，再问道：“张炯在遗书里认罪，说自己挪用了海外公司的资产，这个情况你了解吗？”

“真的不知道，上次我跟徐警官交代了，海外公司的情况我们知道得很少。”刘成焦头烂额。

高剑问不出什么，便告诫道：“如果你想起，张炯最近跟谁有过纷争、冲突，请立即告诉我们。”

被这么一提醒，刘成还真想到了：“张炯出事那天，他和娜总在董事会议上，发了脾气、甩了脸。”

“什么原因？”苏申急声追问。

“当时公司一团乱麻，董事会集体投票表决，选举邱总出任执行董事长。”刘成愁苦更甚，“他们的如意算盘落空，会议中途就发脾气走了。”

“当时邱明什么反应？”苏申抓住疑点。

刘成想了想：“没反应，大家都见惯了，没吵架，也没人搭理他们。”

苏申沉吟道：“邱总在公司吗？”

“在。”刘成点点头。

苏申看向高剑，高剑也看过来，达成了默契。

不一会儿，邱明坐到苏申对面，一起接受询问。

“有同事看到你昨天下午，进过张炯的办公室？”高剑注意邱明的眼睛。

邱明坦然道：“对，找他说点好话，毕竟以后要共事。”

苏申看看邱明，再看看刘成，灼灼道："两位应该知道，张炯信奉旁门左道，搞怪力乱神的事吧？"

"沈总死后，他还叫江湖术士来公司装神弄鬼。"刘成如实相告，邱明也频频附和。

苏申拿出一张照片，上面是红黑漆盒，放到邱明和刘成面前，观察他们的神情。

"这好像是沈总放密钥的盒子。"刘成认出了漆盒。

邱明表示认同："张炯多次觊觎沈总的古董盒子，这个情况我们跟徐探长反馈过，不知这个是……"

"这是张炯家里的，你们没见过？"高剑提醒道。

邱明和刘成都摇头："他确实有收集古玩的爱好，但没在公司显摆过。"

"如果有情况，希望两位主动配合，提供线索。"苏申若有所思，看了眼高剑，准备告辞。

邱明、刘成满口答应，起身相送。

"邱总最近还去疗养院吗？"苏申不经意道，"你母亲身体好点了吗？"

邱明伤感道："卧床多年，身体器官都出现了衰竭，过一天赚一天。"

"听说你特别孝顺，一有空就去陪着。"苏申感慨道。

邱明愈加伤感："毕竟，见一面少一面……"

苏申为此惋惜，眼看要出门了，冷不防突然问道："你昨晚也去了？"

"是的，最近下班后都会过去。"邱明露出疲惫的笑容。

苏申注视他的眼睛："都是陪整夜吗？"

邱明愣了半拍，觉得惭愧道："有时也熬不住，昨天就没陪整夜，待到十二点多就回来了。”

“家里、公司都要操持,不容易,请留步吧。”苏申告别一声,跟高剑走向电梯间。

目送他们走进电梯,电梯门关闭的瞬间,邱明疲惫的眼神中露出一丝冷峻。

从鼎峰资本大楼下来,苏申钻进了警车内。

高剑坐进驾驶座,疑惑道:“你怀疑邱明?”

苏申沉默着,不置可否。

高剑发车:“依据呢?因为他成了鼎峰资本内斗的获益人?”

“之前说过,如果沈秦是被谋杀的,凶手一定是他身边的人,而且这人能想到密室杀人,制造意外假象,智商肯定很高。”苏申愁眉不展道,“这次张炯死亡,同样是密室,虽说我没有证据,但总觉得不是巧合。”

高剑质疑道:“可他昨晚在疗养院,有充分的不在场证明啊?”

“是不是在疗养院还要进一步实地确认一下。”苏申梳理着侦查脉络。

“叮铃铃!”

忽然,沈心怡打来电话,苏申接通后,急声说道:“好,我们马上来。”

“去医院,沈娜醒了。”

苏申挂断电话,系好安全带,招呼高剑出发。

高剑踩下油门,警车飞驰而去。

来到沈娜所在的医院,苏申与高剑推门而入,见沈心怡陪在病床前,小心地给沈娜喂粥。

沈娜一脸痴笑,没了往日的跋扈,乖乖喝粥。

苏申看着奇怪，走过去疑惑道："心怡，她还好吗？"

沈心怡愁容满面，还没开口，沈娜就发了疯，朝苏申吐唾沫，疯疯癫癫道："你是贼，偷东西的贼，你滚开，我不会把钱给你的，别想抢我的钱……"

苏申闪身及时，没被玷污到，但他疑惑更甚，沈娜是什么情况。

突然间，沈娜浑身颤抖，惊恐尖叫起来："杀人啦，杀人啦，有鬼，就是你，你杀了他，救命啊，鬼来啦……"

沈心怡赶紧放下粥碗，按下呼叫铃，并抱住沈娜，安抚她的情绪。

沈娜钻进沈心怡怀里，紧紧抱住她，又忍不住抬头，偷瞄苏申和高剑，喃喃道："女菩萨救我，菩萨救我，小鬼来索命了，他们来抓我了，他们都是贼……"

片刻后，医护人员赶来，沈娜松开沈心怡，指着苏申和高剑，尖叫道："警察同志、观音菩萨，你们快收了这两个小鬼，他们是杀人凶手，他们要杀我……"

医生一脸茫然，护士则迅速上前，拿出镇静剂，拉起遮挡帘。

沈娜号啕大哭，乱喊乱叫，不过很快平息。

"怎么回事？"医生看向苏申他们，"你们是谁？"

"我男朋友和他同事，都是刑警，他们一进来，姑妈就疯癫了。"沈心怡解释后，医生顿时释然。

高剑看向帘子后，询问道："沈娜什么情况，疯了？"

"病人摔倒时脑部着地，又受了刺激，估计是轻微脑震荡，诱发了癔症。醒来后，时不时说些疯话。"医生同情道，"如果她看到你们，会产生幻觉，进而害怕、焦虑，我建议最近还是别来探视了。"

苏申看向沈心怡，看出了她的无奈，遂答应医生，跟高剑先行离去。

从医院出来，已是华灯初上，满目繁华景色。

苏申找了家海派餐厅,请沈心怡和高剑用餐。

不一会儿,餐点陆续上来,全是经典海派名菜,葱烤大排、蟹粉豆腐、响油鳝糊、油焖笋等,都是他们儿时的记忆,令人垂涎欲滴。

沈心怡握着筷子,无心用餐,盯着桌面愣神。

苏申心疼她,一边夹菜,一边安慰道:“先别想了,好好吃饭,吃好了才有力气陪护。”

沈心怡强颜欢笑,还是没有胃口。

“你真要去医院陪着啊? 找个护工算了。”高剑感到不解。

沈心怡叹息道:“连着出了这么多事,不陪着我不放心,护工也会请的。”

高剑愤然道:“她以前对你们……”

苏申咳了一声,提醒高剑闭嘴。

沈心怡示意没事:“再怎么说,她都是我亲姑妈,她不仁不义,我却不能六亲不认,何况,她都这样了……”

苏申无言以对,只是心疼女友,继续给她添菜,气氛有点古怪。

苏申给了个眼色,高剑接话道:“嫂子,你知道邱明当上一把手了吗?”

“知道。”沈心怡无奈苦笑,“这件事,我真不知该感谢他,还是该怀疑他。”

“怎么说? 你怀疑什么?”苏申听出不对。

“我爸出事以后,他一直力挺我、护着我,按说我应该感谢他,但董事会内部各方角力,他最后渔翁得利,我可不可以怀疑,他跟外人暗中勾结?”沈心怡如是道。

苏申似有所悟。

“以前有我爸镇着,公司一派祥和,但现在……”沈心怡苦笑更甚,“我把他们看得太简单了。”

“他是你爸的徒弟,以前怎么没听你说过?”苏申伸手握住沈心怡。

“虽然是我爸带他入行的，但我在公司职级不高，跟他接触不多。”沈心怡望向苏申，带着试探，“不过出事儿以后，他挺热心的。”

“哦，那他和你爸怎么认识的？”苏申没领会试探。

沈心怡不悦道：“我爸有次被乙方骗了几千万投资款，对方巧立各种名目，转移了投资，当时邱明还是经济律师，帮我爸打赢了那场官司，追回了投资款项。后来，我爸看他人不错，勤奋、孝顺，就想拉他一把，带他进了金融圈，加上他自己努力，很快就成了公司副总。”

说着，沈心怡再次试探：“我没跟我爸公开恋爱前，我爸还想撮合我和他。”

“律师？邱明原来是学法律的！”苏申猛然惊觉，抓住了重点。

沈心怡感觉不对劲，眼神骤然严厉，注视着苏申：“搞了半天，今晚这顿饭不是为了安慰我，而是来例行询问啊？”

“不是，我担心他喜欢你，我吃醋呢。”苏申意识到危险，眼神乱转，使劲抖机灵。

沈心怡嗔怒道：“苏申，你知不知道，你每次撒谎，脸上小动作都特别多！”

苏申自知理亏，一时语塞。

高剑见状不妙，赶紧打掩护：“老苏是看你身边多了个高富帅，不放心。”

“什么意思，我是嫌贫爱富的人吗？”沈心怡薄怒轻嗔。

高剑拿起酒杯，卖乖赔罪：“我嘴笨，先自罚三杯。”

沈心怡不吃这套，望向苏申严肃道：“你在怀疑邱明？”

苏申默认了。

“好了，办案细节我不该多问。”沈心怡迟疑道，“虽然邱明有些城府，但他本质还好的，待人接物毕恭毕敬，对他妈妈也很孝顺，你别疑神疑鬼的。”

“例行核查背景，排除一下，先吃饭吧。”

苏申顺承着点头，自顾给沈心怡夹菜，掩饰真实想法。

朦胧月光，从窗户挥洒进来，使得床头的茶花愈发鲜艳不少。

邱明坐在床边，握着母亲的手掌，轻声呢喃：“妈，我做到了，对不起……”

望着母亲枯黄的面容，邱明思绪翻滚，回到了五年前。

那时候，他还是一名律师，跟邱素梅两人租住在东海市低廉的老公房。

那天，他正在卧室里办公，穿着土气的邱素梅，突然推门进来，将一张发黄的香烟纸，递到邱明面前，纸上写有模糊的字迹。

邱明记得很清楚，他当时穿着白色T恤，黑色眼镜框上，绑着固定胶布，模样也很青涩，对邱素梅递来的香烟纸，看都不看。

邱素梅见他不动，愠怒道：“你不带我去，就告诉我怎么坐车，我自己去。”

“那家人从没管过我们的死活，你还回去干嘛，有什么可看的？”年轻的邱明放下工作，怨恨而不解。

邱素梅执拗道：“可他毕竟是我……”

“那跟我没关系，今天我有能力，把你接来东海，是我拼命读书、拼命工作换来的。”邱明打断邱素梅，“我不认识那家人，更不想被他们看不起。”

邱素梅收回了手，就是不肯走，还是那么执拗。

邱明动了恻隐，语气稍缓：“要去你自己去，我还要加班。”

邱素梅默然，退出了卧室。

不久，邱素梅来到老租界。

走到岔路口时,她看到马路对面,有位年轻的母亲,牵着一对双胞胎,拐进了弄堂里,她看着那对母子,不觉恍惚出神。

她心急追上去,小跑着横穿马路,忘记了红绿灯。

"嘭咚……"

突然,引擎轰鸣,一辆橘色超跑飞驰而来,传来尖锐的刹车声,接着是撞击的闷响。

邱素梅飞了出去,在空中喋血,翻滚到马路中间,失去了意识。

超跑停稳后,下来一个富二代,看着地上的邱素梅,大骂晦气:"倒霉死了,死老太婆闯红灯,瞎穿马路,害老子倒霉。"

另一侧,下来一个妖娆模特,走近看了看,吓得尖叫:"啊,她还在动……"

这边的动静引起路人惊呼,纷纷喊着"救人""叫救护车"。

拥挤的道路,彻底陷入瘫痪。

数日后,邱明所在律所的主任孙鼎虎,和富二代的代理律师,前来游说邱明。

代理律师穿着精致,油头粉面,时而扶下金丝眼镜,鄙夷地望着邱明。

邱明手指着病房,怒吼道:"我不接受!我妈还在床上躺着,不知道能不能醒过来,凭什么责任对半?"

"钱可以再商量,但考虑到您母亲的实际情况,赔三十万,我们已经很有诚意了。"代理律师淡漠道。

邱明推开对方:"你放屁,我妈也是条人命啊!"

代理律师不为所动:"我的委托人,主动承担了赔偿,并给予你们人道主义关怀,修车、请律师、疏通关系、医药费,哪样不花钱?"

邱明怒不可遏,起身要揍代理律师,却被孙鼎虎拉开。

孙鼎虎拉邱明到旁边，劝说道："小邱你冷静点，他说得也没错……"

邱明挣脱孙鼎虎，愤恨地瞪着他。

"你听我说，你妈为了抢灯，闯红灯过马路是事实，很多人都看到了，按理说，你妈要负90%的责任。"孙鼎虎条理清晰道，"再说，你妈毕竟是外地人，在东海没有工作，真打官司，赔偿金不包含误工费，数额会很低，而且你们耗不起啊。"

邱明惊愕不已，怔怔道："你是不是收他们钱了？"

"你怎么不识好赖呢！他们在东海有钱有势，你惹不起的，不如趁对方想快点了结，多拿点赔偿回来。"孙鼎虎指着邱明胸口，"我们都是懂法律的，你应该知道，我是为了你好。"

邱明意动了，低下了头，闪过挣扎。

孙鼎虎见他犹豫，顿时暗喜，偷偷回头看了眼代理律师，暗示已经搞定。

代理律师扶了扶眼镜，扬起嘴角露出轻蔑笑意。

当时的情景，邱明永远忘不掉。

回过神来，他抹掉眼泪，继续凝视母亲，为她整理鬓角，呢喃道："妈，我一定会想办法，让他来送你的……"

呢喃轻微，如同呓语，无人听闻，唯有那泛着幽光的茶花见证他的誓言。

新的一天，秋高气爽。

高剑办公桌上，叠着一堆卷宗，与苏申埋头其中，小心翼翼地翻阅着。

"邱明转行做经济律师，是在三年前，也就是他母亲被撞成植物人的一年后。这么说，他是为了给母亲续命、维持高昂的医药费才转行的，还真是个孝子啊。还有，你看这儿，转行前一年，他居然接了50多个案子，简直是超人啊。”高剑越看越钦佩。

苏申提醒道：“你仔细看，这50多个案子，很多都是命案，他还是刑辩律师。”

“对啊，命案的辩护律师，费用很高。”高剑痛心疾首道，“唉，可惜啊，为了赚钱，他居然成了恶魔的代言人，充当罪恶的保护伞。”

苏申同情道：“也不能这么说，刑辩律师的存在，是法治的必要环节，毕竟犯罪嫌疑人也有申诉的途径和权利。”

说到这里，苏申似乎想到什么，陡然动容，重新翻阅卷宗。

“怎么了？”高剑觉得好奇。

苏申恍然道：“在这些案子里，他帮很多罪犯争取了减刑，可见，他给这些犯罪嫌疑人做的辩护很到位。换言之，他应该很了解刑事案件。”

“不对啊，闪爆案案发时，他去国外旅游了，徐小伟查过了，有证据作证；张炯案发时，他也在疗养院，都有监控视频。”高剑提出质疑。

苏申缓缓放松：“也是……”

就在这时，旁边探来一只手，按住苏申手上的卷宗。

苏申抬头望去，见朱艳君端着水杯，居高临下，俯视道：“让你们整理卷宗，没让你们偷看和讨论啊。”

高剑不服气，想要争辩，却被朱艳君抢先，理直气壮道：“我说错了吗？沈秦这案子，苏申还是得回避，赶紧的，整理好放徐探长桌上。”

说罢，朱艳君转身离去，不给高剑机会，气得高剑涨红脸：“臭小子能耐了，跟谁学的……”

苏申不管那么多，起身把文件装袋，眼神却失去焦距，不知在想些什么。

高剑发泄够了，发现苏申失神，便拍了他一下：“想什么呢？”

“你想不想，出去溜一圈？”苏申回过神，晃了晃文件袋，冲高剑挤眉弄眼。

高剑会意，露出“我懂你”的坏笑。

鼎峰资本对面。

无人注意的拐角，苏申在别克车里，与高剑注视着对面——CBD的地库出口。

过了半小时，苏申坐不住了，问高剑道：“你消息靠谱吗？”

“放心，前台小妹说了，邱明最近都是这个点去疗养院，孝顺得很呢。”高剑肯定道。

苏申打趣道：“你跟人家打听邱明，人家没起疑？”

“前台小妹对邱明有点儿崇拜，听说警方在核查董事会成员，拼命帮他说好话呢。”高剑撇了撇嘴。

说话间，邱明的国产宝马缓缓驶出地库。

苏申看见了，提醒高剑：“坐好，走了！”

高剑赶紧坐直，系好安全带。

苏申发车，跟上宝马车，一路尾随，来到了老租界。

由于临近高峰期，路段拥堵不堪，别克和宝马车之间，塞堵了五六辆车，高剑实在没办法，只能打开窗户，伸头向前探视，确定宝马车的位置。

“奇了怪了，他怎么没去疗养院，跑老租界来了？”高剑觉得可疑。

苏申没有回应，而是盯着红绿灯，提醒道：“这里岔路多，你可盯紧了。”

“放心，从石库门里弄出来的，还怕这点路？”高剑重新探头。

苏申不无担忧：“堵得太厉害了，我怕车跟不上。”

忽然，红绿灯调换，车队缓缓开动。

宝马车顺利通过绿灯，直直向前驶去，别克车则因滞后，没能跟过去，被堵在了岔路口。

高剑懊恼道："怕什么来什么。"

苏白也是无语，拍了把方向盘。

他们没注意到，前方斑马线上，陈子琦走了过去，随后停在路边，拿出手机校对路线。

对照电子地图，她从主路拐了个弯，钻进旁边的独栋别墅。

陈子琦沿着别墅巷弄，对着照片比照建筑门庭，缓缓向前。

半小时后，她在一处老宅门前止步。

在此之前，邱明的国产宝马车也来到了这里。

找隐蔽处停好车，邱明推门下来，沿两旁特有的乳白色灰泥高墙，来到这栋老宅前，拿出钥匙打开黑色铁门，走了进去。

铁门后面，是经典的海派老宅，砖红色的法式孟沙坡顶，尖券门廊，灰褐色卵石镶嵌立面，赭红漆木百叶窗配上民国特有的彩色玻璃，摩登优雅，一派中西合璧之风。

邱明走进客厅，厅里窗帘紧闭，光线昏暗，隐约能看见暗处，有人在那里抽烟，烟火忽明忽暗，烟雾袅袅腾空，却看不清面容，只有黑影轮廓。

黑影见邱明进来，扔掉烟头踩灭，回到茶几前，拿起桌上的身份证。

隐约可见，他的装扮跟邱明相似。

邱明望着黑影，近乎哀求道："她快不行了，你要不去看看她？"

"没完没了你？她跟我没关系！"黑影满是不屑。

邱明加重语气："她就是因为想你，想知道你的下落，才会被撞的。"

黑影无动于衷，径直走出客厅。

邱明望着黑影，咬紧牙关，攥紧了拳头，眼神愤恨。

不久，邱明走出老宅。

他正要离去，不料背后，突然传来暴喝："赵志宇，站住！"

邱明顿时愣住，站定了两秒钟，随即眼睛一转，当作没听见，继续往前走。

身后不远处，刚找过来的陈子琦，见邱明愣神驻足，连忙冲上来，拦住去路："赵志宇，你以为躲在东海，我就找不到你了吗？"

"姑娘你找谁，弄错了吧？"邱明疑惑地望着陈子琦。

陈子琦亮出A国警官证："我是A国S市刑警队探员陈子琦。赵志宇，你涉嫌谋杀自己的妻子林芮，请你立刻跟我回A国配合调查。"

邱明忽地失笑："姑娘你搞笑吧？这里是中国东海！你真的弄错了。"

说罢，邱明绕开陈子琦，急着逃离。

陈子琦迅速转身，拽住邱明肩膀："不许走，跟我回去！"

"神经病！"邱明急于脱身，甩开了陈子琦。

陈子琦反应很快，再度伸手，拉扯邱明衣袖。

邱明顺势脱掉外套，避开陈子琦纠缠，眼看就要逃脱，却被陈子琦追上，伸腿将他绊倒，用衣服当作索套，勒住他的手臂，将他反绑在地，死死压制。

邱明挣扎不休，怒骂陈子琦，却反抗不得。

里弄的街坊，路过的行人，陆续过来围观，将路段围得水泄不通。

有人试图劝架，让他们有话好说，却无人上前干预。

另一边，苏申和高剑走进里弄，看见这里拥堵喧哗，一时好奇，挤了进来，发现地上的邱明，惊讶道："这不是邱明嘛？"

“这是个疯子，救命啊。”邱明听到声音，连忙呼救。

高剑抢先一步，来到陈子琦身边，呵斥道：“把人放开！”

陈子琦不予理睬，依旧用尽全部力气，压制着挣扎的邱明：“管你多少帮手，今天你必须跟我回去。”

高剑不得已，伸手去拉陈子琦，却被陈子琦挣脱，反手打中他鼻梁，血溅当场。

“哎哟……”

高剑捂住鼻子痛呼，周围路人也发出惊呼，愈加混乱不少。

苏申掏出警官证，呵斥陈子琦：“我们是东海市公安局的刑警，你刚才的行为已经涉嫌袭警，我命令你马上放开，把手举起来，慢慢起身。”

陈子琦瞬间懵了，回头看向高剑，高剑也掏出了警官证。

与此同时，派出所巡逻的民警赶到，看到苏申和高剑的警官证，招呼道：“什么情况？”

“好像是打架斗殴、寻衅滋事。”苏申指着陈子琦。

邱明苦苦挣扎：“快救我。”

陈子琦被迫举手，缓缓起身，民警上前，将她反手铐住。

“邱总，你没事吧？”苏申则扶起邱明。

邱明揉捏着肩膀，客气地回应着：“谢谢、谢谢，没事、没事！”

不知为何，苏申觉得邱明有点怪，好像在闪躲他，只留给他侧脸轮廓。

高剑捂着鼻子过来：“邱明，这女人谁啊，干嘛打你？”

“我也不知道，可能是个神经病。”邱明情绪愤懑。

高剑觉得惊讶：“看你平时斯斯文文的，也会骂人啊？”

邱明意识到失态，随即收敛：“莫名其妙被打了，我能不郁闷嘛？两位，怎么也在这儿？”

“哦，我们刚好路过，看到这边聚众围观，过来看看情况，没想到遇见了你。”苏申找借口敷衍。

邱明将信将疑。

这时，派出所民警招呼苏申道：“同志，这俩人我们得带回所里，了解下情况。”

“行，我们跟你一起去。”

民警没有拒绝，带着陈子琦先行，苏申则护着邱明，与高剑紧随。

路人见没了热闹，陆续散了去。

派出所。

高剑跟民警来到底楼的留置室，一起询问陈子琦。

他们面前，放着陈子琦的护照、警官证，民警翻开查看后，与高剑沟通：“护照应该是真的……”

高剑点了点头，质问陈子琦道：“套路还挺多，说，哪里办的假证？”

陈子琦不忿道：“你看清楚，这是真的！我是A国S市刑警队的探员，赶紧放了我。”

“我管你是哪个国家的，在中国的领土上寻衅滋事、打架斗殴，就得依法处置你，你最好自己坦白。”高剑义正词严道，“说，你来中国什么目的？”

“我来探亲旅游的。”陈子琦气势弱了。

“来旅游你还打人？”高剑洞若观火，“老实交代，你为什么殴打邱明，跟他有什么过节？”

陈子琦别过头，倔强地不愿多说。

“我告诉你啊。”高剑指着自己鼻子，“你的行为已经构成袭警，应该依法拘留你，如果你有什么隐情，或者不得已的原因，最好说出来。”

陈子琦眼神打转，犹豫不决。

高剑遂对民警道："行吧，既然不老实，先按照行政处罚条例关十天。"

"等等，我说。"陈子琦顿时急了，"我是A国S市刑警队的探员，为了调查华裔女子林芮被杀一案，才来到中国东海的。你们说的那个邱明，其实是被害人林芮的丈夫，名字叫赵志宇！他一直躲在东海，不肯配合警方调查，我是来抓他回去的。"

"胡扯什么呢？"高剑愣住了，"首先，就算你是A国警察，你在中国境内，也是没有执法权的。再说，被你打的人叫邱明，不是什么赵志宇，他是中国公民，在东海市有完整的履历信息。"

"不可能，他就是赵志宇！"陈子琦坚持道，"我说的句句属实，我抓他那地方，就是他老家门口。"

高剑疑惑更甚，看向民警，民警同样疑惑。

"我向上级汇报一下，核实下她的背景。"高剑想了想，跟民警沟通。

民警表示认可。

于是高剑拿起护照、警官证，走出了留置室。

留置室外，苏申等候多时，他托着下巴，沉思问题，疑惑重重。

高剑走出来，亮了亮证件："这个女张飞，居然是A国的女警察。"

"如果真是外籍，还是警察，可就麻烦了。"苏申看了眼证件，"你先跟师兄汇报，看看怎么处置，我去问问邱明。"

高剑比了个手势，到旁边联系石军。

苏申则走向隔壁留置室。

留置室里，邱明已经等了很久，渐渐不耐烦，然后拨通了电话，急声道："我被苏申他们抓了，你通通关系，想办法把我捞出去。"

电话那头，传出低沉的声音："你别乱来，这层关系不能动，而且，他们怎么会在那儿？"

“我怎么知道？说是碰巧路过。”邱明烦躁道。

电话那头沉吟道：“行了，我想办法，你没事别打这个号码。”

说着，对方挂断电话，邱明随即坐好，也就在这时，苏申与另一个民警，推门走了进来。

苏申给邱明送了杯水。

“谢谢。”邱明正要接过水杯，结果刚站起来，脚下忽然吃痛，瘸了下去，幸好他反应快，扶住了椅子。

苏申看向他的腿：“你没事儿吧，腿怎么了？”

“没事儿，被那疯女人摔倒时，磕到了。”邱明接过水杯。

苏申也没多想，到邱明对面坐下，故作闲聊道：“邱总，听说你以前是刑辩律师啊，怎么转到金融圈了？”

“是，大学学的法律，毕业就做了律师，但刑辩律师不赚钱啊，东海的生存压力太大，后来就慢慢转行了。”邱明如实回应，并露出怀疑的神情。

苏申不动声色，回归正题道：“邱总，再跟你确认一下，对方说自己是A国的女警察，来找一个叫赵志宇的嫌犯，你认识吗？”

邱明摇头：“不认识。”

“她还说，跟你发生冲突的地点，就是赵志宇老家门口。”苏申注视着邱明，“话说，你怎么会去哪里？”

邱明释然道：“那房子是我租的，民宿生意前景很好，我想在老租界搞个特色民宿，作为项目投资，今天就是去看看。”

苏申有些不信，紧紧地看着他。

邱明被看得心虚，继续道：“至于赵志宇，我真不认识，我是找中介租的房，听说房东已经移民，全权委托给了中介。”

苏申眼中闪过精光：“那行，你能出示下身份证吗？对方比较执拗，不信你是邱明，你出示下证件，我们好说明情况。”

“没问题。”邱明拿出身份证递给苏申。

苏申确认没问题后，再说道：“还有，因为对方是外籍身份，我们还在核实她的信息，具体怎么处理，得再等等。”

“行吧！我也真是莫名其妙。”邱明明显有些不耐烦。

“叮铃铃！”

苏申刚走出留置室，沈心怡就来了电话。

苏申接通后，还没说话，沈心怡便焦急道：“喂，邱明说他被打了，还说幸亏遇到了你，什么情况啊？”

苏申愣了半拍，似乎意想不到。

见苏申不说话，沈心怡再度追问：“现在怎么样了啊，人没事儿吧？”

苏申反应过来：“他人没事，但事情有点复杂，还在处理。”

沈心怡恢复镇定：“那行，你先忙，有情况告诉我一声。”

“嗯，好。”

挂断电话后，苏申露出不悦，直觉告诉他有哪里不对劲。

他晃了晃脑袋，甩开烦躁思绪，来到隔壁留置室。

苏申敲门进来，把邱明的身份证放到陈子琦面前：“你肯定找错人了，他确实是中国公民，邱明。”

陈子琦看向身份证，难以置信，喃喃道：“怎么可能，一模一样……”

苏申心生怀疑，刚想追问，却见高剑走进来。

“我们上级跟领事馆沟通过了，鉴于你对邱明并未造成伤情，以及你的特殊身份，我们建议你给邱明道个歉，如果对方接受呢，就当误会化解了，我们也会尽量劝说邱明，不追究你的民事责任。”高剑严肃地告诉陈子琦。

陈子琦挣扎片刻，不甘地点了点头，但她的眉眼间，还是存有疑惑。

不多时，苏申与高剑带陈子琦来到邱明的留置室。

陈子琦端端正正地给邱明道歉：“抱歉，是我太冲动，认错了人，希望能获得你的原谅。”

“既然苏警官和高警官说情，我就不追究了。”邱明矜持道。

陈子琦注视邱明，仍旧怀疑道：“邱先生，您真的不认识赵志宇吗？”

“真的不认识。”邱明起身告辞，“我就先走了，辛苦你们了。”

说罢，邱明走出留置室，陈子琦跟在身后，看到桌子上邱明喝过的纸杯，眼睛一转，掏出一个证物袋，趁人不注意，迅速把纸杯套进去，揣进裤兜。

苏申的眼角余光，看到了这一幕，却没有拆穿，高剑也觉得可疑，转身看过来。

“那，没事的话，我也走了。”陈子琦有些心虚。

高剑叫住她：“急什么？你涉嫌袭警的事儿还没了结呢！还有，虽说你的外籍身份核实了，但到底是不是警察，还得联系S市的刑警队，你先跟我们回刑侦队。”

陈子琦顿时失声：“你们要通报到S市的刑警队？”

“不然怎么确认你是真是假？”高剑挑眉道。

陈子琦懊恼不已，眼中滋生怒火，攥紧了拳头。

邱明从派出所回来，回到老宅客厅，揉捏酸痛的肩膀。

“叮铃铃！”

手机响起，来电是陌生号码，他接通问道：“哪位？”

电话里传出低沉的声音：“是我！”

“搞什么？”邱明惊怒道。

对方质问道：“那个女警察为什么找你？”

“我哪儿知道，那女人神经病！”邱明不耐烦。

对方又问道:“你在派出所,苏申跟你聊什么了?”

“没聊什么,就问我为什么在那儿,我说租了房子来看看。”邱明眼睛打转,“不过,他好像对你挺感兴趣。”

对方想了想:“既然A国警察在找你,你最近就别回酒店了,先避一避。”

“行吧,你来安排。”邱明烦躁道。

对方保持着平静:“知道了,最好手机也别用了,人多眼杂,咱们以后定好时间地点,直接见面。”

“至于嘛?”邱明不以为然。

对方没有回应,直接挂断了电话。

夜幕降临,乌云笼罩夜空,阴沉而压抑,幸好有霓虹灯光,照亮了阴霾。

邱明坐在公寓沙发上,托着下巴,盯着笔记本电脑,打开A国的新闻网。

网站头条新闻是:S市高级别墅区发生命案,华裔女子Rachel Lin被杀害,并配上林芮家以及别墅区的图片。

邱明看了许久,眼神飘忽,隐约跳跃着火苗。

另一边,重案支队的挂钟,显示晚上9点。

办公室内依旧灯火通明,同事们连轴转,不分昼夜地忙碌着。

石军办公室,苏申与高剑向石军汇报详细情况,等候处置结果。

“大使馆正在跟S市的刑警队联系,不过这个点了,S市比我们早三个小时,估计那边警队已经下班了。”石军扒开百叶窗,向外面看去。

只见办公室里,陈子琦在高剑的位置上,东张西望,看着同事们加班，很新奇似的。

石军评判道："这姑娘有点毛躁啊！"

"冲动、毛躁得很，就是个女张飞！"高剑附和道。

苏申拍了把高剑："她也是个实在人，第三代华裔，以前没来过中国，可能从小受老外影响，直来直去，有点鲁莽，但她的警官证我看了，是真的。"

"我们没理由扣着她，也不能由着她乱来。"石军做出决定，"你们跟我来。"

苏申看了眼高剑，跟在石军身后，来到陈子琦面前。

陈子琦赶紧起身，看向石军，显得拘谨。

"这是我们重案支队的支队长，石军。"苏申介绍道。

陈子琦踌躇道："石支队长好，请问我可以走了吗？"

"不好意思，还在跟你单位联系，来回确认，估计还要两天。"石军笑道。

陈子琦泄了气，毫不掩饰郁闷。

"核实身份之前，你不能离开东海。"石军客气道，"当然，我们也不会限制你的自由，你是第一次来东海吧？"

陈子琦茫然地点了点头。

"既然是同行，那这两天，就让他们带你到处转转。"石军指向苏申和高剑。

苏申、高剑面面相觑，似乎没有想到，陈子琦也露出狐疑："什么意思，监视我啊？"

"别误会，只是礼节性陪同。"石军叮嘱苏申他们："你俩对人家客气点！"

"是！"苏申、高剑很是无奈。

"我还有事儿，你们年轻人聊吧。"石军不再耽搁，转身回了办公室。

陈子琦致意感谢，但在石军离开后，迅速沉下脸来，不善地看向苏申，再盯着高剑看。

苏申耸了耸肩："你别这样看我们，就算不打不相识，走吧，给你接风洗尘。"

陈子琦愕然，没反应过来，但还是跟着苏申、高剑往外面走去。

临走前，她回头张望，看着忙碌的同事们，迷茫更甚。

苏申找了家海派餐厅，招待陈子琦吃本帮菜。

很快，菜色上来摆满了小圆桌：咸蛋黄牛蛙、酱油膏蟹、油焖笋、腌笃鲜等别具特色。

陈子琦夹了块酱油膏蟹，刚放进嘴里，就吐了出来："这什么啊，又咸又腥。"

"哎，外国朋友不识货啊！"高剑摇摇头。

苏申关切道："吃不惯？可以先吃点别的……"

陈子琦转动圆桌，吃了口蟹粉豆腐，顿时频频点头，看来很合口味。

于是乎，菜过五味。

陈子琦忽然问道："你们单位都不下班吗，怎么那么多人加班？"

"如果手上有案子，这就是常态。"苏申理所当然道，"我们当刑警，不就是争分夺秒地破案吗？"

陈子琦愣了愣："比我们那儿好，我那些同事，每天准点上下班，还有时间喝下午茶，办个案子拖拖拉拉，效率太拉胯了。"

"确实，我当年去A国读研，实习的时候就领教了。"苏申深以为然。

陈子琦意想不到："你去A国留学过？哪个学校？"

"奥克兰警官学院，我是侦查专业的研究生。"苏申举止矜持，却掩不住骄傲。

"啊？那我俩是校友啊，不过我是本科生。"陈子琦来了兴趣，"看不出来啊，你看着很年轻嘛。”

高剑勾住苏申肩膀，与有荣焉道：“我们老苏可是警界天才，中国刑警学院和奥克兰警官学院的双料硕士。”

苏申谦虚微笑，并不回应。

“既然是天才，那你手头怎么没案子，被派来盯我啊？”陈子琦狐疑道。

高剑瞬间语塞，看向了苏申。

苏申尴尬道：“都说了，这是礼节性陪同。”

高剑跟着附和：“我们这算涉外交流，老苏有留洋背景，领导特意调他跟我，陪同你这位外宾。”

陈子琦明显不相信。

高剑实在顶不住，岔开话题：“别看你个子不高，力气可真不小，邱明一米八的大个儿，都被你擒住了。”

“嘿，看不起谁呢，来掰掰手腕？”陈子琦不服气地亮出肌肉。

高剑撇了撇嘴：“别闹，我们礼仪之邦，吃饭就吃饭，掰什么手腕。再说，我可从不欺负女生。”

“你这是性别歧视，潜意识瞧不起女性。”陈子琦突然不忿。

苏申见状不妙，连忙摆手道：“别别别，高剑真没这意思。再说，男女生理和运动能力，有差别是正常的嘛。来来来，校友，我以茶代酒，敬你一杯。”

苏申把半杯茶水，猛地推到陈子琦面前，陈子琦反应神速，一把抓在手里，看透了苏申的把戏。

高剑眼前一亮，真心称赞道：“腕力可以啊。”

陈子琦翻了个白眼，懒得搭理高剑。

这时，服务员端来一盘蒸笼，装着六只大闸蟹，给他们分好，每人一雄一雌两只。

看着两只大闸蟹，陈子琦难以下手，对面苏申与高剑则已经吃了起来。

高剑见他不动，不忘叮嘱道："趁热，这可是时令美味。"

陈子琦硬着头皮，拿起一只，觉得烫手，正好掩饰尴尬："有点烫，我等会儿再吃。"

"冒昧问一下，你怎么会冒着违纪风险，私自来东海抓人呢？"苏申边吃边问。

"我提出赵志宇有嫌疑，长官不听，不想耽误时间，就自己过来了。"陈子琦愤慨道，"在A国，华人群体的案子，那些高高在上的白人警察，根本不当回事儿，华人的案子只能靠我们华人警察自己办。"

苏申很是不解："你提出死者丈夫有嫌疑，完全合理，他们为什么不听？"

陈子琦低下头："我在S市刑警队工作七年了，至今还是个普通探员，说什么都没用，没人信我，更没人听我的。"

高剑惊讶道："啊，你们那儿排资论辈这么严重？"

陈子琦神色黯然："不是排资论辈，也不是能力问题，就因为我是个女的，还是亚洲面孔，华裔女性，身材体格比他们小，他们就觉得你不行。"

"职场环境也太差了吧。"高剑一脸嫌弃。

"不只是职场环境，连我考警校，都考了三年。"陈子琦苦笑道，"在A国，一个平常人家的华裔孩子想要出头，就得比别人付出多几倍的努力。"

苏申和高剑深感同情。

"多问一句，在A国真有个叫赵志宇的男人，跟邱明长得一模一样？"苏申突然问出关键。

陈子琦认真道："千真万确！"

苏申斟酌道:“如果是这样,我劝你回去好好跟你领导沟通,也许,你还有机会来东海寻找赵志宇。”

“怎么说?”陈子琦不明所以。

“两个人一模一样,这是第一个疑点;第二,邱明说赵家老宅,是他租过来的,是不是太巧合了?你回去把这两点汇报上去,加上赵志宇潜藏在东海,找他就合情合理。”苏申条理清晰道,“如果你们来中国办案,肯定需要我们东海警方协同办案。到时候,两国警方合作,你作为华裔,不久可以争取做个特派员?”

陈子琦恍然大悟,一下站了起来:“学弟你真是融汇中外,思路很清楚啊。”

苏申劝她坐下,矜持道:“客气、客气,吃吃吃,蟹都凉了。”

陈子琦对大闸蟹,还是不知所措,为了避免尴尬,她拿起一只,掰断蟹腿,啃起了蟹墩。

但是,她咬不动。

苏申看傻了,继而反应过来:“怪我们、怪我们,光顾着自己吃了……”

“没事儿,来,我们一点点教你。”高剑亲手示范,“先掰开蟹脐,然后打开盖……”

陈子琦学着高剑,剥开螃蟹,越学越会,吃得有滋有味。

两日后,高剑开着别克车,与苏申从机场返回,一架国际航班波音飞机,从他们头顶爬向蓝天,隐没在天际白云中。

苏申给石军发了条语音:“石支,陈子琦已经送走了,顺利完成任务。”

高剑踩下油门,别克车轰鸣远行,融入都市洪流。

趁着晌午的间隙,刘成走出鼎峰资本,来到大楼后方。

他神态有些焦急，时而东张西望，避开路过的行人。

“叮铃铃！”

忽然，手机响起，刘成接通电话：“喂，我刚下楼了，等个快递就上来，什么事？喂……”

也许是信号不好，刘成往旁边挪了挪，并举起手机，寻找信号源。

就在这个瞬间，他视野里，出现了一块巨大阴影，从天而降，砸向他头顶。

阴影越来越大，近乎遮天蔽日，刘成惊骇之余，下意识扑出去，躲避阴影的袭击。

“扑通！”

电光火石间，刘成险之又险地避开了那块巨大的阴影，一大片玻璃幕墙砸在他脚跟前，传出轰隆闷响。

破碎的玻璃，吹打在他脸上，划破了他的皮肤，瞬间，满脸鲜血，一身狼藉。

“啊……”

刘成脸色煞白，似乎被吓傻了，瘫倒在地，下个瞬间，他反应过来，突然放声大叫。

行人听到动静，围拢了过来，有人惊恐，有人报警，场面混乱。

陈子琦回到S市，重新投入工作中。

她没有找探长Matthew报到，而是找Daniel跟进案情。

晌午，阳光还算明媚，陈子琦坐在副驾驶座，与Daniel去寻找线索。

Daniel喋喋不休道：“Sylvia，你在中国东海的事情，探长已经知道了，你不去跟他认错，反而跟我来查案，你……”

“怕我连累你？”陈子琦打断Daniel。

Daniel不置可否。

陈子琦顿时怒了:“停车,我要下车!”

“我是怕探长真把你开除了。”Daniel赶紧辩解。

陈子琦愈加气愤,用中文发泄道:“都跟他那样,心思不在办案上,能查出什么来?”

“你在说什么?”Daniel听不懂中文。

“没什么。”陈子琦懒得解释,指着前方某处,“就是那个车行吗?”

Daniel循声望去:“是的,我们到了。”

Daniel找地方停车,跟陈子琦来到门口,张望这家车行。

这家车行的位置相对隐蔽,生意也比较冷清,大腹便便的老板趴在柜台上,兴奋地打着游戏。

陈子琦和Daniel走进去,跟老板亮出证件:“你好,我是Daniel,这位是Sylvia,我们是警署的探员。”

老板听到是警察,先看了他们两眼,然后才停止游戏:“我叫Carlos。”

Daniel点头示意,环顾店内情况,说明来意:“我们在调查一起凶杀案,通过调取道路的监控,发现凶手的白色丰田车,是从你的车行开出去的,时间是9月29日下午,你有印象吗?”

“让我想想,等一下。”Carlos很配合。

他从电脑桌下面翻出一本登记册,一页页地翻起来。

“有了,在这里!”Carlos翻到其中一页,“这辆车一直没回来。”

陈子琦顿时警觉,看向登记册。

“9月29日下午,有个亚洲男人租了这辆车,爽快地给了五千澳元押金。”Carlos按登记册说道,“不过,到现在都没送回来。”

“你记得他的长相吗?”Daniel激动道。

Carlos想了想:“我描述不清楚,就亚洲面孔……”

陈子琦露出失望,却又想起什么,猛然转身,环顾店内,在角落里,看到了摄像头,正好对着柜台。

“你能调出那天下午的监控吗?”陈子琦指着监控。

Carlos遗憾地摇头:“那个摄像坏了半年了。”

陈子琦狠狠瞪着老板。

Carlos吃不消,再说道:“不过,这个人的名字很奇怪,我看不懂……”

陈子琦情绪稍缓,拿过登记册查看,看到登记者时,顿时震惊了。

登记册上写着:

时间:9月29日,13:15。

名字:Qiu Ming。

第七章　原形毕露

鼎峰资本大楼后侧，已经拉起警戒线。

石军率领重案支队，正在进行现场勘查。

刘成脸上、腿上缠着绷带，在医务人员的搀扶下，艰难地站在徐小伟面前，接受现场问询。旁边，于跃抱着笔记本电脑，检测刘成的手机。

隔离线外，邱明和公司同事担忧地等候着。

苏申站在案发地，望向着楼宇外墙，喃喃道："拿个快递就飞来横祸，这么巧？"

李炜蹲在地上，捡起一枚大号螺丝，观察拧口的痕迹。

苏申也蹲了下来，投去询问的目光。

"螺口看不出什么，螺纹部分有些锈迹。"李炜做出判断后，起身回到石军身边。

苏申跟上李炜，高剑也凑了过来。

"石支，快递电话回拨不通，好像是虚拟号。"于跃抢先做出汇报。

石军警觉起来，眉峰上扬得厉害，苏申也若有所思。

"玻璃坠落的角度和距离，粗看是正常的，但还要查看幕墙的框架。"李炜跟着汇报道。

石军默许了，并对于跃道："调取楼道监控，看看有没有可疑人员进出。"

于跃答应一声，跟在李炜身后，与苏申他们一起，进入了鼎峰资本大楼。

坠落的玻璃幕墙位于28楼消防楼道，如今已经被封闭，拉起了隔离带。

苏申抬眼望去，寻找了片刻，惊疑道："又是监控盲区……"

不一会儿，两名公司保安抬着一架折叠梯，按李炜吩咐摆好，由高剑、马涛扶住后，李炜爬上折叠梯，站在高处仔细勘查幕墙框架。

"幕墙两侧的螺丝，固定位置有锈迹，但螺口没有人为撬开或破坏的痕迹，是老化松脱，还是人为破坏，很难说。"

李炜低头看向苏申，眼神里都透着怀疑。

勘查完现场，返回刑侦总队的路上。

车内，大家都在沉思，觉得这件案子古怪，扑朔迷离。

高剑坐在后座，看着苏申和李炜，左顾右盼道："先是沈秦，然后张炯，现在又是刘成，两位师兄给点看法啊。"

"从现场痕迹来看，很像两起意外，一起自杀。"李炜说出判断。

苏申附和道："现场痕迹，确实支持李师兄的判断，但接二连三发生事故，这绝对不可能是巧合。"

李炜会心笑道："稍后赵总会亲自来督导指示，你有什么想法和推断，我们帮你传达。"

苏申想了想："能支持我推断的线索太少，假设这三起案子都是人为，受害人是：沈秦、张炯和刘成……"

"嫌疑人显然是盯上了鼎峰资本的高层，内部恩怨，或者竞争对手？”高剑猜到了关键。

苏申摇了摇头：“这只是表象，关键是，我们现在还不清楚，沈秦、张炯和刘成这三人，存在什么共同点。或者说，他们为什么会被盯上。”

“虽然缺乏证据支撑，但你的推理不失为一种突破思路。”李炜给予肯定。

“还是那句话，如果是人为，对手就太厉害了。”

苏申忧虑重重，愈发凝重，觉得迷雾朦胧，缥缈不清。

重案支队会议室。

赵克维严肃道：“同志们，鼎峰资本的高层接二连三遭遇事故，上级领导每天都在关心，询问调查进度，新闻媒体、社会群众，多少双眼睛，都在盼着你们给个明确的说法。徐小伟，你作为主办探长，先来说说看。”

徐小伟赶紧起身：“赵总、石支，我们近期一直在调查，鼎峰资本董事会成员的背景信息，基本都排除了作案嫌疑，三个案子各有不同，我将逐一说明。”

赵克维眉头紧皱，示意他继续。

徐小伟侃侃而谈：“河畔公寓闪爆案，经过数次排查和复勘，除了有些模棱两可的痕迹，目前没有更多证据和线索，能指证这是谋杀案，我本人运用三战战法，反复分析现有信息后，还是认为，更像一次意外事故。”

徐小伟略作停顿，观察赵克维和石军的脸色，看出他们面色不耐烦，不觉有些紧张。

“怎么可能是意外？你就是想迅速结案，敷衍了事。”高剑插话道。

“高剑同志，办案要讲证据。”徐小伟提醒道，“你不想以意外事故结案,不就是为了帮苏申逃避民事责任和巨额赔偿嘛。”

高剑怒视徐小伟,酝酿着愤懑。

“先说案子。”石军咳嗽一声。

徐小伟神色凛然,清了清嗓子:“张炯的案子,经法医鉴定后,核实尸斑、勒痕情况正常,尸体没有挣扎或打斗伤痕,初步判断为自杀;由于小区监控集中更换,没有发现可疑人员进入,室内也没有其他脚印、指纹等痕迹,成了张炯自杀有力的佐证。”

顿了顿,徐小伟继续道:“结合案发现场遗留的认罪书,我们排查了张炯的个人资产,发现他确实利用鼎峰资本的海外分公司,进行过资产转移和海外置业,因此审计发现他投资期货爆仓,进而自杀,动机合理,所以……”

“不对!你漏了一项证据,李组长的香炉灰鉴定结果。”高剑打断徐小伟。

徐小伟愣了半拍,茫然地看向李炜。

“抱歉,从鼎峰资本回来后,我刚整理出结论,还没来得及向石支汇报,张炯的案子确实发现了新疑点。”李炜报以歉意。

徐小伟脸色顿变,意识到了不好。

赵克维示意李炜说下去。

李炜娓娓道来:“勘查现场时,幸亏苏申同志细心,提醒我们带回密室的香炉灰,经过微量元素检验,从中发现了致迷药成分。”

众人都警觉起来,目光凝聚向李炜,竖起耳朵倾听。

李炜操控电脑,在大屏上投出两张照片,一张是香炉灰,一张是打开的红黑漆盒,里面摆放着颗粒状檀香。

李炜根据照片补充道:“我们比对了香炉灰和张炯家客厅里的檀香,发现两者成分并不相同,这个漆盒中的檀香不具备迷药成分。”

众人似乎没听明白。

“基于李组长这份报告，我们有理由推测，当晚有人潜入张炯别墅，替换了含有迷药成分的檀香，致使张炯和保姆陷入昏迷，进而谋杀张炯，并故意伪装成自杀的假象。”高剑接过话头。

徐小伟提出质疑：“香炉灰的线索确实可疑，可凶手是怎么进去的呢，密室杀人？”

“对，又是一起密室杀人！”高剑笃定道，“各位领导，结合沈秦死亡现场的伪装和可疑痕迹，我们认为，这两起案子的作案逻辑相似，都是以意外事故或自杀来掩饰谋杀真相，凶手很可能是同一人。”

“不对，如果张炯是被谋杀，勒死后将尸体挂上去和上吊死亡的勒痕、尸斑是不同的，周组长的尸检报告，不支持你的推论。”徐小伟再度反驳。

“关键就是迷药。”周慧敏发表意见，“将受害人充分迷晕后，迅速模拟上吊，血液流动状况、排泄物甚至尸斑，跟普通上吊的悬挂式死亡，将会非常接近。”

徐小伟懵了，张了张嘴，却无话可说，也不敢吱声。

石军向高剑报以赞许，再看向徐小伟：“再说说第三起案子，玻璃幕墙坠落的事故。”

徐小伟没反应过来，还在那里愣神，幸好李炜帮他圆场：“经过现场痕迹勘查，目前还无法确认窗框到底是老化松脱，还是人为破坏。”

话音落下，坐在角落的于跃，举手说道：“我这边有新的发现……”

说着，于跃连上投影，在大屏上投射出，鼎峰资本的楼道监控。

监控画面中：一个身着蓝色工装，戴着黄色帽子、口罩和墨镜，身材瘦长的男子，背着一个运动包，鬼鬼祟祟走在楼道上，并低头躲避监控，进入了消防通道。

于跃暂停画面，定在那个男子身上：“这是案发前半小时，监控拍摄的画面，该男子打扮成电工，混入楼道，进入案发楼层的消防通道。

半小时后,也就是案发同一时间,他才从一楼出口离开。”

于跃重新播放画面:一楼监控下面,身材瘦长的男子,换上深色连帽卫衣,背着运动包,从消防通道进入大厅,若无其事地离开。

看到这里,于跃轻点鼠标,屏幕上出现两幅该男子背影的扫描画面,做出判断道:“虽然该男子换了服装,但经过体态和步态的扫描比对,可以确认是同一人,综合出入时间和行为来看,该男子的行动非常可疑。”

“调集监控,不管他藏到什么地方,一定要搜出来。”赵克维决断道。

高剑却皱起眉头,嘀咕道:“这不对啊……”

“高剑,有想法就说出来。”石军看了过来。

高剑心虚道:“这名男子确实有重大嫌疑,但我们在翻阅鼎峰资本董事会成员的资料时,也发现了一个怀疑对象。”

徐小伟顿时警觉,警告道:“高剑,我提醒你,跟沈秦相关的调查,苏申是不能参与的……”

石军有些不满,看向徐小伟,让他倍感压力,再不敢多言。

高剑眼睛乱转道:“苏申没有参与侦办,我们只是帮徐探长打下手,整理材料时,偶然发现了疑点。”

“继续说。”赵克维示意道。

“我们推测,能策划这几桩谋杀的嫌疑人,肯定是高智商,具有反侦查能力,并很可能是沈秦身边的人。”高剑整理思路,“因此我们在资料里,发现了匹配的嫌疑人。”

“你们这是逻辑倒推,有证据吗?”徐小伟不服道。

高剑蔫了:“目前没有证据,只是怀疑……”

石军问道:“是谁?”

高剑严肃吐露道:“邱明!”

听到这个名字，徐小伟惊愕不已，众人也脸色各异，似乎难以相信，赵克维则凑近石军，轻声耳语后，站了起来。

“虽然案件疑点重重，但这段时间，同志们的努力还是有成效的。”赵克维指屏幕，“至少我们发现了新的嫌疑人，有了新的侦办方向，我会向高层领导汇报，暂缓结案，也希望大家再接再厉，尽快侦破这几起案件。”

众人顿时收声，斗志昂扬道：“是！”

会议结束后，高剑回到办公室，见苏申正埋头整理卷宗，便拍了拍他桌子，一甩头，示意借步说话。

苏申跟着他离开，来到咖啡吧找了位置坐下。

“姓徐的邀功不成，反倒暴露了业务能力不扎实，你是没看到他那表情。”高剑解气地讲述会议状况。

“幸好我们领导经验老到，一听你分析，就知道案件错综复杂。”苏申好奇道，“师兄后面怎么安排的？”

高剑如实相告：“师兄让徐小伟他们搜查出现在鼎峰资本的嫌疑人，至于邱明，目前没有明确证据，没办法展开正式调查。不过他肯定了我们的怀疑，我觉得不妨私下盯一盯。”

苏申默默点头，陷入了沉思，想起那天去接沈秦时，沈秦曾告诉他，要找他询问法律问题。

高剑见他愣神，便打了个响指：“想什么呢？”

“我去接沈秦那天，他说有点法律问题，改天要问问我。”苏申警觉到，“也不知道，是不是跟这个案子有关。”

高剑想了想，转而问道：“你还记得陈子琦说的吗？ A国有个赵志宇，长得跟邱明一模一样。你说，会不会是双胞胎？”

“我也想过，可邱明老家在浙江温县，他档案里是独子啊。”苏申摇了摇头。

高剑愣住了，觉得这两个问题确实太古怪了。

忽然，苏申眼睛一转，问高剑道："邱明母亲一直在疗养院？"

"对，康平疗养院，东海市顶级的。"高剑肯定道。

苏申眨了眨眼："去看看？"

"走！"高剑想到一块去了。

康平疗养院。

苏申与高剑乔装打扮后，在院长办公室里，见到了康院长和小田。

"康院长，邱明同志提名了我们浙江青商联的年度青年企业家候选人，除了他出色的职业成绩，我们这次过来，主要想跟您了解一下邱明同志的生活情况。"苏申表明来意。

高剑站在身后，抱着笔记本做记录。

"邱总年轻有为，还特别孝顺，对他母亲真的没话说。"康院长扶了扶眼镜，"他母亲车祸被撞成植物人，你们知道吧？来这儿都三年了，全用最好的进口药，最好的设备仪器，好几次我们都以为不行了，他都还要坚持，把人给救了回来。"

"那这三年来，他们家还有其他亲属来探望过吗？"苏申再问道。

康院长回忆了下："这倒没有，邱总说过，老家没什么亲戚了，所以才把他妈妈接来东海，没想到刚来没多久，就遭遇了车祸，为这事儿，他一直很自责。"

"我是邱妈妈的管床护士。"小田试图插话，"邱总真是天底下最大的孝子，三年了，不说什么设备药品，只要他一有空，就来陪她妈妈，在她妈妈耳边说话，最近邱妈妈情况不好，邱总整夜地陪着，这份孝心，有几个人能做到，能坚持下来……"

小田把自己说感动了，滑下了眼泪，康院长递上纸巾，安抚她控制情绪。

苏申眉眼动容，问小田道："那上周，邱总也是每天都来，每天都陪整夜吗？"

"对啊，一下班就来。"小田轻声哽咽，"不过，有一天他来得晚，半夜就走了。"

苏申抓住重点："上周五？"

小田想了想："好像是那天……"

"那你记得他是几点来、几点走的吗？"高剑追问道。

小田仔细回忆："来的时候是九点半多，走的时候是半夜，具体记不清了。"

"你们问得这么细，是有什么特殊情况吗？"康院长察觉到不对劲。

"没有没有，只是想多了解点细节，写报道时，好更准确地刻画邱总的孝顺。"苏申赶紧圆谎收场，"像邱总这样，富有责任心的青年企业家，精神品质评级必须给最高。"

"你们一定要给邱总满分啊，他真的是我见过的最好、最完美的男人了！"小田满眼星星道。

高剑看了眼苏申，连连点头道："一定一定，必须是满分。"

苏申实时地提出告辞："谢谢院长、谢谢小田，我们还有其他青年企业家要调研，先告辞了。"

"啊，这就够了？"康院长意外道。

苏申笑道："够了够了，这么杰出的、孝顺的精英，不需要过多评议。"

说罢，转身便走。

从疗养院出来，苏申他们回到了车内。

"那个小护士迷上邱明了。"高剑忍不住吐槽。

苏申不予以回应。

高剑自讨无趣，回到问题本身："听下来，邱明还真是个励志又孝顺的青年才俊，而且上周五张炯案发当时，他确实在疗养院。"

"你别忘了，现在多了一个破坏鼎峰资本幕墙的嫌疑人。"苏申提醒道。

高剑似有所悟："你怀疑他俩是一伙儿的？"

苏申不置可否："只是猜测。毕竟，多一个嫌疑人，复杂的作案方式，就多了一分实现的可能。何况，邱明当刑辩律师时，大多是在替穷凶极恶的刑事罪犯辩护。"

"老苏，我是该夸你逻辑缜密，还是该说你腹黑呢？"高剑竟然觉得有道理。

苏申耸了耸肩，系好安全带后，发车离开。

他们没有注意到，停车场对面，邱明坐在宝马车中，正在注视着他们。

A国，一处海滩附近，拉起了警戒线。

警戒线内，一辆重型吊车，正在从湛蓝的海水中，拖起一辆白色丰田车，车上缠了不少海草。

不一会儿，陈子琦与Daniel带着Carlos，穿过警戒线，来到拖车后面。

"就是这辆车。"Carlos气愤不已，"混蛋！"

"你冷静点……"

Daniel安抚好Carlos，示意其他警员先带他离开。

"鉴定公司稍后会对汽车做进一步检查。"Daniel回到陈子琦身边。

"但愿能在车上发现更多线索吧。"陈子琦无奈地摇头。

就在这时，探长Matthew出现在背后，挡住了头顶的阳光，并不善地盯着他们。

陈子琦察觉到了，缓缓转身："探长……"

探长Matthew瞪着陈子琦，一甩头，示意跟他走。

陈子琦只好苦涩地跟上。

警察署，探长办公室。

陈子琦拿着文件，跟Daniel并列站得笔直，不敢妄动。

探长Matthew关好门窗后，冲陈子琦咆哮道："你跑到中国东海去抓人，还当街打人，你以为你是谁？ Jackie Chen，你懂不懂法律、懂不懂纪律？你是怎么能毕业的？怎么能考进来的？你就是不合格的垃圾，把我们A国警察的形象全都给丢尽了。"

陈子琦倔强地忍耐着。

探长Matthew再看向Daniel："还有你，帮她隐瞒行踪，知情不报。"

"探长，他什么都不知道，是我骗他去旅游探亲了。"陈子琦主动承担道。

"你闭嘴！"探长Matthew酝酿怒火，"对你的具体处罚意见，等待上级意见。现在，你停职回家。"

说完探长Matthew转身，不想再看到她。

Daniel拉了拉陈子琦，提醒她赶紧离开。

陈子琦挣脱Daniel，倔强地不肯离去，执拗道："探长，虽然我违反了纪律和规章，但我并非一无所获。"

"滚出去！"探长Matthew听不进去。

陈子琦自顾翻开文件："探长，这是一份指纹鉴定报告，经过物证实验室的比对，发现残留在凶器高尔夫球杆上的指纹正是中国男子邱明的指纹，而且，邱明的指纹，还出现在Justin Zhao家其他地方。"

探长Matthew意动了，回身看向那份报告。

“邱明的名字,还出现在租车行的登记册上。”陈子琦把报告递过去。

探长Matthew确认道:“你是怎么弄到他的指纹的?”

“邱明就是在东海被我认错的男子,我在公安局拿了他喝过的纸杯,带回来做的指纹鉴定。”陈子琦指着文件上的照片。

探长Matthew反问道:“你偷的纸杯?”

“是的,探长。”陈子琦有些心虚,“虽然我的取证过程违规,失去了法律效应,但提供了新的调查方向。”

“继续说你的分析。”探长Matthew揉着鼻子。

陈子琦把报告翻到最后,呈现两张照片:一张是赵志宇在A国的绿卡,一张是邱明的护照页。

“我之所以认错人,是因为邱明跟Justin Zhao长得一模一样。”陈子琦指着照片,“这是Daniel帮忙调取的资料,左边是Justin Zhao的绿卡,右边是中国籍男子邱明的护照。”

“假护照?这不稀奇。”探长Matthew做出判断。

“我原来也这么以为。”陈子琦提出问题,“可是,东海公安局证实了他是中国籍男子,有完整的履历档案,他和Justin Zhao是两个人。”

探长Matthew撇了撇嘴:“在我看来,中国人都长得一样,黄皮肤,黑头发,黑眼睛,单眼皮,瘦瘦长长。”

陈子琦无语了,向Daniel求助。

Daniel补充道:“我们现有关于Justin Zhao的信息,都显示他是独子,而且,我们没有更多邱明的信息……”

“探长,我有个提议。”陈子琦接话道。

探长Matthew抬了抬下巴,示意她说下去。

“邱明是中国籍男子,我建议与中国东海刑警总队开展合作,尽快控制邱明,将他带回来调查。”陈子琦自告奋勇,“另外,我已经和东海警方构建信任关系，还结识了一位奥克兰警官学院毕业的中国警察。探长，我申请成为特派员，前往东海执行任务。”

探长Matthew听到最后，明白了意思，俯视陈子琦道：“国际警务合作，具体该怎么做，派谁去，不是由你决定的。”

陈子琦被迫收声，感到失望。

“我会向上级报告。”探长Matthew拿过报告，“出去吧。”

Daniel给陈子琦挤眼，暗示有戏。

陈子琦顿时大喜：“是，探长！”

日头偏在西方，晃眼而热烈。

刘成陪着沈心怡来到沈秦办公室，打开保险箱后，由审计人员动手，搬出所有文件。

文件上方，就是存放秘钥的红黑漆盒。

审计人员把文件罗列好，交给沈心怡确认，沈心怡确认无误后，交还给审计人员。

刘成看着那个漆盒，脑中莫名浮现出那天带张炯见沈秦时，邱明曾动过这个漆盒，不觉意识到了什么。

审计人员抱起文件，招呼刘成道：“刘总，我们可以走了。”

刘成缓过神来，眼中狐疑更甚，看了眼沈心怡后，先行离开了这里。

偌大的办公室里，除了桌上的稿纸，已经全被搬空了。

沈心怡靠着办公桌，抚摸与父亲沈秦的合照，伤感万分。

“咚咚咚！”

恍惚间，邱明出现在门外，微笑道：“听说你今天回公司，来看看你。”

沈心怡赶紧站好，收敛哀伤情绪。

“你还好吗，方便进来吗？”邱明试探道。

“没事。”沈心怡勉强笑道，“当然可以进来，这里马上就是你的办公室了。”

邱明缓缓走来，感慨道：“等以后搬进来，这里的陈设我不会动，就维持师父喜欢的样子，也算我对他的纪念吧。”

沈心怡颇感欣慰。

忽然，刘成出现在门外，招呼沈心怡道：“心怡，需要你签字确认。”他看到邱明也在，顿时有点不自在。

“我先去一下。”

沈心怡点了点头，走出了办公室。

偌大的办公室里，终于只剩下邱明。

他来到办公桌后，抚摸着办公椅，远眺滨江景色，不觉意得志满。随后他掏出手机，编辑短信发出。

收件人抬头：My LOVE。内容是：他能给你的一切，我也可以。

对方很快回信：爱你，晚上见。

收到短信后，邱明收起手机，缓缓深呼吸，阳光洒在他身上，春风得意。

他在办公椅坐下，轻抚桌面，拿起那叠稿纸，看了看，一片空白。

就在这时，他忽然看到，稿纸在斜阳下浮现出拓印的字迹。

邱明确定没看错，顿时凛然，眉宇间闪过慌乱，赶紧从笔筒拿出铅笔，在稿纸上涂抹起来。

随着不断涂抹，纸上清晰浮现出沈秦的手写字迹：本人沈秦，实名举报鼎峰资本副总邱明，私自……

邱明睁大眼睛，死死盯着稿纸，呼吸也急促起来，仿佛疯了似的。

他把那页稿纸撕下，再向下翻了几页，检查痕迹后，陆续撕掉六七页纸，才没了痕迹。

他走到碎纸机前，把所有稿纸粉碎，唯独留下了第一页，被他折叠好，塞进了西装内袋。

做完这些，他还是不安，抓狂地挠了挠头皮。

不过转眼间，他又镇定下来，整理好发型。

无意中，他看到被搬空的保险箱，眼中透出一丝阴狠。

夜幕如盖，笼罩东海市。

石军走出办公室，来到苏申面前，似乎有话要说。

徐小伟隔着老远，探头张望，竖起耳朵偷听。

石军拉了把椅子，坐在苏申对面："最近幕后老师做得不错嘛，高剑进步神速啊。"

苏申挺不好意思，嘿嘿直笑。

"赵总扛下所有压力，给大家争取时间，组织也相信你们的判断。"石军拍了拍苏申肩膀，"遇到大麻烦，别自己扛着，组织会帮你想办法的。"

苏申抿着嘴，眉眼动容，高剑也凑了过来。

石军鼓励他们道："你们都要加油，为了自己，更为了真相。"

"是，师兄。"

说罢，石军起身离开，徐小伟赶紧坐好，装作事不关己。

"咱师兄，真没话说。"高剑瞥了眼徐小伟，随后问苏申道，"一起加班？"

苏申摇了摇头："不了，我想跟心怡聊聊她爸说的法律问题，为什么那天早上，会把她叫到公寓去。"

说话间，苏申给沈心怡发了条信息：一起吃晚餐吧，想吃什么？

沈心怡很快回复：已经在吃了，今天邱明哥请客。

沈心怡发来图片，位于滨江的西餐厅。

苏申顿时不高兴了，内心升起一丝不祥的预感。

"又怎么了？"高剑察觉到不对。

苏申不安道:“邱明约她吃饭了。”

高剑拿过手机看了看,愤然道:“邱明到底想干嘛? 这么殷勤……”

苏申拿回手机,也不解释,径直走出了办公室。

滨江8号西餐厅。

临窗的座位上,邱明与沈心怡就着窗外夜色,边吃边聊,煞有风情。

“最近不少老员工都在私下关心,什么时候举办师父的遗体告别会? 他们来问我,我不知道该怎么说。”邱明试探沈心怡。

沈心怡没了兴致:“案子还没结,遗体没办法归还。”

“警方到底在查什么,怎么一直不给正式通报?”邱明很是不解。

沈心怡摇头道:“具体情况我也不清楚。”

“娜总情况怎么样了?”邱明换了个话题。

沈心怡低迷道:“有时清醒,有时疯癫,短时间很难康复。”

“那你自己呢,好点没?”邱明不无关切。

沈心怡轻点臻首,不愿多说。

“我一直很好奇,煤气爆炸那天早上,你去师父公寓干嘛?”邱明注视着沈心怡。

沈心怡黯然道:“我也不清楚,他头天晚上让苏申通知我过去,说有事要说,结果就……”

邱明意识到失礼:“对不起、对不起……”

“没事儿,现在回想起来,我爸那天喊我去,会不会跟海外期货投资爆仓有关?”沈心怡提出怀疑。

“这是一种可能。”邱明不经意道,“师父留下的文件里,审计公司查出什么了吗?”

沈心怡叹息道:“目前还没有,保险箱里文件不少,估计还得查两天。”

“但愿水落石出，还师父的清白，免得外人以讹传讹。”邱明释然地笑了笑。

“叮铃铃！”

忽然，邱明的手机响起，他低头看了看，跟沈心怡示意后，离开餐位去接电话。

他离开的同时，沈心怡身后的餐桌坐下来一家三口，其中那个儿童，牵着一串氢气球，在服务员的帮助下拴在座椅上。

邱明来到角落，接起电话，对面传来女人的声音：“你什么意思，临时变卦？”

邱明惶恐道：“亲爱的，对不起、对不起，真的对不起，我遇到了很棘手、很重要的事情，必须尽快处理。”

“你没事儿吧？”对方愣了半拍，转而关切道。

邱明保证道：“没事儿，等我处理好，改天一定好好补偿你。”

“行，那你先忙吧。”女声放缓语气。

邱明如蒙大赦：“嗯，爱你……”

挂断电话，邱明吐出浊气，调整好状态，回到餐厅。

“不好意思，是朋友要约我吃饭。”

邱明走回座位，向沈心怡致意，解释刚才的电话，并拨开那串氢气球。

“嘭！嘭！嘭！”

就在这个瞬间，氢气球突然爆炸，仿佛炮仗似的，吓得那个儿童号啕哭了起来。

这边，沈心怡因爆炸声，以及儿童的哭声，眼前霎时眩晕，身躯不可遏制地颤抖，惊恐症复发了。

她赶紧拿过手包，寻找镇定药物，邱明也帮忙道："你要拿什么？我帮你……"

说话间，沈心怡已拿出药物，却被邱明弄巧成拙，碰到她颤抖的手背，惊掉了药瓶。

邱明连连道歉，帮捡取药物，沈心怡靠在椅上攥紧拳头，极力克制情绪，忍受脑海的眩晕。

终于，邱明捡好药物，塞给沈心怡手里，再给她倒了杯水。

沈心怡拿过水杯，服下药物，总算有所好转，但脸色苍白。

这时，餐厅经理赶来，查看发生了什么，却见沈心怡在颤抖，吓得不敢吱声。

邱明搂住沈心怡，一边安抚她，一边质问儿童父母："搞什么，这种氢气球怎么能带进餐厅？孩子不懂事，你们也不懂吗？"

儿童父母惭愧，拿孩子撒气："别哭了！"

儿童被吓住了，哭得更加厉害。

餐厅经理站出来，跟儿童父母协商，帮他们换了位置，再吩咐服务员，打扫好气球碎片。

邱明还是不放心，关切沈心怡道："你还好吧？"

沈心怡点了点头，呼吸还带着点急促。

"你放开他！"

就在这时，餐厅外传来苏申愤怒的声音，邱明下意识回头，见苏申已经冲来，一把揪住他的衣领，迫他放开沈心怡。

苏申怒声质问他："你刚在干嘛？"

邱明刚想解释，却见沈心怡拉住苏申胳膊，虚弱道："你放开邱明哥。"

苏申见她精神恍惚，立刻放开了邱明，转而去抱沈心怡，却被沈心怡推开。

苏申愣住了,僵在了那里,不知所措。

其他食客也放下刀叉,向这边看来,一副看戏的样子。

邱明跟苏申解释:“你别误会,心怡的惊恐症犯了,我看她情绪不对,才抱住她的。”

“好端端的,怎么会惊恐症犯了?”苏申怀疑道。

邱明看向后座:“刚才这里有个小孩,带了串气球进来,估计是质量不好,全都炸了,吓到了心怡。”

苏申看向食客们,全都点头示意,证明邱明的说法。

“你为什么约她吃饭?”苏申面色稍缓,但还是保持警觉。

“心怡今天难得回趟公司,我就顺便请她吃个饭。”邱明很是无辜道,“我真没别的意思,跟心怡也是清白的,不信你问心怡。”

沈心怡已经平缓,幽怨而哽咽道:“我为了你,跟我家人都翻脸了,你就这么不信任我吗?”

苏申愧疚不已,低了下头:“对不起,对不起,我,是我太冲动了。”

沈心怡不再看他,拿起手包招呼邱明道:“邱明哥,你送我回去吧,我想休息了。”

“你不能跟他走!”苏申顿时急了。

邱明有点愕然,无辜道:“苏警官,我不知道什么原因,让你对我有这么大的误会,不过你放心,我把心怡送回去后,立马就走。”

没等苏申回应,沈心怡就已经不耐烦,拉着邱明往外走:“整天疑神疑鬼,真是有病。”

苏申脚下像灌了铅,怔怔地望着他们离去,倍感委屈和懊恼。

忽然,他转身看向后座上那根绑着的气球线,露出怀疑之色。

苏申从餐厅出来,心情糟糕透了。

他拿起手机,接通高剑:“我在滨江北滩,你来一下……”

半小时后，滨江道路上，晚风习习，大江沿岸霓虹辉煌，仿佛一场梦幻。

苏申在步道区找了条长椅坐下，情绪懊丧。

高剑在旁边坐下，疑惑道："所以，你怀疑气球炸了，是邱明搞鬼？"

苏申揉了揉眉心："好端端的，气球怎么会炸了呢？而且孩子的父亲会意，邱明确实碰到气球了。"

"可是找不到气球残骸，没法证明啊。"高剑提出问题关键。

苏申抓了抓头皮，愈加气馁。

高剑安慰道："不过你的反应，确实大了点儿。"

"邱明心机太深，心怡跟他在一起，我是担心啊。"苏申有苦难言。

"但你表现出来的，就是疑神疑鬼啊，还有吃醋。"高剑撇了撇嘴。

说话间，高剑趁苏申没注意，飞快拿出手机，发了条短信出去。

"我该怎么道歉？"苏申烦闷道，"快帮我想想办法。"

片刻后，高剑打了个响指，把手机亮到苏申面前："搞定，帮你约出来了。"

苏申抬眼望去，信息是沈心怡的，顿时惊喜道："你怎么办到的？"

"废话真多，走了，去滨江夜市。"

高剑翻了个白眼，拽起苏申向夜市走去。

滨江夜市的繁华，与香港尖沙咀相似，入眼处人头攒动，有人品尝美味，有人尽情游戏，尽显非凡热闹。

沈心怡与高剑故意撇下苏申，兴致昂扬地边走边看，遇到美味小吃、零食和冰激凌，还有有趣的小物件，都会驻足观看，拿了就走。

苏申成了人形付款机。

一路走走停停，有高剑哄着，沈心怡糟糕的心情终于扫空了阴霾，最后找了个夜宵摊，坐下来休息。

"好久没这么逛了。"沈心怡开怀道，"不过，我还是喜欢小时候逛城隍庙的感觉。”

高剑陪笑道：“那可不，那时候去昌里路、黄河路，全是吃的，人挤人，可有气氛了。”

沈心怡眺望对岸高楼，怀旧道：“小时候在石库门，抬头是蓝天白云、晾衣架；现在抬头，全都是摩天大楼、霓虹灯，好看是好看，就是冷冰冰的。”

“是啊，变化太大了，记得小学那会儿，跟你们骑车到江边，对面滨江东岸还只有电视塔，你爸的公司也没搬过去呢。”高剑也不无感慨。

苏申实在坐不住了，踢了高剑一脚，高剑意识到失言，赶紧闭了嘴。

这时，老板端来三碗小馄饨，苏申殷勤地接过来，给沈心怡递去，放好汤勺位置。

沈心怡看在眼里，却跟高剑说道：“这社会变化太快了，有些人自己不适应，还对别人疑神疑鬼，你说好不好笑？”

“可不是嘛，这种人就该跳江，好好反省反省。”高剑故意附和。

苏申气得翻白眼，手伸到桌下，狠狠拧了下高剑的大腿，疼得他嗷嗷直叫，别提有多滑稽。

沈心怡被逗乐了，嗔怪苏申道：“不许欺负高剑，他是我小兄弟。”

“就是就是，姐姐护我。”高剑像极了狗腿子，抓住沈心怡不松手，并暗中示意苏申哄得差不多了。

苏申鼓起勇气，跟沈心怡道歉：“对不起啊……”

沈心怡懒得理他，自顾自吃起了小馄饨。

“笨死了，你就不能直抒胸臆吗？”高剑急了，跟沈心怡说情道，“他是担心，你跟邱明走得太近不安全，邱明不是个好东西，真的。”

“你们还在怀疑他？”沈心怡不解道。

苏申看向高剑，高剑让他直说无妨。

苏申想了想：“邱明的背景信息很符合犯罪嫌疑人的画像，高学历、懂刑事案件、具备一定反侦查能力，还是你爸身边的熟人，只是我们没证据，所以我才会过度激动。”

沈心怡不敢相信：“怎么可能……”

苏申坐过去，想搂住沈心怡，却被沈心怡推开：“对不起，让我一个人静会儿。”

“对不起，目前只是推测。”苏申不肯放弃，“但还有个事，我一直想不明白？”

“你说。”

苏申严肃道：“你爸出事前，说过有法律问题要问我，还有那天早上喊你过去，我们原以为是感情问题，但现在回想起来，会不会跟那笔期货投资有关？”

沈心怡惊愕地看着苏申，看得苏申直发慌。

高剑发现不对劲，安抚沈心怡道：“你没事儿吧？”

“晚上邱明也问我这件事了。”沈心怡凝重道。

苏申瞬间警觉，觉得自己距离真相好像越来越近了。

疗养院里，邱明守着邱素梅。

他望着床头的茶花，眼神游离，思绪翻飞，想到了S市的新闻，想到了那天在老宅，黑影的无动于衷。

他握着母亲的手掌，紧紧贴到脸上，眼神逐渐变化，变得狠厉起来：“妈，对不起，你别怪我……”

那束茶花在月光下，静静地绽放幽光，鲜艳而又妖异。

深夜，沈心怡辗转反侧，似睡非睡，眼角不停抖动。

恍惚中，她的回忆翻滚，出现了一幅画面。

那是一个午后，她抱着文件，从沈秦办公室路过。

她隔着玻璃窗，看到办公室的父亲，焦虑且带着怒意，一边来回走动，比划手势，一边跟人通话，似乎发生了争吵。

她觉得好奇，多看了两眼，但父亲发现了她，过来合上百叶帘，隔绝了视线。

当时她虽有疑惑，却没有多想。

这个画面萦绕在她心头，如同一场噩梦将她从睡梦中惊醒。

沈心怡睁开眼帘，晨光挥洒进来，晃得她睁不开眼，她这才知道，原来是在做梦，只是这个梦，她确实经历过。

她从床上坐起来，沉思了许久，略显疲惫的眼神逐渐变得坚定。

晌午，沈心怡拿着一串通讯记录单，走出移动营业厅。

她顺着日期，慢慢往前倒推，寻找想要的答案。

终于，她找到了答案，那一行内容为：时间，9月27日15：17分；呼出电话联系人：邱明。

沈心怡愣住了，觉得难以置信，甚至还有点恐慌。

鼎峰资本财务办公室。

刘成托着下巴，低头沉思着。

忽然，他看到沈心怡从门外走过，高跟鞋踩在地面上，发出清脆的响声，他本想叫住沈心怡，却发现来不及了。

刘成咬牙追了出去，还没追上，沈心怡便进了邱明的办公室。他不觉停了下来，露出浓浓的忌惮。

邱明对沈心怡的到来，感到非常惊喜："今天怎么有空过来？"

"回来跟审计公司确认文件、签字。"沈心怡故作热络。

邱明关切道："审计有什么新进展吗？"

沈心怡笑着摇头："还没有。"

“哦!”邱明眼神跳动。

沈心怡忽然说道:“昨晚真的很抱歉,苏申太冲动了。”

“我没事的,别影响你们就好。”邱明不经意道,“他好像对我疑心很重?有机会请他吃饭,你可要帮我说说好话。”

沈心怡轻点臻首,微启朱唇,似有话要说,却又说不出来。

“还有事?”邱明看出她的犹豫。

沈心怡小心地试探道:“9月27号下午,我爸跟人在电话里吵了一架,是你吗?”

邱明愣了半拍,随即懊恼道:“对,是我不好,惹师父生气了。”

“为了什么事啊?”沈心怡强颜欢笑。

“有几个影视圈的朋友,想让我们公司一起参投几部院线电影,可师父不赞成,他觉得电影市场表面风光,但还是有泡沫风险,批评我太冒进了。”邱明自责更甚,“我当时在度假呢,挨他批评就顶了几句,结果师父也急了,训了我半小时,警方做背调的时候,也问过我这事儿。”

邱明越说越悲伤,合拢手掌,做祈祷状:“没想到,成了跟师父的诀别,早知道,我不该惹他生气的。”

“都过去了。”沈心怡抿了抿嘴,提出告辞,“我还有事,就先走了。”

“有空常回来,师父的办公室我会一直保留原样。”邱明起身相送。

沈心怡默然不语,向外走去。

邱明凝视着沈心怡的背影,冷不防问道:“话说,哪天吵架,你怎么会知道?”

沈心怡停下脚步,略迟疑后,转身报以微笑:“我碰巧看到的……”

从邱明办公室出来,沈心怡心慌意乱,不觉加快了脚步。

“心怡,心怡……”

路过会议室时,刘成从门后挥手,轻呼她的名字让她过去。

沈心怡看了看周围，确定没有旁人后，便走进了会议室。

会议室里，刘成告诉沈心怡：“我好像知道，为什么沈总、张炯，还有我，会接连遭遇意外了。”

沈心怡感到震惊，睁大了眼睛，等待刘成的答案。

“你还记得沈总那个装密钥的红黑漆盒吗？”刘成踌躇道。

沈心怡猜到了关键：“你是不是记起来，还有其他人动过密钥？”

刘总惊恐地点了点头。

沈心怡紧紧抿着嘴，声音颤抖道：“是谁？”

“是邱总，他好像用过密钥。”刘成如实道，“他出国度假之前，有天下午，我带张炯去找沈总道歉，无意中看到他动过漆盒，我当时以为，是他给沈总的礼物，就没有多想。”

沈心怡越发不安，咬着手指道：“还有谁知道吗？”

刘成摇了摇头：“我谁都没有说。”

沈心怡强迫自己镇定，拍了拍刘成肩膀：“审计驻点那间办公室的钥匙，邱明有吗？”

“没有，只有审计人员和你，才有权进入。”刘成告诉道。

沈心怡思索片刻，逐渐笃定，叮嘱刘成道：“你跟平常一样，暂时别惊动他。”

刘成答应后，与沈心怡先后离开，好像什么都没发生过。

他们不知道，邱明正在办公室里，隔着百叶窗的缝隙，注视这一幕，直到他们离去。

随后，邱明回到办公桌前，沉思片刻后，拿出一条全新桌布，仔细擦起了桌子。

他脸上，没有丝毫表情。

地库里，沈心怡坐在车内看了眼时间，已经晚上7点半。

她拿出手机，给苏申发了条信息：“加完班赶紧来，我在公司等你……”

忽然，她趴下了身子，藏到车座底下，然后小心地抬头，探视前方的动静。

不远处，邱明从电梯间出来，钻进他的宝马车，缓缓驶出地库。

注视着他离开，沈心怡拿起手包，麻利地走向电梯间。

“叮！”

不一会儿，沈心怡走进鼎峰资本，此时已经人去楼空，灯光昏暗不清。

她找到审计驻点的办公室，拿钥匙开门进入。室内堆着各种文件，有些堆在桌上，有些摞在地上，看起来颇为混乱。

沈心怡四处环顾，视线定格在最里面那摞层层叠加的蓝色文件夹上。

她走过去翻开文件夹，不断翻看和寻找，始终没有想要的，不觉有些焦虑。

忽然，她停下了动作，眼神惊慌且激动，看着眼前的文件，仔细阅读起来。

文件上面，是沈秦手写的举报信原件，写着：本人沈秦，实名举报鼎峰资本副总邱明，私自骗取公司密钥，巧立名目，挪用海外分公司资产进行海外期货投资，给公司造成了巨额经济损失，希望有关部门核实真相、严办邱明。

沈心怡看到这里，如同五雷轰顶，脸色煞白如纸。

与此同时，邱明的国产宝马车，重新回到了地库。

他停好车后，扫着方向盘，面无表情地静坐着，似乎正在做决定。

随后，他松开安全带下车，走进了电梯间。

他回到了鼎峰资本，确定没有其他人后，戴好事先准备的乳胶手套，刷开门禁，悄悄摸了进去。

他来到审计驻点的办公室，从口袋里掏出一把锁枪，正准备开门时，忽然发现门缝里透出晃眼的光线，并传来“哎呀”吃痛声，以及碰到椅子的磕碰声。

他猛然意识到里面有人，瞬间变了脸色，赶紧往后撤退，钻进旁边休息室，透过门缝窥探动静。

不一会儿，沈心怡走了出来，一边揉着膝盖，一边打着电话：“你到哪儿了？举报信和材料我已经找到了，你快点来。”

邱明躲在黑暗中，瞬间惊恐不已，他想冲出去阻拦，却还是犹豫了。

就在他犹豫时，沈心怡刷开门禁，走出了鼎峰资本。

邱明按捺情绪，闭上眼深呼吸，再深呼吸，等他睁开眼时，面目决然而狰狞，重新跟了出去。

沈心怡从楼上下来，不觉加快脚步，朝保时捷走去。

她已经看到，保时捷近在眼前。

“踏踏踏……”

忽然，她听见身后传来脚步声，并快速逼近过来，捂住了她的口鼻。

她试图挣扎，奈何对方力气太大，她反抗不得，被拖进了消防通道。

昏暗的消防通道里，一个黑影骑在沈心怡身上，死死掐住她脖子，越掐越紧。

沈心怡拼命挣扎，胡乱踢腿，但毫无作用，窒息感迅速袭来。

关键时刻，沈心怡急中生智，假装放弃挣扎，右手却摸到手包，趁黑影不注意，用她失去意识前仅剩的一点力气，按下了车钥匙。

下个瞬间，消防通道外，传来了“嘟嘟”警报声，吓得黑影惊恐不已。

近乎同时，别克车顺着坡道驶入地库停好。苏申刚从车上下来，就听到了警报声，听出那是沈心怡的保时捷，连忙找了过来。

他找到了车，却没看见沈心怡，顿时心生警觉。

“心怡、心怡……”

苏申四处张望，小跑着寻找沈心怡，但除了回音，没有任何回应。

苏申愈加警惕，仔细搜寻，路过消防通道时，突然觉得不对劲，缓缓靠拢过去，发现幽暗深处，有一只高跟鞋，及鞋上的洁白玉腿。

“心怡！”

苏申不顾危险，冲了进去，见沈心怡躺在地上，没了呼吸。

他打开手电，确认通道里无人后，抱起沈心怡听取心跳，然后把她放平，做心肺复苏。

时间一分一秒过去，苏申交替做心肺按压、人工呼吸，沈心怡始终没反应。

苏申惶恐到极致，眼泪滚滚而落：“心怡，你醒醒，你醒醒……”

忽然，沈心怡的喉咙有了进气的声音，并虚弱道：“邱、邱……”

苏申狂喜之余，拨通石军电话：“师兄，邱明跑了，他是凶手……”

邱明开车疾驰，副驾驶座上放着蓝色文件夹。

他一边躲避监控，一边拨通电话：“你出来，先跟着我，稍后告诉你具体方案。”

打完电话，他选了最近的岔路后，绝尘而去。

重案支队会议室，灯火通明。

石军全神贯注地注视着东海市地图，根据汇总来的消息，进行分析和研判。

忽然，对讲机里传来徐小伟的声音："石支，我们沿道路监控追到了郊区，但这段路是新修的，有监控盲区，让他溜了……"

石军扫过地图，画出一条逃亡线，但在徐小伟的位置，下意识停住了。

"石支，我们下一步怎么办？"徐小伟接着请示。

石军看着地图难以抉择。

这时，于跃忽然激动道："石支，之前藏起来的伪基站信号又出现了，我抓取了它的运行轨迹，连成了线路。"

说话间，于跃把路径信息，投到会议室大屏上。

高剑等人围拢过来，看向那幅路径信息图。

"伪基站信号的行动路径也是逃向郊外的，我们同步追踪了邱明的手机定位，但是他关机了。"于跃简明扼要。

高剑请示道："师兄，跟邱明逃跑的路线一致，让我去吧。"

石军却疑惑道："为什么要故意暴露行踪呢？"

众人顿时警觉，却无法回答。

"路线发给你，你们先去追。"石军想了想，联系上徐小伟。

"是！"

徐小伟与朱艳君一路追踪，来到滨海道路。

他们身后，支援来的警车随时配合行动。

"这儿除了景观路，什么都没有啊！"朱艳君忽然说道。

徐小伟不为所动，聚焦着前方。忽然，黑暗中出现了两个微弱的红灯，转瞬即逝。

徐小伟非常警觉，指着红灯指示道："那儿，追上去。"

朱艳君踩下油门，朝红灯追了过去。

随着不断逼近，可以看清那两个红灯是一辆黑色大众轿车。

大众车里，坐在后座的名叫崔大炮，外号“大羊腿”，他发现有警车逼近，回头张望确定后，瞬间脸色大变：“妈的，是警察，赶紧跑！”

身材臃肿的司机二亮子看了眼后视镜，脚下急踩油门，车辆向前飙出。

“哇啦、哇啦、哇啦……”

后方警车早有预防，亮起警灯、鸣响警笛穷追不舍。

徐小伟握住防护把手，命令朱艳君：“截停他！”

朱艳君把油门踩到底，冲上去，一个漂亮的飘移，别停在大众车前方，后面警车迅速包抄，将其卡在中间。

随后，众警员迅速下车，朝大众车合围过去。

“妈的，真他妈晦气……”

大羊腿见状不妙，弃车而逃，不料刚下车，就被徐小伟扑倒，铐住双手。

二亮子身材臃肿，一时间解不开安全带，好不容易解开，却已经被警察包围，只好束手就擒。

徐小伟把大羊腿交给同事，自己则打开大众车后座，发现除了笔记本电脑，还有一个黑色伪基站机箱，正连接着一个黑色信号收发器。

徐小伟搜寻了两遍，不觉有些失望，跟石军汇报道：“石支，抓了两个蟊贼，没有邱明……”

得到消息的石军，果断决定：“知道了，先带回来！”

野外，一辆国产宝马车在夜黑里勾勒出冰冷的轮廓。

邱明靠在车门上，叼着烟，借着车内的灯光翻看文件夹里的举报信，看了没两眼便扔回车上。

“叮铃铃！”

忽然，他的电话响起，来电显示是小田。

邱明犹豫片刻，还是选择接听，传来小田哽咽的声音：“邱总，邱妈妈全身好烫，这次、可能真的不行了！”

邱明默然无语，片刻后，放缓语气道：“谢谢，我明后天就过去。”

小田抽泣道：“好……”

“小田，这些年，多亏了你，像儿媳妇一样，悉心照顾我妈妈。”邱明声音嘶哑，“你的心意，我都懂！”

不等小田回应，他便挂断了电话。

邱明抬头望向夜空，露出失望、被辜负和被愚弄的苦涩，发泄道：“操！”

他扔掉烟头，走向后备厢，拿出一桶汽油，拧开盖子，均匀地浇到车上，再浇一条引火线，拖出五六米远。

站在引火线前，他把锁枪、手机扔进了车里，又从上衣内袋摸出那张涂过的稿纸，嘲讽一笑后，用打火机点燃扔到引线上。

引线瞬间被点燃，继而引燃了全车。

邱明望着熊熊烈焰，瞳孔中映射火光，变得阴狠、毒辣和狰狞，然后转身悄然离开。

他的背影在火光下，成为一道黑色孤影。

第八章　天机渐参

抓捕行动结束后，石军与高剑赶到医院。

刚从电梯出来，就看到苏申在走廊上焦急地来回走动。

石军看向病房，房门紧闭，便问苏申道：“确定是邱明吗？”

“我没看到凶手。”苏申愁眉不展，“但心怡在电话里说，她找到了沈秦举报邱明的亲笔信和黑材料。”

石军再问道：“材料呢？”

“估计被抢走了。”苏申抿着嘴。

石军想了想，吩咐高剑道：“你联系于跃，让他马上调取楼栋监控。”

高剑答应一声，到旁边去打电话。

这时，医护人员走出病房，提醒苏申：“病人醒了，可以探视了。”

苏申顾不得道谢，冲进病房，石军冲医生点头后，跟了进去。

病房里，沈心怡蓬头垢面，斜躺在病床上，我见犹怜。

苏申走到病床前，抓住沈心怡的手：“对不起，我来晚了。”

沈心怡眨眨眼，眼泪滑落下来，苏申忙帮她擦拭，整理她的头发。

石军和后面进来的高剑都不禁叹息。

片刻后，沈心怡收敛情绪，关心道：“文件还在吗？”

苏申黯然地摇摇头。

沈心怡顿感焦虑，看向石军。

石军致意道：“你放心，我们一定会将罪犯绳之以法。”

沈心怡轻点臻首，焦虑却不见减少。

“你能确定是邱明吗？”石军问出关键。

沈心怡笃定道：“确定，他掐我脖子的时候，我看到他的脸了。”

石军了然，思索片刻后，提出告辞道：“那我们先回去了，让苏申留下陪你。”

沈心怡报以微笑，只是脸色苍白，看起来有些勉强。

石军拍了拍苏申，让他照顾好沈心怡，便带着高剑离开。

高剑开着车，与石军返回重案支队。

“叮铃铃！”

路上，石军接到于跃的电话。

“石支，邱明的手机定位短暂出现了一下，但不在海边，而在30多公里外的乡下，完全是两个方向。”于跃在电话中汇报。

石军当机立断：“你把定位发我手机上，我们马上去现场。”

“是！”

挂断电话后，石军收到定位，拿给高剑看：“呼叫增援，去这儿！”

“好！”

高剑踩下油门，警车在黎明的夜空下疾驰而去。

另一边，重案支队审讯室。

审讯室空间不大，里面设施也极简洁，四周是蓝色的软包墙壁，中间是一张审讯椅，审讯桌上摆着电脑，以及其他审讯用具。

左边的墙壁上，贴着《犯罪嫌疑人诉讼权利义务告知书》和《被害人诉讼权利义务告知书》，背后墙壁上挂着电子钟，显示年月日时及当前温度。

崔大炮在审讯椅上，双手被手铐锁死，神情油滑，眼睛转个不停。

徐小伟坐在他对面，厉声警告道："你老实点，自己说。"

"我真不知道啊，警官，我也被骗了，我也是受害者。"大羊腿大叫冤枉。

徐小伟呵斥道："你少来这套！你们多次用伪基站发送欺诈短信，已经构成扰乱无线电通信管理秩序罪，现在人赃并获。"

"邱大哥让我们出来跑一趟，我们就出来了啊。"崔大炮神情紧张。

徐小伟目光如炬，追问道："他怎么说的？"

"没说具体做什么，就让我打开基站信号，跟着他的车，一直开到乡下。"大羊腿不敢隐瞒，"分开前，他让我沿海边公路跑，哪想到他是坑我们啊。"

徐小伟不信道："别的什么都没说？"

"都没说。"崔大炮头摇得跟拨浪鼓似的，"邱大哥城府深得很，他不说，我也不敢问。"

"你还真是听话。"徐小伟忍不住嗤笑，"说说吧，你们是什么关系，怎么认识的？"

崔大炮吞吞吐吐道："就几年前，我因为用伪基站发短信被抓过，开始说要坐五年牢，邱大哥帮我争取减刑，最后只判了缓刑两年，而且没收律师费，我硬塞给了他一些新疆的红枣和羊肉。出来混，要讲义气嘛，我就认他做大哥了。"

"都被抓过判刑了，你还不悔改？"徐小伟眉毛冷竖。

"几年前我开了个小广告公司，被人骗了，欠了一大笔钱，我就想快点赚钱还债嘛。"崔大炮继续说着，"被抓了放出来后，钱还是得还啊，没办法，只好用伪基站帮人发虚假信息，这玩意儿辐射老大了，警官，我也是拿命还钱啊。"

“哼，拿命还钱。”徐小伟不屑地说道，“他们为什么叫你大羊腿呀？”

“嗨，我在新疆干过几年。”崔大炮无奈地说道，“钱没挣到多少，羊腿倒是吃了不少。对于一些有恩于我的人，我没什么好送的，就送他们羊腿，久而久之他们就给我起了这个外号。”

“大羊腿，还帮邱明做过什么？”徐小伟放缓了语气。

崔大炮眼睛鸡贼地一转：“没有，没有，邱大哥平时都不跟我联系。”

“你不老实！”徐小伟冷笑道，“月初在CBD区域，散布指控沈心怡和苏申谋杀沈秦的短信，是不是你干的？”

“不是不是，警官，我记性不好，刚才忘了。”崔大炮赶紧认怂，“那也是邱大哥让我干的，内容都是他编的，我只是照着群发。”

徐小伟眉峰上扬，审视着大羊腿：“没了？就这些？”

崔大炮眼睛转动，想了想，连连摇头。

徐小伟翻开文件夹，将一页文件纸，拍到崔大炮面前，纸上是监控视频的截图：出入鼎峰资本办公楼的男子，与崔大炮穿着同款的卫衣。

“混入鼎峰资本的消防通道，制造玻璃幕墙脱落事故的，也是你吧？”徐小伟严厉地盯着崔大炮，仿佛能看进他心里。

崔大炮看了眼照片，顿时惊慌无措，低下了脑袋。

徐小伟看穿真相，冷哼道：“你就等着坐牢吧！”

不久，崔大炮的审讯结束，徐小伟与朱艳君拖着疲惫的身躯，走进了关押二亮子的审讯室。

黑夜隐去，迷雾仿佛纱幔，笼罩整个人间。

邱明焚车的野外，已被刑技中心干警封锁，进行勘查和取证。

石军与高剑赶到现场，凝重地环顾。

李炜拿来一个证物袋，里面是一根烧焦的金属棒，递给石军说道："师兄，手机、文件都烧了，不过我们发现了这个，应该是锁枪的核心探棒，虽然外面的塑料壳烧没了，但形状还是能辨别的。"

石军接过看了看，还给李炜。这时马涛也跑过来，指着前面路段："石支，那边是石子路，再往东是水泥路，脚印走着就没了。"

"利用伪基站，把警方注意力都调去沿海公路，自己却往反方向逃到这里。"石军眺望前方，做出合理判断。

高剑提出疑惑："那他到了这里，为什么忽然开机暴露行踪呢？"

石军也没有头绪，沉吟道："先回去，跟各方面汇总下信息。"

众人当即分开行动，石军率队返回，刑技中心则留下人手继续勘查。

朝阳初升，照耀东海市，唤醒城市的勃勃生机。

重案支队会议室，石军率各部门汇总案情信息。

徐小伟率先站起来，汇报审讯情况："石支，经过连夜审讯，崔大炮和二亮子已经供认，并一致指控邱明是指使他们群发短信、栽赃沈心怡和苏申、破坏鼎峰资本楼宇幕墙的幕后黑手，但邱明对他们也有防范，其他信息他们一概不知。"

石军点了点头，示意他坐下，转而看向于跃，刚想点名，苏申突然推门而入，手里拿着份报告。

高剑看到苏申，顿时就笑了，徐小伟却满脸疑惑，狐疑地盯着苏申。

"对不起，来晚了，我刚写完报告。"苏申向大家致意。

石军招了招手，让苏申把报告呈上去。

石军接过报告翻看，认可道："综合现有信息，我们可以推断，河畔公寓闪爆案、张炯自杀案以及鼎峰资本玻璃幕墙脱落这三起案件，邱明均有重大嫌疑……"

顿了一下，石军补充道：“起因是，邱明盗用电子密钥，挪用巨额资金投资海外期货失手，被沈秦发现，沈秦搜集相关材料，写下了举报信。张炯和财物总监刘成因目睹邱明归还密钥的过程，成了被灭口的对象。接着，沈心怡比他抢先一步，先找到了材料，邱明只能狗急跳墙选择杀人灭口。”

说话间，石军挥了挥手，让苏申找地方坐下，苏申致意后，来到高剑旁边。

对面的徐小伟，不解地看向石军，石军似有察觉，读懂了他的心思。

“现在邱明已经暴露，苏申也排除了嫌疑。在这些案件中，苏申是案件线索的重要提供者，所以组织决定，让他重新参与到专案组中来。”石军亮了亮那份报告，“这份阐述邱明作案动机的完整报告，也是我让他撰写整理的。”

徐小伟提出疑虑：“石支，我也认可苏申撰写的这份报告。但是，邱明在闪爆案发生的前后时间，都不在国内，之前摸查情况时，也找到了机票等证据。”

这确实是大问题，众人交头接耳，始终没有答案。

石军环顾众人，朗声提醒道：“具体的作案手法，有待努力侦破，但与他的作案动机，并不冲突。”

众人豁然开朗，纷纷表示接受。

“于跃，你那边有什么线索？”石军点名于跃。

于跃站起身来，把电脑画面投屏到大幕上，画面是鼎峰资本办公室的监控：沈心怡抱着蓝色文件夹，先行离开了办公室，没多久，邱明从休息室尾随出来，走过监控时，他忽然抬头，对着摄像头邪魅一笑。

看到这里，于跃按下鼠标，画面定格在邱明抬头、直视摄像头的瞬间。

苏申望着定格画面，眼中闪过疑惑。

“从画面中，我们可以清晰看到邱明尾随沈心怡的过程，基本可以推断，在地库抢走蓝色文件夹、意图谋杀沈心怡的，就是邱明无疑。”于跃提出怀疑，“但是，他好像毫不避讳，走过摄像头时，明显是故意抬头的。”

“挑衅！他这是公然向我们警方挑衅！他早就想好了声东击西、全身而退，所以不怕暴露自己。猖狂，简直是猖狂！”徐小伟激动地断言邱明的行为。

“他难道不怕通缉吗？”石军若有所思，提出疑点所在。

徐小伟被问懵了，高剑也看向苏申，见苏申疑惑更甚。

石军再问于跃：“他后来的电话查了吗，什么情况？”

“查了，联系人是康平疗养院的护士小田。”于跃点头道。

石军不解：“疗养院的护士？”

苏申帮忙解释：“是邱素梅的管床护士，看来是她的身体状况又不好了。”

“这么说，邱素梅是邱明的软肋。”石军做出决定，“高剑你带人，去疗养院盯着，看邱明会不会去探视，尤其要关照他们院长，不能走漏风声。”

“是，我马上去办！”高剑起身答应。

石军又看向苏申：“苏申，法医会马上采集邱明的生物指标，你跟进一下。”

“好的，石支。”苏申跟着起身。

“徐小伟，三起案子的性质，都变成了疑似谋杀，可以下发邱明的通缉令了。”石军特别叮嘱，“你是主办探长，你们要继续走访调查，尽快找出邱明的行踪。”

“是！”

徐小伟答应后，余光始终落在苏申身上。

东海市郊区，一处人流稀少的道路边。

邱明换了身素色着装，用鸭舌帽和口罩遮挡了全部面容。

他从街角探出头，观察不远处的电话亭，确认附近没有监控后，刻意拉低帽檐，快步走了过去。

走进电话亭，他从卫衣兜里拿出一沓电话卡，取出第一张，塞入公用电话，拨通号码。

这个过程中，他始终低着头，警觉地注意附近情况。

电话很快被接通，传来女人的声音："喂，你什么情况……"

"别问那么多，以后我会联系你，你不要找我。"邱明压低嗓音。

电话对面沉默了。

"但是，帮我一个忙，你一定要帮，我妈快不行了……"

邱明看了看附近，继续通话，可以听出，他的声音在颤抖，带着一些惶恐、哀求。

翌日下午，市中级人民法院，高智全庭长办公室。

石军带着苏申坐在沙发上，就河畔公寓闪爆案与市中院进行相关协商。

不多时，高庭长看完材料，向石军客气道："材料我看了，赵总也跟我说明了情况，既然河畔公寓闪爆案已经明确为刑事案件来侦查，邱明也被作为涉案嫌疑人被通缉，请石支队长放心，我们法院肯定会依法办事，根据先刑事、后民事的原则，等警方先查明案件真相。苏申同志的民事赔偿诉讼二次审议，我们也会暂缓开庭。"

"谢谢、谢谢，那就不多打扰了。"石军和苏申起身与高庭长握手致谢。

高庭长微笑道:“客气了,也预祝你们顺利破案,早日将嫌疑人缉拿归案。”

这件事尘埃落定,苏申总算松了口气。

从法院出来,苏申钻进别克车,系好安全带,感激石军道:“师兄,谢谢,真的!”

石军失笑道:“谢什么!虽然民事诉讼暂缓开庭了,但你的民事责任还在那儿悬着呢,必须等查清案件真相,明确沈秦是被人谋杀,才能真正解除,现在还不是你放松的时候,懂吗?”

苏申连连点头,但依旧感激。

“叮铃铃!”

忽然,石军的电话响起,是赵克维打来的。

石军接起电话:“赵总……对,谈好了,苏申很感谢您……有新情况?好的,马上回来……”

“赶紧,赵总亲自来队里开会。”

石军挂断电话,一挥手让苏申赶紧开车。

苏申不敢怠慢,迅速发车赶回重案支队。

赵克维走进会议室,石军率领重案支队干警们身着警服,早已等候多时,等待赵克维讲话。

赵克维到主位坐下,告诉众人道:“刚接到公安部高层领导的指示,国际刑警组织联系公安部国际合作局,说A国警方正在调查一起谋杀案,嫌疑人可能是中国籍男子邱明,想请我们东海市公安局刑警总队配合调查。”

听到邱明的名字,众人都提起了精神,互相对视,充满疑问。

高剑尤为惊讶,以眼神询问苏申,苏申暗示他平静。

“我大概了解了下，邱明也牵扯到了A国的案子中，我和大家一样，都觉得十分蹊跷。”赵克维继续补充，“A国谋杀案的具体情况，我们等A国特派员同志来讲解，差不多已经到了……”。

话音落下不久，就听到有人敲门，会议室被人推开。

国际刑警组织和公安部国际合作局各有一名官员，雄赳赳、气昂昂地先走了进来，石军连忙迎上去，握手致意。

苏申看向来人后方，见陈子琦背着双肩包，正好奇地四处打量，她察觉到了苏申，向这边看了过来，露出会心的笑意。

国际刑警组织的官员向赵克维、石军引荐陈子琦：“这是A国S市警署的华裔女警，中文名陈子琦。”

赵克维与陈子琦握手，轮到石军时，他笑着道：“又见面了，陈警官。”

“石支队长好，叫我小陈就可以。”陈子琦态度恭敬。

赵克维请大家入座，再看向陈子琦：“陈警官，要么你先简单介绍下案件概况？”

陈子琦点了点头，从双肩包里拿出电脑，连上投影，翻出中心现场、外围现场、敲击林芮头部的凶器、球杆指纹和纸杯上的指纹痕迹对比等大量照片。

陈子琦清了清嗓子，向众人讲述道：“A国S市当地时间9月30日晚上，发生了一起谋杀案，死者是长居A国的华人女性林芮，经过调查，我们在被害人家中和凶器上，发现了嫌疑人邱明的指纹。”

陈子琦操作电脑，将照片切换到打捞起来的白色丰田车，以及租车行登记册的签名，并将签名放大，继续道：“我们还发现了嫌疑人租用的车辆，以及租车时登记的名字，是华人男子邱明，这些线索都指示了，邱明具备谋杀林芮的重大作案嫌疑。”

苏申与高剑对视，全都愁眉不展。

徐小伟看着屏幕上的照片,若有所思道:“时间倒是对得上……”

听陈子琦讲完,赵克维铿锵有力道:“鉴于两国的案子,都涉及邱明,有了并案的基础,组织上决定,A国林芮被害案与我们东海侦办的邱明系列案,做并案处理。”

“这个专案组,由我牵头担任组长,石军担任副组长,沈秦公寓闪爆案,还是由徐小伟负责。”赵克维看向苏申继续道,“考虑到这次并案,涉及国际警务合作,组织还决定,委任苏申作为林芮被害案的主办警官,帮助陈子琦警官一起在东海寻找线索。”

苏申欣然答应:“是!”

宣布并案后,两名特派官员向赵克维致意,于是,赵克维暂停会议,送他们先行离开。

等候期间,陈子琦与苏申默契对视,徐小伟看在眼里,说不出的酸楚。

很快,赵克维折返回来,让陈子琦继续陈述。

陈子琦汇报道:“我们对邱明的了解非常有限,不清楚他和被害人林芮之间到底有什么关系,无法得知他的作案动机。另外,我个人认为,本案还有一个重大疑点。”

大家被吊起了胃口,全都竖起耳朵认真倾听。

陈子琦在屏幕上切出邱明的护照,以及赵志宇的照片,一模一样的两个人瞬间吸引了众人的目光。

陈子琦指着两张照片,继续讲述:“左边是邱明的护照,右边是林芮的丈夫A国籍华裔男子赵志宇。之前,苏警官已经帮忙,排除了他们是同一个人的可能。林芮被杀后,赵志宇一直躲在中国东海,拒绝回A国配合警方调查,因此非常可疑。另外,我们还了解到赵志宇存在婚外情,夫妻感情不和,两人的离婚官司,因财产分割问题一直悬而未决。”

“所以，林芮的案子，她丈夫赵志宇更有嫌疑？”徐小伟提出怀疑。

陈子琦肯定道：“对，不过赵志宇在案发前，就已经来了东海，现在更是失踪了。”

徐小伟低下头，自顾思量着，不再发言。

陈子琦总结道：“被害人林芮与邱明，还有赵志宇，他们到底是什么关系，我们还缺乏线索。”

高剑跟苏申窃窃私语，用口型说出“双胞胎”，苏申摇头，表示“不清楚”。石军看到了，直接点名：“苏申，有想法就说。”

苏申站起来，道：“我们怀疑这两个人，有没有可能是双胞胎？”

陈子琦回应道：“我也考虑过这个可能，在A国的户籍信息中，赵志宇虽是独生子，但他出生在东海，我们希望东海警方，能帮忙获取更详细的背景信息。”

“邱明也是独子，我查过他资料。”徐小伟及时回馈。

苏申抓住疑点：“但有一个细节很可疑，邱明的档案里，好像一直没有父亲。”

石军沉吟道：“邱明老家在浙江温县的农村，20世纪80年代初，有些基层农村地方的户籍，存在很多不规范的情况。我看，邱明老家的背景和户籍信息，最好复核一下。”说着，石军看向赵克维请示，赵克维表示同意。

徐小伟及时主动请缨道：“石支，这事儿还是交给我吧，我大学同学就在浙江温县的公安局，我给他打个招呼，派小朱去对接，实地走访就可以了。”

高剑与苏申默契地抬眉，露出坏坏的微笑。

“可以！”石再看向苏申，“赵志宇这边的信息，就你帮陈警官去派出所核查。”

“是！”

苏申起身答应，再向陈子琦会意。

病房里，沈娜坐在病床上，看着前方电视傻笑个不停。

旁边，医生和於兆梁已经观察她许久，全都很无奈。

医生棘手道：“她这精神状态，怎么可能出庭？”

於兆梁轻声嘀咕：“那我的律师费不就黄了……”

但他不肯放弃，问医生道：“不是说，半年内几次精神鉴定没问题，就可以视为精神状态正常吗？”

“对，半年内连续三次精神鉴定及格。”医生摇头苦笑，“但她我看悬，不信你试试。”

於兆梁犹豫不决，但还是鼓起勇气，走到沈娜身旁，怯生生道：“娜总，苏申的民事赔偿二审被推迟了，咱们要继续申诉吗？”

沈娜缓缓转头，痴呆地望着於兆梁，忽然，她拿起电视遥控器，胡乱挥舞，振振有词道：“恶鬼退散，天魔降伏，急急如律令……”

念完咒，沈娜扔出遥控器，砸向於兆梁，吓得他赶紧闪避，退回医生身边。

医生无奈地耸了耸肩。

於兆梁只能叹气，脸上写满倒霉和晦气。

苏申为迎接陈子琦，选了家港式茶餐厅，与高剑为她接风洗尘。

双方落座后，服务员陆续上菜，全是经典菜：虾饺、菠萝包、三杯鸡和干炒牛河等，秀色可餐。

干炒牛河最后上来，陈子琦抢先尝了口，顿时一脸满足：“没想到你们东海，做港式的也这么好吃。”

苏申报以微笑，高剑也笑眯眯道：“是不是比你们那儿唐人街的好吃？这家店全东海闻名，边上是老租界的别墅区，两边都是梧桐树，吃完出去走走，不要太赞。”

听到老租界，陈子琦皱了下眉，苏申捕捉到她的异样，忽然笑出了声。

“你笑什么？”陈子琦好奇道。

苏申眨了眨眼：“我笑有些人偷奸耍滑，两边并案开会谈正事儿，她却夹带私货。”

陈子琦懵了：“我干嘛了？”

“查邱明是官方需求，那么查赵志宇，是你的私人建议吧？”苏申直接戳破。

陈子琦愣了下，埋下头吃饭，假装没听见。

“你别担心，其实我应该感谢你，要不是你带来林芮被杀的案子，我都没机会参与进来一起调查真相呢。”苏申举起啤酒，跟陈子琦碰了一下。

“学弟，好说！”陈子琦爽朗一笑。

苏申放下啤酒，继续道：“我原本没想明白，邱明不在国内，怎么能谋杀沈秦，现在你怀疑他们存在关联，算是为调查提供了新可能。”

“你是不是也觉得，他们互相替对方谋杀了被害人？”陈子琦来了兴趣。

“可能性很低。”苏申摇了摇头，“交换谋杀对象的风险极高，不容易协调实施，且容易暴露线索，这不符合邱明的谨慎作风。”

高剑也怀疑道：“而且，邱明不像赵志宇，他是从农村靠自己打拼上来的，凭什么帮人顶罪，毁自己的人生呢？”

“那可说不准，得看他俩是什么关系，没准赵志宇给邱明承诺了巨大的利益呢？”陈子琦撇了撇嘴。

苏申反驳道：“邱明是金融圈的精英，为了别人画的大饼铤而走险？你太低估他了……”

陈子琦纠正道：“不是饼，我说的是钱，巨额财富。”

“画大饼就是这个意思，中国话生动比喻。”高剑看向苏申，“但她前半句说得对，得看这俩人是什么关系，我早说是双胞胎了。”

陈子琦深以为然：“这点我支持你，跟我想的一样。”

“其实大家都这么想，只是需要验证嘛！”苏申抿了抿嘴。

“你们就是太严谨。”陈子琦指了指脑袋，“我就凭直觉，作为一个女人加警探的双重直觉。”

苏申笑了笑，没有理会，继续思考案情道：“我觉得，他们的关系程度，可能会很关键。毕竟，作案动机和在场时间，有很多地方都对不上。”

“小子，不愧是我学弟，跟我想的一样。”陈子琦一边称赞，一边咽下美食。

高剑似懂非懂，疑惑道：“你怎么跟姓徐的一样了，说了等于没说。”

苏申耸了耸肩：“这不是现在缺乏信息和线索嘛。”

“没事儿，没事儿，学弟你的干劲我感受到了，明天你就带我去查赵志宇。”陈子琦举起饮料杯，笑着说：“来来来，一起加油，喝！”

苏申愣了愣，被她的爽朗逗乐了，然后跟高剑举起酒杯，碰到了一起。

重案支队会议室。

周慧敏、李炜正跟石军汇报，专案组所有成员列坐会议室两边。

“邱明确实很谨慎，我们检查了他的办公室和公寓，发现已经被打扫过，没有采集到指纹。不过，周组长还是有收获的。”李炜率先汇报。

周慧敏跟着补充：“我在邱明公寓采集到了他的头发，在牙刷上提取出了他的DNA，可能是逃亡太仓促，来不及清理。”

苏申觉得可疑，小声嘀咕道："这不太可能……"

"这不奇怪啊，突然逃跑，百密一疏嘛。"高剑却觉得理所当然。

"辛苦了，至少我们掌握了他的DNA数据，就算他改头换面，也逃不出法网。"石军给予肯定后，看向徐小伟，"你那边呢？"

徐小伟如实道："小朱已经前往温县，今天会下乡走访调查，其他组员都在严格监控出城道路，寻找体型、体貌接近的嫌疑人，尚未发现行踪。"

石军特别叮嘱："各个银行提款机及附近道路的监控，也要密切注意。"

徐小伟点头记下。

石军再看向高剑："疗养院呢，有情况吗？"

"已经和康院长通过气了，我们的同志乔装成工作人员，24小时轮岗值班，行动非常保密，您放心。"高剑回应道。

"那就分头行动吧。"石军示以赞许，"高剑，你那边一定要盯紧！"

众人应答后，继续投入工作。

晌午时分，朱艳君顶着日头，来到温县派出所。徐小伟的同学宋雷昌，早已等候多时。

简单握手寒暄后，宋雷昌指向车库，掏出车钥匙，一起离开。

另一边，会议结束后，苏申、陈子琦来到老租界派出所，等候户籍警调取资料。

"系统里名叫赵志宇的，全都比对过了，没有你们要找的。"户籍警操作电脑，搜寻检索列表，始终没有结果。

苏申皱起了眉头，陈子琦也觉得不可能。

户籍警抬头："他什么时候出国的？"

陈子琦回答道："应该是很小的时候，他上小学就在A国了。"

“这么说，应该是在80年代中期出国的。”苏申算了下时间。

户籍警恍然道：“难怪了，那时候的档案和出生信息可能没录入资料库，得去档案室查。”

说着户籍警起身，带着苏申、陈子琦来到档案室，让他们在旁边等候，自己翻找起来。

很快，户籍警搬出一个盒子，放到办公桌上，扬起一片灰尘，呛得他咳嗽不已，连连挥手驱散。

户籍警打开盒子，低头翻找，抽出一张泛黄的档案卡，写着赵志宇的名字：“找到了，应该是这个。”

苏申接过档案卡，见右上方贴着赵志宇儿时的照片，下面记录出生证明及户口簿页。

陈子琦也凑了过来，笃定道：“没错，就是赵志宇，1980年11月13号出生。”

“原来是天蝎男啊。”苏申翻开户口簿页，“这里登记的也是独生子，父亲赵启德，母亲胡秀芝，怎么不是邱素梅？”

苏申大感意外，陈子琦也没想到。

户籍警看出他们的疑惑，提醒道：“档案信息肯定是他们父母来填写的，至于他家有什么风月八卦，你们还得去走访问问，只是30多年过去，能不能打听到，恐怕就很难说了。”

陈子琦看向苏申，焦虑而担忧。

苏申安抚道：“别担心，我们有民警、有街道、有社会居委会，再不济，还有中国大妈，大不了多花点时间嘛。”

陈子琦不解其意，尤其是中国大妈，她怎么没听说过。

苏申也不解释，谢过户籍警后，与她握手道别。

宋雷昌带着朱艳君，开着破旧的警车，行驶在乡村道路上。

开车的空档，朱艳君问道："宋师兄，你也是堂堂公安大学毕业的，怎么没到大城市去发展？"

"嗨，故土难离呗。"宋雷昌笑着说道，"大城市有大城市的难处，小县城也有小县城的自在。你们那里房子太贵，生活压力太大了。"

"那您这一身武艺在这小县城里不就荒废了。"朱艳军惋惜地说道。

宋雷昌转移话题道："还是说说邱明吧，在他的老家邱家庄，他是村里最争气的，村里有个老村长，是看着邱明长大的，等会你可以跟他好好聊聊。"

朱艳君点了点头，望着前方的道路，觉得愈加曲折偏远。

同时，苏申带陈子琦来到咖啡馆休憩，在靠窗位置坐下后，一边欣赏街景，一边静心等待。

不多时，老租界的民警同志带着一位六旬男子来到了苏申面前。

民警指着男子介绍道："这位是远近闻名的王家霄王先生，赵家的老邻居。"

苏申循声望去，王家霄西装革履，头戴画家贝雷帽，脖围围巾，手戴金表，皮鞋锃亮，一副老克勒派头。

苏申、陈子琦起身，向王家霄伸出手，先后握手后，各自落座。

"王先生你好，我是刑警总队的苏申，今天打扰您，是想跟您了解下赵启德家里的情况。"苏申表明来意。

"小苏？看样子，你也是弄堂里长大的孩子吧。"王家霄边说，边打量苏申。

"是的，王先生，您眼力真好，论年龄，我应该叫你一声爷叔。"苏申笑着回答。

王家霄跷起二郎腿，缓缓道："我们王家和赵家，当年在租界里，都是响当当的大户，我跟赵启德是发小，从开裆裤玩到大，不过他出国后嘛，就联系少了。"

苏申也不客气:“爷叔,他儿子赵志宇您知道吗?”

“他儿子闯祸了?”老王兴趣盎然,“这个讨债鬼,我早就知道要闯大祸,他出什么事了?”

苏申犹豫着怎么说,却被陈子琦抢先道:“我是A国的警察,赵志宇涉嫌谋杀妻子林芮,我们就是为这个案子来的。”

王家霄意想不到,惊呼道:“为了什么,夫妻吵架?”

“赵志宇品行不端,一直有婚外情。”陈子琦控诉道。

看出王家霄在八卦,苏申赶紧解释:“具体情况还在排查,目前只是怀疑。”

王家霄却嗤笑道:“啧啧啧,有其父必有其子啊,一个德行。”

“您能具体说说吗?”苏申听出不同寻常。

“赵启德年轻的时候,家里做生意有钱,一天到晚花天酒地,结了婚,也照样找小姑娘快活。”王家霄晃着二郎腿,“赵志宇的档案,你们肯定查过了喽,生母写了谁,胡秀芝是吧?”

苏申肯定了他的猜测。

“假的!”王家霄若有深意地抛出重磅炸弹。

苏申愣住了,露出惊喜之色,陈子琦也激动起来。

王家霄悠悠道:“胡秀芝身体不好,生不了,也管不住赵启德,更没有想到,他会跟自家小保姆搞上……”

80年代初。

刚满20岁的邱素梅,面容清纯,身材姣好,五官标致,煞是惹人喜爱。

那天,赵家客厅的录音机放着香港的流行音乐,打扮时髦的赵合德练习着当时最流行的舞步。

他的老婆胡秀芝顶着大波浪头发,穿着身优雅的套装,拎着小包要出门，并招呼赵启德道："我要去搓几圈麻将，你怎么还不出去浪？"

赵启德舞步不断，眼睛却透过门窗，看向厨房里的邱素梅，扫视她身体的每个部位，无心回答胡秀芝。

胡秀芝翻了个白眼，自顾自出了门。

收拾完厨房，邱素梅拿起鸡毛掸子，来客厅清理沙发，正好这时候，胡秀芝走出大门，传来关门的声音。

赵启德终于没了顾忌，挪动舞步，来到邱素梅背后，把她搂进怀里，上下其手。

邱素梅吓得要尖叫，却被捂住了嘴巴，只能惊慌地摇头："先生，不要！"

赵启德凑到她耳边，轻轻吹着气："嘘，我会对你好的。"

不由邱素梅反抗，赵启德将她扑倒，强行占有了她。

客厅外的门角，折返回来的胡秀芝，通过门窗缝隙，目睹了全过程，滋生出无限愤恨。

3个月后。

"啪！"

胡秀芝一个耳光，将邱素梅扇翻在沙发上："小贱人，就你也配！"

邱素梅捂着脸颊抽泣，等她直起身时，可见她的肚子已经鼓了起来，她无力又无助，向赵启德求助。

赵启德坐在对面，看向窗外自顾抽烟，当作没看见，一脸冷漠之色。

胡秀芝气得失去理智，嘴脸扭曲道："明天就去打掉，打完就滚。都是贱种。"

赵启德不屑地瞥了眼胡秀芝："打掉了，你生啊？"

胡秀芝被这句话气得浑身发抖，恶狠狠地看了眼赵启德，欲言又止，然后拿邱素梅撒气，操起鸡毛掸子抽打邱素梅身上。

邱素梅赶紧背过身，护住自己的肚子。

赵启德看不下去，霍然起身，夺过鸡毛掸子："吵死了，她把孩子生下来，喊你妈，不是一样嘛？简直死脑筋！"

赵启德怒斥胡秀芝后，继续若无其事地抽香烟。

胡秀芝被吓住了，不敢再撒泼，只能瞪向邱素梅，居高临下道："哭什么哭？生完孩子拿钱滚蛋，反正你也不亏！"

邱素梅抽泣不止，艰难地望着赵启德，眼睛里满是绝望。

从那以后，胡秀芝对邱素梅非打即骂，并限制她的自由。邱素梅度日如年。

直到一个雨夜，邱素梅挺着大肚子，一手撑着伞，一手带着行李，悄悄逃了出来，回到温州老家。

故事说到这里，王家霄忽然停下来，似乎在等待什么。

"赵启德只有赵志宇一个孩子？"苏申适时提问。

王家霄喝了口咖啡："应该是吧，后来赵启德去了小保姆老家，抱回来了这小子。"

"那个小保姆叫什么，老家哪里？"苏申想了想。

王家霄回忆道："老家好像是浙江温县的，平时都喊她小梅，叫邱什么梅来着？"

苏申眼前大亮，焕发惊喜之色。

朱艳君来到邱家庄，找到老村长家。

老村长古洪全年过七旬，头发斑白，手上抽着旱烟。朱艳君坐下后，开始了解情况。

"古村长，邱素梅回来以后，到底生了几个孩子？"朱艳君问道。

古村长竖起两根指头："两个，双胞胎，都是男孩子。"

朱艳君瞬间泛起惊喜。

根据古村长回忆，当初邱素梅回来后，因为挺着大肚子，全村人都看不起她，她父母也不待见她，只好住在村东头的破茅屋。

转眼间到了临产的时候，20岁刚出的小姑娘什么都不懂，是古村长见她可怜，叫来了产婆。

那晚，邱素梅整夜难产，疼痛的惨叫声传遍了整个邱家庄。

“哇哇哇……”

直到破晓时分，一声婴儿啼哭，从破茅屋里传来，靠在门柱上睡着的古村长因此惊醒过来，总算松了口气。

好景不长，婴儿还没满月，赵启德就带着人，找到邱素梅，面无表情地抱走了婴儿。

记得那天，邱素梅站在村口，目送小汽车离开，身躯抽搐得厉害。

她想过追上去，但是追出没多远，就滑倒在了路上，身上沾满泥泞，痛哭流涕。

咖啡馆里，陈子琦拿出两张照片，分别是赵志宇的护照和邱明的照片，递给王家霄。

“哟，小保姆还留了一手啊。”王家霄接过看了看，“这事情，赵启德肯定不知道，也从来没跟我们说过。”

苏申矜持道：“我们也没有确定，户籍信息里查不到。”

“一看就是亲兄弟嘛，一模一样！那时候，难得看到几次小保姆，肚子挺得老大，弄堂里的老人都说她可能怀了双胞胎。”王家霄弹了弹邱明的照片，“赵志宇从小就是混世魔王，五六岁的小屁孩，拿弹弓砸邻居、砸玻璃、扎轮胎、烧人家衣服、尿人家大门，坏事样样都会，这个小子人怎么样，也是这个德行吧？”

陈子琦正要说话，却被苏申抢先：“还好还好，奋发图强，考到东海，事业有成。”

王家霄八卦道："哟，他们老赵家祖坟冒青烟了呀。"

"最近赵志宇回来过吗？"陈子琦追问重点。

"这我不知道了，我也搬离老房子了，不过，前两年我在马路上遇到他，左拥右抱两个外籍模特，一边走一边摸人家屁股，比他老爸还厉害，我跟他四目相对哦，他还装作不认识我。"王家霄摇摇头，"这小子从小没大没小，他爸前年死了，就更不会联系了。"

苏甲知道王家霄这里应该是到此为止了，于是看向陈子琦，暗示她准备告辞。

陈子琦会意后，叮嘱王家霄道："今天的聊天内容，请您保密。如果你再看到他，也请及时跟我们联系。"

王家霄高傲地点了点头。

另一边。

古村长吐出烟气，继续讲述故事。

"邱明这孩子从小就内向，小时候被村里的大孩子欺负，骂他野孩子，他都不哭，就憋着，有股子狠劲儿。"老村长颇为感叹，"后来读了书，那是真拼命啊，成了我们这里第一个大学生。考上大学后，也没让他妈陪着，自己背着大网兜就去了。"

朱艳君再问道："邱明最近回来过吗？"

古村长轻轻摇头："四年前，把他妈接去东海后，就再没回来过了，这孩子有出息，听说在东海当了大律师，但也没念我们的好，不跟我们这些老亲联系，大概是不想别人知道他的出身不好吧。"

做好相关笔录，朱艳君谢过老村长后告辞离开。

夜幕降临，一辆白色丰田轿车缓缓驶进疗养院。

不多时，穿着朴素西装的邱明抱着一束缤纷杂花，推开邱素梅的病房,见小田正细心地给邱素梅清洗脸部。

小田听见动静,回头看到是邱明,顿时失控流泪,冲进了邱明怀里。

邱明一时僵住了,但还是拍了拍她肩背,安抚她的情绪。

小田抽泣道:"他们已经走开了,你怎么才来啊,邱妈妈……真的快不行了。"

"他们?"邱明愣了愣,"怪我,怪我。"

小田意识到失态,赶紧松开邱明,接过杂花,觉得奇怪道:"今天怎么换花了?"

"啊?那个花卖完了。"邱明随口敷衍。

小田没有多想,拿起床头的花瓶,冲邱明娇嗔道:"你再多陪邱……陪妈妈说说话吧。"

邱明勉强答应,倍感尴尬,小田却羞红了脸,逃进卫生间接水。

邱明走到床边,凝视邱素梅,他犹豫片刻后,忽然伸手摘下呼吸罩,静静地看着她。

这时,小田接水回来,看到这一幕,吓得尖叫起来:"氧气不能摘!"

"我只想好好看看她。"邱明茫然道。

小田放下花瓶,帮邱素梅戴好面罩后,眼眶再度湿润,扑到邱明怀里:"对不起,我知道你舍不得妈妈,我也舍不得……"

邱明肢体僵硬,显得手足无措。

小田哽咽不止:"这两天你不在,总有些奇怪的人来看邱妈妈,说是你的朋友,还跟我打听你,我问他们是谁,他们也不说,只说很久没见你了。"

邱明故作镇定道:"哦,可能是以前的同学吧……"

"对了,院长让我见到你就立刻告诉他,好像是有什么事,你要不先去找他?"小田忽然推开邱明。

“好，我这就去找他。”

邱明疑惑更甚，但还是走出病房。离开前，他多看了两眼邱素梅，情绪颇为复杂。

从病房里出来，邱明来到楼梯间，正准备去见康院长，却突然意识到不好。

他的背后，走廊尽头的卫生间，缓缓走出一个壮汉，看到邱明的背影后，瞬间神色凛然。

邱明回头看向壮汉，发现壮汉也在看他，下意识地紧张起来。

同时，康院长从楼上下来，跟邱明撞个正着，顿时睁大眼睛，惊呼道：“邱明，邱明来了！”

邱明精神恍惚，转眼反应过来，可惜已经晚了，壮汉已冲刺过来，越逼越紧。

邱明夺路而逃，冲出疗养院。

壮汉紧追不舍，追到疗养院外，见邱明已经上车，并向他冲撞过来，吓得他赶紧闪躲，摔了个踉跄，眼看着邱明逃离。

壮汉本想追赶，但看丰田车的牌照，被有意遮挡住了，赶紧拨打电话：“发现嫌犯邱明，发现嫌犯邱明……”

正在开车的高剑，接到电话后，急声道：“我马上到疗养院，什么情况？”

电话里传来声音：“邱明驾驶一辆白色丰田轿车逃了，车牌被遮，看不清楚。”

就在这时，迎面驶来一辆白色丰田轿车，瞬间引起高剑的警觉，目光紧锁对面驾驶员，发现果然是邱明。

下个瞬间，白色轿车疾驰而过。

高剑反应迅速，看准路况，迅速飘移调头，并鸣响警笛，穷追不舍。

“老苏,我咬住邱明了,你们赶紧过来。”高剑急切地接通苏申。

苏申快速回应:“正在赶过去。”

放下电话,高剑把油门踩到底,试图别停邱明。

邱明车技一流,死死卡住超车路线,两人在郊区公路上你追我逐,生死时速。

随着时间流逝,丰田车因马力不足,被警车越逼越近,高剑眼见胜券在握,不觉扬起了嘴角。

“嘭咣……”

电光火石间,侧方杀出一条黑影,撞在高剑的警车上,巨大的力量碰撞,将警车掀翻,弹上护栏又被弹回。

邱明意识到情况,刹车后回头看去,只见撞翻高剑的,是一辆车头尽毁的黑色SUV,车内已弹出安全气囊。

邱明看傻眼了,犹豫要不要下车。

就在这时,黑色SUV车门被推开,下来一个男子。

男子扶着额头,跌倒在地上,用尽全力虚弱地朝邱明招手。

男子招手的瞬间,在月光下隐约能看见他的脸,似乎跟邱明一模一样。

邱明咬了咬牙,下车去扶起男子,一起驾车逃离。

警车内,高剑倒在安全气囊上,已经失去意识。

刺眼的鲜红颜色,从他嘴角汇聚成溪流,浸湿了他的衬衫。

第九章　横行无忌

凌晨时分，郊区撞车现场，满地都是撞车碎片。

外围路段已被封锁，拉起了警戒线，交警支队的干警正在维持秩序。

石军率领重案支队，围绕冲击警车的黑色SUV，寻找线索和痕迹。

只见高剑的警车，受到侧面撞击，将他卡在驾驶座上，消防员正用电锯，锯开车门和警车框架，将他慢慢拖出来。

医务人员上前，将高剑抬上担架，紧急给他包扎，鲜血染红了纱布。

见到这一幕，众人无不义愤填膺，苏申更是红了眼，颤抖着呼喊高剑的名字，冲到了担架车前。

“拦着点！”石军赶紧阻止。

徐小伟和陈子琦上前，抓住他肩膀：“你冷静点，冷静点！”

苏申喘着粗气，攥紧拳头，泪水不断滑落。

“警官，病人因不明原因休克，胸腔因撞击被卡住，似乎有损伤，需要尽快抢救。”急救医生向石军报告情况。

石军果断挥了挥手，其他人迅速清出道路，好让医务人员跟担架车以最快速度返回医院。

“邱明简直无法无天，居然敢公然谋杀刑警，我与你不共戴天！”

救护车离去后，徐小伟忍无可忍，悲愤地大声发泄。

其他人也愤恨不已，恨不能将邱明手刃。

石军没有说话，而是冷静问道：“徐小伟，车辆信息查到了吗？”

“是套牌车，邱明以前做过刑辩律师，认识很多做这种非法勾当的，不太好查。”徐小伟低下了头。

石军失望地摇了摇头，接着说道：“这是邱明故意激怒我们的手段，大家要克制。”

苏申已经收敛情绪，抬手望向周围，咬牙道：“这一段又没有监控……”

石军也抬头看过，果如苏申所说，遂叮嘱徐小伟：“你们组负责调取附近各路口监控，尽快追踪出邱明的逃逸轨迹，不管他们是谁、有几个人，哪怕是三头六臂的哪吒，也别想逍遥法外！”

徐小伟抖擞精神，高昂道：“是！”

陈子琦突然问苏申道：“开SUV撞警车的，会不会是赵志宇？”

苏申紧紧抿着嘴，不置可否。

这时，周慧敏过来汇报道：“师兄，我们在SUV里发现了一些头发，但奇怪的是，没有提取到任何指纹。”

石军略作沉吟，问徐小伟道：“今天邱明出现的地方，有没有留下其他线索？”

徐小伟报告道：“在疗养院蹲点的同事说，邱明好像带了一束花。”

李炜接话道：“带我去，如果手指沾了汗液或花粉，可能会留下指纹。”

石军挥了挥手，让他们赶紧去，并露出欣慰之色，总算还有收获。

东海市郊区某烂尾楼里。

两个长相一模一样的男子，正恶狠狠地对峙着。

“你给我老实说，沈秦是不是你杀死的？”赵志宇掐住邱明的脖子，将他顶到墙上，狠毒且桀骜地盯着他。

邱明无力挣扎，声音嘶哑道：“那是意外事故……”

“那张炯呢？”赵志宇愈加用力。

邱明艰难地呼吸：“我怎么知道……”

“警察为什么会出现在疗养院？”赵志宇继续逼问。

邱明尽力表现真诚，气势弱小道：“我，我盗用了公款，可能被发现了。”

“操！”

赵志宇愤恨不已，但还是甩开邱明，把他掼到地上，自己点上香烟，吐吸烟气，焦虑地来回走动。

解脱了的邱明剧烈咳嗽起来，缓解咽喉的窒息，眼睛却看向赵志宇的后背，目光深邃如渊，并装作无辜，小心试探道：“今天去疗养院，带茶花去了吗？”

“没功夫找，随便买了束别的。”赵志宇不耐烦道。

“你……”邱明愠怒道，“我从来没带过其他花！”

“放心，你那个小护士相好的没看出来，抱着我还以为是你呢。”赵志宇不无哂笑，“你也是够骚的，什么姑娘都勾搭。”

“哄哄她罢了。”邱明忽然紧张，“糟了，花的包装上可能会留下指纹。”

赵志宇不解道：“指纹怎么了？”

邱明故作焦虑道：“留下指纹，警察就会把你当成我。”

赵志宇顿时震怒，不过转瞬间，便从他袖口滑出一把匕首，冲上去抵住邱明：“你他妈敢阴我！”

“我没有，真没有，我不知道警察会在疗养院。”邱明惊慌求饶，“我，我要是想害你，干嘛还去救你。”

赵志宇怒视邱明，氛围越来越紧张，火药味越发浓郁。

忽然，赵志宇挪开匕首，左腿却踹中邱明腹部，痛得邱明涨红了脸，朝旁边跌了个踉跄。

赵志宇俯视邱明，骂道："贱货，尽坏我好事。"

"现在东海警方在找我，A国警察在找你，当务之急，是想办法赶紧出去。"邱明强忍着疼痛，站起来拍掉身上的灰尘。

赵志宇冷眼不语，似乎不再信任邱明。

"办法我来想，当了那么多年律师，这点江湖人脉还是有的。"邱明做思索状，前所未有地认真。

赵志宇似有意动，眼睛打转，思量了半晌，忽然变了副脸色，装作和气道："行，我再信你一次，如果能回到A国，以后我罩着你。"

邱明连忙点头，满脸信任状，看起来非常乖巧。

赵志宇想了想，给了他一支烟，给他点着后，自己也抽了一根。

背过身，赵志宇露出狡猾的阴笑。

他背后，邱明冷冷看着他，似乎在等待时机。

深夜，重案支队办公室，灯火通明。

苏申坐在办公位上，双眼无神地转动着手里的魔方，不知在想些什么。

陈子琦看他愣神，便拍了他一把："我已经联系A国的搭档，请他帮忙核查赵志宇的人际关系和行动轨迹，看看能不能有新线索。"

苏申焦距回归，停下已经归位的魔方，沉重地点了点头。

这时，徐小伟、周慧敏和李炜先后回来，并且拿着报告，走到了石军面前。

"石支，我在疗养院了解了下情况。"徐小伟做出汇报，"邱素梅已经快不行了，是管床护士小田前天夜里通知了邱明，他今晚才出现的。

小田还说，邱明很镇定，康院长也说，他今晚带来的花，不是邱素梅老家的茶花，而是普通的杂花。”

苏申觉得可疑，站了起来，陈子琦跟上他，来到石军身后。

徐小伟继续道：“不过我觉得，他已经在逃亡了，可能是不敢露面专门去挑茶花吧。”

石军觉得有道理，但还是若有所思。

徐小伟补充道：“还有，小朱在温县的走访，也有了不错的收获，证实邱明和赵志宇，确实是双胞胎。”

苏申似早有预料，并未感到惊讶，而且疑惑更甚。

“另外，我们在花束的包装上，采集到了邱明的指纹，经比对，与陈警官带来的邱明指纹样本，是一致的。”李炜接着补充，并递上报告。

石军翻看报告后，给大家打气道：“生物指标有了，接下来，全力搜捕邱明。”

“是！”众人齐声应道。

忽然，公安大学的见习生徐立阳快步进来，焦急地汇报道：“石支，不好了，医院刚才来电话说，高剑因失血过多，被下病危通知书了。”

众人瞬间变了脸色，无不难以置信。

“走！”石军果断带头冲了出去。

众人蜂拥而上，急遑赶往医院。

东海市人民医院。

石军带苏申、徐小伟和陈子琦，以及数名重案支队干警，赶到抢救室外，见灯牌还亮着，只好焦急等待。

不一会儿，有护士从抢救室出来，众人赶紧围了上去。

石军询问道：“护士同志，我是高剑的单位领导，他情况怎么样了？”

“病人身板结实，内脏和四肢均无大伤，但多处肋骨轻微骨折，压迫胸腔引起大面积血气胸和急性呼吸衰竭。”护士条理清晰道，“我们正在进行胸腔闭式引流，但年轻人出血量大，已经超过1 500 cc，我们血库供应紧张，急需人工输血。”

“抽我的！”苏申抢到最前面，伸出手腕。

其他人也争先恐后，喊着：“我来，我来……”

“输血要讲配型，不然会有排异反应，谁是A型血，或O型血？”护士制止众人并提醒道。

众人顿时没了声息，面面相觑。

忽然，苏申背后伸出一条健壮的手臂，徐小伟走了出来：“抽我的吧，我是O型血。”

众人缓缓回头，看着平静的徐小伟，似乎意想不到。

“好，你跟我来！”护士当即往抽血站走去。

徐小伟稳健地跟上护士，苏申却鼻子一酸，喊住他：“老徐，谢谢你……”

“矫情什么？又不给你的！”徐小伟头也不回，“别忘了，我们还是竞争对手，你最好别被我抓住破绽。”

苏申愣了愣，随即笑了出来，感激地望着徐小伟的背影。

迷离夜色中，赵志宇站在楼层边上，居高临下地俯视。

烂尾楼下，邱明抬头望了望，比了个手势后，上车离去。

目送丰田车消失后，赵志宇回到楼层中央，拿出一款老年机，拨通电话：“喂，我暂时没事，帮我联系好律师，等我避避风头，过几天就回去。”

晨光破晓，医院走廊的挂钟走到了七点半。

重症病房外，沈心怡来回走动，焦急地等候着。

不多时，苏申穿着防护服、戴着口罩，从病房里出来，她赶紧迎了上去：“怎么样了，医生怎么说？”

“抢救过来了，但还在昏迷。”苏申摘下口罩，脸上满是疲惫，“医生说他身体底子好，虽说出血快，但止血也很快，估计再有两三天，就能完全止血了。”

沈心怡神色稍缓：“会有其他后遗症吗？”

“会不会有脑震荡，得等他醒来才知道。”苏申安抚道，“好在血气胸是急性的，医生说，一两周就能恢复了。”

沈心怡总算放心了，心疼地抓住苏申胳膊：“那你回去休息吧，都守了一晚上了。”

苏申露出坚定的笑意：“我扛得住，现在邱明和撞击高剑的嫌疑人，都还在逃，我得回去。”

沈心怡不情愿，却无可奈何，苏申怜惜她，摸了摸她的头，示意安慰。

“对了，这个送你的。”沈心怡忽然低下头，拿出一个小盒子，交到苏申手里。

苏申困惑地打开盒子，里面是宝马车的钥匙，顿时感到不解。

“宝马X5，以后给你开。”沈心怡笑颜如花。

苏申摇了摇头，把盒子塞给沈心怡：“太贵重了，这不合适。”

“不许你退给我。”沈心怡倔强地推回给苏申。

苏申吃惊道：“为什么？这么突然……”

沈心怡捋了捋耳边的头发，低沉道：“我也算经历过生死了，住院的时候，我想到了很多，我爸遇难，邱明变坏，还有姑妈针对你，都是因为被钱财勾引，与其留着提心吊胆，不如及时行乐，反正是身外之物。”

苏申觉得不妥，想要辩解，却被沈心怡打断：“拿着吧，就当我的嫁妆，记得自己去提啊。”

苏申还是犹豫:“最近忙着办案,而且这么好的车,开去单位也不合适。”

沈心怡却不管那么多,静静地看着他,不容推辞。

苏申只好求饶:“那好吧,钥匙我先收下,至于提车,等案子办完再说。”

沈心怡并不满意,白了他一眼。

苏申搂着她的肩膀,一起朝外走去。

沉重的天幕缓缓向背后撤去,耀眼的晨曦重新照耀东海市。

陈子琦来到餐吧,点了咖啡,找位置坐下后,继续跟Daniel通话。

“你的意思是说,赵志宇和他的情人都还在东海市?”Daniel传来的消息,让陈子琦惊疑。

Daniel告诉道:“是的,我已经将他情人的背景信息,整理成相关资料,转给国际刑警组织,稍后就会传达给东海市公安局刑侦总队。”

“好的,谢谢!”

挂断电话后,陈子琦愁眉紧锁,认为这个消息很重要,必须马上告诉苏申。

重案支队办公室。

苏申走进办公室,径直找到徐小伟,徐小伟疑惑地抬头:“有事?”

苏申表明来意,笑道:“徐探长,邱明的案子您是主办探长,但我有点疑虑,想跟您交流一下。”

徐小伟有点意外,狐疑道:“太阳打西边出来了?不过我还是欢迎,有什么疑虑,你尽管说。”

石军从办公室出来,见他们这对老冤家竟然能聊到一起,难免有点错愕。

苏申拉了把椅子，在徐小伟对面坐下后，娓娓道来："邱明费那么大工夫，在公寓和办公室擦除了全部指纹，可见他非常之谨慎，既然如此，他为何任由警方采集到他的DNA信息，还冒着被通缉的危险去到疗养院看望邱素梅？这些行为太反常了。"

徐小伟怀疑道："你在担心什么？"

苏申做出分析："邱明懂得反侦查，却总做得不够彻底，现在可以确定，他和赵志宇是双胞胎，我有点担心，他会不会有其他打算？"

"论逻辑推理，我也很佩服你。"徐小伟反对道，"但你说的这些，我觉得你多虑了，邱素梅病危，他逃亡之前，冒险去看看，是人之常情嘛。"

苏申迟疑了："我也希望是多虑了……"

"不错，不错！"石军欣慰地走过来，"你们有线索和想法，要学会及时分享，积极沟通，进而团结一致，尽快将邱明缉拿归案。"

苏申站了起来，向石军致意，徐小伟也受宠若惊，忙不赢地点头。

这时，陈子琦拿着传真文件，过来请示石军道："石支，我这边有些新线索，需要苏申配合。"

"去忙吧！"石军挥了挥手。

苏申当即与陈子琦回到办公位。

陈子琦翻开传真文件，递给苏申道："我的同事Daniel调取了赵志宇的护照、信用卡消费记录，查到他在9月28日，用护照入住东海市滨江大酒店。跟他搭乘同一航班来到东海，并一同入住酒店的，还有他的情人关茜。根据护照和航班信息，这两人至今还在东海，如果找不到赵志宇，我们可以先找关茜。"

苏申翻看文件，赞同道："可以！"

"另外，资料上说，关茜母亲也常年居住在东海，你能不能帮忙查下住址，如果有必要，可以去走访看看。"陈子琦继续提议。

苏申建议道："两边可以同步进行，我们先去滨江大酒店。"

陈子琦点了点头，随即行动。

半小时后，他们来到滨海大酒店，找到前台小妹。

苏申亮出警官证："您好，警方办案，我们需要核实客户的入住信息。"

前台小妹笑道："请稍等，我喊一下我们经理。"

苏申示意随便，与陈子琦在旁等候。

很快，酒店经理闻讯而来，简单寒暄后开始对接。

"您是经理？我们需要了解情况。"苏申表明来意。

经理单手一引，殷勤道："两位里边请，我们去楼上详谈。"

苏申他们跟着经理，移步到顶楼的总统套房。

房内装饰奢华，视野景观绝佳，可以眺望滨江美景，俯瞰整个东海市。

苏申走进卧室，仔细查看，除了床上散落的衣物，以及墙角的行李箱，没什么特殊的。

"这么说，赵志宇跟关茜都没回来过？"苏申走回客厅，询问经理道。

经理含笑道："这间总统套房，被提前交了两个月房费，大概10月中旬后，就再没见过赵先生了。"

苏申看向陈子琦："10月中旬，是你第一次来，误打邱明以后？"

"他们俩肯定暗中有联系。"陈子琦一点即透。

"很有可能。"苏申继续问道，"那关茜呢？"

经理回忆道："关女士离开得更早，具体时间记不得了，但我当时在大堂，看她拖着行李离开，好像挺生气的。"

"就她自己，没有赵志宇？"陈子琦追问道。

经理摇了摇头："没看到。"

陈子琦忍不住唾弃："渣男！"

苏申想了想，再问道："你知道关茜去哪儿了吗？"

"警官，客人离开酒店之后，就不是我们关心的了。"经理含蓄道。

苏申不置可否，继而叮嘱道："如果赵志宇或关茜回来，请及时与我们联系。"

经理点头答应。

苏申与陈子琦前往下一个地点调查。

"据可靠消息，关茜住在她妈妈的老公寓里，我同事已经联系过了，让她在家等我们。"苏申专心开着车。

陈子琦翻阅关茜的资料，不无凝重道："这女人可真不简单！先是留学到A国，毕业后，进了一家投资顾问公司，成了理财顾问，接着就勾搭上了赵志宇，最近还在申请移民。"

"这么说，关茜也算高知人群，怎么甘心做小三呢？"苏申觉得惊讶。

陈子琦轻蔑道："人品和学历有关系吗？再说，颜值可以整容，学历也可以造假，有些女人，靠高学历包装自己，不就是为了挤进上层社会，钓金龟婿嘛。"

"人都没见到，你就这么大偏见？"苏申不解道。

陈子琦冷着脸，并不回答。

很快，他们来到老城区，对照手机地图，走进一栋克莱门公寓，找到关茜母亲家。

表明来意后，他们在沙发上坐下，并借此机会，打量对面的关茜。

这个女人外表大方，气质优雅，身着红色连衣裙，一头栗色波浪发，眉眼顾盼间有万种风情，即便冷眼相待也有别样魅惑。

关茜背后，她妈妈关雅芳，穿着紧身旗袍，虽年过五旬，却风韵犹存。

关雅芳来回走动，寻找耳环和口红，碎碎念道："老早跟你讲了，不要去惹有家室的男人，我这辈子吃了苦，你还想重蹈覆辙啊……"

"等我移民过去，你赶紧跟他断了，这种男人是非多，你想好好过日子，就得找个安分的，不过必须要有钱拿。"关雅芳终于找到耳环。

关茜终于不耐道："你收拾完赶紧走，警察还等着问话呢。"

关雅芳不再多言，戴上耳环后，去玄关换上高跟鞋，拎起手包就走。

临走前，她不忘招呼苏申他们："警察同志，那个男人的家事，真跟我们真没关系，我先跳舞去了，你们慢慢聊。"

苏申点了点头，目送着关雅芳离去。

这个过程中，陈子琦始终注视着关茜，关茜也不甘示弱，冷眼盯着她看。

"在老租界这样的核心地段，租这么法式老公寓，应该不便宜吧？光你自己的工资，还要养你妈妈，够花吗？"陈子琦率先发难。

关茜冷漠到："我妈年轻时也做生意，不需要我来养。"

陈子琦出言犀利道："跳舞跳出来的生意？"

"陈警官，这是我家，请你说话客气点儿。"关茜顿时愠怒。

陈子琦还想说什么，却被苏申拦下，问关茜道："还是说正题吧，你离开酒店后，赵志宇就没联系你？"

关茜平复情绪："没有，说实话，我比你们更想知道他在哪儿。要是找到他，记得通知我。"

"酒店里的总统套房，肯定比这里舒服，为什么搬回来呢？"苏申注视着关茜的眼睛。

关茜顿感尴尬，眼神闪烁不定，犹豫着没有开口。

陈子琦捕捉到她的闪躲，立刻警告道："你要是敢骗我们，也是犯罪。"

"陈警官，大家都是女人，你没必要总戴有色眼镜看我吧？"关茜针锋相对道，"看你这样子，应该没谈过恋爱吧？哼，感情的事你不懂……"

陈子琦气得要争辩，却被苏申按住，示意她冷静。

"你刚才犹豫了一下，是有什么难言之隐吗？"苏申放缓语气。

被苏申问到关键，关茜娇躯一震，继而幽怨道："赵志宇风流成性，我原以为，跟我在一起后他已经变好了，没想到……"

"我之所搬出来，是因为他背着我，带了两个外籍模特回酒店，还被我抓包了，我觉得那个房间恶心，就走了。"关茜越说越委屈，"我原以为，他是真的爱我，还说要为了我，跟他老婆离婚，结果还是本性难移。"

"那你知不知道，赵志宇去了哪里？"苏申接着问道。

关茜如是道："我怎么会知道？我10月3号离开酒店后，就再没见过他了。"

苏申再问道："你们这次来东海，是有什么事情吗，为什么留这么久？"

"我跟了他以后，一直没回来过，这次是他提议，跟我回来度假，我也想趁这次，帮我妈妈把移民手续办了，所以留到了现在。"关茜拢了拢头发。

陈子琦有些不信："照你这么说，9月28号以后你们一直都在东海？"

"对啊，不然呢？"关茜反问道。

陈子琦竟无言以对。

苏白沉吟片刻，又问道："你能不能回忆下，9月30号到你们分开前，你们具体去了哪里？”

“具体我也记不清了。”关茜拿起手机，翻开相册滑动照片，都是她跟赵志宇在东海景点的街拍。

“那几天都在玩，拍了很多照片，你们可以自己看。”关茜把手机递给苏申，“有两个晚上，还跟他去了酒吧，而且他好像很熟悉。”

陈子琦率先抢过手机，翻看照片，都是秀恩爱的照片。

“对了，30号晚上，我们去酒吧后，他差点跟人打起来。”关茜忽然提醒。

陈子琦翻动照片，果然有关茜在酒吧的自拍，她点开信息查看，确实是9月30日。

“为什么打起来？”陈子琦警觉道。

关茜黯然道：“他犯贱呗！趁上厕所的时间，勾搭人家小姑娘，还吃人家豆腐了，被人家男朋友追着打。”

苏申眉峰一挑：“哪家酒吧？”

“午夜巴黎。”关茜从容道。

陈子琦递还手机，但还是不信任：“你说的这些，我们会去核实的。”

关茜示意请便。

苏申再问道：“多问一句，你知道邱明吗？”

关茜很干脆道：“知道。”

“你怎么认识的？”苏申追问道。

“还能怎么认识，当然是赵志宇介绍的。”关茜仔细回忆，“大概是一年前吧，赵志宇神秘地包下了游艇俱乐部西餐厅，说要带我见个新认识的朋友……”

根据关茜所说，那天晚上没有顾客，餐厅灯光也未全开，显得有些昏暗。她坐在餐厅中央，晃动红酒杯，优雅地品鉴红酒。

“啪！”

忽然，耳边传来响指声，赵志宇出现了。

关茜循声望去，顿时惊讶不已，赵志宇身边站着与他一模一样的邱明，只是穿着明显不同，他是一身奢华名牌，邱明则是职业西装。

赵志宇带邱明到关茜面前，互相介绍后落座下来。

“啪！”

赵志宇又打了个响指，服务员开始上菜，关茜则打量邱明。

邱明也在看关茜，眼神暧昧，还有一丝贪婪。

回忆结束，苏申装作不经意道：“你觉得他们是什么关系？”

“应该是双胞胎兄弟吧！”关茜直言不讳，“邱明每次去A国出差，赵志宇都带他出去玩，不过很奇怪，赵志宇似乎不想认他，只当朋友相处。”

苏申觉得可疑：“你认为是什么原因呢？”

关茜摇头道：“具体我也不知道，不过赵志宇这人，看着没心没肺的，但他也不傻，估计是不想多个人跟他分财产吧。”

苏申若有所思，却理不出头绪来。

“赵志宇是出了名的纨绔，居然为了你愿意离婚，看来你很有手段嘛。”陈子琦突然说道。

感受到陈子琦的尖锐，关茜脸色骤冷：“私人感情的事情，我不想多说，只能回答你，赵志宇说过，我是他至今唯一深爱的女人。”

陈子琦嗤之以鼻，不屑一顾。

关茜假装没看见，反而打量苏申他们：“两位警官，我倒是很好奇，你们问了这么久赵志宇，他到底怎么了？”

“怎么了？ 9月30号，林芮在家被人谋杀了，你不知道吗？”陈子琦盯着关茜。

关茜愣住了，张着嘴，不知如何应答，她手掌扶着沙发，因用力过度，手背青筋毕露。

无论苏申或陈子琦，都在密切关注她，对她表现的情绪，感到怀疑。

“我真不知道啊，也没有人告诉我。”关茜又急又委屈，“所以，你们是怀疑我和赵志宇？我好端端的，干嘛要害她？就算我跟赵志宇在一起，也不至于杀死她啊……”

关茜急得结巴，咬住嘴唇，强迫自己镇定。

“你说得轻巧！我们已经掌握你和赵志宇合谋杀害林芮的证据，你最好老实交代。”陈子琦气场一变。

苏申懵圈了，狐疑地看向陈子琦，关茜也难以置信，急得直掉眼泪，但转眼间，她又意识到不对：“不对啊，我们最近都在东海，怎么可能杀害林芮？”

陈子琦冷笑道：“谁知道你们有没有雇凶！”

苏申无奈了，这话简直破绽百出，关茜也捕捉到了漏洞。

“所以，你都是瞎猜的？”关茜戳破谎言，“陈警官，这件事情很严肃，我不想跟你做无谓争辩，因为我刚才的配合，已经足以证明我们的清白。而且，我郑重告诉两位，我爱赵志宇，但绝没有谋害林芮的想法。”

“呸，你们也配说爱？”陈子琦嗤笑更甚。

关茜强压怒气，冷漠道：“陈警官，如果你再言语攻击我，没有任何证据诽谤我、污蔑我，就等着跟我的律师谈吧。”

“你威胁刑警啊！”陈子琦毫不示弱。

苏申拉了下陈子琦，不断给她使眼色，然后对关茜道：“关小姐，你说得这些，我们都会去核实，可能以后还需要你配合，如果有赵志宇或邱明的信息，也希望你联系我们。我提醒你，如果知情不报、帮助或包庇罪犯，同样是犯罪行为。”

“清者自清，苏警官，我愿意配合你们。”关茜表示理解。

苏申回以微笑：“好，那今天先这样。”

关茜送他们出去，并跟苏申握了握手。

握完手，苏申看向她右手，意外道：“关小姐手指上，手茧不少啊？”

关茜有点意外，愣了半拍，随即回答：“都是以前留下的。”

陈子琦冷哼道：“看来你也不完美嘛！”

关茜气不过，想还嘴，却见陈子琦已经离去。

苏申抬手抱歉，追着陈子琦离去。

从老公寓下来，陈子琦情绪烦躁，怎么都系不好安全带。

陈子琦质问苏申：“我哪里错了？这种女的，不吓唬吓唬她，怎么让她说实话？”

苏申无奈摇头：“大姐，哦不，学姐，你带着偏见和情绪问问题，自己说话都有漏洞，还想诈她？虽然听到林芮死讯时，她是慌了一下，但总体上，她明显比你冷静好吗？”

“我看她全都是装的。”陈子琦固执己见。

苏申仔细回忆：“我看不像！而且说的行程全都有记录，跟你查的差不多，不像是撒谎，语气也很自然。”

“哼，我看你就是被那个狐狸精蒙蔽了。”陈子琦瞪着苏申。

苏申颇感郁闷：“学姐，我劝你冷静一点，咱们办案讲证据、讲科学，请不要先入为主，带主观情绪和意见好吗？”

陈子琦别过头去，不想搭理他，苏申自觉无趣，有点不自在。

过了片刻，苏申打破沉默，试探道：“接下来去酒吧？”

“走！”

午后时分，苏申他们来到目的地——午夜巴黎酒吧。

酒吧门口，陈子琦带头往里走，苏申跟在后面，接听电话：“对，跟A国来的警察一起查案，改天有时间，一起出来吃个饭，你们可以认识下。”

电话里传来沈心怡的声音：“那晚上呢？”

苏申无奈道：“我们现在在酒吧查案，可能得过几天见你了，对不起啊。”

“行吧，那你先忙，相信你就是了。”

挂断电话，苏申跟上陈子琦，见酒吧还未营业，大门锁着，只能隔着窗户，张望里面的情况。

苏申走到大门外，刚想叫老板，却被陈子琦抢先，狠狠敲响大门。

很快，酒吧大门打开，走出一个身材健硕、嬉皮士打扮的壮汉。

壮汉居高临下，瞪着陈子琦：“小姑娘，你干嘛？”

“查案！”陈子琦仰望对峙。

苏申急忙亮出警官证。

壮汉愣了愣，伸手示意：“那就请里边谈吧。”

走进酒吧，里面灯光暗淡，处于歇业状态。

壮汉一副老江湖做派，不怵场也不恭维，走进吧台，问苏申他们道：“两位警官想喝什么？我来调。”

苏申笑着拒绝：“不用了，不喝酒。”

“苏打水，饮料。”壮汉识趣地拿出两罐汤力水。

趁这个空当，苏申眺望舞池，寻找监控位置，并问壮汉道：“老板，你这里犯事儿了吗，怎么不营业啊？”

“不要叫老板，叫Steven就好。”壮汉Steven客气道，“从国庆到现在，配合全市范围的治安整顿，我们这行全都停业了。至于什么时候开业，还得等通知。”

苏申收回目光，看向Steven：“今天想跟你了解些情况，9月30号晚上，你这里差点有人打起来，你有印象吗？”

“你是说赵老板吧？”Steven爽快道。

苏申吃惊：“你认识他？”

Steven笑道：“当然认识，赵志宇赵老板，我的老客户了。”

苏申追问道：“他经常来？每次来玩些什么？”

“赵老板每次回国，都会来我这里玩，一晚上能消费十几万，有时候还带着美女模特。”Steven如实道。

苏申眼神逼人：“是他自己带来的，还是你介绍的？”

“他带来的！我这里是正经生意，从不碰乱七八糟的。”Steven表明立场。

陈子琦继续问道：“那天晚上，他待了多久？”

“有点记不清了，一般是9点多来，喝到一两点走。”Steven回忆了下。

苏申问出重点：“怎么起的冲突？”

“那天晚上，赵老板带了女朋友来，我本来还以为他会消停点。”Steven撇了撇嘴，“没想到，上个厕所的功夫，他就找小姑娘揩油了，但人家小姑娘是跟着男伴来的，两边就差点打起来，幸好我和保安赶到，及时把他们拉开。”

“发生在哪里？”苏申看向舞池内外。

“就在那里，我们你去过去。”

在Steven的带领下，苏申来到舞厅和走廊的交界处，发现头顶有监控，顿时心中微动，问Steven道：“你这里有监控？”

“我们是正规经营，肯定齐全的。”Steven比了个手势。

苏申惊喜道：“带我去拷一下监控。”

“可以。”

Steven爽快答应，遂带苏申去拷贝监控。

关茜母亲家，克莱门公寓。

“叮铃铃！”

老公寓的座机突然响了起来，响到第六声时，被关茜接通。

“是我！”电话里，传来男人的声音。

关茜脸色一惊，紧张道：“你在哪儿？你们是什么情况？为什么警察找你们？”

男人沙哑道：“现在跟你说不清楚，都是他要陷害我！警察已经去找你了？”

关茜回应道：“对，东海和A国的警察一起来的。”

男人沉默了，不过听筒里面，传出了海浪的声音。

关茜听见了声音，忍不住问道：“你在哪儿，后面是什么声音？”

“你先别问了，既然警察找到你了，以后你打电话尽量小心。”男人平静道，“还有，我需要你的帮助……”

关茜绣眉轻蹙，似乎有些迟疑。

与此同时，海港码头的防波堤上，男人打完电话后迅速关机，然后拔出老人机的电池、电话卡，丢进海浪当中。

身后不远处，是一座座巨大的集装箱堆。

男人转身，凝视那些集装箱，渐渐露出笑意，诡异而阴毒。

重案支队，专案组会议室。

苏申和陈子琦回来后，汇报走访信息，把拷贝的监控视频投放到大屏上，让石军等人观看。

监控画面中，酒吧舞池和走廊交界处，一名身材火辣、穿着暴露的辣妹，靠墙玩着手机。

不久，赵志宇从走廊出来，似乎刚上完厕所，还在用手纸擦手，看到辣妹后瞬间被吸引。

赵志宇色心大起，往走回了两步，望了下关茜，然后来到辣妹面前，一手扶墙壁，一手伸到辣妹腰后，缓缓向下摸去。

辣妹被吓坏了，挣扎着推开赵志宇，赵志宇不肯撒手，拦着辣妹不让走，一脸调戏状。

就在这时，辣妹的三个男伴从走廊冲了出来，狠狠推开赵志宇，护在辣妹身前。

辣妹神色惊恐，不断摇头，示意她不认识赵志宇。

三个男伴大怒，操起拳头揍赵志宇，赵志宇躲开拳头，背靠墙壁，寡不敌众。

关键时刻，Steven带着保安赶了过来，赵志宇还不肯消停，继续挑衅。

对方也不示弱，要隔着保安揍赵志宇，Steven及时站出来，做道歉手势，试图说和。

关茜也赶了过来，拉开赵志宇后，知道了情况，顿时愤怒不已，掉头就走。

赵志宇不得已，只好去追关茜，一边走一边回头，比划中指，骂骂咧咧，直到跑出画面。

对方男伴也不弱，隔空对骂，随后经Steven劝和，护着辣妹离开。

监控到这里，完全结束。

"得知赵志宇和邱明是双胞胎后，我们曾怀疑赵志宇会不会参与到沈秦被害案中，试图寻找两案之间的联系，但从目前获得的监控内容、关茜的证词来看，赵志宇在沈秦被害当晚，确实有不在场证明。"陈子琦做出分析。

"不过关茜还提到，赵志宇曾瞒着她和嫩模开房的时段，我们会尽快核实。"苏申进行补充，"另外，如果能调集人手，找到那些嫩模，逐一核查，也许能发现赵志宇的行踪。"

徐小伟面露难色："这恐怕有点难度，最近全市治安整顿，这些混迹酒吧的模特，全都躲起来了，甚至可能不在东海了。”

苏申若有所思：“时间这么巧……”

众人沉默之际，朱艳君推门而入，汇报道：“石支，有个叫关茜的报警找苏申，说赵志宇联系她了。”

众人惊喜不已，向苏申看去。

苏申来到老公寓，询问相关情况。

“赵志宇说他藏在东郊棚户区，还说现金快花光了，已经熬不住了，但是他不敢出来，说有人要陷害他，让我晚上去见他，帮他离开。”关茜告诉苏申。

苏申凝重道：“你觉得是谁陷害他？”

“还能有谁？多半是邱明！”关茜不假思索。

苏申与陈子琦都将信将疑。

“警官，我真的没办法了，担心真有人会害他。”关茜急声请求道，“请你们帮帮他，把他带回来，他从小没吃过苦，受不了这样遭罪的日子。”

苏申想了想，到窗边拨通石军的电话，汇报道：“师兄，情况核实了，应该是真的……好，我知道了……”

挂断电话，苏申回头：“带我们去！”

黄昏时分，夕阳钻进云层，给天际染上了红霞。

东郊棚户区外围路边，停靠着一辆被改装成现场临时多功能指挥车的普通依维柯，石军坐镇指挥调度，于跃在旁辅助，监控可疑信号，另有两名技术人员协助。

“石支，外围部署完毕，整片棚户区各个路口，都安排了我们的同志看守。”石军面前的对讲机里，传出徐小伟的声音。

石军拿起对讲机，命令道：“好，你们可以向赵志宇的藏身地靠拢了，切记，小股、分散、渐次向目标中心包抄，不要打草惊蛇。”

“收到！”

徐小伟放下对讲机，给朱艳君使了眼色，先后走出巷口，融入人头攒动、街巷纵横的棚户区。

走出不远，徐小伟朝对面示意。

对面，关茜提着水果，紧张地走了出来，走向棚户区深处，在她身后，苏申、陈子琦身着便衣，假装情侣逛街，亦步亦趋地跟着。

其他便衣也陆续现身，跟在苏申身后，向前方合围过去。

很快，关茜来到一栋破旧的筒子楼前，停在幽暗的楼梯间，似乎胆怯了。

苏申给她做了个手势，暗示她不要担心。

关茜暗暗点头，鼓起勇气，走了进去。苏申也保持距离，若无其事地跟上。

“各单位注意，包围整栋楼，守好每个出入口。”徐小伟按住对讲机，提醒参与行动的干警，随即与朱艳君跟上。

关茜来到7楼，拐弯进入楼道，楼道里很昏暗，显得有点阴森。

苏申、陈子琦和徐小伟、朱艳君，以及手持摄像机的便衣，互相保持相应距离，小心警惕地前进着。

通过摄像机，画面传回多功能车。

石军坐在监控前，密切注视摄像画面，但是信号不太好，影像总是闪烁。

“信号不好？”石军问于跃。

于跃点了点头：“楼里面空间隔挡太多，信号传不出来。”

石军释然，继续注视画面，脸色渐渐凝重。

关茜走到楼道尽头，转身看向苏申等人，指了指房门，示意没有猫眼。

苏申当机立断，做了个“停止”的手势，关茜瞬间僵在了原地，手足无措。

很快，苏申与徐小伟他们，合围到了房门外，各自贴墙站好，拿出警用92改配枪，压枪上膛。

看他们拿出配枪，关茜似乎被吓到了，本就紧张的事情，多了一抹惊恐，好像要哭出来。

幸好陈子琦上前，一把将她捂住，勒令她平复下来。

关茜勉强点头，深呼吸，待她平复后，苏申指了指门，让她去敲门。

关茜照做，敲门道：“宇哥，是我，你开门啊。”

屋内无人应答，关茜再次敲门，还是无人应答。

徐小伟与苏申对视，瞬间达成默契，准备踹门而入。陈子琦则捂住关茜，把她带到后方躲避。

苏申做手势发令，倒数：“三、二、一……”

下个瞬间，苏申与徐小伟同时转身，“砰”地一脚踹开房门，一个蹲在门边，一个站在门侧，寻找掩护，枪口朝内。

然而，他们正前方，房内窗户紧闭，空无一人。

苏申和徐小伟错愕，连忙进入房间搜查，其他干警也拥了过来。

苏申扫视房内，见床上铺着塑料膜，不觉皱起了眉头，感觉有哪里不对。

他走了过去，观察床边的垃圾筒，发现里面有纸巾，传来腥臭味，顿时一脸恶心，不再去看。

徐小伟则查看桌面，上面放着半杯水、半盒饼干，于是跟石军汇报：“石支，人不在，但应该没跑……”

石军回复道：“你们先退出来，准备继续搜……”

话还没有说完，石军的对讲机里忽然传出“嘭”的一声，仿佛炸响的惊雷。

石军心头一跳，瞬间紧张起来。

第十章　从实招来

“嘭！”

一声惊雷炸响，惊得苏申等人霍然转身，全都下意识抬枪，对准了门口。

门外一个叼着香烟、身材发福的中年人，愣在那里，他脚下的热水瓶碎渣溅射得到处都是，冒着腾腾水雾。

中年男人顶着枪口，烟头从嘴里掉落，自觉举起了双手。

众人反应过来，松了口气，放下了配枪。两名干警迅速上前，一个将他带进房间，一个清理热水瓶碎渣。

徐小伟上去亮出警官证：“刑警办案！你是这里的住户？叫什么名字？”

“我是房东，黄义西，叫我老黄就好。”老黄惊恐道。

徐小伟点了点头，重新看向屋内：“这屋里住的人去哪儿了？”

“哦，住这屋的小老板啊？”老黄惊魂甫定，突然坏笑道，“要么出门早了？”

徐小伟瞪了老黄一眼：“你知道什么，如实说。”

老黄坏笑更甚：“这小老板不知道啥来路，别看他人模狗样的，可不是什么好东西，每隔一两天，都要去附近的发廊，西面那条街上全都是，你们懂吧？我还听说，他出手蛮大方的，每个姑娘都喊了一遍。”

关茜倍感羞愤，不禁捂住了脸，眼泪滑落下来，让陈子琦颇感同情。

老黄循声望去，似乎明白了，咂巴嘴道：“这个点嘛，估计又去快活了。”

“带他回屋，行动结束前，不要随意走动。”徐小伟吩咐一名干警，再摁下对讲机，“石支，请求下一步指示！”

多功能车内，石军拿着对讲机，布置命令：“筒子楼附近各单位，迅速去艳粉街逐一排查，注意严守各个路口，不要放过任何可疑人员。”

夜幕降临，艳粉街上的各色发廊全都亮起了霓虹灯。幽暗的灯光下，穿着暴露的姑娘们观察路过的行人，遇到合适的便上去拉客。

苏申与徐小伟各自带队，三三两两，零散地走进艳粉街，逐一摸排。

陈子琦则带关茜，回到棚户区外的警车，安抚她的情绪。

关茜望着窗外小声抽泣着，陈子琦怜悯她，动了恻隐心，给她递了张纸。

“谢谢！”关茜接过纸巾，愈加哽咽。

另一边，苏申来到一家按摩房，里面亮着幽暗的粉色灯光，挨着门口的长凳上，坐着几个失足女孩。

门外面，一个穿着暴露的大姐，叼着烟四处张望，寻找合适的恩客。

苏申在门外驻足，大姐见生意上门，过来勾住他肩膀，笑眯眯道：“帅哥，来我家呗，天南地北的漂亮姑娘，我们样样都有。”

苏申半推半就，被大姐拽进按摩房。长凳上姑娘们，立刻围了过来，纷纷喊着：“帅哥好……”

苏申不动神色，推开那些女孩，拉大姐走到旁边，隔着衣服亮出警官证，并做出嘘声的手势：“别声张，配合就没事儿。”

大姐看到警官证，吓得瞪圆了眼睛，惊恐地连连点头。

“见过这个人吗？”苏申拿出一张纸打开，是赵志宇的照片。

大姐仔细看了看，惊愕地点了点头，又指了指楼上。

苏申顺势望去，见楼梯蜿蜒向上，视线昏暗无光，隐约传来音乐声。

大姐则退到姑娘们身前，把她们护在身后，一起站到墙角处，惊慌无措。

苏申果断来到门外，冲对面吹了声口哨，徐小伟等人会意，迅速围拢过来，由两名女警看住姑娘们，防止打草惊蛇。

“楼上。”苏申指了指楼梯，再把大姐招手过来。

大姐战战兢兢地出列，试图争辩：“我们是正经按摩……”

“不用解释。”苏申不容置疑，“带我们上楼。”

大姐只好前面带路，苏申他们依次跟上，一起上了二楼。

二楼走廊，狭窄而幽暗，共有三个隔间，最里面那间亮着明显的灯光，并传出欧美音乐，以及男女欢呼的声音。

大姐指着那个房间，示意就是那里。

苏申给了个眼神，有干警站出来，将大姐带下楼，再由苏申领头，与徐小伟一起，来到那个隔间外。

“嘭！”

徐小伟毫不犹豫，一脚踹开隔间的房门。

房间内的失足女发现状况，吓得尖叫起来，用毯子裹住自己，蜷缩在床上。

失足女身上，长得跟邱明一模一样的男子，以最快速度弹了起来，滚下床沿提起内裤，惊叫道：“你们谁啊，找死啊！”

“别动，警察！”徐小伟举着枪闯进来，并亮出警官证。

男子毫不犹豫，朝窗户冲了过去，试图跳窗而逃，好在苏申眼疾手快，箭步冲上前，抓住男子的裤腰，将他狠狠砸在地上。

男子还不消停，伸腿踹向苏申，企图挣脱。苏申反应也快，反身擒住男子手臂，用膝盖顶住他腰背，死死摁住：“姓名。”

男子左右挣扎:“操,你凭什么抓我,老子是外籍人士。”

“老实点,姓名!”苏申手上加力。

男子吃痛,但还是桀骜不驯:“老子赵志宇,你放开。”

苏申把赵志宇提起来,铐好,交给身后的警员,徐小伟则拿起外套,扔到赵志宇身上:“披上,带走!”

年轻警员受命,押赵志宇下楼,其他人紧随其后。

苏申留在最后,望着赵志宇的背影,再看了看床上,似乎有哪里有不对。

从按摩店出来,艳粉街上警灯闪烁,治安总队的同志总算赶来支援,就地展开扫黄行动。

艳粉街街头,失足女和寻欢的嫖客,很快被排成两列,由治安警清点人数。

苏申他们押着赵志宇,分别坐上警车,率先返回重案支队。

不远处,关茜看着赵志宇被带走,眼神焦虑且哀愁。陈子琦陪在她旁边,死死锁定赵志宇,攥紧了拳头。

刑侦总队,审讯室。

审讯椅前,周慧敏拿着棉签,在赵志宇口腔刮了两下,存放好后,再由李炜和马涛上前,采集他双手的指纹。

赵志宇叫嚷道:“你们凭什么抓我!”

“老实点!”两名年轻刑警将赵志宇按回了座椅。

赵志宇甩动肩膀,挣脱刑警的手臂,叫嚣道:“别碰我,信不信我告你们!”

专案组会议室,石军正带领苏申等人,连夜商讨审讯计划。

“赵志宇是A国警方追查的嫌疑人，苏申，就由你和小陈一起审他。”石军指示苏申和陈子琦。

陈子琦起身答应：“好！”

苏申却有些犹豫，没有立即答应，反而疑虑重重。

石军觉得奇怪，问道：“苏申，怎么了？”

苏申狐疑道：“石支，我有点怀疑，我们抓的这个，会不会是邱明？”

众人听后无不惊讶，尤其是陈子琦，错愕的神色中带着一丝急躁：“苏申你什么意思啊？之前去询问关茜，我就觉得你不对劲，问题总是偏向邱明，现在石支派你协助我，是调查赵志宇的，不是邱明。”

“先说说看。”石军让陈子琦先冷静。

“筒子楼的木板床上，铺了一层塑料膜。”苏申说出想法，“我觉得住里面的人，应该会有点洁癖，因此担心他是邱明。”

陈子琦驳斥道：“那你想错了！筒子楼环境那么差，赵志宇肯定受不了，铺层塑料膜垫着，不就是少爷做派嘛。”

众人纷纷赞同陈子琦的观点。

“还有出租屋里，生活痕迹乱七八糟。最重要的是，这家伙在棚户区，连小发廊都不放过，不仅私德败坏，也不讲个人卫生。”徐小伟跟着补充，“这都不符合邱明自律的行为特征，应该是赵志宇无疑。”

苏申仍不接受，紧锁着眉头：“或许是我多虑了，但他们毕竟是双胞胎，我希望在审讯前，再次确认身份。”

“石支，能不能上测谎的设备？”苏申向石军请示。

石军遗憾地摇了摇头。

“苏申，你太心急了，既然我们不能确定他，到底是邱明还是赵志宇，就等李组长的指纹鉴定结果出来。”徐小伟帮忙解释，“如果他真是赵志宇，就是外籍身份，你给他上测谎设备，会有外交麻烦的。”

苏申恍然大悟，继而一脸无奈，似乎有点泄气。

徐小伟继续安抚道："苏申，我们知道你因为沈秦的案子还背着巨额民事赔偿，但是你不能着急，要多有点耐心啊。"

陈子琦了解了缘由，顿时颇感意外，看苏申的眼神，变得同情起来。

见苏申还有点轴，石军斟酌片刻后，说道："你们把他带到智能审讯室去，我们在监控室，可以仔细观察他的状态。"

"石支说得对，这样更保险。"徐小伟赶紧附和。

说话间，李炜敲门而入，带来一份报告，上面是赵志宇的指纹采样，相当清晰。

"指纹比对过了，跟之前花束、纸杯上的指纹，全部不一样，这家伙应该是赵志宇。"李炜把报告递给石军，"不过，因为他们俩没有前科，所以只能根据现有条件，来主观进行推断，也是目前相对客观的方法。"

"辛苦了！"

石军接过报告看了看，再递给苏申和陈子琦。

陈子琦看后，仿佛胜券在握，扬起了嘴角，苏申却愁眉紧锁，总觉得哪里不对。

"赵志宇现在状态怎么样？"石军问徐小伟。

徐小伟如实道："气焰很嚣张，一直在吵吵。"

"那就晾他一晚上！"石军看向苏申和陈子琦，"你们辛苦一下，连夜做好审讯方案，不管他是邱明还是赵志宇，明天一早，都要让他原形毕露。"

"是！"

陈子琦应答后，苏申才回过神来，挤出微笑回应。

苏申的眉眼间，依旧愁容不展。

凌晨，苏申与陈子琦制定审讯计划，已经进入尾声。

"搞定！"陈子琦按下回车键，发出解脱的欢呼。

苏申也伸了个懒腰，微笑道："你先回去歇会儿吧，明天审赵志宇，是一场硬仗。"

"唔，对不起啊！"陈子琦突然报以歉意，"开会的时候，我不知道你有民事赔偿。"

苏申矜持道："没事！我们一起加油，尽快侦破案子，比什么都重要。"

"放心吧，你那些顾虑，我会在审讯时想办法核实的。"陈子琦爽朗道。

说着他们收拾好东西，拿起各自外套，回宿舍休息。

翌日，智能审讯室。

赵志宇打着哈欠，左顾右盼，发现墙壁角落潜藏着微型摄像机，顿时乱喊乱叫道："你们为什么把我换到这里来，到底有没有人啊？喂！"

陈子琦推门而入，呵斥道："别叫了，吵死了！"

苏申紧随其后，一起在赵志宇对面落座。

赵志宇打量陈子琦，嘴角浮现蔑笑，可谓桀骜不驯。

"赵志宇，林芮被杀，你怎么能心安理得地在东海寻欢作乐。"陈子琦质问道。

"你凭什么对我道德审判？林芮嫁给我，不就是图我的身家，实现阶级跃升吗？"赵志宇不以为意，"再说，要不是当时我爸快不行了，要给他冲喜，我才懒得结婚。"

陈子琦怒火中烧，用英语怒骂："人渣！"

赵志宇愣了一下，随即掌心向上一摊，用英语回敬道："各取所需而已！"

"你为什么不回A国配合调查？"陈子琦咬牙切齿。

赵志宇顿时警觉："你哪位？A国的事情，轮得到你们东海警察管？"

"我是A国S市刑警队警探陈子琦，我来中国东海，就是为了抓捕你！”陈子琦表明身份。

赵志宇翻了个白眼：“原来是个小探员……”

陈子琦还想说什么，却被苏申拉住，提醒她道：“还用汉语吧。”

陈子琦只好用回汉语：“赵志宇，回答我的问题，你为什么不回A国配合调查？”

“你们没抓到真凶前，我回去干嘛？”赵志宇反问。

陈子琦怒了：“你别强词夺理！”

“警官，到底谁不讲理？我9月28号就来了东海，再也没有离开过，我和我女朋友的机票、银行卡和商场购物，统统都有记录，怎么可能去杀林芮？”赵志宇大叫冤枉。

陈子琦冷笑道：“哼，谁知道你有没有雇凶杀人？”

“警官，你这是污蔑，我给你记下了，等你们抓到凶手，我会一并奉上律师函。”赵志宇眼神不善。

苏申虽没有发言，却始终在注视赵志宇，注意他的微表情。

智能审讯室对面，隔着一面单向玻璃，石军与徐小伟等人也在关注审讯过程。

“赵志宇很嚣张啊。”徐小伟不满道。

石军也皱起了眉头，对赵志宇的表现感到棘手。

这时，李炜敲门进来，带来一份报告：“师兄，有新情况。”

石军警觉地拿过报告查看。

“A国警方跟我们索要了赵志宇的指纹样本，发现杀害林芮的凶器上，也有他的指纹。”李炜汇报详细情况。

石军不假思索，拿起耳麦告诉陈子琦：“小陈，A国警方确认，杀害林芮的凶器上，有赵志宇的指纹，盯着问！”

陈子琦接到命令，瞬间喜形于色。

赵志宇注意到她的表情，忍不住眼睛乱转，似乎在思量什么。

“你来解释一下，为什么你的指纹会出现在杀害林芮的凶器上？”陈子琦重新发问。

“我都说了，她被杀的时候，我人在东海，我怎么可能……”赵志宇有所迟疑，“你说球杆，谁的球杆？车库里的球杆？”

说着赵志宇沉默了，继而变得焦虑，似乎有些惊慌。

陈子琦盯着赵志宇：“我劝你放弃幻想，别妄想蒙混过关。”

“球杆确实是我的，我平时会跟关茜打高尔夫，留下指纹很正常！”赵志宇急着解释，“家里有刀，车库里有其他工具，为什么凶手只拿球杆呢？因为那是我的球杆，有我的指纹……”

赵志宇越说越急，满是懊恼之色。

苏申看在眼里，将信将疑：“你的意思是说，有人栽赃陷害你？”

“不然呢？我放着香车美女、游艇海钓的日子不过，去杀人？我至于嘛！”赵志宇指向陈子琦，“顺着她刚才说的，如果是我雇人杀死林芮，我会让凶手拿我的球杆？我脑子有病吗！”

赵志宇抓扯着头发，焦躁低吼道：“我知道了，肯定是他陷害我……”

陈子琦抓住了点：“他是谁？”

“邱明！”赵志宇断然道。

苏申警觉道：“你有证据吗？”

“没有证据。”赵志宇突然泄了气，“但我来东海后找过他，他说自己在A国度假，他回来后，又给我打过电话说，A国有警察要抓我，并认定我是凶手，还认错人打了他，让我只带现金避一避。我当时还觉得奇怪，没想到是他陷害我。”

陈子琦怀疑道：“你骗谁呢，邱明为什么杀林芮？”

赵志宇犹豫了，犹豫要不要说。

陈子琦看在眼里，陡然呵斥道：“说！”

“他就是个疯子，心理畸形的变态。”赵志宇神色懊恼，“怪我，我不该相信他，让他接近林芮。”

苏申意识到关键，耐心地问道：“你把话说清楚，具体点。”

赵志宇沉吟了片刻，问陈子琦道：“陈警官，你知道S市CBD的The Baxter Inn酒吧吗？我就是在那里遇到邱明……”

一年前，The Baxter Inn酒吧。

那天晚上，昏暗的酒吧内，放着20世纪20年代最流行的乡村音乐。

赵志宇独坐在桌前，品着威士忌，时而左顾右盼，搜寻进出的白人美女。

忽然，他皱了下眉头，看到墙上镜子里有个跟他很像的男人，坐在他背后，长久地注视他。

许是发现他的目光，镜子里那个男人，跟他举了举酒杯，赵志宇错愕之余，连忙回去望去，却见邱明已经走来。

两个一模一样的男人，端着酒杯，打量彼此，都觉得难以置信。

邱明报以微笑，跟他碰了下酒杯，随即坐下来，攀谈起来。

智能审讯室里，赵志宇继续回忆：“后来，邱明每次去A国出差，都会跟我见面。虽然那时候我爸已经死了，但我托人查了他的底细，大概能猜到，他是我的双胞胎兄弟。”

苏申好奇道：“你们为什么不相认呢？”

“他主动说他的经历，暗示说他妈妈在东海，可是关我屁事？”赵志宇桀骜不驯道，“我，赵志宇，我爸赵启德、我妈胡秀芝，我是赵家名正言顺的独子，他突然冒出来跟我认亲，想干嘛？争家产吗！”

说到这里，赵志宇话音一转：“不过我也没亏待他，因为自从认识他以后，我发现这个世界上，有个跟自己一模一样的男人，生活会变得更有趣……”

随着赵志宇回忆，时间来到半年前。

夜场里，赵志宇带邱明到舞池蹦迪，电音狂躁，烟雾弥漫，人群沸腾狂热。

赵志宇跳累了，随手搂过一个洋妞回到卡座歇息，并看向舞池里的邱明。

邱明穿着身寻常衬衫，领口纽扣已松开，一手握着西装外套，一手疯狂挥舞，沉浸在躁动氛围中，难以自拔。

这时，有个白人洋妞凑到邱明面前，眼神挑逗后，与他一起共舞。

邱明毫不犹豫，搂住洋妞腰肢，越来越嗨，把头埋进了洋妞胸口。

赵志宇看得呆了，随即起身欢呼，带头起哄。

邱明得意忘形，舞得愈加起劲。

翌日，酒店内。

邱明仰头吐出烟雾，痴痴地笑了起来，接着向后躺去，并伸出手臂，左拥右抱身后一黑、一白两个洋模。

赵志宇在对面沙发，身边也有两个洋模，坏笑着打量邱明。

过了片刻，邱明似乎累了，抬起右手示意，旁边白人模特当即接过他手里的大麻，深深吸了一口，亲吻他，给他喂烟。

一阵亲吻后，邱明有了生理反应，起身拉着两个模特，扭着迷踪步，淫笑着进了卧室。

不消片刻，卧室里便传出“嗯嗯呀呀”的叫床声。

回忆结束后，赵志宇蔑笑更甚：“你们别看他学历优秀、经历励志，那不过他是以前太穷、缺乏诱惑而已，人的欲望一旦打开，就是洪水猛兽。他后来玩开了，S市哪里有夜场、哪个酒吧洋妞多，他比谁都清楚，再后来，我介绍他认识关茜，因为关茜都没认出我们，他就提出要换着玩儿……”

苏申与陈子琦神情严肃，继续听他讲述。

还是那家酒店。

赵志宇搂着洋妞走进房间，一阵热吻后，推开洋妞让她去洗澡。

趁这个时间，赵志宇拿出手机，发出一条短信后，走向对面方面。

对面房门随即打开，邱明穿着同款的衣物，蹑手蹑脚地走了出来，而他背后地面上，还散落着女人的衣物。

他们对视后，坏笑着冲过走廊，交换了彼此的房间。

那段时间，赵志宇带他玩遍了S市的所有夜场，竟然无人能分辨他们。

邱明尝到甜头，从此赖上了赵志宇。

然而人的欲望，就像一个无底洞，邱明并不满足于此，于是不久后，便提出为赵志宇分忧。

“叮铃铃！”

那天早上，赵志宇在卫生间洗漱，林芮突然打来电话，他看都没看，就给挂断了。

不过很快，手机再度响起。

这时邱明走进来，对着镜子整理衬衫，并问道：“你老婆天天盯着你，这么下去也不是办法，要不我帮帮你？”

赵志宇停下洗漱，抬头看向邱明，不明其意。

邱明拍了拍他肩膀，露出淫贱的坏笑：“我去陪林芮，你就能分身有术，安心陪着关茜了。”

赵志宇意动了，眼中闪烁着亮光。

当天晚上，赵志宇趁夜色，开车驶入了自家车库。

停好车，赵志宇带着邱明进入室内，并在连通客厅的走廊里，由邱明独自进去。

邱明毫不怯场，进去后跟林芮打招呼：“老婆，我回来啦！”

赵志宇躲在走廊里，偷偷观察，听着动静。

林芮循声而来，愤慨道：“你给我滚，你继续去外面野啊，还回来干嘛？”

“别闹，那都是玩玩的，我心里面，始终都只有你。”邱明不由分说，抱住林芮拥吻，并将她扑倒在沙发上。

林芮开始还会挣扎，但是不久后，便发出享受的娇喘：“变态……”

角落里，赵志宇得意一笑，悄无声息地离开。

听完赵志宇的述说，陈子琦忍无可忍，气得捶桌道：“你们俩都是无耻至极的混蛋！”

“这话我不同意，相比邱明，我还是有底线的混蛋。”赵志宇并不认同。

赵志宇继续回忆，自从邱明被欲望操纵后，不仅越来越贪婪，胆子也越来越大，占有了林芮不说，还打起关茜的主意。

S市的高尔夫球场。

一个阳光明媚的下午，赵志宇与关茜带邱明去打高尔夫球。

球场上，赵志宇挥动球杆，打完一球后，再放好一颗球，招手让邱明过去。

邱明换下赵志宇，接过球杆，用力打出一球，角度、弧度都不好，不禁有些懊恼。

“茜，你去教他，我上个洗手间。”赵志宇嫌弃地摇了摇头，小跑去了洗手间。

关茜拿起球杆，走到击球点，示范如何打球，邱明则退到她身后，趁周围没人，猥琐地抱住了她。

关茜迅速反应，挣脱邱明的手臂，给他一耳光后，径直回了休息区。邱明愣在原地，捂着脸不知所措。

不远处，赵志宇走出洗手间，恰好看到这一幕。

回到休息区，关茜不想再看邱明，赵志宇虽看在眼里，却没有急着表态。

这时，邱明也回来了，眼神闪烁之余，去拿桌上的饮料，不料刚拿起来，就被赵志宇喝止：“放下，那是我的饮料，你别动。”

邱明愣了愣，理解了潜台词，遂放下饮料。

赵志宇从旁边桌上，重新拿了瓶饮料，给邱明扔了过去。

邱明接在手里，惶恐而不知所措。

“别紧张！我给你的，你可以放心喝。”赵志宇冷声道。

邱明这才释然，但还是有些不服气。

智能审讯室里，赵志宇越说越起劲：“关茜不喜欢他，我也就懒得见他，可他却像禽兽一样，每次来S市，都会去找女人寻欢作乐，他自己没钱玩，就报我的名字、挂我的账……”

“那是你自找的！”陈子琦毫不留情地嘲笑。

“我是太放任他了，总帮他擦屁股、交烂账。”赵志宇自嘲道，“而且他贪得无厌，一次次接近林芮，像拆白党一样，骗钱骗色，终于还是被发现了。”

那个夜晚，林芮识破了邱明的伪装，在客厅里乱摔东西，哭着喊着让他滚。

邱明跪在林芮面前，抱住她的小腿："你别这样！赵志宇不爱你，不懂得珍惜你，我可以替代他啊！你也喜欢我对不对，你明明很享受对不对……"邱明情不自禁，亲吻林芮的小腿，试图将她扑倒。

这次，林芮挣脱了他，拿起沙发靠垫狠狠砸了过去。

邱明躲开靠垫，继续跪求林芮："我是真的爱你，我没有骗你！"

林芮恶毒地咒骂："你算个什么货色，凭你也配？你以为换身皮，就能成为赵志宇？就能成为富人，混进上流圈子？你做梦！你跟你老家生产的假货小商品一样，永远都是假的，永远都是烂货，你给我滚……"

邱明被戳到痛处，眼神突然凶狠，起身给了林芮一耳光，似乎要杀人。

林芮被打倒在沙发上，惊恐地看着邱明，泪水无声地滑落。

从回忆中醒来，赵志宇懊悔道："他就是个衣冠禽兽，人前彬彬有礼，人后毫无节制，而且喜欢攀比，喜欢记仇，报复心特别强，多半是他从前的生活扭曲了他的人格。"

陈子琦攥紧拳头："要不是你，林芮也不会跟他结怨！"

赵志宇耸了耸肩："我承认，是我低估了邱明，才会酿成大错。但你们不能因为这样，就说是我谋杀林芮吧？邱明当时人在A国，有动机也有时间，你们应该抓他才对。"

苏申却冷不防甩出问题："你见过邱明的妈妈吗？"

赵志宇愣了一下，随即冷漠道："没啊，我已经说了，我妈叫胡秀芝！"

"那你认识沈秦吗？"苏申再问道。

赵志宇很干脆："不认识，但我知道，他是邱明的老板。"

"你会炒期货吗？熟悉风险投资和理财流程吗？"苏申接着问道。

赵志宇嗤笑道："警官，这些需要我亲自管吗？我有理财顾问，公司有助理,他们会打理好的。”

“邱明有跟你聊过,类似海外期货投资的事吗?”苏申继续试探。

“没有,他精得很,做生意赚钱的事儿,从来不跟我说。”赵志宇无所谓道,“不过话说回来,他那点小打小闹的投资,我也不稀罕。”

苏申将信将疑,注视着赵志宇,看得他不自在。

“警官,难道沈秦公寓的闪爆案也是邱明做的?”赵志宇反问道。

苏申不置可否道:“那你觉得,一个人可能在12小时内,往返两个国家,犯下两桩命案吗?”

赵志宇耸了耸肩:“这就我就不知道了,邱明做过刑辩律师,什么三教九流都认识,谁知道有没有人帮他。”

苏申再问赵志宇:“上上个周五晚上,你在哪里?”

赵志宇不假思索:“棚户区啊,邱明骗我躲起来,我就没敢出去。”

苏申继续问道:“你认识张炯吗?”

“没听说过。”赵志宇挑起眉,“干什么的?”

苏申不满地提醒道:“你只要诚实配合我们的询问就好。”

“是是是,我也懒得管,反正该说的都说了,你们什么时候放我?”赵志宇很识趣。

陈子琦冷笑道:“还没调查清楚,先等着吧。”

说罢,陈子琦示意苏申,一起离开了审讯室。

赵志宇不依不饶,大声叫嚣道:“给我弄杯咖啡行不行,我快渴死了……”

智能审讯室旁边的会议室,大家都愁容不展。

徐小伟率先愤慨道:“他倒是把自己撇得干净。”

陈子琦也笃定道。“他肯定在撒谎!”

“但他在东海的行踪、消费,确实都有记录,现有的监控视频、消费记录以及证人证词，都说明他跟两边的案子没关系。”徐小伟摇了摇头。

陈子琦无言以对，沉默了下来。

“我觉得他的证词，好像在引导我们，试图让我们相信他跟案件没关系。”苏申突然说道。

陈子琦眼前一亮：“有道理，赵志宇没那么老实。”

“我跟石支全程观察了，他的情绪反应很自然，没看出表演和伪装的痕迹。”徐小伟再度摇头，“客观地说，你们俩对赵志宇似乎预设了有罪推定，现实却是我们缺乏证据支撑。”

“石支，我请求再次询问关茜。”陈子琦向石军请示，“或许，结合赵志宇的交代，可以对她攻心，找出破绽！”

石军思忖了片刻，同意了请示。

询问室。

关茜低头看着桌面，情绪低落，见苏申与陈子琦进来，顿时热切起来。

“陈警官，他怎么样了？”关茜殷切道。

陈子琦和苏申坐下，鸣不平道：“亏你还想着他，他在玩弄你的感情，你知不知道？”

关茜不敢相信：“不可能！虽然他花心，外面有别的女人，但我知道，他对我是真心的。”

陈子琦懒得多说，转而看向苏申：“你来说吧，这么恶心的事情，我说不出口！”

苏申配合陈子琦，怜悯地叹息道：“我们下面说的，希望你有点心理准备。”

“赵志宇交代，他和邱明利用双胞胎身份，隐瞒彼此身份，交换玩弄女性。”苏申同情道，“他承认，你也是其中之一。”

关茜咬着嘴唇，身躯颤抖起来，拒不接受道："这不可能……不可能……他……我……"

关茜期盼地看向陈子琦，陈子琦怜惜地点了点头。

关茜顿时失控，失声大哭起来，情绪近乎崩溃。陈子琦走到她面前，抽了张纸巾给她，她顺势抱住陈子琦，痛哭流涕。

陈子琦趁机暗示苏申，目的达到了。

"哭吧，哭出来就好了。"陈子琦轻拍关茜后背，"希望你能把知道的，全都告诉我们，我们会帮你讨回公道，绝不会饶了这两个人渣。"

"不可能，赵志宇不会这么对我！是不是邱明？是不是那个畜生，骗他这么做的？"关茜还是不愿相信。

"你怎么还……"陈子琦急了，"这对兄弟是一路货色。"

关茜哽咽着摇头："不是的，赵志宇花心风流，是个没玩够的大男孩儿，可是邱明不同，虽然我跟他接触不多，但他却让我感到害怕，是那种深不可测的坏……"

陈子琦与苏申对视，全都充满了疑惑。

关茜继续道："他跟赵志宇认识后，各种蹭吃蹭喝蹭玩，各种占便宜，有次打高尔夫，趁赵志宇不在，他想占我的便宜，我当场就扇了他耳光，赵志宇看到后，还警告过他。"

陈子琦示意她继续说下去。

关茜吐露道："后来我跟赵志宇说，让他们少来往，本来以为，邱明会就此收敛，却没想到他会变本加厉……"

根据关茜所说。半年前，赵志宇让她去见邱明，帮忙参谋理财产品。关茜不想去，赵志宇哄了她好久，她才答应下来，去见了邱明。

到了约定餐厅，邱明在靠窗位置，看到她过来，隔着老远就挥手，跟她打招呼，并殷勤地搬好座位，请她入座。

她坐下后，只顾望着窗外，根本不搭理邱明。

邱明觉得尴尬，赔笑道：“还生气呢？上次是我过分了！”

“谈正事吧，你的合作方呢？”关茜冷声道。

邱明自讨无趣，讪笑道：“马上来了。”

很快，邱明起身走出餐厅，迎来两位大腹便便、西装革履的老外，关茜跟着起身，礼貌性地跟老外握手。

双方落座，老外打量邱明，有些不确定道：“所以你就是，赵先生？”

邱明颔首示意，分别递上名片：“就是我！”

邱明好像演练过，继续介绍关茜：“这是我的理财顾问关小姐，有什么好项目，说来听听看。”

关茜觉得惊讶，遂看了眼名片，竟然是赵志宇的，继而露出了不安。

询问室里，关茜双手合在胸前，平复内心的情绪。

“我回去后，跟赵志宇说了这件事，但是他这人心宽，总觉得无所谓。”关茜低下了头，“可我想想就觉得害怕，邱明这么做，是想明目张胆地取代赵志宇啊。”

苏申沉吟道：“那你知道，赵志宇同意邱明去接近林芮吗？”

“赵志宇给我说过，还说这样林芮不会闹，可以把时间留给我，对大家都好。”关茜愧疚地低下了头。

苏申保持怀疑，再问道：“邱明找你陪同商谈的，是什么投资项目？”

“老外推荐的项目很杂，黄金、期货什么都有。我当时觉得，那两人来路不正，就没仔细听下去，邱明倒是挺兴奋的。”关茜不无鄙夷道，“他这人，总想一夜暴富，不切实际。”

“有期货贸易？”苏申抓住重点。

关茜努力回忆：“他们提了很多投资项目，我记得不是很清楚，不过应该是有的。”

苏申神色稍缓:“那你知道沈秦和张炯吗?”

“沈秦这个名字,我听邱明说过,是他公司的老板吧?”关茜不假思索,“至于张炯,我就没听过了。”

“关于沈秦,他说过什么?”苏申又问。

关茜再度摇头:“好像没说过什么,他对生意上的事,只有用得着我们,才会透露一点点,其他时候都不提及。”

苏申眉眼闪烁,似乎在斟酌可信度。

就在这时,关茜似乎想起什么,怯生生道:“警官,我前两天在新闻上,看到邱明被通缉了,他是不是和闪爆案有关啊?”

“还在调查,不便透露。”苏申矜持地致意。

关茜很识趣,不再多问。

苏申也不再停留,给陈子琦使了个眼色后,先行走出询问室。

“你先稍等,休息一下。”

陈子琦提醒关茜后,紧跟着苏申离开。

石军办公室。

苏申与陈子琦向石军汇报工作。

“关茜的证词,印证了邱明人品恶劣,但无法证实赵志宇和案情是否有牵连,时间拖得越久,对我们越不利。”徐小伟提出问题关键。

陈子琦却坚持道:“石支,虽然现在没有证据,但我不相信赵志宇真是无辜的。”

徐小伟听后一脸无奈,看向苏申,苏申抬起头来,忽然说道:“石支,我想到了一个疑点……”

“说。”石军点了点头。

苏申娓娓道来:“按照赵志宇的口供,邱明应该是被林芮言语侮辱后起了杀心,这类动机往往会催生出激情犯罪。但从A国对林芮的被杀调查来看，凶手不仅伪装了自己，而且是蓄谋已久。因此赵志宇供述的动机，和现实中凶手采取的方式似乎对不上。”

“话不能这么说，凶手总不可能毫无伪装地去杀人吧。”徐小伟及时反驳，“如果真是邱明做的，那就更好解释了，他本来就懂得反侦查。”

苏申无言以对，只好换个方向，问石军道：“石支，周组长那边的DNA检测报告出来了吗？”

“应该快了。”石军看了眼时间。

徐小伟狐疑道：“你在怀疑什么？”

苏申神色凝重道：“陈警官怀疑赵志宇是否在撒谎，而我，怀疑他是不是赵志宇，只是我没有证据。”

陈子琦笃定道：“他肯定是赵志宇，审讯一开始，我故意试探他的口音，的确是A国S市的俚语发音。”

“口音可以学嘛。”苏申还是不信。

陈子琦急了：“不是长期在当地语言环境里生活三五年，口音怎么学？你简直强词夺理。”

众人对苏申的疑虑感到费解。

这时，周慧敏来到办公室，递给石军一份报告：“石支，DNA化验报告出来了。”

石军接过报告，示意她直接讲结果。

“赵志宇和邱明的DNA信息，完全一致。”周慧敏汇报道。

“他真的在撒谎？”陈子琦失声道。

周慧敏摇摇头，说明原因：“不是，是因为DNA测试对他俩无用。”

众人匪夷所思，等待周慧敏进一步说明。

“他们是同卵双生的双胞胎，对吗？”苏申似有所悟。

周慧敏给予了肯定，并继续道：“如果只按指纹区别，那么他应该就是赵志宇。”

苏申深感失望，但还是保持怀疑。

“咚咚咚！”

房门再被人敲开，见习生徐立阳走进来，汇报道：“石支，赵志宇吵着要见律师，说我们无端扣留他，侵犯他自由。”

徐小伟迟疑了一下，对石军建议道：“石支，我不是故意跟同事唱反调，赵志宇的外籍身份确实敏感，是否继续扣留得谨慎处理。”

“任何嫌疑都不要轻易放过，你们跟我来！”

石军沉吟片刻，果断做出决定，率先出了办公室。

众人紧跟上去。

半小时后，苏申与陈子琦陪着关茜来到审讯监控室，隔着那面单向玻璃，在石军和徐小伟的注视下，观察对面的赵志宇。

关茜望着赵志宇，非常笃定道：“他就是赵志宇！”

“你看仔细了？”陈子琦叮嘱道。

关茜重重地点头：“我肯定，他就是赵志宇！”

陈子琦看了眼苏申，苏申却默不作声。

陈子琦眼睛一转，再问道：“那你想想，你和赵志宇之间，有没有只有你才知道的亲密动作，或者日常的细节，我们去验证一下。”

关茜想了想，竟然羞红了脸，似乎不好意思。

陈子琦会意，走近她身边，听她耳语道：“赵志宇有个癖好，每天醒来，都会亲我的一颗痣，在我肚脐边上……”

陈子琦略感惊讶，但见关茜不像说假，这才点了点头。

不久，陈子琦与苏申回到智能审讯室。

“赵志宇，需要你回答一个私人问题。”陈子琦坐到赵志宇对面。

赵志宇依旧桀骜：“你先问，涉及隐私那我得考虑一下。”

“你跟关茜在一起时,每天都有个嗜好,是什么?”陈子琦直接发问。

“亲她肚脐边上的痣啊! 干嘛,你们警察这么八卦吗?”赵志宇撇了撇嘴,颇为挑衅道,“还是想跟我学技巧?”

“你注意你的言行,这里是刑侦总队。”陈子琦厉声警告。

赵志宇得理不饶人:“我一个A国公民,在你们东海公安局,已经关了一天一夜,该配合的都配合了,该说明的也说明了,你们凭什么还扣着我? 我倒想问问,你们懂不懂法?”

陈子琦无言以对,看向了苏申,苏申则低着头,无法决定。

赵志宇看出他们犹豫,顿时使劲敲打桌面:“我要见律师,我要上大使馆,去外交部告你们……”

听着赵志宇的叫嚣,苏申攥紧了拳头,偏偏无可奈何。

赵志宇不管不顾,看向墙角的摄像头,大声咆哮:“你们这是侵犯我的人权,把我的律师叫来,现在、马上!”

苏申咬牙切齿,身体忍不住抖动,蓄势待发。

“无凭无据扣留我,还故意让我熬夜,你们这是虐待!”赵志宇愈发嚣张,“你们等着,我要让你们一个个,都把警服脱了!”

第十一章　你死我活

苏申忍无可忍，一个箭步上前，揪住赵志宇领口："无凭无据？那你告诉我，高剑是被谁撞的！邱明从疗养院逃跑的时候，你又在哪儿？说啊！"

赵志宇愣了一瞬，但还是毫不示弱，与苏申对峙："莫名其妙！"

苏申大吼道："四天前的下午，你在哪里？"

赵志宇错开眼神："都说了在棚户区，出租房！艳粉街！你们自己查啊！"

陈子琦意识到不对，赶紧拉住苏申手臂，徐小伟也冲了进来，隔开他和赵志宇。

赵志宇坐回审讯椅，傲慢地注视着苏申。

"走，先出去说。"徐小伟把苏申拽出了审讯室。

陈子琦也顾不得许多，紧跟着离去。

徐小伟带苏申来到专案组会议室，石军已经在等候。

石军明显有些不悦，苏申则满脸懊恼，低着头不说话。

时间一分一秒过去，已是晚上9点半。

"赵志宇在东海的律师，明天早上会过来施压。"徐小伟打破沉默，“如果我们没有证据证明他涉案，继续扣着他，就是捧了个烫手山芋。”

石军也觉得棘手，尝试找出证据：“棚户区有没有监控，可以证明他的行踪？”

徐小伟摇摇头：“棚户区附近的监控大多年久失修，不是摄像头损坏，就是存储卡报废，而且分布散乱、像素很差，等同于监控盲区。赵志宇的日常行踪，根本无从查起。”

众人一筹莫展。

这时，于跃抱着笔记本电脑，从外面跑进来，看到众人沉默，不觉有些尴尬：“我发现了新疑点，讨论一下？”

石军示意道：“赶紧说。”

于跃把电脑连上大屏，播放视频，这段视频画面是苏申从酒吧带回来的。

于跃向众人介绍：“先前，大家把关注焦点放在了冲突原因上，但我提取完整的监控后发现，可疑的不是打架，而是打架之前……”

说话间，他按下倒放键，视屏内容倒转，画面定格在赵志宇走出走廊，用纸巾擦手的瞬间。

于跃指着画面提醒道：“大家注意，赵志宇从厕所出来，监控显示的时间是，9月30日23点32分。”

接着，他再次按下倒放键，画面迅速倒转。

众人惊疑不定，好奇他要说明什么。

很快，倒放画面上：忽然闪过一个人影，从酒吧洗手间的走廊，倒着跑了出来。

于跃轻点键盘，取消倍速，画面正常播放，监控视角下：赵志宇捂着肚子，小跑进了走廊的洗手间。

于跃再度暂停，提醒道：“这是赵志宇跑去厕所的画面，时间是9月

30日22点47分，一前一后，足足45分钟。”

“时间确实是长了点，但这能说明什么？”徐小伟发现了疑点。

苏申警觉道：“当晚我离开沈秦公寓的时间，就是在23点左右。”

徐小伟顿时吃惊道：“你怀疑赵志宇，参与了闪爆案？”

陈子琦也意识到严重，对石军说道：“石支，我之前就提出过假设，邱明飞去A国杀害林芮，赵志宇则飞来中国东海，替他谋杀了沈秦。但当时苏申认为，邱明行事谨慎，不会交给别人处理，以免节外生枝，现在看来，这俩兄弟果然有问题。”

苏申保持着沉默，不置可否，其他人也在思索更多可能。

“我认为当务之急，是赶紧找到线索，攻破赵志宇的不在场证据！”陈子琦提出建议。

众人都觉得深以为然。

石军则吩咐徐小伟：“把地图调出来，看看酒吧到河畔公寓的距离。”

徐小伟点开手机，打开电子地图，查询路线并汇报：“河畔公寓到午夜巴黎酒吧，距离不是很远，据电子地图的导航显示，这条路线步行要30分钟，开车要绕点路，大概要15分钟左右。这还是路况好的情况，但不管哪种方式，门口肯定有监控，而且没有作案时间。”

“那段时间，有拍到赵志宇离开酒吧的画面吗？”徐小伟转向于跃。

于跃摇了摇头：“酒吧门口的监控，确实没拍到赵志宇离开。”

“那他就不可能参与到闪爆案中来。”徐小伟笃定道。

“如果开车12分钟，还是有可能的。”苏申提出疑虑，“而且，从酒吧监控分布来看，走廊里面和卫生间都处于监控盲区，也许有其他通道呢？”

徐小伟有些急了，费解道：“这明明是两个案子，你们为什么非要搅到一起呢？”

“徐探长,这点我支持苏申,我不相信赵志宇是清白的。”陈子琦力挺苏申。

徐小伟不服气道:“你们俩怎么这么不理智了? 一个认定赵志宇有问题,一个主观推测赵志宇参与到闪爆案,这是明显是提前预设了有罪推定而又没有明确证据嘛!”

苏申没有解释,转身看向石军:“石支,我申请去酒吧复勘,做个侦查实验。”

石军难以定夺,始终没有决断,氛围再度沉寂下来。

就在这个当口,朱艳君走到徐小伟身后,轻声耳语了两句。

徐小伟听后,汇报给石军:“石支,小朱提醒我了,我们曾调查过沈秦公寓和附近的监控,案发当晚,除了苏申,并没有其他可疑车辆或可疑人员进入小区,这就等于排除了赵志宇,接近沈秦公寓的可能啊。”

“你忘了消防通道里,有纺织物压痕吗?”苏申忽然说道。

徐小伟顿时愠怒:“你又拿那些捕风捉影的痕迹说事儿。”

苏申固执己见,不予回应。

“去吧,你们一起去!”石军终于做出决定,“于跃你也跟去,注意检查附近的监控,有没有被破坏,或者动过手脚。”

徐小伟却担忧道:“石支,现在都快十点了,明天一早,赵志宇的律师就要……”

石军挥了挥手,打断徐小伟:“没时间更要抓紧,我们不能放过任何疑点,至于法律问题,我会向上级请示,你们只管专心办案。”

“是!”

徐小伟无奈,只好跟苏申他们立即出发。

晚上十点半,午夜巴黎酒吧。

即便已是深夜,酒吧外的富长路仍旧被堵得严严实实,车流尾灯相接，红灯闪烁不停，路边那排等待宰客的高价出租车，更添了几分拥堵。

Steven已等候多时，见苏申他们来了，赶紧上去握手寒暄。

苏申报歉道："路上堵得太厉害了……"

"正常！这里是富长路，酒吧一条街，前面那几家清吧这几天都陆续开了，现在这个时间正是年轻人出来玩的时候。"Steven点了根香烟，时而吞吐烟雾。

于跃打了个招呼，带朱艳君走到路口，检查附近的监控。徐小伟则拿出手机，点开电子地图，发现富长路果真是红的。

徐小伟把地图给苏申，再抬手看了眼时间，说道："现在是晚上10点37分，跟你假设赵志宇作案的时间差不多，你看看这路况，开车到河畔公寓，预计时间至少要半小时。"

"这段路一般会堵多久？"苏申转而问Steven。

Steven抽了口烟："一般从十点半开始堵，一直到后半夜两三点。"

苏申不信道："每天都这样？"

"只要酒吧正常营业，每天都是这样。"Steven如是道。

苏申再度确认："会不会有例外，比如9月30号晚上？"

"苏警官，一看你就没来酒吧玩过，9月30号晚上是什么日子？节假日前夜啊，生意不要太好，也只会更堵。"Steven忍不住失笑。

徐小伟收起手机，拍了拍苏申肩膀，让他别想太多。

"要不进去聊？"Steven发出邀请。

苏申他们欣然应允，正准备进去时，徐小伟忽然问道："老板，既然都开业了，你这儿怎么还关着啊。"

Steven自顾走入酒吧，解释道："以前太闹腾，最近我想清静点……"

走入酒吧大门，苏申驻足寻找监控位置，发现正对着门口。

Steven看出用意，提醒道："正常运转的监控已经提供给你们了。"

苏申不置可否，继续往里走，来到舞池和走廊的交界处。

"这段是监控盲区吧？消防通道在哪里？"苏申凝视走廊深处。

Steven指引道："在里面，拐角就是消防通道出口。"

苏申顿时警觉，与徐小伟走了进去，走到尽头拐角处，推开消防通道，发现外面正对富长路。

苏申抬头，找到监控的位置，问道："这个也在使用吗？"

"都正常，消防通道一切合规。"Steven坦然道。

徐小伟关上门，回到苏申面前："外面是富长路，而且从这里去河畔公寓，比正门远了十几米。"

苏申看在眼里，不免有些失落，随即往回走。

走出一小段后，遇到一个房间，徐小伟心生警惕，推门而入，开灯，里面堆满了破旧杂物。

Steven提醒道："这是杂物间。"

徐小伟确认没有其他发现，这才退了出来。

不久，苏申走进男卫生间，里面狭小而局促，除了墙角的气窗，没有任何疑点，只好返回走廊。

对面，陈子琦也走出女卫生间，示意没有外出的可能。

"正门和消防通道出口，全都有监控。"徐小伟试着整理道，"走廊这里，虽处于监控盲区，但卫生间等于全封闭，只要监控没问题，赵志宇就肯定没出去过。"

苏申怀着疑虑，沿走廊回到舞池，恰好这时，于跃与朱艳君进来，跟他们会合。

于跃告诉苏申他们："附近的监控全都运转正常，视频资料也都核查过了，基本可以确定，在那40分钟里，赵志宇没走出去过。"

苏申回头看了眼走廊，还是有些不甘心。

“打扰了。”苏申打了个招呼，率先往外面走去，背影显得消沉。

徐小伟等人跟Steven握手后，纷纷朝苏申追去。

从酒吧出来，富长路依旧堵得厉害。

苏申站在门口，望着尾灯闪烁的车辆，眉头拧到了一起。

徐小伟走出来，拍了拍苏申肩膀：“回去吧……”

“步行单程30分钟，我跑步会不会快一点？”苏申还不死心。

“苏申，你不是最重视证据和逻辑推理吗？”徐小伟拉过于跃，“刚才于探长说了，监控都好着，赵志宇不存在出入的可能。”

苏申低了下头，低声道：“我只是不想放过任何可能。”

“又是这句！”徐小伟顿感头疼，“他连门都没出，你跑一趟有什么意义？”

苏申还是不肯放弃。

就在这时，陈子琦点开手机上的计时器，站在苏申身边，爽朗笑道：“我陪你，不跑一趟我也不死心。”

苏申回以默契，等陈子琦按下计时器，一起冲了出去。

徐小伟看着他们跑出去，顿时忍不住扶额，一脸无可奈何。

“探长，要不我们也跑？”朱艳君请示道。

徐小伟瞪了他一眼：“傻呀，跑什么跑，我们直接开车去。”

老城区，河畔公寓楼下。

苏申与陈子琦奔跑而来，累得气喘吁吁，在楼下被徐小伟拦住。

苏申喘着粗气，问陈子琦：“多久？”

“18分钟，有希望，走！”陈子琦查看手机后，作势继续奔跑。

苏申却迟疑了，动也不动，徐小伟也摇头道：“太赶了，没希望的。”

苏申认同道：“我们到这里18分钟，就算再冲进去，以凶手的作案手法，带上鞋套，从消防通道上楼，8楼，起码要7分钟，单程就是25分钟，这还不算作案时间。”

陈子琦顿时了然，放弃了奔跑的念头，叉着腰喘息粗气。

徐小伟摇头道：“还是先回去吧，这赵志宇真成烫手山芋了。”

苏甲与陈子琦擦着汗，脸上满是失落。

晨光破晓，专案组会议室。

石军率专案组成员，彻夜商讨对策，都显得有些疲惫。

徐小伟请示石军：“石支，赵志宇的律师已经在外面等了，你看……”

石军没有回答，思索着对策。

“石支，我，我认为不能放了他。”陈子琦底气不足。

苏申看向李炜，凝重道：“李师兄，我们发现的纺织物压痕，跟赵志宇比对过了吗？”

“那些压痕太浅了，没办法比对脚印。”李炜摇摇头。

苏申垂下头，唉声叹气，陈子琦也别过头，很不甘心。

偌大的会议室竟然死寂一片。

“咚咚咚！”

就在这时，忽然有人敲门。

来人40多岁，戴着金丝眼镜，穿着深色西装，气场颇为沉稳，散发着傲慢气息，正是赵志宇的律师，号称东海市第一大律师——吴义。

吴义左手提着一套定制西装，敲开门后，没有直接进来，而是向石军致意道：“抱歉，我是赵志宇先生在中国的私人律师，我姓吴，吴义！”

顿了一下，吴义继续道：“我已经联系A国驻东海领事馆，抗议你们东海市公安局，无端扣押A国人士赵志宇先生，领事馆已经照会你们领导，应该马上会下发通知。能否让我先见一下赵志宇先生？”

石军不满道：“请您退到专案组会议室外，有事到办公室聊。”

吴义伸出右手，指着地面划了划，示意自己并未越界。

石军无奈起身，走出去沟通。

会议室外，吴义扬起下巴，看向石军疑惑道：“这儿，队长你说了能算吗？”

石军不卑不亢道：“案件还在调查中，请你少安毋躁。”

说话间，赵克维快步走来，大家看见赵克维，纷纷围拢出来，等候他的指示。

迎着众人疲惫、期盼的目光，赵克维沉重道：“先放人！”

大家失落地低下了头，氛围变得无比压抑，苏申更是盯着脚尖，攥紧了拳头。

赵克维向大家解释：“A国驻东海领事馆与东海市政府、东海市公安局的高层领导进行了沟通，鉴于目前没有明确证据指证赵志宇参与案件中，只好先把他释放。”

吴义假意矜持道：“那，现在可以带我去见赵先生了吧？”

“小朱，带他去。”石军不再迟疑，吩咐朱艳君。

朱艳君不情愿地走出来，带吴义去了智能审讯室。

人群后方，忽然响起苏申的声音：“赵总，高剑还躺在病床上……”

徐小伟吃惊道：“苏申，你……”

赵克维摇了摇头，来到苏申背后，抓住他的肩膀，说道：“大家的心情我能理解，但案件越是错综复杂，就越是要保持冷静，绝不能被情绪影响判断，而且，我相信调查方向肯定没问题，需要的是耐心和仔细。”

苏申转过身来，眼睛泛着湿润，其他人也围过来，站在赵克维身边。

赵克维为鼓气道：“我一直在关注案件进程，邱明和赵志宇这对双胞胎，确实有很多疑点。赵志宇看似撇清了关系，但我们还有邱明这条线，大家提起精神，尽快把他找出来。”

众人受到鼓舞，绽放欣然之色。

重案支队办公室。

关茜捧着水杯，坐在陈子琦的座位上，时不时望向门外，焦急地等待着。

不多时，赵志宇在吴义、朱艳君的陪同下，走进了办公室。

突然，赵志宇驻足，抬手打招呼："各位警官，大家都辛苦了……"

苏申远远看着他，仿佛能吃人，陈子琦也咬牙切齿。

赵志宇走到近前，睥睨众人："本着大事化小、小事化了的原则，这两天发生的不愉快，我就不追究了，以后别听风就是雨，有切实证据了再抓人。"

吴义看不下去，轻微咳嗽了一声，提醒赵志宇收敛。

"干嘛，抓错人还不让说？"赵志宇看向陈子琦，"尤其是某些人，在国外混得不咋样，能力不行还胡来，简直给我们A国华人丢脸。"

陈子琦气得身躯颤抖，眼看就要发作，幸好苏申被抓住，暗示她先冷静。

这时关茜站了起来，端着水杯，朝赵志宇走了过去，没有任何征兆的，把水泼到了他脸上。

赵志宇愣住了："你干嘛？"

"你们都不是东西！"关茜怒骂一声，径直出了办公室。

吴义见状不妙，赶紧给赵志宇递上纸巾。

赵志宇推开吴义，瞪向陈子琦："A国警方那边，我已经投诉，你就等着吧！"

说罢，赵志宇追随关茜而去。

1个小时后。

于跃和朱艳君带着两个年轻警员，各提着两个快餐袋，从外面走了进来。

“赵总体恤大家，请大家吃早餐。”于跃招呼同事们。

警员们围了上去，陆续分发早餐。

徐小伟分出一个袋子，提到苏申的办公位，递给苏申和旁边的石军。

苏申望着石军办公室，陈子琦正在里面，来回走动打电话，一副懊恼的样子。

徐小伟拆开袋子，拿出早餐点心，并回头看陈子琦：“还被训话呢？都快半小时了吧？”

苏申没有回答，愈发显得担忧。

“至于嘛？”徐小伟费解道，“严格来说，赵志宇拒不配合A国警方调查，又是嫌疑人邱明的双胞胎兄弟，小陈怀疑调查他，完全合情合理啊。”

“也许，小陈的领导是觉得她仗着特派员的身份，不听从指挥吧。”石军摇了摇头。

苏申深以为然：“确实，她毕竟是个华人，而且还是女性，在那边的处境本就艰难。”

“A国也算发达国家，歧视竟然这么严重？”徐小伟惊讶道。

苏申接过豆浆，解释道：“西方人的优越感、种族歧视、性别歧视，早已经根深蒂固，她遇到的阶层壁垒和职场瓶颈，比我们想象的更严重，华人想挤进西方社会的精英圈层，实在太难了。像赵志宇那样，仗着家里有钱移民过去，也只能在华人圈子装大佬，更别说像陈子琦这样普通家庭出身的孩子……”

“三十多年前，国门刚打开，咱们东海有多少人，挤破了头要往外跑，如今回首再看，国外真不一定比国内好。”石军也颇为感慨。

陈子琦终于挂断电话，面向窗外深呼吸，背影沮丧。

“拿给她！”石军把点心交给苏申，“案子还没办完，身体得顶住。”

苏申拿起点心，走了过去。

徐小伟又拿来一盒烧卖，殷勤地递给石军：“石支，你吃这个。”

石军推开烧卖：“别管我，我自己来，你赶紧吃，吃完抓紧时间，把邱明给我揪出来。”

“是！”

滨江大酒店，总统套房。

关茜坐在落地窗前，眺望对岸景色，美如画卷。

赵志宇走了过来，深情地抱住她，关茜试图挣脱，但赵志宇很用力，不容她挣扎，并吐露道：“对不起……”

“这么大的事，你也不提前说，我看了新闻才知道。”关茜转身望着赵志宇。

赵志宇抓住关茜的手掌，深情款款道：“对不起，我做的一切，都是为了我们以后可以安心地在一起。”

关茜抿着嘴说道：“我以为可以相信你，结果你也欺骗了我，我真不知道，能不能继续相信你。”

赵志宇愣了半拍，继而问道：“律师找好了吗？”

关茜点了点头，眼神却在观望。

“给他打视频电话，就现在。”赵志宇果断道。

关茜拿出手机，拨通视频电话。

接通后，出现了一个白人律师，跟关茜打招呼：“Hi，Chloe。”

赵志宇拿过电话，面朝自己，跟律师笑道：“下午好，Frank。”

“下午好，赵先生？”Frank有点不确定。

赵志宇表明来意：“Frank，你能帮我和Chloe准备一份婚姻公证和有关财产继承的协议吗？”

“抱歉，Justin，必须等你们回来，才能办理婚姻公证。”Frank表现专业道，“不过我可以先帮你们，起草一份财产继承协议，你希望指定谁来继承？”

赵志宇毫不犹豫道：“结婚以后，财产归我和Chloe共有，共同经营管理，如果我出现意外，Chloe可以无理由继承我的全部财产。”

“哇哦，这是我听过的最浪漫的情话。”Frank深感意外。

赵志宇满含笑意，深情地望向关茜，关茜眨着眼睛，闪烁晶莹，似乎被感动了。

Frank却提醒道：“抱歉，Justin，我得提醒一下，因为林芮被谋杀的案子，你个人的财产还被冻结着，财产继承和清算，得等到案件了结后。至于你们的婚姻公证，还有这份财产继承协议，我建议等结案之后再提交，OK？”

赵志宇没有表态，而是把手机对准关茜，让她来决定。

关茜同意了：“OK。”

挂断电话后，赵志宇紧紧抱住关茜，轻声道：“安心了？傻瓜……”

关茜眺望着对岸，放松了警惕，靠在赵志宇肩头，好像真被感动了。

温情够了，赵志宇松开怀抱，深情地凝视着她，轻声道：“还差最后一步……”

关茜抿着唇，眸光闪烁着不安。

黑夜降临，东海市繁华依旧。

警队健身房的拳台上，陈子琦戴着手套主攻，苏申套着两块拳击垫，充当陪练。

陈子琦越打越专注，左右手轮番出拳，苏申举着拳垫护住脸庞，渐渐招架不住。

终于,苏申求饶道:“行了行了行了……”

陈子琦不肯松手,泄愤般挥出右臂,一拳打在拳垫上,然后喘着粗气,撑着膝盖看向苏申。

苏申吃到力道,向后踉跄两步,随即丢开拳垫,再度求饶:“歇会儿,歇会儿……”

他们走下拳台,到旁边休息,苏申拧开一瓶水,给陈子琦递去。陈子琦毫不领情,绕到苏申身后,自己拿来矿泉水,拧开仰头就喝。

“过了吧?我只是出于绅士啊!”苏申很不解。

陈子琦尖锐道:“绅士文化的背后,藏着男强女弱的潜意识,只不过你们这些自以为文明礼貌的男人,不肯承认罢了。”

苏申翻了个白眼,懒得搭理她,自顾喝水。

“叮铃铃!”

忽然,苏申的手机响起,他接了起来:“喂,你好。”

电话里传来声音:“你好,苏警官,我是东海医院ICU的医生,高剑恢复得挺好,胸腔已经止血,淤血和积液也清理了,已经拔除引流管,转到普通病房了。”

苏申倍感惊喜,连连道谢:“谢谢,谢谢!”

等苏申挂断电话,陈子琦关切道:“高剑好了?”

“走,可以去看他了。”苏申跳下拳台。

陈子琦跟上苏申,一起前往医院。

高剑病房里,沈心怡坐在床前,持续着沉默。

高剑叹息道:“姐姐,我只能说,这个案子真的非常棘手……”

“我知道,我也相信他,但这事儿,我也有我的考虑。”沈心怡坚持道。

高剑有点急了:“你听我一句劝……”

话音未落,苏申与陈子琦推门进来,高剑看到陈子琦顿时觉得郁闷。

苏申见沈心怡在，也觉得有些尴尬，陈子琦不明就里，问高剑道："高剑，这你女朋友？好漂亮啊！"

苏申适时提醒："我女朋友……"

陈子琦瞬间语塞，本就古怪的氛围愈加凝固了不少。

好在沈心怡大方，起身到陈子琦面前，自我介绍道："我是沈心怡，你就是陈警官吧？"

"是的，陈子琦。"陈子琦倒也爽快。

高剑给苏申使了个眼色，故意问道："老苏，撞我的混蛋抓到了吗？"

苏申摇摇头："还没有，你感觉怎么了？"

"我好得很，现在就能下床。"说着高剑就要起身，结果牵动了伤口，胸腔传来阵痛，疼得他龇牙咧嘴，自己缩了回去。

沈心怡本想阻止他，却已经来不及。

就在这时，管床护士拿营养液进来，见高剑疼得直喘气，忍不住打趣道："你就作妖吧。"

"你们这个朋友，真是六耳猕猴投胎，跟他说了，起码再静养一周才能下床，他就是不听。"护士向苏申他们告状。

高剑说不过护士，侧身背对着她，护士则走到床前，挂好营养液，理好输液管和针头，再抓过高剑的右手，接上留置针头。

做完这些，护士继续道："虽然你身板好、运气也不错，没伤筋动骨，但胸腔毕竟损伤了，再养一周，才能回工作岗位，而且一个月内，只适合文职工作，不能剧烈运动，不能过度操劳。都这么大人了，怎么还叛逆呢？"

高剑不乐意了，又不敢辩解，索性拿被子遮住脑袋，独自生闷气去了。

苏申看他这样，忍不住笑了，沈心怡也忍俊不禁。

"你出来一下。"

护士离去后，沈心怡拉了拉苏申，随即便走出了病房。苏申虽有迟疑,但还是跟了出去。

等他们离开后,陈子琦找高剑八卦道:“这就是他的白富美女朋友?看着不对劲啊。”

高剑放下被子,无奈地叹息一声,不知道该怎么说。

从病房里出来,沈心怡背着双手,低着头独自走在前面。

苏申望着她的背影,感到很不安,追上去解释道:“你别误会,她就是个女汉子,我们只是校友和同事关系。”

沈心怡莞尔一笑:“我有那么小家子气吗?”

苏申松了口气,却不知说什么。沈心怡看在眼里,转而问道:“我给你的宝马车,怎么没去提啊?”

“真的有点不合适,也确实没有时间。”苏申如实道。

沈心怡点了点头,并正视苏申,严肃道:“苏申,我们先分开一段时间吧。”

苏申愣住了,继而慌张,不敢相信:“为什么?”

“邱明被通缉后,公司的行业名声,外部的舆论环境,现在越来越差了,内部也人心思动。”沈心怡抿着嘴,“这是需要我去解决的。其次,姑妈也需要我照顾。”

苏申着急道:“那也没必要分手吧?”

“尽快侦破案件,抓到邱明,证明自己的清白,是你眼下的当务之急;而清理公司纷争,替我父亲主持好公司运营,是我最迫切的责任。我们都有各自的使命。”沈心怡语重心长。

苏申沉默下来,无言以对。

“好啦,你就听我一回。”沈心怡绽放笑容,“只是先分开一阵子,让我们可以心无旁骛地处理问题。”

沈心怡言语诀别,眼神却充满不舍。

苏申望着她，然后抱住了她，表明自己的心意，久久不愿放手。

病房里，陈子琦听完故事，忍不住感动道：“苏申真是几辈子修来的福气，女朋友处处为他着想……”

“她还特别爱屋及乌。”高剑深以为然，“我们一起在石库门长大，他俩上学那会儿搞暧昧，担心大人看出来，每次都带着我，对我真的很好……”

说话间，苏申推门而入，眼眶泛着红润。

“老苏，不管怎么说，兄弟我肯定跟你不离不弃，明天就让医院开证明，回去陪你战斗。”高剑劝慰道。

苏申收敛情绪，笑骂道：“说什么胡话呢，护士都说了，你起码要再躺一周，一个月不能剧烈运动。”

“她说的是一般情况，可我是一般人吗？我被车撞了都没事，简直是钢筋铁骨。”高剑弯起手臂，比划起手腕的肌肉。

“别闹了！”苏申白了他一眼，“你就安心休息，案子的事儿，交给我们来办。一周以后，如果你真闲不住，就先做个全身检查。等医生确认了，你再拿体检报告，去跟师兄申请。”

“靠谱！”

高剑挤眉弄眼，嘿嘿笑了起来。

翌日午后，滨江大酒店。

赵志宇穿着一身气派的西装，抽着雪茄，拿着皇家礼炮威士忌，走出酒店门口，在酒店停车场等候。

很快，一辆普通的黑色大众，远远开了过来，停在赵志宇面前。

代驾司机推门下车，小跑到赵志宇面前，毕恭毕敬地请他上车。

赵志宇坐上驾驶位，缓缓驶离，代驾司机站在原地，鞠躬道别。

不远处，酒店大堂靠窗处，关茜目送赵志宇离去后，拿出手机拨通了110：“喂，我要报案……”

“哇啦、哇啦、哇啦……”

东海市区内，尖锐的警笛声响起，路上车辆迅速避让。

朱艳君驾驶警车，穿过车流疾驰前行。徐小伟坐在副驾驶座，拿起对讲机汇报：“石军，现在路况拥堵，但我们会全力追赶。”

另一边，专案组会议室，前方大屏上，于跃已经逐步标出赵志宇经过的路口，很快连成路线。

石军指挥追踪：“他的逃亡路线，于跃会马上同步给你们，看样子是往海边去了。”

近乎同时，苏申和陈子琦来到滨江大酒店，见到了关茜。

关茜坐在沙发上，一脸焦急，吴义陪在旁边，没了以往的傲气。

“他什么都没说？”苏申问关茜道。

“他说有事要出去，我觉得奇怪，就追了下去，结果刚到大堂，他就开车走了。”关茜忽然想起，“对了，他还带走了一瓶威士忌。”

苏申意外道：“带了瓶酒？”

关茜笃定地点了点头。苏申则看向陈子琦，彼此心照不宣。

“如果赵志宇联系你，请尽快通知我们。”苏申叮嘱关茜。

“苏警官，我求求你们照顾好他的安全。”关茜嘴唇颤抖，哽咽了起来，“赵志宇容易冲动，容易被人利用，他，他真的玩不过邱明。”

苏申答应下来，转身招呼陈子琦离开。

徐小伟与朱艳君的警车，按照于跃给的路线图，一路追踪来到港口区，再往前走，就是集装箱码头。

忽然，前方道路上，一辆黑色大众车正在熊熊燃烧。

朱艳君放缓速度，从大众车前开过，徐小伟拿出手机，接连拍下照片后，发送给石军。

徐小伟拿起对讲机，汇报道："石支，我们追到海港区域，前面是集装箱码头，刚才在路边，看到赵志宇租来的大众车被点燃了，但是车里面没人，请您指示。"

石军看完照片，严肃地看向电子地图，于跃默契地将该区域放大，供给石军参考。

片刻后，石军得出判断，指示徐小伟道："邱明很有可能隐藏在集装箱码头，这里面肯定有鬼，你们先守着主干道，我们马上增援。"

放下对讲机，石军率先走出了会议室。

随着时间流逝，已是黄昏时分，夜幕从天边垂下，集装箱码头上，愈显空旷寂静。

赵志宇拿着酒瓶，绕过集装箱堆，来到深处某集装箱前，"铛铛"踢了两脚铁皮。

不久，顶上集装箱门被人推开，一个跟赵志宇一模一样、满脸痞气的男子，叼着香烟走了出来。

赵志宇望向男子，抬起手中的威士忌轻轻晃了晃。

他们注视着对方，忽然一笑，各自眼神中都透着一丝邪魅。

很快，天色彻底黑暗。

集装箱码头外围，停着一辆依维柯，石军从车上下来，苏申等人纷纷围了上去。

石军询问情况："跟港口方面联系了吗？"

"联系过了，已经请他们悄悄暂停所有集装箱的装船作业，也撤离了吊臂操作工人，我们可以展开地毯式搜查。”徐小伟汇报道。

苏申提出建议道：“石支，邱明做刑辩律师时，给不少亡命之徒做过辩护，人脉宽广，成分复杂，您看是否需要调集特警增援？”

石军果断到：“这里远离市区，特警赶来和部署都需要时间，事不宜迟，现在立刻呼叫。”

“是！”苏申回应后，走到旁边联系。

石军再看向众人：“你们分好小组，分好区域，检查好装备，马上展开地毯式搜索。”

“是！”

以徐小伟为首的探组，当即展开了行动。

先前那座集装箱内。

赵志宇躺在床垫上，与邱明抽着雪茄，吞云吐雾。

角落里，放着便携式卡式炉，旁边散落着燃气罐，还有各种生活垃圾，最里面的角落，放着一个煤气罐，用皮管连着小型燃气灶。

“用不惯燃气灶？”邱明看了眼角落。

“土鳖，谁还用那玩意儿，卡式炉多方便。”赵志宇忽然问道，“几点走？”

邱明收回目光，笃定道：“放心吧，半夜会有吊车把我们装上货轮，都安排好了，不会查我们这一箱。”

“说吧，你活到现在，还有什么遗憾吗？”赵志宇抽了口雪茄。

邱明幽幽道：“这话问得，怎么像临终遗言……”

“这不是聊聊嘛。”赵志宇假装轻松。

邱明愧疚道：“最遗憾的，是没让她过上一天好日子。”

赵志宇却不耐烦道：“你这人真没意思，父母子女一场，终究都有一别。她躺了四年了吧？医疗开支是个无底洞，她走了，你就能卸下这个大包袱，从此开始新的人生。”

赵志宇自说自话，没发现邱明的眼神已经越来越阴狠，到最后时，只剩下了冷漠。

转眼间，邱明收敛了情绪，装作弱小道：“去了A国，我真能重新开始吗？”

赵志宇犹豫了一下：“当然，到了那边，以后我罩着你，你想创业还是投资，资金我都给你出，别人奋斗几十年都进不去的圈子，我分分钟带你进去，再给你换个新身份，一切从头开始，跟你命里的穷根彻底做个了断。”

“还有，我们的游戏可以继续玩啊！”赵志宇猥琐地说出重点。

邱明并不置可否，反而莫名问道：“那你呢，后悔过吗？”

赵志宇无所谓道：“有什么好后悔的？人活着都是为了自己，只要自己过得好，做什么都无所谓。”

“你就这么笃定？你真知道，这辈子究竟要什么，为什么吗？”邱明若有深意。

赵志宇撇嘴道：“迷茫的人才会思考人生意义，而我生下来就知道要什么，我告诉你，老天让我生在这样的家庭，让我从小衣食无忧，就是为了满足我，让我为所欲为，让我及时行乐，满足我做人的一切欲望。”

见赵志宇越说越嗨，邱明忍不住笑了出来，笑容带着苦涩。

“你别笑！我从小见多了声色犬马、纸醉金迷，我也算阅人……哦不，阅女无数，哈哈哈。”赵志宇似乎真醉了，“我比你更懂欲望、更懂人性，食色，性也，人之大欲，这话是什么意思？就是要像我这样，满足自己的各种欲望，才算不枉此生。你活了三十年，寒窗苦读奋发图强，把欲望压抑成洪水猛兽，生而为人，真应该感到抱歉。”

“呵，什么歪理！”邱明嘲弄道。

赵志宇伸手拍打邱明胸口："放心，跟我到A国，让你活出人样来！"

邱明若有所思："听你这么说，人这一辈子，不过是欲望的奴隶。"

"生而为人，欲望满身！人，就是欲望！"赵志宇桀骜道。

邱明反驳道："不对，人应该是自己欲望的主人……"

赵志宇嗤笑道："装什么清高，难道你还想做圣人？你别以为比我励志，就比我了不起了，也不要以为，如果我们互换，就会有什么不同。假如当年老头抱走的是你，不是我，我敢打赌，你也会活成我这样。在欲望和财富面前，人性都是一样的，没谁比谁更高尚。"

邱明沉默了，赵志宇也意识到失言，氛围竟然有点尴尬。

赵志宇觉得烦闷，拿起酒瓶灌酒，却发现都喝光了，随手朝角落扔去。

"别闹出太大响动。"邱明听见酒瓶碎了，起身去捡起玻璃碎片，"地上都是玻璃碎渣，到了海上，风浪一打，我看你怎么办！"

"上了公海，谁还在这儿受罪？不就是给钱的事儿嘛！"赵志宇不以为意。

"胡闹！"

邱明走到角落，趁赵志宇不注意，伸出手到背后，悄悄拧开煤气罐，然后捧着玻璃碎片，拿起仅剩的应急灯，朝集装箱外走去："我去把这些扔了，顺便撒泡尿。"

赵志宇没搭理他，依旧躺在床上，似乎醉意浓了。

走到集装箱门口，邱明忽然停下脚步，呢喃道："如果当年，老头抱走的是我，我一定比你做得更好，一定会让所有人崇敬我，她的后半生肯定会过得很幸福……"

与此同时，赵志宇翕动鼻翼，闻到了煤气异味，瞬间警醒过来，盯向邱明的后背缓缓摸了过去。

呢喃完，邱明退出集装箱门，刚想关门，赵志宇就扑了过来，用袖中划出的匕首砍向他左手。

邱明脸色顿变，连忙闪身躲避。

赵志宇不给他机会，猛地踹开集装箱门，撞得他踉跄后退，跌倒在了地上。

“咣当！”

突然传来的响声，顿时引起苏申的警觉，与旁边的陈子琦看向响声的来源。

辨别方位后，苏申拿起对讲器：“各单位注意，嫌疑人可能在我附近，看坐标向我靠拢。”

空旷的码头上，干警们驾驶警车，缓缓缩小搜查圈，接到苏申的指示后，通过GPS定位，迅速掉转车头驰去。

警车如洪流，从不同方向一同赶赴苏申身边。

“你这个贱种，沈秦也是你害死的吧？贱货！”

集装箱外面，赵志宇失去理智，愤怒地扑向邱明。

邱明赶紧爬起来，把手里的应急灯砸向赵志宇头顶。赵志宇闪身躲开，应急灯砸在门板上，再次发出“咣当”响声。

苏申与陈子琦绕过路口，寻找响声来源。

“咣当！”

忽然，左边又传来响声，苏申立即赶了过去。

距离越来越近，苏申看着前方，不觉瞪大了眼睛，陈子琦也满脸惊讶。

只见集装箱堆上，两个一模一样的男子，正在你追我逐，前面男子顺着铁梯，爬向集装箱顶，后面男子紧追不舍，追逐而去。

苏申反应过来，赶紧放上警灯，鸣响警笛。

“哇啦、哇啦、哇啦……”

集装箱铁梯上，正在攀爬两个男子，听到警笛后猛然看了过来。

一模一样的两张脸，都露出了惊愕之色。

第十二章　初见端倪

深夜，疗养院VIP病房。

“医生，医生，邱妈妈不行了……”

小田照例查房，看到监测仪表的数字突然越来越低，惊叫着冲了出去。

港区码头，集装箱顶。

邱明爬上集装箱顶，已经无路可走。

赵志宇手持匕首，追到他背后，愤恨道：“贱种，你敢骗我，今晚根本没有船，只有你死我活。”

邱明也冷笑道：“我们想的一样，不过准确地讲，我们两个当中只有一个人才配活着……”

“Son of a bitch！”赵志宇骂着朝邱明扑去，邱明连忙抵挡，试图夺刀，缠斗在一起。

“咣当！”

匕首在争夺中落地，兄弟俩轮番夺取，拼得难分难解。

50米外，另一个集装箱顶。

一个黑衣人呈卧射姿势，手持带瞄准镜的强弩，对准缠斗的兄弟俩，因兄弟俩轮番夺刀，身份混淆，黑衣人竟难以瞄准。

“哇啦、哇啦、哇啦……”

远处，警笛声越来越近，黑衣人顿时警觉，先逃离了现场。

慌乱中，掉下了一支弩箭。

警车转眼即至，苏申等人冲下车，拔枪严阵以待。

集装箱堆顶上，兄弟俩缠斗到了边沿。

徐小伟拿过车载扩音器，发出警告：“顶上的人，立即放下武器！”

兄弟俩无视警告，继续缠斗夺刀，招招毙命。

“特警到哪儿了？”苏申问朱艳君。

朱艳君拿出手机，汇报道：“还有2公里，5分钟内……”

苏申回归视线，抬枪瞄准兄弟俩。

“放下武器，停止打斗。”徐小伟再次喊话。

兄弟俩还是无动于衷，其中站着的男子用刀刺向跪着抵挡的那人。

徐小伟欲鸣枪示警，却被苏申阻止：“要活的！”

徐小伟瞥了眼苏申，冷声道：“知道，击伤不击毙。”

苏申还是迟疑：“再等等吧……”

徐小伟虽显不悦，但还是垂下枪口，再度注视集装箱顶，试图分辨兄弟俩。

缠斗的兄弟俩，已经进入白热化，站着的男子占据上风，刀尖即将刺进对方胸口。

“啊……”

男子发出惨叫，徐小伟精神一凛，坚决抬枪瞄准。

“砰……”

就在这时，一声枪响，突然在耳边炸响。

徐小伟愣了愣，看了眼枪口，确认没有走火。

“啊……”

集装箱顶，站着的男子中枪，捂着手臂向后倒去，伴随着惨叫声，从高处坠落。

对方试图抓住他，却已经来不及了。

这边，徐小伟看向苏申，似乎有些不解。

苏申举枪的手臂不可遏制地颤抖，呼吸也变得急促，觉得自己眼前夜色黑得可怕。

另一边，疗养院的监测仪表上，脉搏变成一条直线，发出刺耳的“嘀”声。

邱素梅孤独离世……

集装箱码头，陈子琦陪着苏申坐在车上默不作声。

石军已赶到现场指挥善后，周围拉起了警戒线。

120医疗急救队来到摔死的尸体旁急救，不多时，急救医生起身，为尸体盖上白布。

“师兄，死者从高处坠落，导致颅骨破裂大出血，已经当场死亡。稍后，我们会带回去做更细致的尸检。”周慧敏向石军汇报。

石军点头：“辛苦。”

徐小伟带朱艳君和众干警，押着赵志宇从集装箱顶下来。

一路上，赵志宇不断挣扎：“你们凭什么抓我？我才是受害者！”

“石支，他说他是赵志宇，死的是邱明。”徐小伟跟石军汇报。

石军沉声道：“带回去录口供。”

“是！”

徐小伟回应后，押赵志宇上了警车。

重案支队，审讯室。

赵志宇神情疲惫，原本笔挺的西装此时已经被刀子划破了几个口，显得狼狈不堪。

陈子琦面对赵志宇，呵斥道："赵志宇你不老实，既然你前面不承认跟邱明有联系，为什么要去集装箱码头见他？"

"他把电话打到酒店前台，接进了我房间，说自己要偷渡走了，想见我最后一面。"赵志宇神情低落。

陈子琦身旁，徐小伟追问道："你不怕他再陷害你？"

"我已经给你们交代清楚了，还怕什么？"赵志宇懊恼道，"本来，我是想劝他自首的，谁知道他那么阴险，竟然想杀死我。"

陈子琦咄咄逼人："邱明为什么要杀你，你们怎么起的冲突？"

"邱明就是个疯子，他还想用煤气罐毒死我。"赵志宇喘着粗气，"他知道自己逃不掉，就想杀了我，成为新的赵志宇，这样就能继承我的家产，逍遥法外！"

陈子琦与徐小伟将信将疑。

"对了，开枪救我的是谁？幸亏他打中邱明，不然我就没命了，这是救命之恩，我得好好谢他。"赵志宇忽然问道。

"不需要。"陈子琦冷声道，"而且我告诉你，邱明是从高处坠亡的，跟开枪没关系，子弹只划过了他手臂。"

赵志宇耸了耸肩："那我什么时候可以走啊？"

"等着！"

凌晨时分，赵克维亲临专案组会议室，石军率专案组成员整齐地列坐两旁。

"兄弟俩的身份鉴别清楚了吗？"赵克维询问情况。

周慧敏汇报道："死者的指纹，与纸杯和疗养院花束上的指纹一致，确认是邱明。"

赵克维点了点头。

“讲下现场情况。”石军吩咐徐小伟。

徐小伟把电脑连上大屏，呈现出集装箱内部的照片。

“根据赵志宇供述，他是受邱明诱骗，才去往港口区域。邱明找他的目的，是想谋杀他后取而代之。”徐小伟滑动照片，“这是我们在集装箱里拍到的邱明躲藏痕迹的照片，看生活垃圾的数量，应该有些日子了。”

苏申怀疑道：“已经有卡式炉了，煤气罐是干什么的？”

“赵志宇交代，邱明想用煤气罐毒死他。”徐小伟解释。

苏申喃喃道：“方式倒是对得上……”

“这个手法，确实跟闪爆案很像。”徐小伟补充道，“我们仔细观察了赵志宇的反应，他应该没有撒谎，不过严谨地说，邱明已经死了，死无对证。”

苏申低下了头，似乎不愿相信。

“可能是你最近压力太大，让我们冷静不要开枪，自己却先开枪了，你这个处理方式我真看不懂。”徐小伟不无抱怨道。

陈子琦为苏申出头：“那也是没办法，当时情势紧急，大家都看到了，邱明手上的匕首眼看要扎进赵志宇胸口了。”

“那邱明重心不稳，是不是因为被击中手臂呢？”徐小伟反问。

陈子琦顿时语窒，说不出话来。

周慧敏帮忙解释：“邱明手臂上只是子弹擦伤，苏申开枪，只是起到警示作用，而不是致命伤。何况，邱明和赵志宇当时在集装箱边缘缠斗，失足跌落下来，只能说他咎由自取。”

陈子琦连连点头。

“苏申同志这次对现场情况的判断准确、反应迅速，及时避免了凶犯再度伤人，处置方式是正确的。”赵克维平息争议。

苏申却没有欣喜，反而愈加消沉，头埋得更低了。

这时，朱艳君到徐小伟耳边，轻声耳语了两句，徐小伟随即汇报道："赵总，在疗养院监控的同事汇报，邱明的母亲邱素梅今晚也过世了。"

众人闻言都唏嘘不已，苏申也觉得惊愕。

这时，一名年轻警员敲门而入："赵总，赵志宇的律师来了。"

赵克维有些无奈，但还是走了出去。

半小时后，吴义陪着妆容邋遢的赵志宇，走进重案支队办公室，并朝苏申走来。

"你来干嘛？"陈子琦警觉地拦住他。

赵志宇跃过陈子琦，双手抱拳，冲苏申感谢道："苏警官，多谢救命之恩，你放心，我赵志宇不是忘恩负义之人，等我回去解冻资产，必有重谢。"

陈子琦刚想反驳，却被苏申压住肩膀，示意让他自己来。

苏申凝视赵志宇："你知道吗，你们昨晚厮杀的时候，你的生母邱素梅病逝了。"

赵志宇愣了一瞬："苏警官，你跟我说这个干嘛？不过也是，她儿子邱明没了……"

"算了算了，我就当行善积德吧。"赵志宇吩咐吴义，"吴律师，你辛苦一下，把邱素梅的后事，好好料理一下。"

吴义毕恭毕敬地答应。

"苏警官，你真是大大的好人，我记住你了。"赵志宇再度感谢后，便带着吴义离开了。

望着赵志宇的背影，苏申犹疑更甚。

"刚才那个突袭问题，问得很好。"赵克维出现苏申身后，拍了拍他肩膀。

苏申轻声道:“可他只是愣了一下,其他都是正常的。”

“这也是人之常情吧。”徐小伟走了过来。

苏申疲惫地点了点头。

“近期,大家都辛苦了,先回去休息吧。”赵克维招呼大家。

“是。”

办公室顿时响起欢呼,同事们收拾好东西陆续离开,赵克维则进了石军办公室。

石军端了杯咖啡,递给赵克维。

赵克维接过咖啡,问道:“苏申这么大压力,还是因为民事赔偿吧?”

“对!”石军忽然问道,“赵总,现在邱明死了,案子要怎么处理?”

赵克维瞥向石军:“你是担心仓促结案,苏申的巨额民事赔偿就逃不掉了吧?”

石军会心一笑,算是承认了。

“虽然按照法律,嫌疑人死亡后可以结案,但这两起案子还有很多疑点,我并不赞成仓促结案。”赵克维坦言相告,“并且,陈子琦提出的假设,也有一定可能性。我会向上级汇报,申请暂缓结案,给大家再争取时间。你们要尽快查出新线索来。”

“谢谢赵总!”石军松了口气,“原来你早想好了……”

赵克维举起咖啡杯,笑容饱含深意。

苏申回到宿舍,和衣而睡,陷入了梦魇中。

梦魇中,他回到昨天晚上,出现在集装箱顶,看着邱明和赵志宇缠斗。

他们也看到了苏申,忽然对视一笑,朝苏申冲来。

苏申被他们围住,仓促举起手臂,隔挡手持匕首的邱明,赵志宇却趁机绕到身后，勒住他脖子。

苏申奋力挣扎，且战且退，渐渐移到边缘。

忽然，兄弟俩抓住破绽，架起苏申将他扔了下去。

苏申从高处坠落，猛然惊醒，“呼哧、呼哧”喘着粗气，头上冷汗淋漓。

惊魂甫定，苏申起床拿起外套就走。

夜色深沉，集装箱码头现场。

苏申出示警官证，穿过隔离带爬上集装箱顶，谨慎地勘查兄弟俩缠斗时脚步踩踏的运动痕迹。

苏申随着划痕，来到邱明坠亡的地方，在众多纷杂的痕迹中，他发现了一条呈现平直线状的微弱划痕，像是鞋子侧过来后，被拖动的痕迹。

苏申回想昨晚，在意识里，以旁观者角度看着兄弟俩缠斗。

兄弟俩缠斗时，站着的男子用刀刺向跪着的男子，兄弟俩握刀僵持，眼看跪着的男子顶不住，刀尖即将刺进他胸口。

“砰”的一声枪响，站着的男子中枪，捂着手臂向后倾倒，惨叫着从高处坠落。

看到这里，苏申觉得可疑，眯着眼重新审视。

“砰”的一声，枪响刀落，站着的男子中枪，捂着手臂向后倾倒……

苏申意识静止，眼神向下移动，发现站着的男子被跪着的男子勾住脚腕，鞋子因此侧过来，留下了平整的灰尘划痕。

看到这里，苏申回归现实，眼中神采奕奕。

他拿出手机，拍下了这道微弱划痕。

石军办公室，苏申向石军和徐小伟展示那道微弱划痕。

“目前只有这条线索，摔落方式和原因只是我的个人推测。”苏申表明看法。

徐小伟怀疑到：“你这个，恐怕说服力不够啊。”

石军也在思忖。

“石支，除了张炯的案子没留下可用线索，我想把闪爆案的调查卷宗，和这次赵志宇的审讯记录，全都复盘一遍，也许能找到新线索。”苏申请示石军。

石军表示认可，吩咐徐小伟道：“把你主办闪爆案的调查卷宗，也拿给他看看。”

“是！”徐小伟赶紧答应。

忽然，石军指了指窗外。

苏申看过去，见陈子琦把办公桌上所有文件塞进背包。

“他们A国警方，说邱明死了就可以结案，让她尽快回去。”石军感慨道。

徐小伟惊讶道：“案子还没调查清楚，这就结案了？”

“小陈跟我抱怨说，华人的命在A国警察眼里，都不算是命。”石军摇了摇头，“她是个认真负责的好刑警，你们有空，就好好劝劝她。”

“另外，私下跟同事们说一声，给小陈办个送行仪式，准备点小礼物。”石军继续叮嘱，“小陈既是我们的同行，更是海外的华裔同胞，别让人家觉得我们没人情味儿。”

“没问题。”

苏申和徐小伟答应后，各自准备去了。

滨江大酒店，总统套房。

液晶电视上，正在播放东海市公安局新闻发布会。

赵克维面向镜头，义正词严道：“犯罪嫌疑人虽已伏法，但案件过程还有许多疑点，本着实事求是、科学严谨的办案原则，我们东海市公安局刑侦总队将会进一步核实，也欢迎社会各界以及广大群众继续为我们提供相关线索。”

赵志宇看完发布会，神情凝重而不安，不停地来回走动。

“嘀！”关茜刷房卡走了进来。

“为什么还要拖两天？”赵志宇当即质问道。

关茜被看得心慌：“我妈怕几年不回来，非要跟老姐妹再聚聚。”

“不行，不能等了。”赵志宇焦虑更甚，“必须尽快走，越快越好！”

“我这就跟我妈说，让她收拾东西。”关茜意识到严重。

赵志宇果断道：“不行，等以后再接她。”

关茜抿着嘴，显得有些慌张。

黄昏时分，刑侦大楼天台。

苏申坐在天台边缘，拿着魔方不停旋转，想到那天晚上，邱明中枪后从高处坠落，想到在办公室赵志宇对他的感谢，总觉得有点不对劲。

他想得愣神，不觉魔方脱手，落到了楼下。

这时，徐小伟从消防门出来，注视着苏申的背影，缓缓靠了过去。

苏申听到动静，刚准备回头，徐小伟就冲了过来，一把搂住他的腰向后猛地抱摔，把他摔回了地面。

苏申后背着地，发出“噗通”闷响，疼得他脸色发白，险些岔了气。

徐小伟惊魂甫定：“有问题你跟大家说嘛，犯得着寻死觅活的吗？”

苏申忍着疼痛，整个人都傻了。

石军、朱艳君扶着高剑，也都冲了过来。

“上级领导已经同意暂不结案，你的民事赔偿暂时不会执行！”石军告诉苏申。

苏申迷惑道:“我只是想一个人待会儿,想点事情,你们以为我……”

石军板着脸道:“想事情就想事情,脚悬在外面干什么? 你的安全意识呢!”

苏申自知理亏,愧疚地低下了头。

朱艳君扶着高剑走来,冷声道:“高剑看到你脚悬在外边,以为你想不开了。”

苏申顿时无语了,向高剑看了过去。

高剑赶紧解释:“我听说邱明摔死了,担心你说不清楚嘛。”

“你是溜出来的吧?”苏申反问高剑。

“我是光明正大出来的!”高剑挺了挺胸,“我都歇了十多天了,医生说我可以回来,做些简单的工作。”

苏申还是看着他,看得他直发慌,不敢对视。

石军不觉失笑,鼓舞士气道:“上级领导同意暂不结案,赵总也在为我们争取时间,你们都给我提起精神,一个都不许掉队。”

“是!”

黄昏下,晚霞似火,一群年轻刑警斗志昂扬。

刑技中心,法医解剖室。

苏申与高剑进来,跟正在工作的赵慧敏打招呼:“周师姐。”

穿戴整齐的周慧敏,循声问候高剑道:“这么快就康复了?”

“那是必须的,我这么热爱工作!”高剑嘿嘿笑道。

周慧敏又看向苏申:“发现新疑点了?”

苏申点了点头:“我去集装箱顶上看了,觉得邱明身体后倾、摔下来的过程,有点可疑。”

周慧敏顿时了然,拿出验尸报告给:“这是完整的尸检报告,死因和之前的推断一样，高处坠亡，颅骨破裂，肋骨多处折断压迫内脏，导致颅腔、胸腔大量出血致死。”

苏申接过报告仔细翻看，并发现了异常：“周师姐，这运动损伤是什么情况？”

“尸检时，我们发现邱明右腿膝盖的骨骼有点变形，仔细一查，发现他右腿膝盖骨与胫骨的连接处，存在陈旧性的膝盖磨损，以及软组织挫伤，这是一种比较常见的运动损伤。”周慧敏解释道。

说话间，周慧敏走到不锈钢解剖台，撩开尸体身上的白布，露出已被解剖的膝盖。

苏申跟过去俯身，查看关节组织和骨头，总觉得有哪里不对。

高剑看出端倪，问苏申道：“哪里不对？”

“邱明一直是学霸，学习成绩优秀，可他并不擅长体育运动，怎么会有陈旧性的运动损伤？”苏申疑虑道。

高剑也觉得可疑，却想不出头绪。

“周师姐，报告我先拿走了，这就去跟石师兄汇报。”

石军办公室，石军翻看尸检报告。

徐小伟看看石军，再看看苏申，不悦道：“苏申，尸体膝盖的疑点我也认同，但为什么要再去审问艳粉街的失足女？之前对她们的审讯，是我带小朱做的，你是怀疑我能力呢？”

“别误会，我并不是针对你。”苏申语气诚恳道，“我只是觉得，赵志宇的身份存在疑点，希望反复审问当事人核实情况，看能不能获得更多信息。”

“你这不鸡蛋里挑骨头嘛。”徐小伟愈加不悦。

苏申不再解释，等候石军的决断。

石军看完报告，答应了请求：“去吧，不同的人去问，可能会有新线索，苏申、高剑、陈子琦，你们三个一起去。”

苏申、高剑和陈子琦立刻答应，徐小伟虽然懊恼，却不敢再多言。

“还有，小陈，麻烦你联系下A国的同事，把赵志宇在A国就学、就医的情况，汇总一份资料给我们。”石军扬了扬尸检报告，“好做个比对。”

“好的，没问题！”

看守所，访问室。

失足女小丽被女警带进来后，在苏申对面坐下。

苏申表明来意：“姑娘，我们想再了解一下那个赵老板的情况。”

“赵老板？他很有礼貌，玩得开，给钱也大方。”小丽觉得疑惑，“我看他蛮有文化的，还以为是落难的豪门少爷呢。”

苏申再问道：“他找你的频率高吗，你们是怎么相处的？”

小丽如实道：“也不算高吧，赵老板喜欢新鲜感，整条街的洗头店、按摩房他都去过，里面的姑娘也被他点了一圈，小姐妹们都说，遇到他就是遇到财神。至于怎么相处的，男人来找我们，不就为了那点事嘛。”

说到这里，小丽忽然坏笑道：“不过，赵老板确实蛮奇怪的……”

“说说看。”苏申精神一振。

小丽述说道：“我们被抓进来的姐妹，最近都在聊赵老板，发现他包钟以后，只让我们跳跳舞、唱唱歌，任凭怎么撩骚，都能坐怀不乱。”

陈子琦疑惑道：“这混蛋难道良心发现了？”

“姐妹们都说，赵老板长得帅，出手阔绰，就是不知道，是不是那方面不行。还有，最搞笑的是被抓那次，我跟他在房间跳了半天，就在你们进门前，他忽然说有想法了，可没想到刚把裤子脱了，你们就进来了。”小丽深感同情道，“他可真够倒霉的。”

高剑也没忍住，顿时笑了出来。

苏申却激动起来，似乎想通了关键。

从看守所出来，回警队的路上。

陈子琦坐在副驾驶座，满腹疑云道："赵志宇在A国各种乱玩，明显是精力过剩，怎么可能有性功能障碍？"

"你们还记得，棚户区床上的塑料膜吗？"苏申提醒道，"如果是他装出来的呢？"

陈子琦领会道："你还是怀疑，他根本不是赵志宇？"

苏申点点头："简单来说，周师姐给出的尸检报告不符合邱明的学霸履历，而发廊妹嘲笑赵志宇坐怀不乱，也不符合赵志宇的浪荡作风，但是，如果把他们的身份对调，是不是就不奇怪了？"

陈子琦疑虑道："自从你和周组长提出，他们是同卵双生的双胞胎后，每次抓到人都会检验比对指纹，不应该弄错啊。"

"难道你没有觉得，我们获得指纹的方式，有点奇怪吗。"苏申再次提醒。

陈子琦来了兴趣："说说看……"

"你还记得，我们是怎么获得邱明的指纹样本吗？"苏申反问道。

陈子琦回忆道："先是我从派出所带走邱明喝过的纸杯，查出邱明的指纹出现在凶器球杆上，然后是，疗养院那束花……"

"没错，疗养院的花！"苏申笃定道，"那是我们东海警方第一次采集到邱明的指纹。"

顿了一下，苏申继续道："邱明是个非常谨慎的人，可他逃跑后的一系列动作都显得矛盾重重。就说疗养院那次，他明知自己被通缉了，还要冒险去疗养院，他难道会想不到警方会布点盯梢？"

陈子琦觉得有道理。

苏申深入分析："紧接着，赵志宇出现了，他打电话给关茜，利用关茜的担心通报给我们，随后我们在棚户区抓捕了他，带回来采集指纹和DNA样本。我们这才根据指纹的不同，区别了他们的身份。"

高剑挠了挠头，越听越糊涂，陈子琦也疑惑道："对啊，时间轴，办案流程，都没问题啊。"

苏申接着推断："你现在把这两次出现，和指纹获取过程连起来看，是不是有点自投罗网的意思？再之前，周师姐和李师兄带队，检查邱明的公寓和办公室时，发现他大费周章，把所有指纹都擦除了，只留下了头发、牙刷这些能提取DNA的物证。本来我就怀疑，他的反侦查工作，为什么做得不彻底？现在把这三点连起来看，可见他早就知道，自己和赵志宇是同卵双生，DNA鉴定对他们没用，唯独指纹很重要。"

陈子琦紧跟逻辑："就算邱明早有预谋，可是尸检报告上，他的指纹与纸杯、球杆和花束上的指纹，全都是一致的，所以才认定了他的身份，这没错啊。"

"所以说，里面还有问题。"苏申笃定道。

思索间，苏申想起初见陈子琦时，曾跟邱明打过招呼，但他一直遮遮掩掩，以及后来在派出所邱明崴脚的细节。

某个瞬间，苏申恍然大悟，猛地拍了下方向盘："我们一开始就弄错了！"

陈子琦更加疑惑，高剑也迫不及待道："你别只顾自己想明白，快说！"

"简单来说，陈子琦带去A国的样本，一开始就错了！"苏申娓娓道来，"在赵家老宅附近，被陈子琦追打、被我们遇到，并带去派出所问话的，如果换成赵志宇，一切就能对上了。"

高剑掰着手指，数遇到邱明、赵志宇的次数，但还是似懂非懂。

"就算身份问题你是对的，但不管现在活着的，是邱明还是赵志宇，我们怎么给他定罪？”陈子琦提醒道，“你要知道，我们目前只有崔大炮的口供，可以证实邱明针对刘成谋杀未遂，而河畔公寓闪爆案则被做成了完美的意外事故，还有张炯在别墅上吊，更像是自杀，没有明确线索指向邱明，也就是说，目前的证据或线索，都无法破解他的不在场证据。”

高剑也提出问题：“张炯别墅的香炉灰，可以证明檀香被添加了迷幻剂，是佐证谋杀的有力证据，但闪爆案就……”

陈子琦继续道：“而且，我们做侦查试验时，证实了留在东海的赵志宇，没有作案的可能。”

苏申思索道：“如何进入沈秦公寓作案，逻辑上可以理解为不露痕迹地进入密室，留在东海的赵志宇如何走出酒吧，并在合理时间内作案，不就是如何不露痕迹地走出密室吗？这两个逻辑是相通的，更像是同一个人做的……”

陈子琦打断苏申：“我们不讲逻辑推理，先来解决现实问题！ 9月30号当天，留在东海的邱明或者赵志宇，是怎么作案的？”

“按逻辑来说，问题肯定出在酒吧，要不再去看看？”苏申看向陈子琦。

陈子琦觉得有道理，当机立断：“走！”

午夜巴黎酒吧，苏申他们巡视了一圈。

“还是一样，正门和消防通道都有监控，厕所气窗不可能爬出去。”陈子琦摇摇头。

苏申怀疑地看向Steven。

Steven连忙道：“警官，真没有其他门和通道了。”

苏申斟酌道：“也许是我们自己局限了思维，如果我们面对的嫌疑人，不是赵志宇而是邱明，那就是一个熟悉刑侦犯罪的高手，他一定有办法不留痕迹地进出密室，我们要尽量站在他的角度，想想有什么更周密，甚至想不到的方式……”

“说了等于没说，上帝给赵志宇关了两扇门，难道还能开一扇窗？”高剑指着酒吧环境，“连酒吧正面的玻璃窗都有监控，他总不能隐形穿过去吧？”

苏申突然警觉：“你刚说什么？上帝关了两扇门……”

“上帝给赵志宇关了两扇门，难道还能开一扇窗？”高剑重复道。

苏申目光如炬，朝走廊走去，走到杂物间后，他忽然停下，定在了原地。

昏暗的空间里，透过破旧的钢窗洒进一片亮光，一墙之隔后面是个老旧的小区。

“上次怎么会没发现？”陈子琦惊呼道。

苏申严肃道：“上次来是晚上，外面也是黑的……”

“上次怎么不说？你不老实！”高剑瞪向Steven。

steven委屈道：“你们只问了通道和门，没问窗户啊……”

苏申拿出手机，点开附近的地图并放大，分析道：“你们看，如果从这扇窗户翻出去，直穿后面小区内部，就可以绕开富长路的拥堵路段……”

说话间，苏申推开窗户，可以毫无难度地翻出去，而且窗台很干净，像是被擦拭过。

“老板，你们这个杂物间平时有人打扫吗？”苏申问Steven。

Steven回答：“防止有小年轻翻窗溜进来，我们平时都关着的，也没人打扫。”

苏申重新凝视窗台，眼中精光闪烁，激动地笃定道：“这就是邱明找的捷径！”

第十三章　铁证如山

翻过杂物间的钢窗，苏申与陈子琦站在墙角下，望着眼前的老旧小区。

苏申向陈子琦示意道："我们再来一次侦查实验……"

"准备，跑！"

陈子琦按下计时器，两人全速冲了出去。

他们用最快速度，穿过老旧小区的巷道，跃过路边绿化带，甚至不顾危险跨过坍塌的围墙，一路奔驰而来，绕到河畔公寓后门，直奔消防通道。

他们跑上楼梯，冲出8楼消防门，站在沈秦公寓门外。

陈子琦按停计时器，兴奋道："15分钟……"

"走，回去汇报。"苏申终于笑了。

回去的路上，陈子琦联系石军："石支，我们在酒吧杂物间的窗户外，发现了一条可以直通河畔公寓的捷径。经过侦查实验，确认沿这条捷径到河畔公寓8楼，单程只要15分钟，赵志宇完全有作案的可能。"

石军指示道："立刻把赵志宇带回来，重新审问。"

滨江大酒店，苏申亮出警官证，询问前台。

前台小妹告诉道:“不好意思,赵先生和关女士半小时前已经退房了。”

苏申谢过前台,小跑着往外走,找到大堂保安,询问详细情况。

“师兄,赵志宇半小时前退房了,保安说他和关茜叫了商务车去机场,很可能要逃。”苏申汇报给石军。

“你们马上去追,我来向赵总申请审批。”石军指示苏申。

这边,石军挂断电话,走进专案组会议室。

徐小伟等众干警已经严阵以待。

石军接通赵克维:“赵总,嫌犯赵志宇正前往机场,试图潜逃出境,特此向您申请批准,联系机场分局相关部门对嫌疑人采取海关边控措施。”

赵克维果断道:“知道了,一切从简从快,审批流程可以后面补上!”

“是!”

石军分派好任务,众人分头行头。

前往机场的路上,陈子琦接到Daniel的电话。

“Daniel?”陈子琦惊讶道,“什么?好,其他的文件资料,你直接传真给东海市公安局,谢谢。”

“怎么了?”苏申问道。

陈子琦简明扼要:“赵志宇从数日前开始,遥控他在A国的律师团,请了刑辩律师和经济律师,商讨财产继承问题,意图独占婚内财产,据说有一亿美金之多。”

高剑会意道:“所以,他提前做这么多准备,就是想回A国洗清嫌疑,顺理成章地继承财产?”

“没错,他这次可能真的急了!”陈子琦无比凝重道,“由于林芮案还没了结,他们的婚内财产处于冻结状态,为此他想启动赵启德留下的信托,但因启封信托必须本人亲自授权,所以他才急着赶回去。”

“恐怕不止这些，他早点离开东海，就能早点甩掉我们这些麻烦。”苏申突然提醒。

陈子琦愤然道：“他想得美！”

苏申一脚油门踩到底，提速飞驰，争分夺秒赶去机场。

夕阳西下，机场海关边检口。

赵志宇和关茜戴着墨镜，走向边检自动闸机口，让关茜先过去后，赵志宇放上护照，摘掉墨镜正对扫描仪。

边上人工柜台，边检警看着电脑上的照片，比对闸机口的赵志宇后，立即走了过去。

闸机核验通过，赵志宇正要进去，就被边检警官叫住：“先生，您等一下。”

赵志宇愕然回头。

“先生，请出示一下您的护照。”边检警官敬了个礼。

赵志宇有所迟疑，但还是递上护照，边检警官检查后，严肃道：“请您配合我们工作，到办公室坐一会儿。”

“干嘛？你们这是非法拘禁。”赵志宇故意叫嚣。

边检警官保持克制，默契地分开左右，将赵志宇夹在中间：“请您配合我们工作。”

赵志宇试图挣扎，关茜也慌了：“你们干嘛……”

话音未落，苏申他们及时赶到，看见挣扎的赵志宇，顿时惊呼道：“赵志宇！”

赵志宇循声望去，愣住了，认命般放弃了挣扎，一脸不甘。

关茜也低下了头，眼睛里闪烁着慌张。

深夜，石军率专案组成员，连夜准备审讯工作。

“Daniel搜集的信息非常详细，包括赵志宇在学校橄榄球运动队，和他膝盖损伤时间的医疗诊断报告，记录很详细。”苏申把资料递给石军。

石军刚看了两眼，便听到周慧敏的声音：“师兄，两个消息……”

周慧敏从门外进来：“李炜让我转达，鉴于苏申拍摄的集装箱顶的划痕照片，他正在比对赵志宇的鞋子与划痕痕迹，可以熬夜加班出结果。”

石军点头：“好！”

“另外，X光片出来了。”周慧敏从文件袋里，取出两张X光片交到石军。

石军对着日光灯，仔细对比片子。

周慧敏汇报道：“我们对赵志宇的左右膝盖分别拍了片子，结果，双腿膝盖与胫骨连接处，并没有陈旧性的运动劳损，果然被苏申猜中了。”

“很好！这份证据，可以说是证据链上最重要的一环！”石军给予肯定。

众人备受鼓舞，欣喜不已。

说话间，赵克维走进会议室：“同志们，有个坏消息要告诉大家。”

众人紧张地看向赵克维。

赵克维告诉道：“你们把赵志宇带回来后，他的律师很快采取了行动，使用外交手段通过A国领事馆，向我们东海市公安局提出抗议，指责我们无端扣押A国公民，并提出包括机票行程在内的经济赔偿。”

“简直可笑！”陈子琦忍不住嗤笑。

“赵志宇的律师已经来施压了。”赵克维正色道，“上级领导指示，让我们务必在3天内审出结果，把案件查清楚！如今时间紧迫，你们进展如何？”

石军及时说道：“赵总，经查证，赵志宇确实在利用双胞胎身份撒谎。”

说着，石军回头给了个眼神，徐小伟赶紧补充：“目前法医和痕迹已经对嫌疑人的指纹、膝盖损伤和鞋印等特征，分别进行了识别，确认这个赵志宇的真实身份，是中国籍男子邱明。鉴于他的中国公民身份，我建议对他进行测谎，如果能连夜出测谎报告，可以有力帮助后续审讯工作。”

“事不宜迟，准备测谎。”赵克维果断道。

“是！”徐小伟应答后，带朱艳君离场。

石军又看向苏申：“苏申，说说你对后面审讯的想法。”

“赵总，我计划在后续审讯中，遵循着案件线索，逐步破解赵志宇的谎言和伪证，形成一条完整的证据链闭环。”苏申作出请示，“另外，我申请主审这个赵志宇。”

赵克维斟酌道：“几成把握？”

苏申挺起胸膛，底气十足道：“保证拿下！”

时间流逝，已是次日下午。

智能审讯室中，赵志宇碍于扶手上那滴未干的油墨，只能把右手夹在胸侧，眉眼间满是焦躁。

苏申与陈子琦进来，路过赵志宇身旁，看见那滴油墨后不觉露出笑意。

“又见面了，坐着难受吗？”苏申坐到赵志宇对面。

赵志宇故意挑衅道：“给我换个Minotti的沙发来，意大利品牌，听过吗？”

苏申不为所动，自顾从文件袋抽出X光片，陈子琦也翻开了卷宗。

“该说的、该配合的，我全都做过了，为什么又抓我？”赵志宇坐不住了。

陈子琦冷笑道：“恐怕你没说实话吧……”

“你们查案，跟我有什么关系？”赵志宇叫嚣道，“我已经交代了不在场证明，也说明了没有杀人动机，你们这么胡搅蛮缠，是在开国际玩笑吗？我要见律师！”

苏申自信道：“谁说你没有作案动机、作案时间？邱总，哦不，邱律师，我说得对吗？”

赵志宇呼吸一窒：“你认认清楚，我是赵志宇，不是什么邱明！”

苏申指向未干的油墨：“那点油墨，是我特意为你准备的，就是想看看你的洁癖到底有多重？”

赵志宇故作镇定，无力地驳斥道：“我的西装很贵的……”

苏申及时打断他，并把X光片递了过去：“膝盖还疼吗？”

赵志宇看看X光片，再看看苏申，警觉地不敢回答。

苏申捕捉到他的犹豫：“看来，赵志宇也在防着你，竟然没告诉你，他膝盖上有陈年旧伤。”

赵志宇警觉更甚，一言不发。

“你的膝盖完好无损，可赵志宇是受伤过的。”苏申指了指膝盖，“幸好A国警方找到了赵志宇的就医记录，要不然我们所有人都被你邱明给骗了！”

赵志宇拒不承认：“谁知道是不是你们凭空捏造，故意栽赃我啊？”

“还想狡辩？”苏申忍不住摇头，“也是，毕竟你这套调换身份的诡计，实在太聪明了。”

赵志宇终于紧张了：“莫名其妙！”

苏申从容道：“别急，你慢慢听，我来帮你回忆……”

赵志宇感到不安，气息渐渐起伏，紧紧盯着苏申看。

“陈警官曾假设，你与赵志宇为了制造不在场证据，彼此替对方完成了作案计划。”苏申娓娓道来，“可闪爆案做得那么精密，凭赵志宇肯定是做不到的，所以说，促成这两起双城悬案的，不是你们兄弟俩合谋，而是你们互相利用、互相算计的结果。”

陈子琦拿出资料，补充道：“赵志宇杀害林芮，是为了尽快离婚，独占一亿美金财产；而迫使你谋杀沈秦，并接二连三谋害鼎峰资本高层的，应该是海外期货的爆仓……”

根据苏申的推测，邱明曾于9月25日飞往A国度假。

当晚，赵志宇与邱明见面，交换了护照，继续互换游戏。

两天后，9月27日，邱明挪用公司账目，投资期货爆仓被沈秦发现，假期因此而结束。

那天清晨，邱明被电话声惊醒，传来沈秦的咆哮：“你之前说的投资，为什么成了期货，我对你那么信任，你为什么骗我？马上回来给我说清楚……”

邱明知道自己完了，走投无路之际，不觉计上心头——可以借助护照，制造不在场证明。

但他缺少一个契机。

偏偏这时候，关茜要回国探亲。

当天下午，赵志宇告诉他：“关茜要回东海，给她妈办理移民手续，我这两天有事走不开，你替我去吧。”

邱明默认了。

赵志宇交代完，准备离去时，邱明突然叫住他：“等等，手机、钱包，做戏要做全。”

赵志宇似有所悟，取出钱包和手机交换。

“安全起见，手机也尽量别用，免得穿帮，联系我用这个。”邱明拿出来两部老年机。

“千万别让关茜发现破绽。”赵志宇拿过老年机，“也祝你们玩得开心。”

背后，邱明冷漠地注视着他。

9月28日，邱明用赵志宇的护照，陪关茜回到东海，入住滨海大酒店，计划进行得很顺利。

但是他没有想到，赵志宇有着同样的算计。

9月30号，赵志宇走进租车行，拿出一刀A国现金，拍在Carlos面前。

Carlos两眼放光，取出登记册，对比护照姓名，写上：QIU MING。

当晚，赵志宇杀害林芮，邱明也开始了行动。

他带关茜去酒吧，中途谎称上厕所，通过杂物间的钢窗，跑到河畔公寓后门，套上三层厚袜子后，谨慎地爬上了8楼。

按预定计划作案后，他再迅速返回酒吧，时间刚好是23点30分。

紧接着，他故意挑起冲突，制造不在场证明，唯独忘了时间已过去了45分钟，以单程15分钟计算，完全够他作案。

就这样，兄弟俩在大洋彼岸，近乎同时作案，可谓天衣无缝。

不久后，赵志宇来到东海，跟邱明换回护照，假装自己一直在东海，可是他没有想到，陈子琦会追过来。

而邱明这边，沈秦死后，事态也逐渐失控，他没有想到，张炯与刘成会记起，他曾拿过沈秦的密钥，以及被他除掉的沈秦已经写好举报信，进而把他逼上绝路。

他不愿放弃得到的一切，只能想办法杀人灭口，张炯就是下一个。

张炯被杀当晚，由于监控都在维修，给了他可乘之机。

他穿上黑衣黑裤，戴上塑胶手套，裹着厚袜子，戴着呼吸口罩，确定吴妈熟睡后来到清修室。

他径直布置现场，解开挂符咒的麻绳，固定在房梁上面，悬下一个绳圈，摆好两个凳子，扶昏迷的张炯踩上去，套住脑袋，摆动双腿，造成上吊的假象。

张炯悬在空中摆荡，抽搐，并从裤腿流下了排泄物。

作案后，他还留下认罪书，混淆警方的视线。

智能审讯室里，苏申双手撑桌，直视邱明道：“能完成整套密室杀人计划，并伪造成自杀假象的关键因素，就是檀香里的迷药，你自以为高明，带走了所有檀香，但我们还是从香炉灰中，鉴定出了迷药成分。”

邱明根本不予理睬。

苏申继续揭露：“你谋杀张炯的计划，还差一步才堪称完美，那就是不在场证据，所以，一个假邱明出现在疗养院，帮你排除了嫌疑。”

陈子琦帮助补充：“当时两国警方还不知道，赵志宇和你是双胞胎兄弟。”

邱明终于忍不住了，呼吸变得急促起来。

苏申接着推断：“你用母亲病危为由，说服赵志宇代你去疗养院探视，可惜赵志宇和邱素梅没有感情，半夜就提前走了，害得你差点暴露，不过你的诡计还是得逞了，但让我感到意外的是，你后来谋杀刘成的手段竟然如此粗糙……”

“崔大炮已经供认，他是受你指使破坏鼎峰资本的玻璃幕墙，借此制造意外，谋杀刘成。”陈子琦披露证据。

邱明还是不为所动。

苏申摇了摇头：“我一直觉得奇怪，为什么你会用这么粗糙、容易暴露的手段？现在想来，你当时已经想好将错就错，借此金蝉脱壳，成为你整个犯罪计划中最厉害、最高明的部分。”

邱明眼皮颤抖，似乎不受控制。

“自从知道你当过刑辩律师后，我就开始怀疑你。”苏申继续道，“只是没有想到，陈子琦去赵家老宅抓赵志宇，反倒成了你金蝉脱壳的契机……”

邱明呼吸起伏得越来越厉害。

“因为赵志宇用你的身份证，把我们所有人都骗了。”苏申自信地笑道，“不过我们已经核实，你早就挂失了身份证，所以你那天去老租界，其实是去赵家老宅，跟赵志宇秘密见面，换回护照、钱包和手机吧？”

邱明眼神黯淡，失去了焦距，隐约能看见血丝。

苏申看了眼陈子琦，陈子琦接话道："还是那天，我带走了赵志宇喝过的纸杯，回A国提取了他的指纹，跟凶器上的指纹进行了匹配，而凶器上有他的指纹，本来是不奇怪的，但因为你的身份证，以及赵志宇事先做好的误导，我们A国警方错误地认为，这枚指纹对应的竟然是你。"

"陈子琦打了赵志宇后，你知道了林芮被杀案，以你的聪明，肯定很快能猜到，赵志宇跟你换护照，就是为了栽赃你。"苏申步步紧逼，"加上我们东海警方咬着沈秦、张炯被害和刘总遇袭的案子不放，你只能放弃邱明这个身份。毕竟，相比东海无权无势的邱明，A国为所欲为的赵志宇，更有希望逃脱法律制裁，我说得对吗？"

邱明低头保持着沉默。

"为了不让警方获取你的指纹，你清除了办公室和公寓几乎所有指纹痕迹。"苏申不紧不慢，"紧接着，计划中最精彩的部分开始上演，第一步，让警方弄错赵志宇和你的指纹识别，你明知道警方在通缉你，还以邱素梅临终弥留为由，劝说赵志宇去疗养院……"

邱明似被戳到了痛处，气息越来越浮躁。

苏申冷眼看着邱明："赵志宇在花束上留下的指纹，帮你完成了对警方的误导——在东海，他成了你；再以被通缉为由吓唬赵志宇，顺理成章地说服他藏起来。再往下，就是计划的第二步，让你成为赵志宇。"

"你装作赵志宇，向关茜求助，说自己被邱明陷害，利用关茜的担忧，让她报警求助，从而故意被警方抓获。"陈子琦补充细节。

邱明恼羞成怒，眼眶发红，呼哧喘着粗气。

"邱明，我佩服你的胆量和谋略，能把我们警方算计进去。"苏申不禁感叹，"被抓以后，你以赵志宇的身份，在审讯过程中，说出了你们兄弟俩在海外放纵的真实经历，说出了赵志宇对你的轻慢，虚虚实实模棱两可，所以听起来证词是真的，你的反应也没问题。”

陈子琦接话道：“加上关茜深爱着赵志宇，以及对他的盲目信任，且对你邱明充满鄙夷，两份证词凑一起，无疑强化了邱明是穷凶极恶之徒的印象。”

邱明怒极反笑，无声的笑容中面容渐渐扭曲，变得狰狞可怖。

“事实上，从你上次走出刑侦总队那时起，你就已经成为赵志宇。”陈子琦冷笑道，“但是你没有想到，你那可悲的洁癖习惯，和你跟发廊妹鬼混时坐怀不乱的反常表现，暴露了你身份的可疑。”

苏申感叹道：“到此，离你的完美计划只差一步，也是最关键的一环——让这个世界上，只有一个赵志宇。”

最后一步计划，是让赵志宇消失。

那晚在集装箱顶，赵志宇坠亡后，邱明身着被划破的高档西服，瘫坐在地，似乎惊魂未定。

不多时，徐小伟率朱艳君和众干警上来把他包围。

邱明举起双手，慌张地解释：“别开枪，警官，我是赵志宇，我是赵志宇！”

朱艳君和干警上前将他按倒，铐上手铐。

邱明脸贴着地面，微微扬起嘴角。

因为整个计划至此顺利完成。

智能审讯室。

“邱明，虽然你从小是学霸，学习成绩优秀，但没有证据表明，你参加过体育运动队。”陈子琦拿出相关资料，“相反，赵志宇在学生时代，看似不学无术，但他的体育运动一直都是强项，并且大学时期因参加英式橄榄球校队，磨损了膝盖关节，留下了陈旧性的运动损伤。”

陈子琦把所有资料拍到邱明面前，厉声道：“加上苏申对你的犯罪逻辑、犯罪行动的全盘分析，证据链确凿完备，你还想狡辩吗？邱明！”

邱明终于放弃抵抗，双手捂着脸庞，久久无言……

审讯监控室。

高剑与李炜推门进来，各拿着一份文件。

“石支，测谎结果出来了，关于案情部分的问卷，邱明一直在撒谎，他的微弱情绪波动反应也被仪器捕捉到了！”高剑自信地汇报道。

石军直接道：“说结论！”

高剑扬了扬报告：“测谎确认邱明与沈秦公寓闪爆案、张炯被害案相关，涉嫌杀害沈秦和张炯。”

石军再看向李炜：“继续。”

“嫌疑人非常狡猾。”李炜致意道，“他把在集装箱顶穿过的鞋子，丢在了滨海大酒店垃圾箱，幸好被拾荒的老人穿去，我们同事才及时找到。经过比对，鞋子侧面的磨损和集装箱顶的灰尘划痕，完全是一致的，可以佐证苏申的推理。”

石军当机立断，用耳麦呼叫苏申：“告诉他，测谎结果已经证明，他涉嫌杀害沈秦和张炯，而且，你的鞋印推理也印证了！”

苏申听完指令，看向摄像头，比了个OK的手势。

“别挣扎了，你的测谎结果，我们的痕迹报告，都证实了你在撒谎，也印证了我的推理。”苏申一锤定音，“证据链已经形成闭环，即使零口供，也一样能让你伏法。”

邱明抬起头慢慢看向苏申，幽幽道：“苏警官，请再给我点时间，听听我的故事，难道你们不想知道我跟赵志宇的恩怨吗……”

邱明昂着头，自嘲地微笑着。

第十四章 邱明的故事

苏申给邱明倒了杯水。

邱明接过纸杯，幽幽说道："传说中，蛇五百年成蛟，隐于湖泊深潭之中；蛟千年化龙，翱翔于九天之上。每当蜕变之时，都要经历天劫洗礼。人也同样如此，漫漫人生路，要想不断前进、跃升，必然遭受无数磨难。能够挺过去，侥幸成功了，就能飞龙在天；挺不过去，就会被打落凡尘，灰飞烟灭。我从出生那天起，就是草坑泥洞里那条毫不起眼的小蛇……"

【邱明的故事】

80年代中期。

"野孩子，野孩子……"

童年的邱明刚刚放学，走到村口时，被几个拿着树枝的孩子拦住，围着他取笑他，撕扯他军绿色的破书包。

小邱明毫不畏惧，自顾往家走，惹怒了那些孩子。他们按住小邱明，抢过他的书包，把里面的破烂文具全部扔在地上，连着书包一起践踏。

孩子头嘲笑他："野孩子上什么学！"

小邱明屈辱而倔强，使出蛮劲儿挣脱束缚，撞翻了孩子头，捡起书包和文具死死护在怀里。

“揍他，都给我揍他……”

孩子头大怒，指使其他孩子把他推倒在地，用树枝抽打他。

小邱明咬着牙，默默忍受着，并死死护住书包。

夜晚，小邱明灰头土脸的，抱着破书包回家，本就破旧的衣服多了两个大洞。

邱素梅看到他，什么话都没说，只是抱住他心疼地呜呜痛哭。

“你记住，只有你以后有出息，去大城市做人上人，才不会有人欺负你。”邱素梅抹掉眼泪，悉心教育小邱明。

小邱明拼命地点头，眼光里迸发出坚定的火苗。

小邱明脱下破烂衣服，换上一件烂汗衫，就着煤油灯在饭桌上写作业。

饭桌上，放着他的晚饭：咸菜、萝卜干，还有半个山芋。

“噼啪……”

邱素梅坐在对面缝补衣服，为他调亮昏暗的煤油灯，灯芯被灯油浸湿，响起轻微的炸裂声，好像希望的烟花。

90年代末，炎炎夏日。

“妈，我考上了，我考上大学了……”

已经长成大人的邱明，拿着一个信封跑回家中报喜。

邱素梅在门外迎接，接过信封轻轻抚摸，上面写着：西部政法学院录取通知书。

邱素梅激动落泪：“妈就知道，你肯定能做到的，好儿子……”

可是很快邱素梅便犯难了，思量之后，拉起邱明离开家：“我们去找你小舅舅。”

邱素梅拉着邱明来到弟弟邱国民家，给他看录取通知书，报喜道：“小弟，邱明考上大学了，这是录取通知书，你快看看。”

邱国民接过通知书，看了看，横眉冷对道：“你是来借钱的吧？姐，不是我说你，邱明都这么大人了，还念什么书啊，出去找个工地搬砖，每天都有好几十块钱，不比他念书实在嘛？”

邱素梅还没说话，邱国民的老婆便从屋里冲了出来，尖酸刻薄道：“我家钱不是大风刮来的，凭什么借给你们，借给这个小野种？赶紧滚，有钱也不借……”

“你，怎么说话呢？赶紧给我回去！”邱国民看不下去，拽着自己老婆回了屋子里，并直接关上了门。

邱明看在眼里，攥紧了拳头，邱素梅却安慰他：“没事，我们去你大舅爷家，他从小看着你长大，肯定会帮忙的……”

邱明默不作声，跟在邱素梅身后，来到大舅爷家，再去了表叔家，把能找的亲戚全都找了一遍，有亲戚不屑一顾，把娘俩扫地出门；有亲戚可怜娘俩，塞给他们一些零钱。

遇到肯援手的亲戚，邱素梅都会拉邱明跪下，磕头道谢：“邱明，快跪下，给你表叔磕头，以后有出息了，千万不能忘了你表叔，做人不能忘恩负义啊……”

邱明磕下头时，眼神愈加坚定。

上大学那天，古村长组织村民在村口为邱明送行。

“去了学校，要好好念书，不要辜负大家对你的期望。”

邱素梅把一个大网兜，亲自交到邱明手里，里面是破棉被、脸盆和崭新的热水壶。

“我会的！妈，以后我不在，你要好好保重……”

邱明接过大网兜，抱了抱邱素梅，邱素梅难以割舍，抚摸他的后背。

“噼里啪啦……”

吉时已到，古村长点燃鞭炮，为邱明送行。

“古爷爷，叔叔伯伯们，我这就走了，大家请回吧。”

邱明跟古村长握手，跟村民们道别后，跳上了等待的拖拉机。

“突突突……”

拖拉机缓缓发动，迎着冉冉升起的朝阳，邱明渐渐远行，消失在晨光里。

从未见过世面的邱明，背着大网兜来到学校，满怀憧憬和希望，但他老土的穿着，跟青春的大学生实在格格不入。

“你们快来看这个土老帽……”

有同学路过，先是避开了邱明，再远远打量着他，对他指指点点，充满了嫌弃。

邱明没有气馁，也没有松懈，一如既往认真完成学业，哪怕到了凌晨，宿舍熄灯了，他也会去楼道里，借灯秉烛夜读，背诵法典。

不仅如此，为了挣学费，他还要勤工俭学，顶着烈日到处派发传单。

“谢谢华哥，谢谢华哥。”

劳累一天，他只能从工头手上，点头哈腰地领到50块钱，皱巴巴的50块钱。

他攥紧这笔钱，路过肯德基时驻足凝视了许久，但他还是犹豫了，最终吞下唾沫坚定地离去。

为了还助学贷款，他还要做义工，清扫学校厕所。

他永远都记得，第一次扫厕所时，有两个时髦的学生故意使坏，把小便撒在池外，并嘲讽他："扫地的，还不来拖干净。"

邱明低下了头，避开他们的眼神，重新过去清扫。

每当想起这些，他都觉得很讽刺，因为他曾天真地以为，只要勤奋努力，就能出人头地，可现实却告诉他，什么叫作社会，什么叫作压榨，残酷的社会现实击垮了他的信念。

毕业后，他当了刑辨律师，拼命加班、接案子，接邱素梅来东海，让母亲能过上更好的生活。

然而，天有不测风云，邱素梅刚来东海，为了寻找赵志宇，惨遭车祸，成为植物人。

突如其来的变故压倒了邱明，摧毁了他的坚持。为了凑够医疗费，他通过不断学习，转行做起了经济律师。一次偶然的机会，有幸结识了沈秦，再经过不断努力，由沈秦提拔进入金融圈，未来一片光明。

从那时候起，新邱明诞生了。

可惜命运弄人，曾经来自底层、出身穷苦的邱明，迷失在了金融圈的尔虞我诈、纸醉金迷之中，他变得越来越贪婪和自负，继而铤而走险，妄想一夜暴富，致使期货爆仓。他最终失去理智，毫无愧疚地设计杀死恩师沈秦等人，并自以为天衣无缝。

一切开端，都要从他去A国遇到赵志宇开始。

第一次见面，赵志宇便夺走了他心爱的女人。

那晚，The Baxter Inn酒吧，邱明坐在角落品酒，享受着大门乐队经典的Alabama Song。

忽然，他在吧台前方看到了优雅的关茜。他凝视着关茜，踌躇满志，准备上去搭讪。

却不料这时，赵志宇横空出现，捷足先登。

这个瞬间，邱明怯懦了，他回到座位上注视着进展，忐忑不安。

“你好,我叫赵志宇。”

赵志宇摸出镶钻的名片盒,取出烫金的名片,给关茜推了过去。

“不好意思,我只想一个人静静。”

关茜没有接名片,只是礼貌地笑了笑,便离开了酒吧。

赵志宇自讨无趣,却也没有在意。

就在这时,他发现了邱明,邱明也看着他,震惊对方的相貌,觉得难以置信。

赵志宇走过来坐下,举起酒杯,示以微笑:“朋友,来喝一杯?”

邱明虽有犹疑,但还是跟他碰杯,攀谈了起来。

从那往后,只要邱明去A国,赵志宇就会找到他,带他出入高端场所,见识上流生活,经历物欲横流,渐渐地让邱明迷失自我。

那天下午,赵志宇带邱明去了车库,参观里面停满的豪车。

赵志宇告诉他:“这是我的车库,你看上哪辆随便开,我送给你也行。”

邱明手足无措,连连摇头:“还是不要了吧,这不合适。”

“怕什么!”赵志宇把他推进驾驶座,“就这辆了,幻影劳斯莱斯。”

邱明无奈接受,鼓起勇气抚摸方向盘,审视车内的装饰,说不出的激动,连呼吸都在颤抖。

邱明开着幻影劳斯莱斯,和赵志宇一起去蹦迪。

舞厅里电音狂躁,烟雾弥漫,伴随着R&B,人群愈显狂热,年轻男女肆意扭动。

邱明不会跳舞,便在卡座上喝酒,掩饰自己的尴尬。

赵志宇冲出舞池,生拉硬拽,把他拉进舞池,并告诉他:“放松点,释放天性!”

说着,赵志宇拉过一个洋妞推到邱明怀里,让她带着邱明玩:“替我照顾好邱先生。”

洋妞搂住邱明的肩膀，带着他一起舞动。渐渐适应后，邱明的动作终于舒展，越来越嗨。

舞到高潮时，洋妞把邱明的头按在了自己的胸脯上，邱明惊慌失措试图推开，却被洋妞紧紧抱住，发出呼吸的“闷哼”声。

“哈哈哈哈……”

赵志宇看到了，大笑着带头起哄，将舞池的氛围推上新的高潮。

随着不断放纵，邱明终于体会到，他努力奋斗一辈子都未必能得到的生活，对赵志宇来说，不过是理所当然；他拼命争取的一切，对赵志宇来说，无不是唾手可得。

他甚至觉得，自己前30年的努力，只是命运的嘲弄。

而且，他们之间的宿命，才刚刚开始。

接下来，赵志宇继续展现财力，着手包装邱明，释放他的本性，开启他的欲望，逐渐让邱明变成了自己和欲望的奴隶。

那天早晨，邱明正在酒店歇息，赵志宇敲门而入，手上提满了奢侈品。

赵志宇把带来的东西扔到床上，环顾房间环境，嫌弃道：“怎么这么小，还有股怪味儿……”

邱明看向那些奢侈品，略显僵硬道：“你这是……”

“这是我去美国黑五扫回来的，还是全新的，都送给你了。”赵志宇拆开Berluti鞋盒，取出里面的订制男鞋，放到邱明脚边：“这双是我订制的，你试试看。”

邱明无奈照做，把脚伸进鞋子，尺寸正好合适。

“巧啊，鞋码刚好。”赵志宇突然兴奋道。

邱明凝视着鞋子，试图婉拒：“这太贵重了……”

“这算什么？我还要给你刺激的！”赵志宇透着坏笑。

邱明虽觉得不安，却无力拒绝，因为他已经沉沦，学会了享受奢侈，再也回不去了。

紧接着，赵志宇越来越疯狂，带邱明吸食大麻。

“呼……”

一夜蹦迪后，赵志宇在酒店里，吐出销魂烟雾后，身体渐渐往后靠，落在身后洋模肩膀上，并伸出手臂左拥右抱。

邱明坐在他对面，身边也有两个洋模，但是他姿态拘谨，似乎还仅存着一丝理性。

赵志宇把抽过的大麻递给白人洋模，洋模接过后，递到邱明手里。

邱明犹豫了，不敢接手：“我，我不会这个。”

赵志宇讥笑他：“怂样，今天你要是不吸，你这辈子，都摆脱不了穷命。”

邱明受了刺激，夺过大麻吸了一口。

下个瞬间，他脑海传来眩晕，捂着头昏昏欲睡，洋模赶紧抱住他，把他按进了胸口。

邱明意识迷离，激起了狠劲儿，一把推开洋模，再吸了口大麻，眩晕愈加强烈，终于倒了下去。

赵志宇忍不住狂笑，洋模赶紧去亲吻他，给他喂烟。

一阵亲吻，赵志宇有了生理反应，起身拉着两个洋模，扭着迷踪步，淫笑着走进了卧室。

进卧室前，他还特别关照：“照顾好邱先生。”

不一会儿，卧室里传出“嗯嗯呀呀”的叫床声……

赵志宇的出现，用实际行动告诉邱明，他的命还有另一种活法，可以成为无所顾忌的人上人。

邱明天真地以为，赵志宇对他好，是为了弥补对他一奶同胞的亏欠，可惜他错了，赵志宇从始至终都是在利用他，让他做自己的傀儡。

装潢古典的餐厅内，赵志宇与邱明坐在角落，手边放着钱包和手机，享用着豪华西餐。

忽然，邱明故意碰翻钱包，捡起后放在桌上，露出邱素梅的照片。

赵志宇看到了，却假装没有看见。

邱明试探他："你老家也在东海，不想回去看看？"

"老头子都死了，还回去干嘛？"赵志宇自顾自切牛排。

邱明心虚地引导道："东海发展很快，变化挺大的……"

赵志宇把切好的牛排放进嘴里，细细咀嚼后，拿起酒杯自顾自喝酒，根本不接话茬。

"我妈妈也在东海。"邱明还是不甘心，"如果她看到我们，一定会很惊讶的，我们长得太像了。"

"还是不必了，万一吓到你妈，再出点意外，那就不好了！"赵志宇语气决绝，充满了冷漠。

邱明无奈收声，默默地低下了头，他这才意识到，他的想法有多么异想天开。

他还发现，世上所有富人都是有原罪的，全都为富不仁、骄横无情、贪婪自大，沈秦、沈娜、张炯、赵志宇，莫不如是，偏偏他做梦都想成为这样的人。

真正让他沉沦的，是那该死的宿命开的另一个玩笑，赵志宇带他去见关茜，开启"互换身份"的前奏。

那天晚上，餐厅里稍显昏暗，隐约轻柔舒缓。妩媚动人的关茜坐在中间餐桌上，等候有人来赴约。

“啪！”

忽然，餐厅里响起响指声，关茜循声望去，看到赵志宇遥遥走来，后面跟着一模一样的邱明，顿时觉得不可思议。

邱明也很惊讶，万万没有想到，赵志宇的女朋友竟然会是关茜。

互相介绍后，落座下来。

邱明偷看关茜，眼里满是迷恋，关茜也打量邱明，再看看赵志宇，疑惑更甚。

赵志宇问关茜：“如果我们穿同样的衣服，你认得出来吗？”

关茜下意识地摇了摇头。

就在这时，赵志宇语气一变，对邱明说道：“赵总，她没看出来，您模仿成功了。”

邱明瞬间惶恐，看向关茜求助。

关茜也懵了，来回看着他们两个。

“瞧你俩那副傻样，哈哈哈哈。”赵志宇突然卸下伪装，拍着桌子大笑。

关茜反应过来，娇嗔羞愤，轻轻捶打赵志宇。

邱明则低下了头，局促地赔着笑，浓浓的自卑感袭来。

接着，高尔夫球场。

邱明在休息区，看关茜拿着球杆在击球点上，给赵志宇示范击球动作，赵志宇趁她弯腰，从身后抱住她，试图耳鬓厮磨。

关茜害羞了，试图挣脱，赵志宇却起劲了，搂住她要强吻。

关茜终于生气了，推开赵志宇：“说好跟我学打球，来了又不好好练，你烦不烦？”

赵志宇不以为意：“宝贝，开个玩笑，你至于嘛……”

关茜懒得理他，自顾自回了休息区，更没去看邱明，仿佛他只是空气。

邱明觉得尴尬，正想着如何缓解时，看见赵志宇朝他招手，便赶紧走了过去。

赵志宇拍了拍他的肩膀，坏笑着告诉他："明天搬到我的酒店来，房间都给你订好了，我要带你玩更刺激的。"

邱明还没反应，关茜便走了过来："趁我不在，说什么坏话呢？"

"没，我让他好好练，别跟个土包子似的。"赵志宇随便敷衍，"我去个卫生间，你们先玩着。"

说话间，赵志宇擦身而过，趁机揩关茜的油，关茜薄怒娇嗔，做出打人的动作，赵志宇这才跑开。

邱明则站上击球点，注视着前方草坪，对身边的一切选择视而不见。

"要领都记住了吗？"关茜来到邱明身边。

邱明没有回答，而是调整姿势，挥杆打出了一记小鸟球。

关茜眺望远处，露出惊讶之色，并重新审视邱明。

邱明微微一笑，回应关茜的眼睛里充满了柔情。

翌日深夜，邱明搬进了赵志宇安排好的酒店套房，站在落地窗前，眺望窗外繁华的夜景。

"叮咚！"

门铃忽然响起，邱明打开房门后，挤进来两个白人洋妞，顺势带上了门。

"你们是谁？"邱明愣住了。

洋妞靠墙站立："赵先生让我们来的，让我们等他。"

邱明正惊讶间，赵志宇打来电话："她们到了对吗？我听到声音了……"

"你在哪儿？"邱明急了。

赵志宇却说道:“先让她们洗澡……”

邱明虽不明所以,但还是捂住手机,告诉洋妞道:“请你们先去冲个澡,谢谢……”

洋妞妩媚一笑,摸了把邱明的下体后径直进了卫生间。

“开门,快!”赵志宇的声音再度传来。

邱明打开房门,见赵志宇穿着同款衣服,站在对面房间门内,他身后的地板上,还散落着女人的衣物。

赵志宇挤眉弄眼,暗示邱明该怎么做。邱明瞬间领悟,快速冲过走廊,交换了彼此的房间。

关上房门后,邱明听见对面传来赵志宇的淫荡声:“宝贝,我来了……”

邱明摇了摇头,学着赵志宇,解开衬衣纽扣,路出去半个胸膛,举止神态略显邪魅,以免露出破绽。

就在这时,卫生间的淋浴停了,关茜裹着浴巾,款款走了出来。

邱明看见是关茜,顿时就傻眼了,不知如何自处。

关茜没有发现异样,捡起地上的衣物,并埋怨道:“你就只会脱,不会收拾是吗?”

邱明赶紧去帮忙,把捡起来的衣物,整齐叠好,放到床头柜上。

关茜惊讶地看着他,似乎有些疑惑,继而又娇羞道:“快去洗澡……”

邱明照做,进了卫生间,站在花洒下,让热水淋透自己,逼自己冷静下来。

很快,他重新回到卧室,关茜已经在床上妩媚地等着他。

“咕咚……”

邱明咽了一口口水,四肢僵硬地上床,礼貌地抱住关茜,始终不越雷池半步。

关茜觉得可疑，趴在他胸口上，轻声道："你是不是出去偷吃了？"

"怎么会？能这样抱着你，我就很知足了。"邱明抱紧关茜，嗅着她的发香。

关茜听着他的心跳："你是真心的？"

"我爱你，真心的。"邱明深情款款。

关茜挣脱出来，抚摸邱明的脸庞，娇羞笑容中带着些许复杂。

然后她用尽力气，主动吻上邱明，好像发泄一般，又像爱得深沉，让人难以捉摸。

【邱明的故事结束】

智能审讯室里，故事接近尾声。

陈子琦打断邱明："能把这么恶心的交换游戏，说成唯美爱情，邱律师，你可真是巧舌如簧。"

"随便你们怎么想。"邱明懒得争辩，"但这就是我跟赵志宇的不同，对他来说关茜只是一件玩具，但对我来说，她是我最珍爱的女人。"

"难道关茜不知道，她是交换游戏的受害者吗？"苏申提问道。

苏申这句话，戳中了邱明的痛处，本已经平静的脸孔，突然变得狰狞，并死死盯着陈子琦，愤恨不已道："要不是陈警官诱供诈她，她可以这辈子都不知情。"

陈子琦嗤笑道："明明你们无耻至极，反倒还来赖我了？"

"本来我这辈子，都不想让她知道真相，更没有想过伤害她。"邱明愈加激动。

陈子琦唾弃道："真是自欺欺人！"

"维护幻觉是人道，戳破美梦才是残忍。"邱明失声咆哮。

陈子琦针锋相对："那林芮呢？林芮不值得被爱，活该被你们玩弄吗？"

邱明沉默了一下，忽而诡异一笑："那是赵志宇亏欠她的，也是她咎由自取，要不她贪图财富，渴望嫁入豪门，幻想鱼跃龙门，怎么会落得这般下场？"

陈子琦怒不可遏："那你呢？你帮赵志宇欺骗她、玩弄她，难道不是你造成的？"

"我只是在帮赵志宇履行丈夫的责任和义务，也是帮林芮弥补婚姻生活的缺失。"邱明自以为是道，"美梦没被戳破前，林芮不是也很享受吗？"

陈子琦怒斥道："完全就是诡辩！"

苏申拉住陈子琦，劝她先冷静。

陈子琦撒开苏申，继续痛斥："你就是人格分裂、心理畸变，居然对做过的罪孽没有丝毫耻辱和羞愧！"

邱明轻蔑一笑，看向苏申："我说了这么多，她竟然还没懂？"

"就算沈秦、林芮、张炯他们有错，都是咎由自取，"苏申反问邱明，"那赵志宇呢，难道你设计杀死他，不是因为野心和贪婪吗？"

邱明愣了愣，继而叹息道："原来你也不懂！你们这些社会底层，最可悲的不是无法通过努力改变命运，而是你们没有见过蛇可以化龙，可以翱翔九天。"

苏申刚想辩驳，却见邱明伸出手掌，示意他别插话："我用前30年，扭转了命运和错误，从蛇变成了蛟；遇见赵志宇后，我突然发现他的出现，原来是我化龙的契机……"

苏申与陈子琦沉默了，凝视着魔怔的邱明。

"赵志宇从小挥金如土，生活在社会的顶层，他跟很多富人一样，堕落、自大、骄奢淫逸、冷酷无情、浪费时间、浪费生命、浪费金钱、浪费资源，他活着的目的，就是为了浪费。"邱明越说越激动，"他不爱林芮，我可以帮他逢场作戏；他不珍惜关茜，我可以帮他去珍惜；他浪费掉的人生，我可以帮他活。他的出现，只是在提醒我，我化龙的时机到了，而沈秦、张炯他们，不过是我的天劫，只要渡过去，就能拿回属于我的人生，跨越阶级鸿沟，成为真正的人上人，我凭什么错了？”

看着癫狂的邱明，苏申突然不寒而栗，觉得他陌生而可怕，已经不再是人。

隔壁监控室。

石军与高剑他们无不唏嘘感慨，这个利欲熏心的恶魔真让人可怜可恨。

审讯结束，邱明被带离审讯室。

临走前，邱明回头请求道：“苏警官，能帮我给关茜带句话吗？”

苏申点头：“你说。”

邱明认真道：“帮我和赵志宇，向她说声对不起，她是个好姑娘，只是想过更好的生活，是我们亏欠她了。”

说话间，邱明露出了笑容，似乎释然了结果，他离去时的背影萧索而苍凉，令人动容。

苏申暗自感慨，或许他对关茜，真是在错误的时间遭到了宿命的玩弄。

黎明破晓，苏申在询问室带话给关茜。

关茜眼眶湿润：“呵，他比赵志宇还可笑，我从来不需要别人廉价的同情和施舍，他不欠我，赵志宇也不欠我。”

陈子琦嘲弄道：“我真可怜邱明，那么卑微地爱着你，还被你冷言冷语。”

关茜突然激动起来：“爱我？那他为什么跟赵志宇骗我，我做错什么了？”

说话间，关茜情感决堤，颤抖着抽泣起来。

也许，关茜作为受害者，无论如何反应都是无可厚非的。

数日后，医院，沈娜病房。

液晶电视上，正在播放警方的新闻发布会，赵克维发表讲话。

赵克维通报道："各位媒体朋友，自9月30日起，东海市河畔公寓发生闪爆案以来，东海市公安局刑侦总队重案支队迅速成立专案组，经过缜密调查和取证，发现嫌疑人邱某对近期发生的多起针对鼎峰资本高层的恶性案件，均存在重大作案嫌疑。经过严密的部署，我们已于11月17日晚7点20分，将犯罪嫌疑人邱某抓获。目前，邱某被警方依法采取刑事强制措施，经过专案组连夜突击审讯，邱某对自己的罪行供认不讳。"

病床前，沈心怡端着汤碗，专注地看着新闻，新闻画面上，随着赵克维的通报切换出邱明的画面。

沈娜痴痴地笑着，看到邱明的画面后，突然手舞足蹈："小鬼被抓咯，小鬼被抓咯……"

沈心怡赶紧像哄小孩似的，劝慰她，哄她慢慢吃。

旁边的於兆梁失落地叹息道："恭喜了，这下你男朋友真的清白了……"

沈心怡没有回应，沈娜却激动起来，畏惧地缩到床头："不对，这里还有一个鬼，他要拉我下去，他要吃了我啊，佛祖老爷，你快来收了他，收了他……"

沈心怡手忙脚乱，安抚了好久也无济于事。

"叮铃铃！"

忽然，沈心怡的手机传来短信，是苏申发来的：邱明认罪，结案了，回来吧，我等你。

恍惚间，沈心怡泪水滑落，把手机捂在胸口破涕为笑。

重案支队，办公楼走廊。

陈子琦赶过来时，苏申早已在等候。她问道："什么情况，邱明要翻供？"

"我们也不明白，还说非要见你。"苏申点了点头。

陈子琦愤慨道："我不信他能翻出花来。"

苏申却问道："行李收拾了吗？"

"还管什么行李，他要是翻供，我就不走了，跟他奉陪到底。"陈子琦火急火燎地向审讯室走去。

苏申一把拉住她，转向另一边。

陈子琦惊讶道："怎么了，不去审讯室吗？"

"先开会，做个方案。"苏申笃定道。

陈子琦一脸疑惑，只好跟上苏申来到专案组会议室。

"啪！啪！"

推开会议室进去，身后突然传来礼花的声音，高剑也从门后跳了出来："Suprise！"

陈子琦惊讶之余，定睛一看，室内挂着许多彩带，看起来喜气洋洋，重案支队全员在此，都洋溢着喜庆。

"既然主角到了，那么，陈子琦同志的生日会暨欢送会，现在正式开始。"石军高声宣布。

陈子琦眼睛一酸，用手捂住了鼻子，感动道："你们怎么知道……"

"你上次进派出所，护照上有你的生日。至于欢送会，本来就是要办的，不过苏申细心，记起了你的生日，索性一起办了。"石军不无打趣道，"倒是你，你是自己忘了，还是不好意思跟我们说啊？"

陈子琦哽咽道："谢谢，谢谢，我真的忘了。"

忽然,灯光暗下来,苏申捧着小蛋糕向陈子琦缓缓走来。

“祝你生日快乐……”

众人不约而同唱起了生日歌,起哄让她许愿。

陈子琦闭上眼睛,许下愿望,然后吹灭了蜡烛。

灯光亮起,苏申放下蛋糕,让陈子琦分切,轮流传给众人。

高剑接过蛋糕,却不走开:“你刚才许了什么愿啊?”

“愿人与人之间多一份爱,少一点恨,愿世界和平,没有犯罪。”陈子琦如实道。

高剑故作惊讶:“啊呀,你是真不着急脱单啊?”

“小高你年纪不大,观念怎么这么陈旧?我们小陈是独立女性,正值大好年华,为什么急着结婚。”周慧敏搂住陈子琦,“尊重自己的意愿就好,我挺你。”

陈子琦感谢道:“谢谢!”

高剑吃了口蛋糕,大咧咧道:“我要是你,这次立了大功,就许个升职加薪的愿望。”

不知想到了什么,陈子琦忽地黯然:“我只求破案就好,至于其他的,还是看上级的心情吧。”

高剑似有所悟:“既然你们那儿不公平,要不干脆辞职,回国来我们这儿算了。”

说话间,石军走了过来,瞪了眼高剑后,递给陈子琦一个礼盒:“小陈,这是我给你准备的礼物。”

陈子琦惊喜地接过,入手颇沉,不禁觉得好奇。

石军笑道:“这里面是文房四宝,笔墨纸砚,全都是上好的材料。”

陈子琦对这份礼物感到不解。

“我说话直接,小陈你先别生气。”石军直言不讳道,“虽说你工作认真敬业,勇于承担责任,绝对是好样的,但有时候你还是太冲动了。

平时没事儿，可以写写毛笔字，有助你修身养性。虽然你生活工作在国外，但也是炎黄子孙，中国的传统文化不能丢呀。”

陈子琦收下心意：“谢谢，谢谢，我一定不会辜负的。”

周慧敏也递来礼物，笑道：“女人最懂女人，工作和颜值两不误，也是为了自己。”

陈子琦会心地接过周慧敏的化妆品。

“你五官挺好看的，别老跟女汉子似的。”高剑送上口红套装。

周慧敏敲打高剑：“你又老土了，女为自己而容，又不是为了取悦你们男人。”

陈子琦打开套装，拧开一支口红，顿时无语了：“我的天呐，死亡芭比粉，高剑，你还想不想脱单了？”

“专柜服务员推荐的，我哪儿知道啊。”高剑挠了挠头。

苏申也送上礼物，是一盒TF女士香水：“虽然是女香，但这款乌木香偏中性，像你这么不讲究的，无论遇到什么场合，都能一喷搞定！”

陈子琦笑了，迸出一句蹩脚的沪语：“阿拉谢谢侬哦！”

欢送会结束，陈子琦回到酒店收拾行李，手机却忽然响起来。

“Sylvia，你什么时候回来？”电话是Daniel打来的。

陈子琦点开免提：“订了三天后的机票，正好案子结束了，我想再休息两天，好好看看东海。”

“案子是结束了，可Justin Zhao的绯闻还没结束。”Daniel提醒道。

陈子琦心生警觉，问道：“什么意思？”

Daniel告诉道：“Chloe Guan很不简单，在认识Justin之前，她还是赵启德的秘密情人，也就是赵志宇的父亲的秘密情人。”

陈子琦顿感意外：“这么狗血？”

Daniel继续道：“Justin Zhao还有多个情人，其中比较密切的两个

A国女人昨天闹到了警署，控告Chloe Guan和律师Frank有染，意图要侵占Justin Zhao的遗产，现在Frank已经被捕了。”

“What the F……Chloe和律师是真的吗？”陈子琦失声道。

Daniel给予确认：“应该是真的，Frank说，Chloe很在乎Justin家族的财务状况，以及财富继承问题，不仅私下跟他打听，甚至不惜色诱他。”

“侵占遗产有证据吗？”陈子琦问到关键。

Daniel遗憾道：“那两个女人胡扯，Justin Zhao死后，他的遗产遵从赵启德的遗嘱——如果没有继承人，就全部无偿捐赠给慈善基金，不存在侵占遗产。”

陈子琦糊涂了：“那你们抓他律师干嘛？”

Daniel娓娓道来：“因为我们发现Frank伪造警方文书，说是受关茜指使，内容是警方发现Justin Zhao杀害了Rachel Lin，并伪造了逮捕令。”

“谢谢，Daniel，我回头再跟你联系。”陈子琦意识到严重，必须马上告诉苏申。

Daniel却阻止了她：“等等，Sylvia，我还有话跟你说……”

第十五章　关茜的故事

陈子琦听完Daniel的越洋电话，心情沉重至极。

不过，她很快就从失落的情绪中恢复了过来，并接通了苏申的电话。

半个小时后，苏申与高剑开车接到陈子琦，一起前往重案支队。

陈子琦在后座上，扒着座椅与苏申分析案情。

高剑坐在副驾驶，听得瞠目结舌："这女人真豁得出去……"

"重点是赵志宇的举动不对劲，以他的实力，完全可以回到A国，聘请顶级律师团队，帮他逍遥法外，可他却偏偏留在了东海。"陈子琦说道。

高剑作出分析："肯定是关茜串通律师，伪造警方的逮捕令，吓到了赵志宇。"

"凭这份伪造的逮捕令，能吓唬赵志宇一辈子？是她傻还是律师傻，或者赵志宇傻？"陈子琦反问道。

高剑嗤笑道："这还用问，他们三个都利欲熏心，三傻呗！"

"关茜跟律师通奸，是很早前的事情，而伪造逮捕令、欺骗赵志宇，是最近才发生的？"苏申突然问道。

陈子琦点头给予肯定。

苏申沉吟片刻，斟酌道："如果我没有猜错，他们没想骗赵志宇一辈子，因为以后根本不需要赵志宇。"

高剑有点懵："什么意思？"

"你们想想邱明的供词。"苏申提醒道。

陈子琦似懂非懂："你是说，关茜也涉案了？"

苏申作出分析："我们想三个问题：第一，陈子琦来东海后，赵志宇为什么不回A国配合警方调查，而愿意藏在东海？第二，邱素梅弥留之际，赵志宇那么无情的人，怎么会突然心软，被邱明骗去疗养院？第三，疗养院那次，赵志宇明显是被邱明陷害，为什么还愿意相信他的偷渡谎言？别忘了，他们兄弟俩互不信任，都在算计彼此。"

陈子琦仔细想了想，确实疑点重重，忍不住吸了口冷气："如果真是这样，这女人，真是太腹黑了。"

半小时后，石军办公室，苏申正在汇报情况。

石军听完以后，给予肯定："你的推理确实存在可能性。"

"小陈，A国方面，如果发现新线索，请尽快告知我们。"石军又看向陈子琦。

陈子琦答应："没问题。"

石军想了想，继续指示苏申："现在赵志宇已死，只剩邱明这个人证了，你再去会会他。"

"明白！"

就在这时，徐小伟拿着证物袋，敲门进来："石支，负责港口码头的同事，在撤离现场时，发现了一支奇怪的弩箭。"

石军顿时警觉，看向那个证物袋，苏申更是接过来查看，并问道："具体位置在哪儿？"

徐小伟如实道："距赵志宇坠亡的集装箱不远，大概五十米开外吧。"

苏申高度警觉,意识到这支弩箭将是很关键的证据。

心灰意冷的邱明被带到智能审讯室。

见苏申与陈子琦等候多时,他故作洒脱道:“又想跟我辩论什么,世界观、人生观还是价值观?”

苏申笑道:“我们不妨聊聊爱情观?”

“爱情? 这世上所有爱情,最终都将转化为经济问题。”邱明忍不住哂笑,“比如你,苏申,一个弄堂里长大的平民子弟,就算我相信你,不是贪图沈家财富,可事实上,如果你们结婚,你将是利益既得者,将通过婚姻渠道正式实现阶级跃升;而你的对手徐小伟,要养家糊口还房贷,他除了自己打拼已经别无选择。这样看啦,你觉不觉得熟悉?本质上来说,你跟林芮没有区别。”

顿了一下,邱明继续道:“你应该还记得我讲的那个传说吧? 我从一条小蛇,企图化龙失败了,而你,也同样面临着天劫,沈秦与沈娜他们,阻止你们的恋情,甚至设计陷害你,就是你化龙的天劫,阻止你向上跃升。只是你这道天劫,被我帮你解决了,说起来,你应该感谢我才对。”

说到最后,邱明突然笑了起来,似乎在嘲弄自己,又似乎心有不甘。

“说得好!”苏申拍手称快道,“不过,我和心怡的事情就不用你来操心了。”

邱明冷哼一声,说道:“虽然,我可能看不到了,但还是祝你们白头偕老。”

“邱明,你不要自作聪明,我们来说说你的爱情吧。”陈子琦坐不住了。

“准确地说,你是想说我可悲吗?”邱明不出意外道,“我为关茜付出再多,也不过是唱独角戏,单相思算什么爱情? 太卑微了!”

苏申凝视邱明:“真的只是独角戏吗?”

邱明反问:"不然呢?"

"邱明,你不愧当过律师,总是在话语里,夹带微妙的心理操控。"苏申看穿了邱明的把戏。

邱明失笑道:"苏警官,你这人什么都好,就是爱疑神疑鬼。"

"好吧,那我先来分析分析你的话术逻辑,你第一次审讯时,伪装成赵志宇欺骗我们;第二次审讯时,被我揭露了身份,不得不承认。"苏申揭露真相,"你表面上认罪,坦白真相,实则继续隐瞒重要信息,包庇重要同伙。邱明,你真是好算计啊。"

邱明坐不住了,沉声提醒道:"苏警官,我都坦白了,你别无中生有。"

"是吗?"苏申目光如炬:"那你回答我三个问题,第一,陈子琦来东海打了赵志宇后,他为什么不回A国配合调查,而愿意藏在东海?第二,你母亲弥留之际,赵志宇怎么会心软,接连被你骗去疗养院?第三,赵志宇在疗养院时,明显是被你陷害了,为什么还会相信你帮他偷渡这种鬼话?"

邱明有点慌了:"我都解释过了,他……"

陈子琦打断道:"邱明,你觉得为了爱情舍生取义,很了不起是吗?"

邱明顾左而言他:"一会儿聊爱情,一会儿聊案子,你们今天很闲吗?"

陈子琦翻开卷宗,拿出A国警方取证的照片。

照片上,是林芮邻居家的截图,可以看出,赵志宇在剪断监控前留下的模糊影像。

陈子琦指着照片问道:"这是赵志宇行凶前,破坏邻居家监控时留下的模糊影像,而他拿你的护照,就是为了栽赃你,为什么还要伪装?你有想过吗?"

"怕被人看见他的脸,直接告发他呗。"邱明懒得看照片。

陈子琦再拿出租车行的签名照,问道:"他用你的护照登记租车,也是为了栽赃你，可是作案之后，却把车开到海里，你不觉得，这是自相矛盾的逻辑吗？”

“他这人脑子糊涂，第一次做这种事，不奇怪。”邱明还在嘴硬。

陈子琦急了：“这明明是两套逻辑。最初，赵志宇只是简单地栽赃你，为了栽赃更彻底，表现得更像你的手法，他故意模仿你的思维习惯以及行为状态，才作出了这些反侦查举动。”

“有点道理，这么说来，他没我想象的愚蠢。”邱明假意赞叹。

苏申看邱明硬扛，出言诛心道：“邱明，你死活不承认，也不愿意相信，关茜参与了赵志宇的栽赃计划，难道不是自欺欺人？”

说话间，苏申从物证袋里，取出那支弩箭：“赵志宇摔死当晚，如果我们警方没有赶到，你怎么确保除掉赵志宇？想必这支弩箭，才是你的后手吧？”

苏申凝视着邱明，邱明也看着他，长久地对峙着。

“呵……”

恍惚间，邱明露出了苦笑。

前往克莱门公寓的路上。

陈子琦翻开关茜的资料，一点点仔细看过去，看到其中某处时，她忽然严肃道：“果然被你猜中了，关茜受过专业射箭俱乐部的培训。”

开车的苏申点了点头，手上渐渐加重了力量。

那页资料上，是关茜参加高尔夫、马术和射箭俱乐部的照片。

老公寓在梧桐树的掩映下显得饱经风霜，似乎每一块砖都能讲出许多故事。

“咚咚咚！”

来到关茜母亲家，苏申叩了叩门。关茜开门后，看见是苏申与陈子琦，顿时很是意外。

“苏警官，陈警官，请进。”请他们进来后，关茜招呼道：“不好意思，家里有点乱，还是坐沙发吧。”

苏申与陈子琦坐下，打量空了的房间，不觉好奇道：“你妈妈去跳舞了？”

“嗯，临走前，她想跟老姐们再聚聚。”关茜在对面落座。

苏申再问道：“移民手续都办好了？”

“嗯，办妥了，等把这套公寓退租，就准备出国了。”关茜觉得疑惑，“两位今天来，有什么事吗？”

苏申笑着点头，却被陈子琦抢话，直奔主题道：“你知道，赵志宇的遗产已经全部捐给慈善基金了吗？”

关茜愣了愣，随即黯然道：“捐了也好，他纨绔一生，临终也算对社会作了贡献。”

陈子琦步步紧逼，继续道：“捐赠遗产的触发条件，前提是赵家后继无人，这是赵启德临终前立下的，你知道这事吗？”

听到赵启德的名字，关茜明显愣了下，眼神有些不自在，故作镇定道：“这是他们赵家的私事，我不清楚。”

“也难怪，据说这些条款连赵志宇都不知道。”苏申若有深意。

关茜赶紧错开眼神，避免与苏申对视。

苏申看了眼陈子琦，由她继续说道：“我们A国警方，接到两名白人女子的举报，称你与赵志宇的律师Frank，企图合谋侵吞赵志宇的财产。”

“胡说八道！”关茜勃然大怒，“赵志宇的那些姘头，是在无事生非、恶意污蔑。”

陈子琦冷笑道：“是吗？ Frank已经被A国警方控制了。”

关茜终于慌了，眼神闪躲，呼吸也急促起来。

苏申使了个眼色，让陈子琦别急，接话道：“Frank在审讯时，给我们讲了个故事,你要不要听?”

关茜保持着端庄,但是她颤抖的双手、犹疑的眼神,出卖了她的真实想法。

苏申站起身来,在空荡荡的老公寓里讲起了一个故事。

【关茜的故事】

曾经有个女孩,童年时因父亲生意失败,家道中落。

女孩的母亲很伟大,哪怕再困难也要住在市中心,打扮成名媛,出入高级酒会,为日后跻身上流社会做准备。

长大后,女孩凭借努力,获得了去A国留学深造的机会,毕业后进入财富公司,成为A国华裔富人圈一名年轻的理财顾问,并因此结识了赵启德。

这个女孩,名字叫作关茜!

4年前,关茜的女领导带她去一家高档酒店谈业务。

彼时的关茜,穿着一身职场正装,发型婉约,妆容清纯,还带着点青涩。

她在女领导身后,打量姗姗来迟的赵启德,只见其年逾六旬,头发斑白,胜在身板挺直,精神矍铄。

“赵先生,您好。”

女领导迎了上去,恭敬地跟赵启德握手,可赵启德关注的却是青涩的关茜。

女领导察言观色,把关茜推了出来,介绍道:“这是新来的小关,中国东海市来的留学生。”

“有缘哦,我祖籍也是东海市的。”赵启德主动伸手。

关茜诚惶诚恐,伸出柔软小手跟赵启德握了一下:“赵先生,我是关茜。”

赵启德点了点头，再看了她两眼后才落座了下来。

女领导拿出文件翻开，介绍道：“赵先生，这次跟您推荐的项目，是A国的矿产公司，而承建公司和开发商则是来自我们中国，市场前景非常好，他们出售的股权份额为……”

赵启德心不在焉，一直盯着关茜看。

关茜羞红了脸，自顾做着记录，低头不敢看人，煞是惹人怜爱。

不久，赵启德找到机会单独约关茜出来，带她打高尔夫球。

赵启德在击球点上，潇洒地挥出一杆后，招手让关茜去试试。

关茜站上击球点，摆好姿势后准备挥杆。

却在这时，赵启德伸出球杆阻止了关茜。

关茜觉得疑惑。

“别急，要想打出好球，除了准备工作、技术到位以外，还要懂得如何借风。”赵启德指向远处的风向标。

关茜顺势望去，只见风向标的旗帜正吹向他们这边。

赵启德来到她身后，凝视着风向标，帮关茜观测风向。

不时，风停了，旗帜落下来。

赵启德发出口令：“准备！”

关茜摆好姿势，握紧球杆。

一阵顺风吹起，旗帜飘扬，关茜用力挥杆，打出了一记漂亮的小鸟球。

关茜望着球飞出去，顿时欣喜不已，也就是这个时候，赵启德抱住了她。

关茜僵住了，试图挣扎。

赵启德越抱越紧，陶醉道：“人生就像打球，懂得如何借风，就能比别人活得轻松，比别人更快接近成功。你是个聪明的女孩子，会做出聪明选择的。”

关茜渐渐放松，不再挣扎，似乎接受了命运。

从那以后，赵启德豪掷千金疯狂追求关茜，关茜架不住攻势，终于成了他的秘密情人。

夕阳下，赵启德开着敞篷跑车，带关茜沿海岸线兜风。

“好开心啊！我爱赵启德……”

关茜看着美景，站起身来，任海风吹拂脸颊，欢呼自己的情绪。

月色下，赵启德开上私人游艇，带关茜出海海钓。

关茜抱住赵启德，娇媚地问道：“我们会永远在一起吗？”

赵启德把她搂进怀里，耳鬓厮磨：“当然会。”

“那我们会结婚吗？”

赵启德宠溺道：“只要你愿意！”

关茜被幸福淹没，紧紧搂住了赵启德。

数日后，Frank办公室。

赵启德在Frank的见证下，为关茜戴上了钻戒。

关茜开心地笑了，主动拥吻赵启德。

“恭喜两位，不过我这里有份文件需要关小姐签一下。”Frank拿来一份文件。

关茜觉得惊讶：“这是什么？”

Frank告诉道：“这是赵先生为您准备的婚姻协议，他在协议中特别强调，您是他最爱的女人，是他财产的第一顺位继承人。”

关茜被感动了，眼眶里闪烁着泪光。

赵启德摸着她的头，一脸宠溺之色。

关茜没有多想,也没有细看文件,迅速签下名字。

赵启德帮她合上文件,招呼道:“走,我们去庆祝一下。”

关茜跟Frank道别,先走出了办公室。赵启德紧随其后,并在临走前给Frank使了个眼色。

Frank心领神会,比出OK的手势。

正当关茜以为即将跨入上流社会时,命运跟她开了个天大的玩笑,赵启德因心脏病突发意外离世。

墓地园林里,赵启德已入土为安。赵志宇、Frank及少量亲属,穿戴黑衣墨镜站在墓碑前,聆听牧师宣讲悼词。

后方不远处,关茜悄悄地看着,不敢近前来。

悼念结束,赵家亲属先行离去,赵志宇与Frank留在最后轻声攀谈着什么。

关茜望着赵志宇,目光随他而动,等到他跟Frank聊完,追随亲属而去后,才悄悄来到赵启德墓前。

留在最后的Frank意外地发现了关茜,表情很是惊讶。

不久后,关茜愕然发现自己被骗了,一切都是骗局。

她拿着婚前协议,找Frank理论:“他明明说了,我才是遗产的第一顺位继承人。”

Frank无所谓道:“Chloe,这份协议没有法律效应,赵先生既没签字,也没盖章,他只是哄哄你而已。”

关茜精神崩溃,泪水不由自主地滚滚流下。

“你们这些亚洲女孩儿,都在想些什么?他们几代人创造的财富,你以为谈个恋爱,就会全部送给你?”Frank摇了摇头。

关茜泣不成声,抓住Frank的手臂:“我付出了两年的青春,凭什么,什么都没有?你帮我,帮我把他的钱转出来。"

Frank故作严肃道:"我不会为了你,去得罪我的雇主,更不会违法犯罪。"

"那你帮我接近赵志宇,我自己想办法?"关茜不肯死心。

Frank想了想:"我为什么要帮你?"

关茜病急乱投医:"赵启德有超过一亿美金的资产,如果我将来能继承,或者分到这份财富,我可以给你分成。"

"我说了,我不会为了你得罪我的雇主。"

说话间,Frank毫无忌惮地扫视着关茜的身体,意味显而易见。

关茜明白了,犹疑不定。

Frank继续暗示:"无论获得任何成功,都要付出代价。你得再想想,能给我什么?"

关茜愣了半晌,天人交战后,主动解开了衣衫。

Frank计谋得逞,看着关茜的酮体,舔了舔嘴唇,贪婪地扑了上去。

从那天起,关茜不再相信爱情,她变得果决,变得狠厉和腹黑,她要从赵志宇身上拿回属于她的一切。

她通过Frank了解赵志宇的一切,处心积虑接近他,而机会就在眼前。

那天晚上,她根据Frank的指点精心打扮后,穿上红艳的小礼服,走进了The Baxter Inn酒吧。

"啪嗒、啪嗒……"

很快,她找到了猎物,踩着清脆的高跟鞋,假意从赵志宇身边走过,然后坐上前面吧台,点了杯鸡尾酒优雅地品鉴着。

赵志宇被她吸引,不能自拔,有好几个瞬间,他们目光交错,如红酒般暧昧。

许是得到了暗示，赵志宇端着酒杯，来到她面前搭讪："华人？"

关茜欲擒故纵，没有搭话，而且她不知道，远处角落里邱明也对她一见钟情，只是碍于自卑不敢上前来。

赵志宇摸出镶钻的名片盒，取出烫金的名片，推给关茜："我叫赵志宇。"

"不好意思，我只想一个人静静。"

关茜笑了笑，起身离开了酒吧，临出门前她还望了眼赵志宇，暗送秋波。

赵志宇捕捉到她的眼神，不觉坏笑起来，喝光了杯中酒。

赵志宇像赵启德那样，对关茜发起爱情攻势。关茜半推半就，在意料之中成了他的女朋友。

那个下午，赵志宇开着赵启德留下的游艇，带关茜去公海海钓。

这艘游艇上，有关茜痛苦的回忆，就是在这里赵启德欺骗了她，所以她要从这里拿回属于她的一切。

她强迫自己镇定，装作什么都没发生，趁赵志宇海钓时回到船舱，根据与赵启德在一起时的回忆，从沙发柜下面翻出赵志宇和林芮的结婚照。

她要用这张照片开始她的"上位计划"。

关茜拿着结婚照气冲冲地冲出船舱，狠狠扔到赵志宇身上："分手，开回去！"

赵志宇下意识接住，发现是他的结婚照后瞬间就愣住了，懊恼不已。但他没有多言，而是丢开海钓竿，直接搂住了关茜。

"你放开。"关茜假意挣扎。

赵志宇用力道："我这辈子都不会松开。"

关茜使劲推开赵志宇，给了他一耳光，赵志宇却不理会，强行拥吻她。

关茜在反抗中咬破了他的嘴唇，鲜血渗透出来，带着腥甜气息。

赵志宇忍着疼痛，始终不肯松手，吻得也更用力了。关茜终于被他俘获，不仅不再挣扎，反而主动迎合他，两人干柴烈火一触即发。

吻够了，关茜再次推开赵志宇，眼眸流转之间，顾盼道："结婚吗？"

"那得先让我离婚……"

赵志宇忍不住诱惑，抱起关茜转身进了船舱中。

不时，便是狂风暴雨，婉转承欢。

事实却是赵志宇没有离婚，还到处拈花惹草，甚至冷落关茜。

关茜为了计划，选择隐忍，表面上若无其事，实则暗自找机会，继续她的"上位计划"。

就在这时候，命运再度玩弄她，跟她开了个致命的玩笑，赵志宇的替身——邱明，竟然也深爱着她。

尽管初见邱明时，她并不待见他，但随着深入接触，她发现穷小子邱明或许更是适合她，他们都曾被生活抛弃，都很渴望跃升阶级，都被命运无情玩弄。

第一次交换游戏时，邱明折叠衣服时，她就已经认出来，眼前之人不是赵志宇。

但她还是心甘情愿靠进了邱明怀里，假意问道："你是不是出去偷吃了？"

"怎么会？能这样抱着你，我就很知足了。"邱明紧紧抱着她，近乎贪婪地嗅着她的发香。

关茜芳心乱颤，听着他的心跳，迷乱道："你是真心的？"

"我爱你，真心的。"邱明再次回应。

关茜挣脱出来，抚摸邱明的脸庞，娇羞笑容中带着些许复杂，随即用尽力气主动吻上邱明。

这是她对命运最后的反抗。

可惜，爱她的邱明没有雄厚的家底，没有显赫的地位。关茜清醒过来后，不可能为了他，放弃上位计划，放弃亿万美金，放弃嫁入豪门、跃升阶级的机会。

更有甚者，她为了自己的计划，毫不犹豫地出卖了邱明。

林芮被杀前一个月。

关茜在酒店里，与赵志宇发生了激烈的争吵。

“拖拖拉拉又是半年，你要我等到什么时候？”关茜质问赵志宇。

赵志宇哄骗道：“我不是也在催嘛，可是林芮不肯，我有什么办法。”

关茜不依不饶道：“你知不知道，再这样拖下去，让她的律师团队找到你出轨的证据，根据A国的法律你肯定会被净身出户。”

“你说什么？怎么可能！”赵志宇震惊了。

关茜眼眸流转间，火上浇油道：“我已经问过Frank，这是他亲口说的，如果你不相信，可以自己去问他。”

“这个婊子故意拖延，一定在背地里阴我。”赵志宇急了，“这个不劳而获的蛀虫！”

关茜见时机成熟，立即教唆道：“男子汉大丈夫，当断不断，我真是看错你了。”

赵志宇抓狂地挠了挠头皮，烦躁道：“办法不是没有，可是我没有想好，万一失手可是万劫不复。”

关茜沉默了，猜出了他的办法，眸光闪烁间，忽然幽幽道：“你不是还有个替身吗？或许他可以顶替你。”

赵志宇瞬间恍然，若有所思道：“你的意思是，嫁祸给邱明？”

关茜没有回应，只是抿着红唇，眸光闪烁得更厉害了。

9月25日，邱明飞往A国度假，赵志宇和关茜按计行事。

两天后，9月27号早上，关茜来找到邱明。

“咚咚咚！”

关茜敲门而入，发现邱明穿着睡衣，精神状态略显颓废，忍不住关切道：“你怎么了？”

“工作上的事儿，你找我有事？”邱明收敛好情绪。

关茜没多想，顾盼道：“我妈妈的移民手续出了点问题，要我回去帮她处理，还说想见见我男朋友。可他这几天脱不开身，你能陪我回去吗？”

关茜说着，扯了扯邱明衣袖，我见犹怜。

“好，我跟你回去！”

邱明答应了关茜，成了“上位计划”中最关键的一枚棋子，被赵志宇李代桃僵，成功嫁祸。

但他没有告诉关茜，他也遇到了大麻烦，急需回去处理，并想出同样的计策。

唯一不同的是，邱明真心爱着关茜，想用一生去保护她。

然而，随着A国警方和东海警方联合办案，赵志宇和邱明都成了嫌疑人。关茜担心暴露自己，且相比花心无底线的赵志宇，邱明给了她延续梦想的选择。

于是，关茜毅然决然地选择帮助邱明，因为她相信，邱明深爱着自己，绝不会背叛自己。邱明也与她达成了默契。两个有着同样梦想的年轻人，终于联手除掉了赵志宇，并把邱明变成了赵志宇，从而一起继续关茜的“上位计划”。

那天苏申走后，她接到邱明的电话："我需要你的帮助……"

关茜迟疑道："你说……"

"我妈妈快不行了，让他去疗养院看看她，见最后一面。"邱明平静道。

关茜急了："警方已经通缉你了，你还想怎么样？"

"赵志宇对我做了什么，你不会不知道。"邱明表明心意，"请你相信我，我爱你。我接下来的计划，是我们唯一的生路。"

关茜思量后，咬牙答应了："好，为了我们以后，我答应你。"

当晚，关茜去城中村见赵志宇，告诉他邱明的请求。

赵志宇不情愿道："我不是去过一次了嘛，他妈死不死关我什么事？"

"你就去吧，都说人最怕死不瞑目，你一辈子不肯认她，若能临终送她一程，你们母子一场也算两清了。"关茜软磨硬泡。

赵志宇想了半晌，还是答应了："那好吧，我明天去。"

关茜还不忘提醒："记得带束花，要有诚意。"

"知道了！"

被栽赃的赵志宇，被警方误认为是邱明后，赵志宇本可以配合东海警方调查，但是关茜的后招——伙同律师Frank，伪造了A国逮捕令，在威逼恐吓下，他不得不躲起来，准备走偷渡这招生死未卜的险棋。

"叮铃铃！"

关茜跟赵志宇通话，赵志宇告诉她："我真的熬不住了……"

"你现在只能熬着。"关茜软硬兼施，"在东海，你出来就会被通缉，A国警察那边也来找我问过话了。如果你贸然回去，很可能刚下飞机，就会被直接带走，到时候，你有理也说不清。"

赵志宇慌了："那怎么办啊，我总得回去吧。"

"我会先帮你联系好律师，不过A国那帮律师，拿了钱才会办事。"关茜想了想，"实在不行，可能要动用你爸的信托，那是婚前财产，只要你亲自到场,就可以授权动用。你再熬一熬,回到A国就好了。"

"行吧行吧,我听你的,我就是觉得自己被人陷害了!"赵志宇只好答应。

关茜安抚道:"你别想那么多,相信我,我会帮你想办法的。"

赵志宇沉默后,挂断了电话,关茜也站在窗边,若有所思。

不久,关茜接通Frank:"Frank,还记得我说过,若我能继承赵家的财富,会给你分五成吗?机会就在眼前,看你敢不敢做……"

深夜,弯月如钩,关茜来到集装箱码头,找到赵志宇后接通了Frank的视频。

Frank在视频中,拿出伪造的逮捕令,告诉赵志宇:"Justin,我不知道警方为什么会下发逮捕令,不过可以肯定,他们掌握了相关证据。我是你的律师,你必须跟我说实话,你是不是杀了林芮?"

关茜给赵志宇使了个眼色,暗示可以相信。

赵志宇放下了戒备,点头默认。

"Shit!你为什么不早点告诉我?"Frank懊恼不已,"Justin,你应该听Chloe的,千万不能回来,要知道,你的护照已经被警方锁定了,只要你下飞机,就会被抓去坐牢。你先等等我,我会帮你组建律师团的。记住,一定要藏好,OK?"

赵志宇被吓傻了,只能答应:"好,好,我答应你。"

关茜假意关心他,拍着他的后背安抚他的情绪,眼神却充满冷漠,没有半点感情。

一切妥当后,关茜给警方打电话,谎称赵志宇在棚户区,诱导警方去抓捕,接着在审讯中她配合邱明唱双簧,完美骗过了警方。

更妙的是,她在倒向邱明之前,就已经做好双重准备,预设好了形象逻辑，以受害女性的身份骗取警方同情和信任，从而排除她的嫌疑。

第一印象很重要，所以第一步，是在初见警方——苏申与陈子琦时，所表现出的跋扈形象。

当时，陈子琦带有情绪，诘问她道："在老租界这样的核心地段，租这种法式老公寓应该不便宜吧？光你自己的工资，还要养你妈妈，够花吗？"

关茜将计就计，故作冷漠道："我妈年轻时也做生意，不需要我来养。"

陈子琦继续犀利道："跳舞跳出来的生意？"

"陈警官，这是我家，请你说话客气点儿。"关茜表现出愠怒。

"赵志宇是出了名的纨绔，居然愿意为了你离婚，看来你很有手段嘛。"陈子琦继续道。

"私人感情的事情，我不想多说，只能回答你，赵志宇说过，我是他至今唯一深爱的女人。"

关茜脸色骤冷，跟陈子琦针锋相对气得她失去了理智，成功建立起自己令人厌恶的小三形象。

接下来，她还要翻转人设。

假扮赵志宇的邱明，被警方从艳粉街带回来后，他和关茜在审讯室，按照自编自演的剧本给警方唱了一出狸猫换太子的好戏。

苏申对关茜说："赵志宇交代，他和邱明利用双胞胎身份，隐瞒彼此身份，交换玩弄女性，并且他承认，你也是其中之一。"

"这不可能……不可能……他……我……"

关茜装作无辜，洞若观火，她崩溃地大哭起来，成功骗得了陈子琦的安慰："哭吧，哭出来就好了，希望你能把知道的，全都告诉我们，我们会帮你讨回公道，绝不会饶过那两个人渣。"

"不可能，赵志宇不会这么对我！是不是邱明？是不是那个畜生，骗他这么做的？"

关茜越是坚持，越显得无辜，成功化解了警方的怀疑。

关茜与邱明的计划，可谓阴差阳错、顺风顺水，设计害死赵志宇以后，邱明终于成为赵志宇，被无罪释放，直至准备出境。

【关茜的故事结束】

老公寓里，故事进入尾声。

“当你们想尽快离境时，没想到还是被截了回来。”苏申不无叹息，“邱明被识破身份后，因为深爱着你，为了保住你，主动承担了所有罪名，并试图掩盖你在整个事件中看似细微、实则举足轻重的作用，因为他太了解你了，太爱你了，愿意为你付出一切，甚至是生命。”

“你敢出卖邱明，是因为在此之前，你们已经通过Frank签好了婚前协议和财产协议，即便没有他，你也能继承所有财产，这也是你急着移民的原因。”陈子琦补充道，“至此，你的上位计划才算彻底完成，而赵志宇和邱明，从始至终都是你这个计划中被你利用且无情抛弃的棋子。关茜，你真是好深的算计，好狠的心啊。”

关茜早已泪眼婆娑，身躯忍不住颤抖，却还是倔强道：“这只是你们的推理，不是证据。”

看她还在顽抗，苏申突然看向她右手，问道：“如果我没有看错，你右手手指的茧，应该是练习射箭时留下的吧？赵志宇身亡当晚，这么重要的场合，你应该也不会缺席吧？”

关茜瞬间如遭雷击，下意识攥紧了右手，手背上青筋毕露，颤抖得更厉害了。

苏申继续道：“我们东海市警方，从来是依法办案，也有雷霆手腕，你可以继续狡辩。但你是中国公民，我们可以带你回去测谎，即便以邱明的心理素质，他也已经供认不讳了。”

关茜最后的希望破灭了，失去了所有力气，整个人瘫坐在沙发上。

陈子琦适时起身，朗声道："关茜，我们怀疑你教唆杀人，并且是谋杀林芮和赵志宇的同谋共犯，请你跟我们回去配合调查。"

关茜无力地抬头，看着空荡荡的老公寓，脑海里一片空白。

迷离之际，她仿佛看见客厅中央出现了赵启德的身影，赵启德看着她露出诡异的微笑，呓语似的在她耳边喃喃："机关算尽太聪明，反误了卿卿性命，卿卿性命……"

恍惚间，关茜嗔痴怪笑，如泣如诉，如哀如怨，呢喃道："反误了卿卿性命……"

是啊，如果不是她太聪明，如果没遇见赵启德，如果没算计这么多，或许她现在会是别样的人生。

关茜笑够了，闭眼平复情绪，深呼吸。

再睁眼时，赵启德的幻影不见了，也没了那句呢喃。

苏申叹了口气，对关茜说道："我真不忍心告诉你，我们这个世界，宛若黄粱一梦，机关算尽，到头来还不是一场空。愿你早日看透，早日醒来，早日放过你自己。"

关茜抿着嘴，点了点头，不再继续倔强，跟着苏申下了楼。

关茜走出里弄，左邻右舍纷纷探头，有人窃窃私语，有人乱嚼舌根，围绕关茜被抓联想了大段故事。

里弄外，高剑已经等候多时，看见苏申他们出来，挥手打了个招呼。

"哇啦、哇啦、哇啦……"

高剑身后，站在警车旁的同事，适时拉响了警笛，更是惊动了许多路人。

苏申赶紧挥手，高剑会意后回头，吩咐同事："关了，关了。"

关茜头埋得更低，没脸见人。

一位女警上前，拿出手铐请示苏申："要给她戴上吗？"

苏申摇了摇头，并主动勾起手臂，说道："挽着走吧，体面点。"

关茜红了眼，感激地挽上苏申，走出里弄上了警车。

高剑疏通道路后，警车离开了这片陈旧的老街区，缓缓向前行驶。

关茜泪眼婆娑，望着窗外的景色，想起了自己的故事。

坐在她身边的陈子琦，同样心事重重，想起了昨天晚上，Daniel说过的话："Sylvia，你应该比我更清楚，就算你破了案子，Matthew也不会重用你，这是很残酷的现实，没有人能反抗。所以我希望，你能认真考虑下，接受我对你的爱意，我可以给你更好的生活，希望等你回来后，可以给我想要的答案……"

关茜可恨可怜，令人唏嘘，被命运无情玩弄；陈子琦又何尝不是，她回到A国后依旧要面临现实，就像Daniel说的，她必须做出选择。

她甚至不知道，前方等待她的会有怎样的荆棘。

就这样，他们各怀心事，随警车渐行远去。

秋日的暖阳透过梧桐树叶，晒在前方的道路上，光影摇曳、斑驳。

半年后，炎炎夏日。

苏申在刑侦大楼前，耐心眺望着远方。

在他视线的尽头，一个身着笔挺警服的年轻身影，从烈阳下缓缓行来，精神而又干练。

身影来到苏申面前，敬了个标准的警礼，朗声道："苏师兄，警员苏哲前来报到！"

苏申笑着拍了拍他肩膀，一起步入刑侦大楼。

头顶上，警徽在阳光下愈发熠熠生辉、庄严肃穆。

本书主要人物

林　芮	苏　申	高　剑	徐小伟	沈心怡
沈　秦	沈　娜	张　炯	陈子琦	Matthew
Daniel	Raymond	石　军	朱艳君	周慧敏
李　炜	马　涛	Justin Zhao	Rachel Lin	张主任
邱　明	Paul	薛　峰	於兆梁	赵克维
孙　总	李　飞	小　宋	赵志宇	关　茜
刘　成	三宝子	苏院长	邱素梅	小　田
方　莉	Sylvia	Carlos	二亮子	赵启德
胡秀芝	王家霄	关雅芳	Steven	

只有翻完这厚厚的书页，

命运将它装订得极为曲折与血腥，

人生就是匆匆而过的瞬间

…………

图书在版编目（CIP）数据

双城 / 万安著. — 上海：文汇出版社，2021.4
ISBN 978－7－5496－3522－1

Ⅰ. ①双… Ⅱ. ①万… Ⅲ. ① 长篇小说－中国－当代
Ⅳ. ①I247.5

中国版本图书馆CIP数据核字（2021）第073827号

· 万安刑侦小说 ·

双城

作　　者 / 万　安
责任编辑 / 黄　勇
特约编辑 / 建　华
装帧设计 / 王　翔

出版发行 / 文匯出版社
上海市威海路755号
（邮政编码200041）
经　　销 / 全国新华书店
排　　版 / 南京展望文化发展有限公司
印刷装订 / 上海颛辉印刷厂有限公司
版　　次 / 2021年4月第1版
印　　次 / 2021年4月第1次印刷
开　　本 / 890 × 1240　1/32
字　　数 / 330千字
印　　张 / 12.625

ISBN 978－7－5496－3522－1
定　　价 / 68.00元